«i grandi» tea

Lavinia Petti

Il ladro di nebbia

Romanzo

TEA

Per informazioni sulle novità
del Gruppo editoriale Mauri Spagnol visita:
www.illibraio.it

TEA - Tascabili degli Editori Associati S.r.l., Milano
Gruppo editoriale Mauri Spagnol
www.tealibri.it

Edizione su licenza della Longanesi & C.

Prima edizione «I Grandi» TEA giugno 2016

IL LADRO DI NEBBIA

Questo libro ha vissuto due vite.

All'inizio era per Antonio, il primo dei Bambini Perduti,
e per Maria, che è riuscita a ritrovarlo.

Adesso è per Fulvio, costruttore di case e intrepido viaggiatore,
e per Teresa, che parlava le lingue degli uomini
prima di dimenticare il suo nome.

Preludio

L'erba della Collina sospira. Dicono che se la si ascolta attentamente, nelle gelide notti della merla, si possono udire le storie che narra. Sono le storie delle genti straordinarie che per poco vissero e per sempre morirono, e che nell'oblio di questo cimitero un giorno svanirono.

Io sono una di quelle storie smarrite. Perché una volta fu decisa per me una sorte peggiore del morire... e fu allora che io smisi di esistere.

1

Antonio M. Fonte

La pioggia punzecchiava i vetri appannati del bar. Oltre le finestre le figure si muovevano frettolose, i contorni sfocati come negativi di fotografie, e si precipitavano dentro negozi e locali già affollati, in attesa che il cielo si consolasse e ritrovasse il sorriso.

Un acquazzone improvviso nel bel mezzo di una giornata tersa è un evento piuttosto improbabile, ma a marzo, il mese più pazzo dell'anno, ogni cosa appare meravigliosamente possibile.

In un angolo del bar, in mezzo a un dedalo di tavoli e sedie, di adolescenti isteriche, di cameriere annoiate e di uomini d'affari frustrati, spuntava una massa informe di capelli neri e ricci con strie d'argento che si allungavano qua e là con eccessiva prepotenza. Sotto la chioma ingarbugliata si affacciava la punta di un naso importante, sormontato da un paio di storti occhialetti.

L'uomo era immerso nel foglio che aveva davanti e non si accorse della presenza che gli trotterellava nervosamente intorno.

« Per caso gradite altro, signore? » La voce seccata smentiva quelle parole gentili.

L'uomo non sollevò lo sguardo, e anzi sembrò non udire affatto.

« Signore? » La cameriera, una donna pienotta che ruminava una gomma a ritmo di musica scuotendo una mascella di notevoli dimensioni, attese qualche istante. « Signore? » Adesso era spazientita. « Signore, il bar è pieno e voi avete finito il vostro latte più di un'ora fa! » insisté battendo il piede a terra.

Finalmente l'uomo alzò gli occhi e le mostrò un'espressione per metà sorpresa e per metà tediata: « Si sposti, la prego, mi toglie la luce ».

Quindi si rituffò a capofitto in ciò che stava facendo.

La cameriera, che cattiva non era, sgranò gli occhi, domandandosi mortificata se quell'uomo fosse sordo, o stupido, o magari tutt'e due, e in un accesso di pietà decise di lasciarlo in pace ancora un po' e si allontanò masticando.

Sollevato, l'uomo ringraziava la sua buona stella per avergli dato la possibilità di finire il manoscritto quel pomeriggio. Era in ritardo, naturalmente. Avrebbe dovuto consegnarlo al suo agente già due settimane prima. O forse quattro, chissà. Ma aveva avuto un contrattempo. Proprio il mese precedente un'iguana era spuntata dall'armadio della camera da letto e aveva demolito tutti i mobili di casa prima di precipitarsi verso il bagno, accoccolarsi sulla tazza aperta e scivolare giù insieme al resto.

Quando gliel'aveva raccontato, il suo agente – il povero Leopoldo Saetta – non aveva avuto neanche la forza di ribattere, non avendo argomenti validi a suo favore, e con passo rassegnato si era trascinato fuori dalla casa di quel pazzo visionario di Antonio Fonte.

Nel frattempo erano passate settimane, l'iguana doveva ormai trovarsi a solcare chissà quali oceani, e così Antonio si era rimboccato le maniche e aveva deciso di concludere il romanzo. Rigorosamente a mano. Detestava i computer quasi quanto loro disprezzavano lui, ed era convinto che le macchine per scrivere, con quel loro ticchettio snervante, fossero il motivo principale per cui la maggior parte dei grandi scrittori del Novecento, a un certo punto delle loro vite, era ammattita.

Dovevano essere mani ignote a ribattere i suoi romanzi. Era una condizione imprescindibile. Ma Antonio Fonte poteva permettersela, il suo nome era una garanzia per qualunque editore da oltre quindici anni. Non che gliene importasse particolarmente. Trovare qualcosa che suscitasse il suo interesse era un'impresa al di fuori delle capacità umane. A lui bastava che il suo nome venisse scritto bene sulla copertina –

Antonio M. Fonte, ripeteva a ogni editore in cui si imbatteva, rifiutandosi puntualmente di spiegare per cosa stesse quell'ingombrante *M.*, quell'ostacolo tra nome e cognome – e che la dedica fosse incomprensibile per chiunque sulla faccia della Terra, a eccezione della persona cui era destinata. Persona che, di solito, era la sua gatta Calliope. Una siamese irreparabilmente orba.

Antonio fece saettare intorno alla sala i profondi occhi neri da insetto, che nonostante l'età preservavano una scintilla infantile. Sbuffò: fino a quel momento non si era accorto che il locale era tanto affollato.

Mai che trovasse pace! Neanche i bar erano più i rifugi di una volta. Intorno a lui la gente urlava e la temperatura aveva raggiunto i gradi sufficienti perché la fronte s'imperlasse di sudore. Non poteva restare, non ora che un cocker inglese aveva scambiato la sua gamba per una cagnetta in calore contro cui strusciarsi, mentre alle sue spalle una ragazza depressa di circa quattordici anni malediceva di essere viva.

La gente è malata. E se non lo è di corpo, lo è di capa, si ripeté per la millesima volta Antonio, che dalla gente preferiva tenersi alla larga. *Lo diceva anche mamma, che la pazzia è una malattia infettiva.* Facendo scattare le dita, Antonio scribacchiò qualche nota a piè di pagina, alzò il blocco di fogli, lo sbatté sul tavolo, in verticale e in orizzontale, allineò i bordi e riesaminò l'ultima frase:

Il tempo era scaduto.
E poiché gli zingari di Derashkal avevano vagato per duemila anni, spezzando una maledizione antica come la Terra, a nessuno della loro stirpe venne più concesso di veder sorgere il sole.

Non suonava male. Ricordando a se stesso che la prima e l'ultima frase di un libro valgono quanto metà dell'intera opera, Antonio si sollevò bruscamente dalla sedia, la fece cadere a terra e mandò letteralmente all'aria il tavolo, prendendo in pieno la schiena di un vecchietto che per la botta sputò la dentiera nel cappuccino.

Inconsapevole, come ogni volta, della tempesta che aveva sollevato, Antonio lasciò cinque centesimi di mancia alla cameriera ruminante e sparì oltre la porta, rendendosi conto solo in quel momento che fuori diluviava. Maledicendo le follie di marzo, usò il giornale per coprirsi i capelli e si lanciò in un trafelato inseguimento dell'autobus.

Con suo grande fastidio, il mezzo era pieno, ancora più del solito. Diversamente da qualunque scrittore degno di nome, non attribuiva alcun peso alle persone che aveva intorno. Le loro storie, le loro frasi, i loro tic... non avevano niente di interessante. *Loro* non erano niente di interessante, altrimenti non sarebbero stati lì, quella sera, come tutte le altre sere, stanchi, accalcati e sudaticci, le teste piegate sui cellulari di ultima generazione, in attesa delle partite della domenica, di una pancia piena e una birra ghiacciata in mano, perché questo era davvero il massimo che potessero pretendere dalle loro vite.

Cosa poteva importargliene della vecchia rannicchiata sul sedile che si era fatta il segno della croce quando il C16 era passato davanti alla chiesa di Santa Maria Apparente?

Il suo era un dono del tutto casuale: senza volerlo, coglieva i dettagli più impercettibili. Le cose quasi invisibili gli balzavano agli occhi prima ancora di quelle più evidenti: le briciole di cornetto nella barba dell'energumeno al suo fianco, lo spruzzetto verde che macchiava l'occhio destro della signora davanti a lui, oppure i graffi sui polsi di una giovane studentessa che si aggrappava al reggimani, senza dubbio la padrona di qualche gatto screanzato.

Questi dettagli, Antonio lo sapeva, erano frammenti di storie. E lui non se ne faceva un bel niente.

Aveva eletto a sua unica musa la gatta orba Calliope, e l'ispirazione la prendeva dai sogni, fonte inesauribile di visioni e immagini. Ogni sera seguiva un preciso rituale: bere latte caldo, ficcarsi uno stuzzicadenti in bocca, accarezzare il morbido pelo di Calliope. Poi sprofondava nella poltrona con una chiave in mano, una vecchia chiave di ferro con un perno spezzato che non apriva nessuna porta. Così Antonio si addormentava. Spesso capitava che la chiave gli scivolasse dalle dita assopite, in quegli sprazzi di vita sospesa in cui il cervello smette di dare ordini al corpo e inizia a godersi le infinite potenzialità offerte dalle connessioni sinaptiche e dalle reminiscenze latenti. La chiave cadeva sul pavimento, trillando come un campanello, e Antonio si risvegliava, lasciando socchiusa la porta sul mondo dei sogni. Da quello spiraglio, li sbirciava. Così i sogni rimanevano nitidi e, contro ogni logica, i sensi li percepivano come fossero veri. Poteva scrivere di loro. E quello che scriveva funzionava, da sempre.

Non da sempre, si ricordò: c'era stato un momento...

Anche se era durato più di un momento.

Quando aveva ventisei anni, troppo tardi per iscriversi all'università e troppo brutto per accalappiare qualche vecchia miliardaria, aveva scelto di sedersi su un treno e partire verso le terre del Nord. A furia di scendere da un treno e salire su un altro era finito a Natzwiller, un paesino alsaziano di sì e no seicento anime, tristemente noto per il campo di concentramento che sorgeva a un tiro di schioppo da lì, l'unico costruito sul territorio francese. Il suo spiccato senso del macabro lo aveva portato a stabilirsi laggiù, e non contento della sua funerea sistemazione aveva trovato lavoro come truccatore di cadaveri. Per otto anni aveva servito la Morte e coperto di cipria le guance dei defunti francesi. Nel frattempo si era sposato, perché non aveva niente di meglio da fare, e dopo un paio d'anni aveva divorziato, perché aveva scoperto che un matrimonio non può reggersi su una motivazione così debole.

Durante gli otto anni trascorsi nella popolosa e ridente Natzwiller, Antonio Fonte non aveva smesso di scrivere. Lo faceva da quando aveva memoria: non era stata un'illuminazione improvvisa, la trovata di un lunedì pomeriggio affogato nella noia. Scrivere era parte di lui quanto il suo dito mignolo. Un vero scrittore, si ripeteva, non scopre cosa vuole diventare; lo sa già, e lo sa da sempre. Ma Antonio Fonte non si era mai preoccupato di far leggere ad altri le sue storie, le teneva per sé come gioielli troppo preziosi per essere ostentati in pubblico.

Ricordava che da giovane amava le persone. Le osservava, le interrogava con la bocca e con lo sguardo, e scriveva di loro. Scriveva per il proprio divertimento e per una curiosità infantile verso il mondo che lo circondava.

Poi, dopo il divorzio, deluso dalla banalità della vita e dalla sopravvalutazione della morte, era rientrato in Italia. Aveva trentaquattro anni e si era scoperto intollerante agli esseri umani. Si era barricato tra le pareti della sua vecchia casa, solo con Calliope e la sua fantasia, e aveva iniziato a scrivere qualcosa di totalmente diverso, qualcosa che non veniva dal mondo esterno ma che era un prodotto grezzo della sua mente. Soltanto allora aveva deciso di mettersi in gioco. E così il suo nome – *Antonio M. Fonte* – si era insediato nell'olimpo dei best-seller e lì era rimasto.

All'altezza della Funicolare centrale, balzò giù dall'autobus e si addentrò nei labirintici vicoli dei Quartieri Spagnoli, passando dalla luce al buio, dall'aria frizzante delle aiuole bagnate all'umidità dei palazzi. Ripiegò verso destra, avanzò spedito fino a piazzetta Rosario di Palazzo – dove una grande scrittrice portoghese aveva vissuto prima di lui, più di duecento anni addietro – e da lì arrivò ben presto a vico Santa Teresella degli Spagnoli, evitando un branco di motorini che sciamava sotto la pioggia in quel budello di edifici. Si fermò sotto il numero 7.

Infilò la chiave nella toppa, divorato dall'ombra buia che l'abitazione proiettava tutt'intorno. Era un fabbricato vecchio e misero, la carcassa di un palazzo che perfino nei suoi tempi migliori doveva essere stato squallido. Il citofono era nascosto sotto spogli rampicanti ed era così piccolo che i nomi non erano neppure segnati per intero: ogni interno aveva solo due iniziali puntate, per il nome e il cognome. Quello di Antonio esibiva fieramente le sue tre lettere, A.M.F.

Antonio spinse la porta cigolante spiato dalle comari incollate alle finestre, piccole vedette che protendevano i lunghi colli, sproporzionati rispetto ai corpi flaccidi. Entrato nel fosco androne, in cui sgocciolavano pioggia e scarichi, fu investito dalla figura rattrappita e diafana del portinaio, il signor Nicotiana, che avrebbe riconosciuto anche in un'altra vita, per via di quel penetrante odore di caffè e tabacco che gli appiccicava l'anima.

«Le lettere, signor Fonte! *Le lettere!*»

«Mio caro Goffredo, cosa c'è che non va con le lettere?»

«Sono ovunque, ovunque!» Il signor Nicotiana iniziò a sbraitare, agitando le braccia come se stesse naufragando in un mare di guai. E quando Antonio girò l'angolo e vide cosa lo tormentava non poté dargli torto.

Davanti alla porta di casa sua era ammassata una montagna di buste sigillate, di missive prioritarie, di pacchi semidistrutti e di biglietti svolazzanti. Goffredo Nicotiana continuava ad agitarsi e a blaterare, e Antonio dovette sorreggerlo quando scivolò su un cartoccio di lettere.

«Sono giorni che ve le tengo da parte! Mi dite che verrete a prenderle, ma ogni mattina ne arrivano altre. Il mio stanzino, volete vederlo? È pieno zeppo! Voi ve ne infischiate dei vostri *tifosi* e io me ne frego di voi! Mi sono stufato! E mia moglie... oh, inutile che fate quella faccia, signor Fonte, che lo sapete bene! Anche mia moglie s'è stufata: ha detto che o se ne vanno le lettere o me ne vado io. E adesso io a voi vi dico, signor Fonte, o se ne vanno le lettere o ve ne andate *voi*!»

Non aveva preso fiato, e ora se ne stava lì, la fronte aggrottata, le braccia conserte e la pelle di un minaccioso color porpora. Fissava Antonio Fonte, che si aggirava fra le lettere con l'aria stordita di chi ha dimenticato di ritirare i panni in un giorno di pioggia.

«Preferisco che se ne vadano le lettere», ammise dopo un po'.

«Siete proprio un lazzarone, voi!» ringhiò il custode, facendo per andarsene, ma si voltò ancora per sollevare un indice intimidatorio. «E quando dico che se ne vanno, dico *definitivamente.*»

«Neanche nel sottotet...»

« Definitivamente! » Fu l'ultima parola del signor Nicotiana prima di girare i tacchi e allontanarsi a passo di marcia.

Antonio sospirò rassegnato. Ma quando fu dentro il tugurio di casa sua e si fu richiuso la porta alle spalle badando che la gatta non scappasse ancora una volta, preferì dimenticarsi subito della spiacevole vicenda. E le lettere rimasero lì.

2

Genève Poitier

Leopoldo Saetta era un omuncolo tozzo e scattante, che sapeva di bucato e acqua di colonia, una di quelle persone che hanno la passione di guardare l'orologio a scadenza regolare di cinque minuti e i cui capelli erano cascati a uno a uno prima ancora di colorirsi d'argento. Possedeva tre cellulari e il suo superpotere era il dono dell'ubiquità: era in grado di prendere due appuntamenti allo stesso orario e in due punti distanti della città, e riusciva a essere presente a entrambi. O almeno così piaceva credere ad Antonio. La sua giornata non aveva tempi morti, la sua agenda non conosceva spazi bianchi. E da quando aveva incontrato Antonio Fonte la sua vita era doppiamente impegnativa: spesso doveva far da padre a quello scrittore lunatico che metteva i panni ad asciugare nel microonde e poi si chiedeva perché mezza cucina fosse andata a fuoco.

Quel pomeriggio dei primi di marzo, sette minuti e venti secondi dopo aver ricevuto la telefonata di Antonio, Leopoldo Saetta già stringeva fra le mani la tazza di tè preparata dallo scrittore, che in realtà sapeva di una miscela di acqua, zucchero e popcorn bruciati.

« Dovranno sbrigarsi a battere il romanzo, abbiamo già sforato con i tempi. »

« Solo un mese di ritardo. » Antonio sembrava fiero di sé, mentre accarezzava Calliope.

« Stai migliorando », confermò Leo, lanciando una saettante occhiata all'orologio a cucù. Chissà perché, era appeso alla porta del bagno. « Potrei... posso dare uno sguardo veloce al romanzo? »

« Vuol dire che devi restare qui? » chiese Antonio.

« Mi posso mettere nel tuo studio. Non ti darò fastidio... »

« Lo studio no. È chiuso e non è mio », replicò Antonio con durezza, tanto che Leo trasalì. Lo scrittore cercò una via di fuga. « Quell'orologio a cucù è un gran bugiardo, a ogni minuto che passa va indietro di due. È già tardi. »

« Certo, certo. » Leo capì l'antifona sorseggiando a fatica l'immonda bevanda. « Sei sicuro di averci messo del tè, qui dentro? » chiese dubbioso.

Antonio si alzò dal divano, gli strappò la tazza e la rovesciò nel lavandino.

« Chi ha mai detto che era tè? »

« Ecco, appunto. » Leo fece una pausa, non sapendo se introdurre il discorso successivo. Poi si decise: « Per quanto riguarda le interviste, il giro promozionale, le presentazioni... »

Antonio non fece nulla per nascondere una smorfia di disgusto e lo interruppe prima che potesse uscirsene con qualche altra idea strampalata.

« Mi conosci da anni e lo sai che soffro di dislessia emotiva. Non posso parlare in pubblico. L'idea che uno scrittore debba spiegare i libri che scrive non ha il minimo senso, è un'offesa al nostro lavoro. Te ne rendi conto? »

Leo gli mostrò un altro sorrisino aguzzo che fece sparire nell'arco di un secondo, prima di riporre il manoscritto nell'impeccabile valigetta di cuoio con le iniziali impresse in basso a sinistra. Guardò l'orologio, picchiettando sul quadrante.

« Scommetto che è tardi », pronosticò Antonio, accompagnandolo alla porta.

« È sempre tardi. Un oceano d'oro non può comprare una goccia di tempo », dichiarò Leo, sistemandosi la cravatta cremisi con l'aria dell'uomo d'affari che la sa lunga.

« Mi raccomando la dedica. Se non fosse per Calliope non scriverei nulla », spiegò Antonio serissimo. « È importante per me. E il nome: è importante anche quello. »

« *Antonio M. Fonte*, certo. »

« Lo sapevi che nel buddhismo himalayano e in Etiopia ogni uomo sceglie il proprio nome iniziatico e nessuno, oltre lui, sarà mai a conoscenza di quel nome? Gli servirà per rivolgersi agli interlocutori soprannaturali.»

«Mi sembra molto saggio.»

«Gli irochesi, invece, custodiscono i nomi propri in liste specifiche, una per ciascun clan. Due persone non possono simultaneamente portare lo stesso nome: per questo ci sono i *guardiani dei nomi*. E sono anche convinti che dimenticare il nome di una persona possa ucciderla, mentre ricordarlo la farà tornare in vita.»

«È sempre un piacere venire a trovarti», commentò Leo estasiato. «Si imparano un sacco di cose inutili di cui non frega niente a nessuno.»

Non notò il ghigno di Antonio mentre imboccava l'uscita, quindi lo lasciò con Calliope e con una promessa: lo avrebbe richiamato per fargli sapere del manoscritto.

«Ah, Antonio!» Leo si affrettò a bloccare la porta con il piede appuntito, costretto in un mocassino color mogano. «Non dimenticarti che lunedì ceniamo insieme: è il tuo compleanno.»

Antonio sollevò gli occhi al soffitto, pensieroso: «Quarantadue?»

«Cinquanta», precisò Leo con una smorfia.

«Giusto.»

Senza aggiungere altro, Antonio sbatté la porta, tirando un sospiro di sollievo.

Non gli sembrava vero. Nessuna cameriera ruminante, nessun portinaio isterico, nessun agente stressato e stressante.

Si lasciò scivolare sulla poltrona, ignorando la pressione delle molle rotte sul fondoschiena, e si immerse nella lettura dell'enciclopedia. Era arrivato alla lettera *D* e gli ci erano voluti circa dieci secondi per rendersi conto che l'effetto Doppler non era cosa per lui. Ce ne vollero altri cinque perché girasse pagina, annoiato.

Era troppo stanco persino per dedicarsi alle cose che amava di più, come imparare a scrivere da destra a sinistra o trascorrere una nottata davanti al flipper relegato in un angolo della casa. Per un attimo valutò se chiamare Maia, una ragazza di età incerta che abitava nel palazzo di fronte e con la quale passava di tanto in tanto un po' di tempo, ma poi si rese conto di non essere sicuro se si chiamasse Maia o Maria... Oppure era Sonia?

Nessuno ti obbliga a chiamarla per nome, si disse, alzandosi per afferrare il telefono.

Sentì uno, due, tre squilli, poi scattò la segreteria telefonica. Se non altro scoprì che la ragazza a cui stava pensando si chiamava Lucrezia.

Ma che razza di nome è Lucrezia?

Mentre riappendeva la cornetta, pervaso da un senso di vuoto, sistemò le fotografie sparse sul comò. Una ritraeva i suoi genitori da giovani: Antonio era il ritratto sputato di suo padre, mentre sua madre gli aveva lasciato in eredità solo una fossetta sul mento, la miopia e qualche coperta cucita a uncinetto. Un'altra fotografia, girata al contrario, mostrava quella befana della sua ex moglie, Marguerite, una bibliotecaria francese per la quale incontrare e sposare Antonio era stato come calpestare una cacca di cane in un giorno di pioggia. Antonio conservava la sua foto per i momenti in cui gli sembrava di toccare il fondo, per ricordarsi che il peggio *doveva* essere già passato. Ma l'immagine più bella, senza dubbio, era quella di una Calliope ancora piuttosto piccola, che lo guardava con i suoi occhi di giada. Due occhi che avevano preso strade diverse quando la gattina, a causa dello stramaledetto vizio di sgusciare fuori di casa, si era azzuffata in mezzo alla strada con un colombo che sapeva il fatto suo. Da allora, Antonio aveva preso l'abitudine di portarla a spasso con il guinzaglio, perché non trovava giusto soffocare un così vigoroso istinto. E poi non c'era niente di più soddisfacente che percepire gli sguardi basiti della gente posarsi su di lui e sul suo mirabolante gatto da passeggio.

Antonio ricordava di aver scattato la foto il giorno stesso in cui aveva ricevuto Calliope come regalo per i suoi trentasei anni. Rimase un attimo interdetto di fronte a quell'ultimo pensiero, come se non gli appartenesse o fosse stato piazzato lì da un estraneo. Ma non l'aveva trovata per strada vicino a un barbone? Non l'aveva strappata alla morsa di una gelida notte invernale?

Antonio prese la foto e la osservò con attenzione.

« Ma tu da dove diavolo spunti? » domandò alla vecchia gatta, che ai suoi piedi faceva le fusa come una perfetta ruffiana, nel tentativo di richiamare l'attenzione sulla ciotola vuota.

Visto che il padrone la ignorava, Calliope spiccò due balzi che la portarono dal pavimento alla sedia e dalla sedia al comò. Antonio era troppo preso dai suoi pensieri per notarla. Sentendosi ancora trascurata, la gatta alzò una zampa e gli graffiò la mano. Antonio trasalì, lasciando cadere il portafotografie a terra.

« Maledizione, Calliope! » sbottò, spingendo la gatta giù dal comò. « Se ci riprovi giuro che ti cavo anche l'altro occhio! »

Corse a sciacquarsi la mano ferita, sempre più irritato. Perché Maia non rispondeva?

Lucrezia, si chiama Lucrezia. Che razza di nome. Avrebbe potuto passare a trovarlo, magari cenare insieme a lui, trascorrere la notte lì, giusto per tenergli compagnia.

C'è sempre Calliope, si consolò.

« Stupida gatta! » esplose infuriato quando tornò in salotto e la trovò ad aggirarsi tra le schegge di vetro. « Così ti farai male! » aggiunse, mettendola in fuga con un calcetto.

Si affrettò a ripulire e prese la foto per metterla da parte. Fu solo quando la lasciò cadere sul comò che si rese conto del foglio scivolato a terra. Piuttosto incerto su cosa aspettarsi, si chinò sul pavimento e lo raccolse. Era un ritratto.

Sarebbe stato difficile per Antonio Fonte, indifferente alle dinamiche dell'universo, riuscire ad ammettere quello che provò quando i suoi occhi bui come la notte videro gli occhi di quella ragazza.

Qualcosa nel suo petto si squarciò.

Se avesse potuto raccontarlo a qualcuno, lo avrebbe raccontato proprio così.

Antonio riconosceva di essere eccentrico e sbadato. Perdeva cose e cadeva in continuazione, era maldestro e impacciato con la tecnologia, aveva diverse questioni irrisolte con il pettine e non c'era dubbio che non sapesse vestirsi. Ma se c'era una cosa di cui si sentiva orgogliosamente certo era che le facce gli rimanevano impresse. E *quella* faccia non l'aveva mai vista. Il ritratto era di un realismo impressionante. Era a carboncino, in bianco e nero, ma i capelli erano stati colorati di verde.

A giudicare dall'espressione, la ragazza non sembrava affatto felice. Antonio lo dedusse dai solchi sotto agli occhi e dalle linee congiunte delle sopracciglia. Le persone felici non hanno le sopracciglia corrugate, si disse. Le persone felici dormono serene.

Dopo qualche istante, spinto da un istinto inspiegabile, voltò il ritratto. C'era scritto qualcosa.

Giugno 1999
Tirnaìl è il Regno delle Cose Perse,
non lasciare che anch'io finisca lì.
Ricordati di me, ricordati della Notte dei Cristalli.
Con tutto il mio amore, Genève Poitier.

Antonio lesse e rilesse la frase e i nomi: *Tirnaìl, Genève Poitier. Tirnaìl. Genève Poitier.* Non aveva la più pallida idea di cosa significassero, né di chi fosse quella donna misteriosa, ma avvertì un dilaniante senso di nostalgia. Come quando ci si accorge troppo tardi di non aver dato il giusto addio a qualcuno che si ama.

Solo il crescendo di uno screanzato miagolio riuscì a risvegliarlo dal suo stato di trance: con i modi vendicativi di una vera signora, Calliope gli aveva lasciato sulla scarpa uno spiacevole ricordo.

3

Una lettera dimenticata

Dopo giorni e notti di pioggia incessante, il sei marzo il sole si risvegliò. Iniziò a filtrare attraverso gli spiragli dei palazzi, facendosi strada in un universo di comignoli e antenne paraboliche, fino a scivolare al numero 7 di vico Santa Teresella. Il palazzo era ancora avvolto da uno strato di impermeabile caligine e le pareti restavano impregnate di muffa e umidità.

Era la mattina del suo cinquantesimo compleanno e Antonio l'aveva passata a trasportare sacchi di lettere nel sottotetto. Si era convinto a spostarle solo quando la moglie del portinaio si era presentata sulla soglia di casa sua. Quel giorno le lettere erano arrivate a decine, con biglietti d'auguri, ritratti dei suoi personaggi, disegni dei posti mitici di cui aveva scritto, regali da due soldi, pensieri inutili ripescati dagli anfratti dei mercatini. Ovviamente la signora aveva specificato che *non dovevano* finire nel sottotetto, ma Antonio aveva uno straordinario talento nel dimenticare le cose che non voleva ricordare.

E così, per l'ennesima volta dalle dieci di mattina, premette il quinto bottone del vecchio ascensore. Mentre quello iniziava a risalire, sfrigolando con il vagito tipico delle carrucole d'altri tempi, Antonio osservò incuriosito il sesto pulsante, per metà divelto.

Sesto piano.

Non c'era mai stato un sesto piano. Esisteva il piano terra, dove si estendeva incontrastato l'impero del portinaio Nicotiana I; c'era il primo piano ammezzato, con il caotico appartamento di Antonio Fonte; il secondo piano, abbandonato da molti anni e infestato da fantasmi; poi esistevano i banalissimi terzo e quarto piano; e c'era il sottotetto, dove la primogenita del salumiere s'imboscava con i suoi fidanzatini occasionali e dove Antonio buttava le lettere. Nessun sesto piano, in quel palazzo.

Si era spesso domandato perché avessero messo quell'inutile pulsante.

« Porta alla terrazza », gli aveva spiegato un giorno il signor Nicotiana.

« Ma non ci sono terrazze », aveva replicato Antonio.

« Ma a voi non vi sta bene sempre tutto, signor Fonte? » lo aveva apostrofato sospettoso il portinaio.

E Antonio non aveva osato avventurarsi oltre, anche perché era certo che nemmeno il signor Nicotiana aveva idea del motivo per cui quel pulsante fosse lì.

Aprì la porta del sottotetto, inondato dagli ingannevoli raggi del sole, e buttò all'aria il sacco colmo di lettere che si era portato dietro. L'ultimo, per fortuna. Al ritorno trovò l'ascensore occupato, perciò imboccò le scale. Mentre planava da un pianerottolo all'altro con l'agilità di un ventenne, travolse in pieno il signor Nicotiana, che esibiva il solito, maestoso broncio. Stava lavando le scale con uno spazzolone già sporco. Senza dare ad Antonio il tempo di fiatare, tirò fuori dalla tasca un blocco di quattro o cinque lettere.

« Sono arrivate mo'. Mi sembrava che mi ero spiegato, signor Fonte, come debbo dirvelo? Il sottotetto non è il vostro *cafuorchio*! »

« Oh, ma io non uso il sottotetto, signor Nicotiana », fece Antonio con aria misteriosa.

« Ah, no? » Il portinaio aggrottò le sopracciglia. « E dove le avete messe? »

« Al sesto piano. Ho scoperto dove porta l'ascensore. »

« E *dove*? » Gli occhi del signor Nicotiana si spalancarono, tradendo un profondo spaesamento.

Antonio gli mostrò un enigmatico sorriso. Si chinò come per rivelargli un terribile segreto: « Sulla terrazza ».

« Ma non ci sono terrazze. » Il mento gli sprofondò fino a terra. « Oppure sì? »

Antonio sghignazzò: il portinaio non sapeva davvero che

pesci pigliare. Quasi dispiaciuto per la sorte del poveraccio, gli strappò di mano il blocco di lettere.

« Queste le metterò da qualche parte. »

« Sulla terrazza? » chiese il signor Nicotiana.

« Quale terrazza?! »

Antonio si defilò, lasciando il vecchietto a rimbambirsi al secondo piano, quello disabitato da anni. Una volta, qualche tempo prima, lo scrittore aveva espresso il desiderio di acquistare l'appartamento sopra il suo, per adibirlo a esclusivo uso di Calliope e placare così la sua indole fuggiasca, anche perché quando la gattina scappava non era affatto raro trovarla a raspare alla porta di ingresso di quella casa. Ma appena aveva fiutato l'odore d'avvocato e intravisto le scartoffie e le trafile burocratiche necessarie alla compravendita – già quella parola puzzava di marcio – Antonio aveva lasciato perdere. L'appartamento era rimasto vuoto e Calliope aveva dovuto accontentarsi di bussare senza speranza ai suoi inquilini fantasma.

Dopo essere rientrato nel suo appartamento e aver messo a scongelare sui fornelli un paio di filetti di pesce, Antonio si ricordò che avrebbe dovuto chiamare il buon vecchio Leo e accordarsi con lui per la serata. Cinquant'anni erano pur sempre mezzo secolo.

Dice che verranno due o tre amici, rammentò Antonio mentre bruciava a una a una le lettere sul gas, *non ricordavo di averne così tanti.*

Vide il filo di fumo risalire come uno spiritello e sparire verso il soffitto, mentre la puzza di bruciato si diffondeva per la stanza.

Io avrei preferito vedermi con Maia, o come si chiama. Magari una pizza e un film, e poi...

Poi i suoi pensieri si troncarono di colpo, incappando in una questione alquanto anomala.

Antonio aveva iniziato a bruciare l'orlo di una lettera, ma si affrettò a salvarla proprio quando cominciava ad assumere un colore brunastro. Alla luce del sole che filtrava fra i prismi impolverati del lampadario, rilesse il mittente. Quel nome non poteva non conoscerlo. Era il *suo* nome! *Antonio M. Fonte*. Lo lesse di nuovo.

« Sono anni che non mando lettere », disse sottovoce, riconoscendo tuttavia che quella assomigliava in modo spaventoso alla sua grafia, disordinata e un po' storta.

Girò la missiva: non c'era indirizzo, solo il nome del destinatario.

Genève Poitier. Ancora lei, la donna del ritratto.

Antonio squarciò la busta e tirò fuori la lettera, formulando e scartando le ipotesi più assurde. Ma neppure la sua fantasia fu all'altezza della realtà. Studiò le parole che sembravano materializzarsi man mano che scorreva lo sguardo. *Quella era* la sua grafia e *quella* in fondo *era* la sua firma, senza dubbio. Antonio dispiegò meglio il foglio, notando la data in alto a sinistra: 17 dicembre 1999.

Quindici anni. Era una lettera scritta da lui quindici anni prima a una donna sconosciuta.

A Genève Poitier

Pensandoci bene, non è importante che tu legga questa lettera, anche perché so che non accadrà mai. Quel che conta veramente è che adesso io la scriva. È la mia « porta di servizio »... mi pare si dica così.

Credo che tutto abbia avuto inizio la Notte dei Cristalli. Era la notte del 10 agosto 1990. Appena ti ho vista ho pensato una cosa, una cosa molto stupida, ma per me era del tutto nuova, e perciò mi è parsa importante: lei è il mio punto di arrivo. Per un attimo ho immaginato tutta la mia vita, ho visto dall'alto le strade che avevo preso, i bivi presso cui mi ero fermato a scegliere, ognuno dei piccoli svincoli e dei vicoli ciechi che mi avevano fatto solo perdere tempo... e mi è sembrato tutto un unico percorso, intricato e perfetto, che mi aveva condotto fino a te. Ogni momento era esistito per quel momento, perché io mi ritrovassi lì, in un paese sconosciuto, alla festa dell'acqua, mentre tu suonavi i bicchieri di cristallo.

Quella notte ti narrai di stelle cadenti innamorate, denti rotti da fate, topi che costruiscono reami di gorgonzola sotto i letti e delfini che parlano la lingua delle balene. Tu, invece, mi raccontasti delle terre che i tuoi occhi avevano esplorato. E io le intravidi, dietro i tuoi occhi, e le trovai bellissime, più belle di quel che sono, perché erano passate anche dentro di te.

A un tratto, quasi prevedendo il futuro, dicesti qualcosa. Dicesti che ci vuole più coraggio per dimenticare che per ricordare.

Mi dispiace di aver preso quel treno e di essere andato via, mi dispiace di averti ritrovata quando non serbavi più il ricordo di me e di quella notte, e mi uccide pensare che forse niente di tutto questo è mai esistito. Io ho pensato a te e a quella notte ogni giorno in questi ultimi nove anni. Ne ho fatto la mia luce nei momenti di oscurità.

Per questo sarà così difficile perderla per sempre.

Avevi ragione, Gen: ci vuole coraggio per dimenticare. Ma ricordare... ricordare è il vero supplizio degli esseri umani.

Mi sono sempre chiesto come possa un uomo convivere con il fantasma di tutto ciò che è stato e con lo spettro di ciò che non sarà mai. Non può, ecco perché muore. Noi non invecchiamo a forza di vivere la vita, ma a furia di ricordarla.

Sapere chi sono e quello che ho fatto mi sta portando alla pazzia. Mi sento un vagabondo sulla linea del fronte tra follia e realtà, e sono bloccato qui da così tanto tempo... Da quella notte, forse, o forse dalla notte in cui venni al mondo. Non temere, non te ne faccio una colpa.

Perché in fondo sei stata tu, Genève Poitier, a guidarmi verso la meraviglia.

Qualche ora fa mi sono perso e mi sono ritrovato in una città dove le strade non hanno nome. Lì, in una torre lontana e al tempo stesso vicina, ho incontrato un uomo che non dovrebbe esistere. Il Collezionista, così si fa chiamare. O, almeno, a me piace chiamarlo così. Gli ho raccontato tutto, Gen: di me, di noi, di mio padre e delle sue storie perdute. E lui mi ha detto che ho un'occasione. Si chiama Tirnaìl, il Regno delle Cose Perse.

Mio padre, per una vita intera, non ha fatto altro che ripetere che c'è qualcosa di vero in questo mondo. E se avesse avuto ragione? Se il Collezionista non mentisse? Se gli incanti di Tirnaìl non fossero solo una vana promessa, ma una realtà diversa da qualunque altra realtà? Se così fosse, io avrei davvero un'occasione: potrei finalmente liberarmi di ricordi pesanti come lastre di metallo, potrei lasciar andare tutte le cose che devono essere perdute.

Tirnaìl... Magari è difficile accettare l'esistenza di qualcosa che vada oltre la nostra realtà, ma non possiamo non crederci. Ciò che conosciamo, dopotutto, è limitato, mentre ciò che ignoriamo è potenzialmente infinito.

Forse ho scelto di credere, per un'ultima volta, che sia rimasta una traccia di magia in questo mondo.

Il Collezionista sembrava sorpreso quando gli ho detto che non ero lì per trovare qualcosa che avevo perduto, piuttosto per perdere qualcosa che avevo trovato... qualcosa che mi era toccato: la mia vita. Non tutto è marcio, naturalmente. Ma per eliminare le conseguenze disastrose di ciascuna azione dovrò cancellare le azioni stesse, e le intenzioni che hanno causato quelle azioni. Dovrò dimenticare tutto. Anche se significherà perdere te, anche se in questo modo condannerò mio padre alla sua più grande paura...

Ma io ho ucciso un uomo, Gen. E il ricordo del mio peccato sta uccidendo me.

Quando poco fa sono rientrato in questa casa, infestata dalle ombre del mio passato, mi sono improvvisamente accorto di quanto sono solo. Allora ho capito. Domattina mi sveglierò e mi sarò dimenticato di te. Dimenticherò per sempre i tuoi capelli da folletto, le tue pazzie, i bicchieri di cristallo, e poi quella notte... e gli anni che sono venuti dopo.

Dimenticherò i tuoi occhi, Gen...

Una parte di me aveva giurato che non saresti finita prigioniera di Tirnaìl. Mi dispiace, ma non posso mantenere la promessa.

Non capirai, lo so, ma non cercarmi per avere risposte. Lascia solo che io dimentichi il tuo nome, Genève Poitier, qualunque esso sia.

Fu come se il tempo avesse deciso di prendersi una pausa, in quella cupa topaia. Forse nel mondo di fuori continuava a macinare vite. Lì dentro no.

Lì dentro uno scrittore lunatico sollevò il volto, incapace di formulare un qualunque pensiero sensato. L'unico occhio di Calliope, così glaciale e umano, era fisso su di lui. La gatta lo osservava con uno sguardo che non aveva mai lanciato a nessuno. Quasi con la perfidia di chi, pur sapendo che non lo farà mai, è in procinto di svelare il più tremendo dei segreti.

4

L'Ufficio Oggetti Smarriti

Autunno 1971

«Anto', io devo andare a lavoro. Avevi detto che lo portavi tu a scuola, ma così gli fai fare tardi. Mi hai sentito, Anto'? Antonio?»

La mamma bussa ripetutamente alla porta dello studio, in attesa di una risposta che non verrà. Poi si volta a guardare il figlio. È seduto al tavolo della cucina, quel tavolo che gli taglia la testa a metà. I suoi occhi la fissano, grandi, neri e profondi come lo spazio vuoto tra due stelle lontane. Il bambino sposta lo sguardo da lei alla porta dello studio e inizia a usare tutta la forza della sua mente: ha letto nei fumetti che se ci metti tutta la forza della mente, riesci a farle, le magie. E suo padre gli ha detto che ha fatto bene a credere a queste cose, che queste cose sono vere proprio perché ci credi.

«Antonio!» Ora sua mamma sta urlando.

Apriti, *il bambino prega tra sé, prega lo studio di lasciare andare suo padre,* apriti e fai uscire papà. Non tenerlo prigioniero!

Non ce la sta mettendo tutta, è evidente. La porta rimane chiusa come le fauci di un mostro, e suo padre resta prigioniero nel suo ventre, a decomporsi tra gli acidi del suo stomaco purulento. Il bambino riderebbe di quell'immagine, se non fosse così vicina alla verità.

Sua madre si stanca di urlare e di aspettare. Corre verso il bambino, gli toglie la tazza di latte da sotto il naso e la butta nel lavandino, mandandola in pezzi. Ringhia qualcosa tra i denti, ingoia a ripetizione le proprie lacrime e afferra il figlio con rabbia. Il bambino si fa male al braccio, sa che gli verrà un livido, ma non dice niente. Stringe i denti e si stringe dentro il dolore. La mamma è così furiosa che il bambino ha paura di essere scaraventato anche lui nel lavandino. Non gli piace neanche un po' l'idea di finire in pezzi. Ma i bambini non sono fatti di coccio, i bambini alle otto del mattino devono essere pronti e profumati, con lo spray antipidocchi già spruzzato sul cranio, il grembiulino blu, lindo e stirato, e la cartella preparata.

Sua madre lo trascina fuori casa, la casa sui Quartieri, quella dove i citofoni hanno solo le iniziali perché non c'è spazio per il nome di nessuno. La gente, lì, esiste solo a metà.

«Papà sta male di nuovo?» chiede il bambino.

«Papà si è ammalato da quando ha perso il lavoro.»

«E posso trovargliene un altro io?»

Sua madre sorride, controvoglia ma sorride.

«Papà ha perso pure la capa, oltre al lavoro. Ma non vuole che lo aiutiamo. È cocciuto come un mulo, il tuo papà.»

«Io posso aiutarlo. Sono bravo a trovare le cose.»

Sua mamma non lo ascolta più. Si accende una sigaretta mentre si inerpicano sull'erta salita dei Cariati, alla fine della quale lo aspetta la sua scuola. Si sentono le grida dei bambini, qualche filastrocca riempie l'aria della mattina brinosa, ancora assopita sotto una coltre di nebbia finissima, eppure calda come una coperta di flanella.

Dopo che lo ha lasciato oltre il cancello coperto di buganvillee – una volta, prima di star male, suo padre gli aveva detto che quelle viola sono le foglie, non i petali – sua madre si accerta che la maestra lo abbia visto. Ora dovrà ridiscendere tutti i Quartieri per andare al lavoro. Fa la cameriera in un albergo, giù al porto, ma non le piace neanche un po'.

«Mamma, gli altri bambini mi prendono in giro», le rivela il figlio prima che lei fugga via.

«Certo, tesoro. Ora ascolta, papà forse non ce la fa a venirti a prendere e io non voglio che tu resti ad aspettarlo due ore con quel bidello, come la settimana scorsa. Quell'uomo è un cafone. Quindi mi rubo mezz'ora e passo dopo le cinque, va bene?»

«Mamma!» Il figlio la strattona. I suoi occhi bui come lo spazio vuoto tra due stelle lontane si riempiono di vergogna. «I bambini mi prendono in giro!»

« E allora? Tu prendili in giro più forte! Ricorda, quello che ti danno tu restituiscilo sempre con gli interessi. Sei intelligente, no? »

Il bambino scuote la testa. No, non lo è. E se lo è, è comunque troppo stupido per dimostrarlo.

« Dillo alla maestra. » Sua madre liquida il discorso così, poi scappa, in ritardo sulla sua vita.

Dirlo alla maestra? E fare la figura dello spione? E poi farsi dare i morsi e i pizzichi? E sentire le frasi su suo padre e sul fatto che beve come una spugna e morirà presto? No. Meglio farsi prendere in giro. Alla fine, al posto loro, lo farebbe anche lui.

I bambini lo prendono in giro per il suo nome. Già li intravede da lontano, dalle finestre. Gli mandano baci attraverso il vetro e gli fanno vedere un grembiulino rosa. Lo costringono a indossarlo durante la ricreazione e poi a mensa. Se si rifiuta gli riempiono il piatto di fango o gli fanno pipì nella cartella. Non c'è niente di più umiliante che chiamarsi Antonio Maria e abitare sui Quartieri Spagnoli.

Antonio si sciacquò la faccia nel bagno del ristorante. Osservò il proprio riflesso allo specchio, il naso spropositato, i capelli ormai tendenti al bianco, le rughe pronte a ricordargli che non solo era diventato adulto, ma stava addirittura invecchiando.

« Sei brutto », si disse. « Cioè, non è che prima fossi bello... ma oggi sei più brutto che mai. »

Poi lanciò uno sguardo fuori dalla finestra, cinta da grate in ferro battuto sulle quali si arrampicava una pianta di buganvillee.

Quelle viola sono le foglie, non i fiori.

Maledette buganvillee, loro e i ricordi che si portavano dietro. Maledette le pisciate dei compagni nella cartella, maledetto il banco imbrattato di avvampanti cuoricini e *femmeniello*. E soprattutto, maledetta la lettera che era arrivata quella mattina.

Antonio si bagnò i polsi e guardò l'orologio appeso al muro. Il ristorante era così lussuoso che aveva un orologio perfino in bagno. I ricchi dovevano tenerlo sempre sott'occhio, il tempo.

Perfetto, era lì dentro da diciassette minuti. Poteva bastare.

Uscì nella sala e, girando intorno ai tavoli, prima inciampò nella pelliccia di una signora giunonica, poi sbatté contro un cameriere. I piatti in bilico sulle braccia del ragazzo precipitarono a terra e un fortunato barboncino fu abbastanza lesto da fiondarsi sul fegato con le cipolline prima che venisse spazzato via.

Quando Antonio raggiunse il tavolo, i due, tre *amici* in attesa da diciassette minuti impostarono un sorriso forzato.

« Mangiato pesante, eh? » gli fece uno di loro, un senza nome e senza storia, dandogli una gomitata fin troppo confidenziale.

Antonio non finse neppure di sentirlo. Davanti a lui una nube di vapore precipitò dallo champagne appena aperto.

« Buon compleanno! »

Gli auguri di Leopoldo Saetta e dei due, tre uomini di cui ignorava l'identità gli arrivarono smorzati. Antonio non provò neanche a sorridere e si limitò invece a prendere il tappo di sughero che l'uomo alla sua sinistra gli porgeva come pegno di buona fortuna.

« Grazie, Annibale. »

« Veramente, io sono Federico », precisò l'uomo.

« Secondo me staresti meglio se ti chiamassi Annibale », replicò Antonio. E non volle sapere altro.

Antonio non capiva perché Leo avesse portato quegli sconosciuti, quel branco di cavernicoli, al suo cinquantesimo compleanno. Mangiavano a bocca aperta e sbavavano sui bottoni di osso delle loro camicie fatte su misura, i loro discorsi ruotavano intorno al cibo, saltando con noncuranza dalla trippa alle lingue, dagli spiedini di insetti coperti di cioccolato fino alle interiora di vitellini non ancora svezzati. Ma Antonio sorvolò su tutto: aveva ben altro a cui pensare.

Da quanto non era ossessionato da qualcosa? Per un intero pomeriggio era rimasto a interrogarsi su una lettera inspiegabilmente finita nella sua posta, una lettera vecchia di quindici anni che in realtà non aveva mai scritto, a una donna che, per quel che lo riguardava, poteva solo essere frutto della fantasia di una notte solitaria.

Genève Poitier doveva essere la donna del ritratto, la donna dai capelli colorati di verde. Ma *chi* era?

1999. Quindici anni. Cos'era accaduto quell'anno? Antonio non ricordava. All'epoca era rientrato da poco da Natzwiller e non era ancora scrittore. Non era un bel niente, probabilmente si limitava a dormire, mangiare e respirare. Viveva una fase di limbo, di stallo, di scarse memorie.

« Ti vedo abbattuto, amico mio. » Il più vecchio lì in mezzo, un vero e proprio pezzo d'antiquariato umano, gli diede una pacca sulle spalle. « Allegro, oggi compi gli anni! Io proprio non ti capisco. »

« Non puoi », replicò secco Antonio, « io sono un genio. »

« Oh, lui è sempre così. Mai un attimo di tregua, vero? » ammiccò Leo per giustificarlo, assumendo l'aria di chi sa tutto di tutti. « Quello che per noi comuni mortali è perdere tempo davanti a una finestra, per uno scrittore è lavoro. Uno scrittore si guadagna da vivere *immaginando* di vivere. »

« Ben detto, Leo », annuì uno dei due, tre amici, un omone talmente gonfio e vorace che Antonio aspettava con ansia il momento in cui sarebbe esploso. Quello sì, che sarebbe stato un colpo di scena.

« Ammettilo, Antonio, quanti agenti organizzano feste di compleanno così? » gli domandò Leopoldo sorridendo, mentre lo scrittore si augurava fra sé che non ce ne fosse nemmeno uno.

Per non deluderlo provò a ghignare, ma gli uscì una smorfia di assai poco conforto e il povero Leo abbassò subito gli occhi, mortificato.

« Ma sì, dove lo trovi un agente che ti fa una cosa simile? » tuonò l'uomo grasso. « Nessuno offre cene per il compleanno, o va a trovare il suo protetto ogni settimana... »

« Cos'è Tirnaìl? » lo interruppe Antonio. Neanche si era accorto che da quell'ammasso di lardo e strutto era uscita una voce. Sollevò lo sguardo, facendolo vagare tra i suoi commensali in cerca di risposta.

Gli uomini rimasero un attimo interdetti, ma poi Leo, più abituato a quelle stranezze improvvise, riuscì a riprendersi: « Un centro commerciale, o qualcosa del genere ».

Antonio inarcò le sopracciglia. *Questa è bella.*

« Credo sia un posto », specificò lo scrittore dopo un attimo. « Ma non so dov'è. »

« *Tirnaìl* hai detto? » L'uomo accanto a lui, alto e smunto, si massaggiò il mento. « Sì, mi sembra che sia in Olanda. »

« Davvero? »

« Sì, sono quasi sicuro che sia in Olanda. Vicino a Dublino, probabilmente. »

Antonio non insistette, convinto che perfino il signor Nicotiana doveva saperne di più.

Dopo un attimo di riflessione, provò per un'altra strada. « E chi è Genève Poitier? »

Leo sollevò gli occhi al soffitto, cercando di ricordare il nome: « Non so... un'attrice? »

« Sembra il nome di una puttanella », osservò con un'acida risata l'uomo grasso, trangugiando una sorsata di vino.

« E scommetto che lei è un grande intenditore, dico bene? » Il commento di Antonio per poco non fece soffocare con la Falanghina quel grassone.

Il silenzio che all'improvviso avvolse il tavolo traboccava di stupore. Poi, pian piano, emerse anche l'astio rimasto acquattato fino ad allora. Antonio non era così stupido da non accorgersene.

« Sapete, signori, a casa ho una gatta siamese di quindici anni che aspetta solo me. È una micia piuttosto arrogante e permalosa, nonché violenta, e non vorrei indispettirla o farla attendere per niente al mondo. Figuriamoci per dei perfetti imbecilli come voi. »

Poi si tolse il tovagliolo dalle ginocchia e lo sbatté sulla sedia, lanciò un rapido saluto a Leo e, fingendo che al tavolo non fosse seduto nessun altro, se ne andò. Filò via dal ristorante, divorato da quella gelida notte di fine inverno e dal silenzio dispiegato sulla città.

Grazie al cielo le strade erano deserte, e Antonio fu felice di trovarsi di nuovo solo. Infossò il mento nella sciarpa arancione e affondò le mani nelle tasche rotte – *buchi di topi*, si disse con convinzione. Era strano pensare che di lì a una quindicina di giorni sarebbe arrivata la primavera.

Le stelle risplendevano sopra di lui, bianche come il latte di cui gli antichi credevano fossero fatte. Sembravano tante lucciole incastrate in una tela di velcro che pulsavano per liberarsi. Con gli occhi ancora rivolti a quella cupola infinita, guardiana di chissà quali segreti, Antonio tirò dritto verso casa, ignorando la morsa del freddo e i mulinelli di foglie che il vento sollevava intorno a lui.

Le vie si snodavano in un labirintico cammino, completamente vuote se non per qualche barbone ubriaco o per i ragazzi che vagavano in cerca di piaceri artificiali. L'eco dei suoi passi, insieme allo sferragliare di un tram lontano, era l'unico suono che disturbava le ore notturne. Ma Antonio non si accorgeva di nulla. Non sentiva le sue scarpe scricchiolare sul lungomare e non faceva caso al silenzio del buio. Solo una voce rintronava nella sua testa. E quella voce mormorava due nomi, a oltranza, senza stancarsi: *Tirnaìl, Genève Poitier. Tirnaìl, Genève Poitier.*

Aveva trascorso un intero pomeriggio alla Biblioteca nazionale, la stessa che adesso gli sfilava accanto e che nelle tenebre appariva più monumentale e spaventosa che mai. Saltando da un libro a un altro aveva tentato di trovare qualcosa che potesse essergli utile. Doveva pur esserci un *Tirnaìl* da qualche parte. E invece niente. Era stato deprimente scoprire che anche i libri tradiscono.

Lasciata la biblioteca era tornato a casa, aveva svuotato scatoloni e cassetti, armadi e nascondigli sotto le mattonelle, mettendo sottosopra l'intero appartamento – tranne lo studio, quello era chiuso, quello non era suo – alla disperata ricerca dei suoi stessi scheletri. Magari un'altra foto di Genève

Poitier, o un suo biglietto. Niente. Nessuna traccia, nessun passato. Non era mai esistita se non in un'immagine e in una vecchia lettera. Una lettera che Antonio aveva imparato a memoria, marcandosi a fuoco le parole nella mente.

E la parte che più lo tormentava non era lunga nemmeno una riga. Ma in quella riga cinque parole bruciavano come polvere negli occhi: *Io ho ucciso un uomo.*

Perché mi preoccupo?, si domandò, rendendosi conto delle scempiaggini che lo stavano tarlando da qualche ora. *Adesso tornerò a casa, mi farò una dormita e domani sarà passato. Io non ho ucciso nessuno. Non ho ucciso nessuno.*

«Io non ho ucciso nessuno!» esclamò a voce alta per crederci meglio, e sollevò lo sguardo nella speranza che ci fosse un poveraccio a cui chiedere conferma.

Antonio non ci fece subito caso. Dovette arrivare a un semaforo lampeggiante per accorgersi che quella non era la strada che portava a casa sua. Senza volerlo, aveva continuato a procedere seguendo la propria ombra sui muri tristi e grigi dei palazzi lungo i vicoli, e si era ritrovato in una via spaziosa, fievolmente illuminata. Non era via Roma. Niente banche, negozi o palazzi, il teatro e la Galleria erano scomparsi, con tutti i bar e gli artisti di strada. E piazza del Plebiscito non era neanche lontanamente visibile, dietro di lui. Per non parlare di piazzetta Augusteo, che sembrava essersi dissolta nel nulla. I Quartieri, poi... *spariti.*

Guardandosi intorno senza troppa preoccupazione, cercò il nome della strada. E quando trovò l'iscrizione era macchiata di nero: qualche vandalo l'aveva nascosta sotto lo spruzzo di una bomboletta. Si disse che la cosa migliore sarebbe stata tornare indietro; in fondo, non poteva essersi spinto tanto lontano. Girò sui tacchi, stringendosi ancor più nelle spalle per via del gelo, e ripercorse a ritroso il tragitto che lo aveva condotto sin lì. Ma, per quanto provasse a raccapezzarsi, non riusciva a riconoscere nessuno di quei palazzi quieti e bui, nessuna di quelle caffetterie che sembravano aver chiuso i battenti da decenni. Ed era inutile spiare i nomi delle vie: erano tutti appannati da macchie scure. Se solo avesse incontrato qualcuno! Gli sarebbe bastata una persona qualsiasi, anche un potenziale ladruncolo pronto a fingere di avere una pistola sotto il giaccone. Tanto non avrebbe avuto un bel niente da dargli, tranne una penna e uno spago, che chissà come gli era finito in tasca.

Improvvisamente scorse un'ombra scivolare lungo i portoni, filando a una tale velocità che il suo cappotto nero si sollevava continuamente, gonfiato dal vento.

« Ehi, aspetti! » chiamò Antonio, accelerando il passo. « Sto parlando con lei, signore, mi aspetti! »

Senza volerlo, i suoi piedi iniziarono a correre. Rimase alle calcagna della figura che si addentrava nei meandri di una città sconosciuta ed esanime, imboscandosi in vicoletti asfissianti, seguendo un intricato cammino che portò entrambi a girare in tondo. Finché lo strano individuo, probabilmente stanco di passare sempre davanti allo stesso fornaio, optò per una strada alternativa e si precipitò lungo una buia scalinata che sprofondava in un vicolo cieco.

Antonio rimase incerto per qualche attimo, poi decise di seguirlo. Quando arrivò agli ultimi gradini si fermò.

Davanti a lui si era materializzata una maestosa torre di pietra. Svettava verso il cielo, creando una breccia nel manto di foschia, e con quel grande orologio senza numeri, incastonato in cima, assomigliava a un gigantesco, antichissimo ciclope.

Le finestre appannate del primo piano filtravano i cupi riverberi di alcune candele. L'uomo, intanto, era scomparso all'interno della rocca, sbattendosi alle spalle una porta scricchiolante che aveva divorato l'eco di un lontano campanello.

Antonio strizzò le palpebre un paio di volte, ancora incerto se considerare l'intera scena come un sogno. E per un attimo ne fu proprio sicuro.

Sto dormendo, sono nel mio letto. Basterà contare fino a tre per risvegliarmi.

Ma ebbe tutto il tempo di arrivare fino a trenta: rimase dov'era. Non sapendo cos'altro fare, avanzò verso la torre. L'insegna l'aveva notata fin dal primo momento, tuttavia non aveva avuto la forza di crederci. Si era detto che era uno scherzo della sua immaginazione, particolarmente provata in quelle ultime ore. Eppure la scritta sbiadita era ancora lì, appariva e svaniva con il volteggiare della luce.

UFFICIO OGGETTI SMARRITI TIRNAÌL

«Ti ho trovato.»

Come se fosse d'accordo, la sua ombra vibrò.

Le sue dita tremavano quando si posarono sul pomello d'ottone, e non capì mai se quel fremito che a un tratto lo folgorò fosse dovuto alla forte emozione o all'improvvisa corrente d'aria che sollevò le tendine e spense le candele. Rimase impalato sulla soglia, accolto dal trillo del campanellino e da un urlo che proruppe davanti a lui: «Signore, la porta!»

Antonio si riscosse e obbedì subito all'ordine di un'anziana e corpulenta signora che indossava un consunto impermeabile sopra un pigiama di flanella. Era comodamente appollaiata su una poltrona mezza distrutta e faceva orrida mostra di gambe irsute e lacerate dalle vesciche.

«Allora, chi abbiamo qui?» La donna protese il suo enorme faccione in avanti, riducendo gli occhi a tremolanti fessure. Assomigliava a una vecchia tartaruga. «Nome, prego.»

Nome. Una cosa così semplice, eppure Antonio non riusciva a ricordarla.

«Nome, prego», ripeté la donna, forse abituata a quel genere di reazione. Ripropose la domanda un paio di volte, prima che Antonio balbettasse qualcosa. «Antonio Fonte, ha detto?» La donna l'osservò dubbiosa. «È la prima volta che viene nell'Ufficio?»

«Sì.»

«Ne è sicuro? No, perché mi sarei giocata un dente di averla già vista. Ma, dopotutto, non ho mai avuto fiuto per le scommesse.»

E così dicendo gli mostrò un sorriso. Completamente sdentato.

« Perché è qui? » gli chiese infine.

« Perché mi sono perso », bisbigliò Antonio.

La bocca vuota della donna si aprì in un malizioso spiraglio: « Risposta esatta ».

5

Il Collezionista

Con un cenno del capo la donna indicò ad Antonio una porticina alla sua sinistra, che si aprì scricchiolando su una rampa di scale a chiocciola. Invitato a entrare, Antonio si inerpicò per i gradini bui, sempre più certo di essere prigioniero di una delle sue oniriche visioni. E non ebbe più dubbi sulla natura di quella follia quando sbucò nella sala principale della torre. La sua *unica* sala, probabilmente.

Antonio non poté impedire all'entusiasmo di fluirgli nel corpo. Per qualche istante rimase stregato sulla soglia, poi penetrò in quel cimitero di oggetti perduti.

La sala era sovrastata dal più grandioso soffitto che Antonio avesse mai visto. Le pareti, spaventosamente elevate, disegnavano un perimetro ettagonale e si ricongiungevano in una volta di pietra che sembrava sul punto di sprofondare su di lui. Sette maestose colonne costituivano la principale ossatura della sala, tutte ornate con statue gotiche e solcate da un intreccio di fregi e capitelli. Ombre spettrali traballavano tra i candelabri sospesi. Ai loro piedi, attraverso la sala, correvano file di enormi casellari, sepolti sotto strati e strati di oggetti. Erano cose comuni, appartenute a uomini comuni. Ma in quel luogo di incanto, forse per i giochi di luci e tenebre, o forse per l'aria magica che quelle pareti trasudavano, quegli oggetti ordinari diventavano straordinari, e apparivano come i tesori più preziosi dell'universo. Da televisori a libri, da vestiti a gioielli, fino a parti di computer e ricambi per auto, trucchi, bottiglie, giocattoli, pezzi di arredamento... c'era perfino un cassonetto della spazzatura! Antonio si sporse e lo vide stracolmo di biglietti di autobus e treni. Un numero esorbitante di ombrelli pendeva sulla sua testa, insieme a scarpe spaiate, appese per i lacci a fili di nylon. Non era esattamente il negozio di un antiquario, poiché molta della merce sembrava moderna e in ottimo stato; eppure vi regnava l'atmosfera tipica di un robivecchi.

«Ha messo radici, signor Fonte?» Una voce mordace lo raggiunse.

Antonio sbatté le palpebre, avvertendo un lieve capogiro, e si accorse dell'uomo apparso alle sue spalle. Era alto, robusto, di bell'aspetto, con un'età indefinita nascosta dietro due occhi celesti, il mento sottile e una chioma di lunghi capelli castani. I vestiti che indossava e l'aria maliziosa sembravano rubati a Huckleberry Finn.

«Come fa a sapere il mio nome?» Antonio non riuscì a dire altro.

Quel bambino perduto, con qualche ruga e le basette, gli sorrise: «A cosa crede che serva una segretaria?»

Antonio capì che alludeva alla tartaruga con le pustole al piano di sotto.

«Le do il benvenuto a nome di tutta la ditta, che poi sarei io. Vedo che è tornato a trovarci.» L'uomo gli volse le spalle e lo condusse fino a un'estremità della sala, a un enorme tavolo di quercia su cui era esposta una preziosa bilancia d'ottone.

«*Tornato?*» Antonio aggrottò le sopracciglia: tanto valeva stare al gioco che la sua immaginazione gli stava proponendo. Anzi, la verità era che si stava divertendo un mondo. Là fuori, oltre la porta dell'Ufficio Oggetti Smarriti, era tutto una gran noia.

«Certo, signor Fonte. Abbiamo già avuto il piacere di incontrarci, molti anni fa. Non che il tempo sia una questione di cui tener conto, per quanto mi riguarda.» Appoggiò le mani sul tavolo, davanti a un gigantesco libro, e afferrò una penna stilografica. «Antonio Fonte, giusto?»

«Sì.»

«Ne è sicuro?» Un sopracciglio slittò in alto sulla fronte corrugata.

Antonio sospirò, rassegnato a quella maledizione che lo perseguitava dalla nascita.

«Antonio *Maria* Fonte», rispose, udendo dei bisbigli intorno a sé.

C'erano altri uomini nella torre. Erano silenziosi come ladri ed evanescenti come la nebbia, spuntavano senza far rumore e senza dare nell'occhio. Alcuni di loro si stavano arrampicando su lunghe scale a pioli per sistemare la merce fra gli scaffali, circondati da una lattiginosa foschia.

«Questi, signor Fonte, sono i miei assistenti», gli spiegò l'uomo dietro il tavolo. «Preziosi quasi quanto gli oggetti che custodisco nella torre.»

Lo scrittore distolse lo sguardo quando udì un sibilo. Alle spalle del tavolo, si apriva un enorme camino presidiato dalle statue di due mostruose creature alate. In quel momento, dalla cappa precipitarono un boccale d'argento, un foglietto spiegazzato, uno spazzolino da denti e un guanto di pelle spaiato. Una vecchia signora, che aveva tutta l'aria di un'austera bibliotecaria, si affrettò a raccoglierli.

«Lei sa dove ci troviamo, signor Fonte?» lo richiamò l'uomo dietro la scrivania.

«A Tirnaìl?» provò Antonio, senza troppa convinzione.

«Oh, no, signore, non proprio. Diciamo che questa è la sala d'aspetto di Tirnaìl, e io non sono che il bigliettaio che concede il lasciapassare.»

«Per dove?»

«Per Tirnaìl, naturalmente.» L'uomo aprì il librone, sfogliando le pagine che si dispiegarono come le ali di una gigantesca falena.

Antonio dilatò le narici percependo l'effluvio acre di libri antichi e dimenticati. Somigliava vagamente all'odore che sprigionano i nonni, quelli in pantofole e pigiama, che proprio come i libri hanno l'ottimo vizio di raccontare storie.

Il volume non era stampato, le sue pagine erano bianche. Eppure sembravano in attesa di qualcuno che le risvegliasse. Toccò all'uomo misterioso farlo: con un'eccellente grafia, di quelle che le scuole d'altri tempi avevano la premura di insegnare, scrisse il nome completo di Antonio. E allora accadde che lettere, parole e frasi intere si materializzassero a una a una sui fogli, senza che nessuna mano le tracciasse. E così il libro resuscitò dall'oblio.

« Siamo svampiti, signor Fonte », commentò allietato l'uomo. « Da quando perse il suo primo ciucciotto ne ha fatta di strada. Solo mezz'ora fa ha smarrito uno splendido fermacarte... »

« Faceva schifo », lo interruppe Antonio. « E me l'hanno regalato persone che fanno ancora più schifo », aggiunse, mentre il ricordo ripugnante dei due, tre amici gli si affacciava alla mente.

« Quindi non le dispiacerà se lo terrò per la mia collezione, giusto? » gli chiese l'uomo con un abbozzo di sorriso, facendo un segnetto vicino a *Fermacarte* prima ancora che Antonio rispondesse.

Antonio rimase colpito dalle sue parole: « Lei è il Collezionista? »

« Vuole chiamarmi così? Per me va bene. »

« Cosa ci faccio qua? »

« Lo sa benissimo, signor Fonte: si è perso. Tutto quello che si perde finisce qua, da sempre e per sempre. Oggetti, animali, persone, sogni, ricordi, suoni, odori. »

Un altro sibilo alle sue spalle obbligò Antonio a distogliere l'attenzione: dal camino ora caddero un telecomando e un astuccio per le penne.

Fu un colpetto di tosse forzato a costringere di nuovo il suo sguardo sul Collezionista. L'uomo lo invitò a dare un'occhiata al libro. Antonio si affacciò sul volume risorto, iniziando a sfogliarlo con delicatezza per paura di sgretolarlo. Pagine e pagine di cose di cui non rammentava l'esistenza, ma che un tempo gli erano senza dubbio appartenute. In un meticoloso ordine cronologico, era segnato tutto ciò che aveva smarrito, sin da quando era bambino.

Gli occhi gli divennero lucidi man mano che leggeva. C'era Gatto, il dinosauro di pezza che sua madre aveva buttato via per sbaglio; il braccialetto di perline che gli aveva regalato Nausicaa Vespucci, la bambina disabile che abitava nel palazzo di fronte. La pistola di latta che gli aveva donato suo nonno, scomparsa durante i lavori per ristrutturare la cucina; il pupazzo di Chewbecca, lanciato in un cespuglio nel tentativo di colpire Giorgio Sparano. Il nastro di seta indossato da Giulia Iodice la prima volta che l'aveva baciata: glielo aveva dato in pegno, ma lui lo aveva smarrito cinque minuti dopo, correndo dagli altri ragazzini per giocare a palla avvelenata.

Lo scrittore sollevò lo sguardo e lo posò sul Collezionista. Qualcosa in lui, una scintilla di vita rimasta sepolta sotto il peso di anni di indifferenza e disincanto, baluginò con forza improvvisa.

«È uno scherzo? Chi diavolo è lei?»

«Credevo che su questo punto ci fossimo chiariti, signor Fonte. E no, non è uno scherzo, non è una storia e non è un'allucinazione», disse il Collezionista fra i denti, seccato che qualcuno potesse mettere in dubbio la realtà delle cose. «*C'è qualcosa di vero in questo mondo.* Signor Fonte, lei dovrebbe saperlo bene.»

Antonio si sollevò, girò su se stesso, guardò con attenzione ciò che lo circondava. Per la prima volta da quando aveva messo piede in quella sala, la sua voce tradì una profonda incertezza e un accenno di paura: «Cos'è Tirnaìl?»

Il Collezionista gli si fece più vicino. Sapeva di tabacco e di velluto, come le sale dei vecchi cinema.

«È dove tutto questo va a finire quando se ne smarrisce il ricordo.»

Antonio rabbrividì. Quelle parole mormorate sembravano fatte di vento.

«In un'altra torre?»

«No, signor Fonte. È molto, molto di più. Tirnaìl è una terra antica e immensa, nascosta dietro l'angolo di ogni strada, nel punto in cui finiscono gli arcobaleni, al confine intessuto tra la notte e l'aurora. È fatta di mondi dimenticati, di città sepolte dalla perfidia dei secoli, di fiumi celati sotto il fluire del tempo, di genti che smarrirono la via e la memoria del ritorno. L'Ufficio Oggetti Smarriti è solo un deposito: ognuno di voi ha esattamente dieci anni di tempo per venire qui a reclamare un oggetto perduto. Scaduto il termine, do ordine di trasferire le cose a Tirnaìl, dove gli oggetti sono liberi di *vivere.*»

«E non tornano più indietro?»

«Tirnaìl ha il brutto vizio di inghiottire gli uomini e i loro sogni, signor Fonte. Oh, sì... ci sono anche uomini laggiù, molti dei quali si trovano lì per puro caso, perché qualcun altro ce li ha mandati. Altri speravano di ritrovare cose perdute e di riportarle con sé. Ma sono davvero pochi a tornare. Sono pochi a *ricordarsi* di tornare. Anche i ricordi si smarriscono nell'altra terra, signor Fonte.» Il Collezionista scorse il libro, mentre un ghigno sempre più ampio e meno rassicurante si andava delineando sul suo bel volto. «E a quanto vedo... anche lei ci ha lasciato un ricordo.»

«*Come?*» Antonio si affacciò con timore e reverenza su quella riga:

17 dicembre 1999
Memoria. Oggetto di scambio.

«Cosa significa?» Antonio si soffermò sulla data. La stessa della lettera.

«Significa che lei mi ha ceduto *spontaneamente* un suo ricordo, signor Fonte. Ha scelto di perderlo e, com'era giusto, in cambio le è stato dato qualcos'altro.»

«E cosa?»

«Qui c'è scritto: *Il signor Antonio Maria Fonte ha perso un ricordo e ha trovato un gatto.*»

Antonio titubò. Un gatto.

«Non ha senso...»

«Già, non trova?»

Un gatto. Era mai possibile...?

«Calliope?» mormorò incredulo.

«Lei è molto scaltro, signor Fonte.»

«A che gioco sta giocando? Quello è il *mio* gatto e so *perfettamente* com'è finito in casa mia. E non è stato di certo lei a darmelo!»

«E scommetto che lei è pronto a giurarlo.» Il Collezionista sghignazzò davanti al silenzio impacciato di Antonio. « Mi dispiace, signor Fonte, ma io non so cosa significhi più di quanto non lo sappia lei. »

L'uomo gli indicò la bilancia d'ottone che brillava lì accanto.

« Molti vengono qui per riprendersi cose che hanno perduto, e io sono un brav'uomo, signor Fonte, davvero. Ma sono comunque un uomo. Devo pur procacciarmi il pane: ho sempre bisogno di qualcosa in cambio di qualcos'altro. Se vuole riprendersi un oggetto faccia pure, ma me ne dia un altro in cambio. Se vuole riportare da Tirnaìl una persona smarrita, si accomodi, ma dovrà darmi un'altra vita come ricompensa. Tutto ha un prezzo, tutto ha il giusto *peso* », concluse con un enigmatico sorriso, accarezzando la bilancia con una premura che forse non riservava a nessun essere umano.

« Perché uno dovrebbe ricevere un gatto in cambio di un ricordo? » Antonio ancora non riusciva a mettere da parte la questione.

Calliope, la *sua* Calliope, proveniva davvero dalle mani di quell'uomo?

« Magari dovrebbe sforzare un po' di più la memoria. Scommetto che ci sono molte altre cose che la sorprenderebbero, se solo avesse il coraggio di riportarle alla luce. O magari le ha dimenticate perché erano così terribili che non riusciva a conviverci. A un certo punto della vita gli uomini rischiano di diventare prigionieri di se stessi, di ciò che hanno fatto e di quello a cui hanno rinunciato, e allora non resta che una via di scampo: l'oblio. »

« Ma io non ho fatto niente! » stridette Antonio, avvertendo una certa irritazione montargli nel petto. « Io non ricordo niente di tutto questo! »

« Oh, che bizzarra coincidenza. Lei non ricorda un ricordo che ha scelto di dimenticare. Com'è curioso il mondo, non crede? »

« Chi è che porta qui gli oggetti smarriti? » Antonio provò a cambiare argomento, sentendosi il volto in fiamme.

«Nessuno li porta, signor Fonte. Sono gli oggetti che vengono da noi. Forse si sentono offesi.»

Il Collezionista piegò il collo all'indietro e puntò gli occhi verso il maestoso soffitto. La cappa del camino si allungava fino alla sommità della torre.

«Eh, sì. Proprio così. Gli oggetti precipitano qui e i miei assistenti si prendono la briga di sistemarli. Certo, per me sono più di semplici impiegati. Sono persone diverse, individui che la società ha rigettato e che io ho accolto a braccia aperte, artisti attenti ai dettagli della vita e del mondo, persone disposte ad accettare tutto e ad ascoltare tutti. Il loro compito è recuperare le cose perdute che non vogliono proprio saperne di scomparire.»

«Le *cose* non vogliono scomparire?» Antonio parve dubbioso.

«Lei lo vorrebbe?» lo sfidò il Collezionista, mascherando a stento un ghigno sardonico.

Antonio studiò gli uomini sparpagliati per la torre, gli *assistenti* del Collezionista, e non gli parvero altro che schiavi, marionette nelle mani di un abile burattinaio, condannate a vivere una vita sospesa.

«Non sa quale sia il ricordo che le ho consegnato?» domandò Antonio.

Il Collezionista si strinse nelle spalle, ma Antonio era sicuro che stava bluffando.

«Quel ricordo me l'ha ceduto nel 1999, quindici anni fa. Come le ho detto, gli oggetti smarriti rimangono in quest'ufficio per dieci anni, poi vengono trasferiti a Tirnaìl. Il suo ricordo è laggiù, ormai.»

«E se volessi riprendermelo?»

Il Collezionista rise con cinismo: «E *dove*? A *Tirnaìl*? Mi creda, signor Fonte, quasi niente di ciò che varca quella soglia ha speranze di tornare indietro».

«Ma io devo sapere di che si tratta! È la mia vita!»

«Mi stia a sentire bene, signor Fonte.» L'uomo indurì la voce e una luce minacciosa si accese nei suoi occhi. «Tirnaìl è un mondo pericoloso e i ricordi si trovano nel suo angolo più remoto, a Mnemosia. I ricordi rappresentano la nostra vita, la nostra storia, ciò che siamo stati... Senza ricordi un uomo non vale più di una scatola vuota. E Tirnaìl – che è molto più *viva* di quanto lei immagini – lo sa bene, per questo li ha esiliati in una regione così sperduta. Tanto più che a Tirnaìl non si può parlare in questi termini: vicino e lontano hanno un significato diverso, visto che le cose e i luoghi iniziano a esistere solo quando qualcuno li incontra.»

Quelle parole confusero Antonio, che rimase a fissare il vuoto per parecchi istanti.

«Ma lei ha detto che Tirnaìl è una terra antica.»

«So quel che ho detto.»

«E allora com'è possibile che a Tirnaìl le cose nascano solo quando si incontrano?»

Il Collezionista gli regalò un altro dei suoi sorrisi sibillini: «Lei ha ragione, mi correggo, visto che le cose stanno così anche da noi».

«Non credo proprio», rise nervosamente Antonio.

«Lo creda eccome, signor Fonte.» La sicurezza del Collezionista gelò il suo sorriso. «Perché una persona che non ha mai conosciuto, un libro che non ha mai sfogliato, una terra su cui non ha mai posato piede... tutto questo, in fondo, non esiste ancora. Esiste nelle storie degli altri, forse, e magari vive nei loro occhi, o nelle nostre fervide menti. Ma nulla più. A Tirnaìl lo straordinario è solo più evidente. E per un motivo preciso: voi dovete perdervi.»

Il Collezionista scandì le ultime parole e Antonio avvertì un brivido elettrizzargli la schiena. Si sentiva come un bambino di fronte al padre, stava lottando per un giocattolo che non era neanche sicuro di volere. Eppure, sebbene vibrasse, la sua voce tornò a farsi sentire.

«La supplico, ho bisogno di saperlo. Ho perso tante di quelle cose, lo vede anche lei, e non m'importa un accidente. Se le tenga tutte, le mandi pure sulla Luna, se le va. Ma questa...»

Lasciò aperta la supplica e chiuse gli occhi.

Perché è così importante?

Non sapeva darsi una risposta. Che senso aveva riesumare

eventi che aveva scelto di seppellire? Se era tutto vero, se Tirnaìl, il Regno delle Cose Perse, esisteva, e se lui aveva davvero voluto dimenticare, doveva esserci un motivo. E magari non era il caso di riportarlo alla luce.

Ma in quel momento di incertezza Antonio Fonte sapeva solo una cosa: sarebbe stato disposto a mettersi in ginocchio pur di convincere il Collezionista. La sua vita era come un abito strappato: doveva essere ricucito per riacquistare valore.

« La supplico... mi permetta di andare a cercare quel ricordo! »

L'uomo, dall'altra parte del tavolo, lo fissava con occhi che nascondevano i segreti del suo animo. Durante quegli attimi interminabili Antonio poté avvertire i battiti del proprio cuore scandire il tempo.

Il Collezionista riprese a sfogliare il libro, alla ricerca di qualcosa. Il suo indice lungo e sottile si fermò in un punto, ticchettando un paio di volte.

« Al suo battesimo, il suo padrino le regalò un orologio da taschino. Era d'argento. »

« Davvero? Non sapevo neanche di avere un padrino. »

« Sì. Lei aveva otto mesi. A un anno, l'orologio era già nella mia torre. »

« La cosa non mi stupisce. »

« Lo rivuole? »

Antonio aggrottò le sopracciglia: « Come? »

« Le servirà, ancora non può immaginare quanto. Quindi lo rivuole. Ma in cambio avrò bisogno di una goccia del suo sangue. »

« Il mio sangue? Cos'è, uno scherzo? »

« Se lei desidera andare a Tirnaìl dovrà smettere di pensare che qualcosa – qualunque cosa – possa essere uno scherzo. Mi dia retta. »

Il Collezionista tirò fuori uno spillo dalla tasca interna della giacca. Attese che Antonio allungasse la mano e si lasciasse pungere, ma lo scrittore era titubante. A cosa gli serviva il suo sangue?

Quella situazione surreale iniziava a preoccuparlo. Le alternative erano due: o era tutto vero, e allora la sua vita non sarebbe stata mai più la stessa; oppure qualcuno lo voleva imbrogliare, giocandogli un brutto scherzo.

In ogni caso, Antonio accettò la sfida e porse il palmo al Collezionista.

Fu rapido e indolore, e, quand'ebbe ottenuto ciò che aveva chiesto, l'uomo fece scivolare la goccia del sangue di Antonio sul piatto sinistro della bilancia.

« Perché voleva il mio sangue? »

« Per riconoscerla, naturalmente. »

Dopo qualche istante, sgomento, Antonio si accorse che la bilancia si era inclinata verso destra. Il piatto d'ottone si era riempito e abbassato perché un vecchio orologio d'argento, di quelli da taschino, aveva rotto l'equilibrio fra le due parti. Il Collezionista lo prese e glielo porse con gesto alquanto teatrale: le lancette erano ferme, segnavano in eterno le dieci e dieci.

« Come le ho detto, signor Fonte, Tirnaìl ingoia tutto ciò che trova. Lei ha un po' di tempo prima di finire triturato fra le sue fauci. Non so quanto. È il tempo che lei ha perso nella sua vita, i momenti morti in cui non combinare nulla sembrava la cosa più giusta da fare. Anno dopo anno, ha accumulato una certa quantità di questi attimi. Da quando metterà piede a Tirnaìl partirà il conto alla rovescia: i numeri spariranno, e prima che il quadrante diventi bianco e il tempo per lei smetta di avere significato, dovrà aver preso quello che cerca. O si perderà per sempre. »

Il Collezionista fece per porgergli l'orologio, ma si ritrasse all'ultimo istante.

« È sicuro? »

Antonio si bloccò. Certo che *non era* sicuro. Tuttavia, anziché ammetterlo, anziché battere in ritirata mormorando qualche scusa per il disturbo, gli offrì un sorriso.

« No, ma sono abbastanza pazzo. »

« Forse non crede che quanto le ho detto sia vero, signor Fonte. »

« Forse non credo che *lei* sia vero, signor Collezionista », replicò tagliente Antonio, strappandogli di mano l'orologio. «Ma se dovessi sbagliarmi...»

Lasciò la frase in sospeso e si girò per andarsene.

«*Se dovesse sbagliarsi* non vuole sapere come si arriva a Tirnaìl, signor Fonte?»

Antonio si fermò a quel richiamo carico di sfida. *Giusto*.

«Come?»

«Le porte perdute, signor Fonte.»

«E cosa significa?»

«Ovunque un uomo volga i propri occhi vede porte che all'apparenza conducono in nessun dove. Non si lasci trarre in inganno, signor Fonte: quel nessun dove è Tirnaìl.»

Antonio strinse più forte l'orologio, prima di infilarselo in tasca. Senza darsi la pena di salutare, s'inoltrò nel labirinto di scaffali e di oggetti perduti. Quando finalmente riuscì a trovare la via d'uscita, si lanciò giù per le scale, ignorando la donna tartaruga che ronfava sulla poltrona all'ingresso. Uscì con tale foga dall'Ufficio Oggetti Smarriti e si precipitò con tanta irruenza per strada, passando da un vicolo a un altro, che quando si voltò la torre era svanita, divorata dalla città.

Niente più scale, niente più Collezionista, niente più Tirnaìl. Solo le luci di via Roma, con le coppiette dell'ultima ora che si davano l'addio sotto i portici.

Ho sognato, si disse, e non sapeva nemmeno se esserne felice o deluso.

Lanciato un ultimo sguardo alle sue spalle, si inoltrò per i Quartieri Spagnoli, che non dormivano mai e che per questo non sapevano cosa fossero i sogni. Andò dritto verso casa, da Calliope, dal suo latte caldo, dalle cose vere, che forse non erano cariche di meraviglia, ma almeno erano sempre lì.

Si strinse nel cappotto per attutire il freddo pungente.

Marzo maledetto.

Infilò le mani in tasca. Le sue dita tastarono un piccolo oggetto rotondo. Lo tirò fuori e tremò, ma stavolta non certo per il freddo: era un vecchio orologio d'argento, fermo alle dieci e dieci.

6

La porta perduta

La primavera stava arrivando. Ora assumeva le sembianze del sole che spuntava più spesso e più a lungo, ora delle primule che fiorivano sui davanzali delle vicine. Altre volte si nascondeva nelle mimose vendute agli angoli delle strade da mercanti che le avevano rubate nei giardini dei borghesi; altre volte ancora, era lì che sventolava insieme ai panni lasciati ad asciugare tra un palazzo e un altro, come funamboli sulle corde tese; oppure la si friggeva con le zeppole di san Giuseppe, il cui odore cremoso si spandeva nell'aria appagando l'olfatto.

Inizialmente Antonio aveva cercato la torre. All'alba e al tramonto, quando portava Calliope a spasso, aveva provato a ripercorrere la stessa strada che aveva fatto dopo essere uscito dal ristorante, il giorno del suo cinquantesimo compleanno. Dal Borgo Santa Lucia, che profumava di mare e delle cozze avvinghiate agli scogli, arrivava a via Chiatamone, intrisa dello smog del tunnel della Vittoria che conduceva su via Acton. Saliva fino a Monte di Dio da piazza del Plebiscito, inoltrandosi nei vicoli di Pizzofalcone dove i vecchi dei Quartieri giocavano a tressette, sciorinando una serie strombazzante di *cornuto, chit'èvivo* e *chellazompaperetae'mammeta.*

Antonio non aveva mai camminato così tanto; di solito viveva rifugiato tra le sue quattro impenetrabili mura, per evitare che la sua fantasia venisse sporcata dallo squallore della realtà.

Una di quelle sere, scendendo le rampe di Monte Echia, Calliope lo trascinò davanti a una costruzione gotica e romantica, che per un attimo lo illuse. Non gli sembrava di averla mai vista prima, ma una cosa simile può capitare ogni giorno, in una città che si regge sui segreti, anche se in quella città si è vissuti tutta una vita.

Era un castello, più che una villa, e versava nel più completo degrado. Le assi di legno alle finestre erano scardinate, le mura vessate dal tempo e dalle intemperie; i vetri rotti lasciavano intravedere un mobilio scarno e ormai danneggiato. Sulla sommità dell'edificio svettavano quattro torrette e un cancello di ferro lo proteggeva dal resto del mondo. Su tutto aleggiava un colore scuro e brumoso, tipico dei posti che hanno conosciuto le fiamme dell'inferno. La villa cadeva a picco su via Chiatamone, affacciandosi su un panorama vertiginoso.

Era una residenza magnifica, ma non era la torre del Collezionista.

Calliope tirava il guinzaglio, smaniosa di passare attraverso le sbarre e sfruttare l'invidiabile dono felino di varcare soglie interdette agli umani. Porte chiuse. Porte perdute.

« Salve. » Un uomo apparve dietro il cancello, emergendo dal giardino con un'ascia in mano e interrompendo bruscamente i voli pindarici di Antonio.

Lo scrittore lo guardò interdetto: « Salve. Dov'è il Collezionista? »

« Non lo so. Chi è? »

« Uno che colleziona cose. » Antonio si guardò intorno incuriosito. Sopra la porta d'ingresso della villa era raffigurata una bizzarra mezzaluna dorata intercettata da ondulati raggi di sole. « Cos'è questo posto? »

« Villa Ebe, signore. L'hanno messa su nel 1920, più o meno. »

« È sua? »

« *Mia?* » Il giardiniere rise. Aveva un mento talmente aguzzo che avrebbe potuto aprirci una scatoletta di tonno. Puzzava di alcolici scadenti, forse acquavite. « Sì, come no, ma non ci vengo tanto spesso perché sto di casa al Palazzo Reale durante tutta la settimana. »

« Buon per lei, signore. »

« Ma quello è un gatto? » Il giardiniere si era appena accorto di Calliope e del suo guinzaglio, e rimase a bocca aperta, quasi infastidito.

« No. È un cane, ovviamente, travestito da gatto. Cos'è successo qui? »

« Un incendio, una quindicina d'anni fa. Ma tanto Villa Ebe era già abbandonata dal 1970, quindi chi se ne fotte. Dicono che ci stanno i fantasmi e le maledizioni, ma io ho un corno rosso con me e un ferro di cavallo a casa, e vado ogni domenica a messa: il demonio mi fa un baffo. E come ha fatto a travestire un cane da gatto? »

« Lei cosa fa qui? » chiese Antonio, ignorando la sua domanda.

« M'hanno messo a spaccare legna, ad aggiustare il giardino e a scacciare i ficcanaso. Forse la vogliono riaprire, se faccio bene il mio lavoro. Ma se lo faccio bene e riaprono la villa, dopo dovrò faticare il doppio. Quindi per ogni cosa che aggiusto ne rompo un'altra, così sto a posto. »

« Lei è l'incarnazione di tutte le ragioni che hanno portato questa città al suo indiscusso successo », si complimentò Antonio, prima di andarsene.

Dopo una settimana, Antonio capì che la sua ricerca era destinata al fallimento. Per lo meno Calliope si era divertita parecchio, anche perché la gente, poco abituata a vedere gatti al guinzaglio, le dispensava pezzi di trippa e coccole a volontà.

Dopo quei giorni infruttuosi, Antonio decise che era ora di crescere: non c'erano un prima e un dopo. I suoi cinquant'anni un bel giorno erano venuti, senza far troppo baccano, e altrettanto silenziosamente dovevano passare. Non esistevano ritratti, lettere e torri, non c'erano collezionisti, né porte nascoste che conducevano in regni delle cose perdute. Il suo gatto era solo un gatto che si credeva un cane, non certo un dono ricevuto in cambio di un ricordo.

Anche solo pensare a quelle storie gli procurava un fastidioso mal di testa. Certe avventure capitavano nei libri della sua infanzia, o nei romanzi che scriveva, mentre questa era la realtà, era il regno del niente.

Si impose di dimenticare il volto di quella ragazza, Genève

Poitier. Eppure, in modo seccante e insieme piacevole, lei era sempre con lui, nei momenti di veglia e negli angoli ciechi dei sogni. Era il pensiero che ingombrava la sua mente, che gli tarlava lo spirito e gli toglieva la pace.

Smise di portare Calliope a spasso. Adesso si alzava, sempre dopo l'una, faceva colazione con la prima cosa che gli riusciva di trovare in frigo e si preparava ad affrontare una giornata tra alti e bassi, come i tentativi di sfuggire agli incontri ravvicinati con il signor Nicotiana, o le visite di Lucrezia e di un altro paio di amiche, oppure le uscite con Leo, che lo portava a pranzo e se lo scarrozzava dietro a teatro, nella speranza di trovare qualcosa che stimolasse il suo interesse.

Qualunque cosa facesse, però, il primo e unico pensiero di Antonio Fonte era ricordarsi di dimenticare. Dimenticare che in realtà lettere, torri e regni delle cose perse da qualche parte, in qualche modo, dovevano pur esistere, e Genève Poitier con loro.

Perciò il ritratto della donna dai capelli verdi era sempre con lui. Doveva pur esserci qualcosa di vero, in questo mondo.

Primavera 1972

Sua madre soffoca un grido di rabbia: non trova l'accendino, è costretta a usare i fornelli.

« Lui ti ha lasciato nella merda », biascica, e le sue parole tremano insieme alla voce. « E tu, Anto', tu ci fai affogare appresso a te! Sei uomo, sei padre, tieni delle responsabilità... Pensa a tuo figlio! Ma a te, quella povera creatura, che ti ha fatto di male, eh? Tiene otto anni, Anto', otto anni! »

Antonio detesta quando la mamma piange. Ormai capita sempre, non importa se il giorno prima ha combattuto la stessa battaglia usando le stesse armi.

La mamma si accende una sigaretta mentre l'ultima sta ancora fumando nel posacenere, vaga per casa muovendosi con scatti nevrotici, come un automa inceppato, e sembra già talmente vecchia e stanca che Antonio vorrebbe metterla a letto e prendersi cura di lei.

« E cosa dovrei fare? » Suo padre è seduto sulla poltrona e parla in tono così pacato che Antonio, dalla sua stanza, a stento percepisce le parole. « Sono un uomo, sono un padre... ma sono soprattutto un fallito, Ester. Ho perso l'ispirazione, ho perso il mio lavoro, i miei soldi. Ecco il particolare che mancava alla tua lista, e non fingiamo che non stia in cima. »

« E allora? Ma che ci vuole, Anto'? Esci dal tuo studio e trovati un lavoro. Un lavoro onesto, per persone oneste come a noi, non come quel verme che ci ha inguaiati, quello schifoso, quella sanguisuga... quel vampiro*! »*

Antonio coglie una risata amara prima che suo padre inizi a canticchiare qualcosa che lo inquieta terribilmente.

« Vladimiro, il vampiro. Vladimiro, il vampiro. Vladimiro... »

« Anto'! » Sua madre si avvicina alla poltrona. Guarda il marito negli occhi, gli accarezza con forza il viso, lo cerca sotto la disperazione e l'umiliazione che negli ultimi mesi lo hanno sepolto. « Anto', noi ce la possiamo ancora fare. Io ti amo, Anto', e tuo figlio ti adora. Sei il suo eroe! Teniamo una casa nostra, io tengo un lavoro... possiamo essere ancora felici! Buttiamoci il passato alle spalle: quello che è stato è stato, non è colpa tua. Quell'infame ci ha imbrogliati, si è fregato con le sue mani e ora sta marcendo in carcere... Ma tu sei diverso, tu non c'entri, Anto'. Ti prego! Non mi lasciare sola. »

« Vladimiro, il vampiro. Vladimiro, il vampiro... » Suo padre non fa che sussurrare l'orribile cantilena.

Dal sottile spiraglio della porta di camera sua, Antonio vede suo padre alzarsi. Scosta la moglie con delicatezza, senza fatica, come se soffiasse via una piuma. Intanto evita il suo sguardo. Prende la giacca e si dirige verso la porta.

« Io vado. »

« Ma dove vai, Anto'? È mezzanotte. Non mi lasciare sola. »

Antonio sente la porta di casa chiudersi e i singhiozzi sommessi di sua madre.

È convinta che il figlio stia dormendo, ma stavolta lui è stato molto furbo: ha lasciato la porta socchiusa e si è messo sotto le coperte vestito di tutto punto. Ha anche rubato due cuscini dal divano, così se la mamma entra in camera per controllare vedrà le coperte belle gonfie e non andrà mai a pensare che è sgusciato fuori dalla finestra, scendendo sugli scatoloni di cartone buttati vicino alla spazzatura. Meno male che abitano al primo piano ammezzato.

Nonostante il buio e la foschia, Antonio riesce subito a individuare la sagoma del padre in mezzo alla strada: è lenta e ciondolante, così sottile che il vento d'aprile potrebbe spazzarla via, se solo gli andasse. Antonio rischia di inciampare in Duchessa, la gattina siamese della signora Viola, la donna che pulisce le scale dei palazzi di quel vicolo. La gattina è coccolata da tutto il vicinato, tutti le vogliono bene, soprattutto Antonio. Vorrebbe fermarsi a giocare con lei, come fa sempre, ma non è il momento.

Ogni tanto suo padre si ferma per tirare fuori una fiaschetta e bere un sorso di qualcosa che puzza tantissimo, anche a quella distanza. Antonio ha il cuore che gli batte a mille nel petto, come un puledro impazzito; si nasconde agli angoli dei palazzi, oppure dietro le macchine parcheggiate abusivamente lungo la strada. Uno dietro l'altro risalgono una collina lastricata di sanpietrini, svoltano a sinistra, scendono per vicoli che Antonio non ha mai visto. Anche se abita sui Quartieri da quando è nato, ha sempre l'impressione che le strade si muovano e cambino per capriccio, che si ritraggano spaventate alle grida troppo forti dei panettieri e dei pescivendoli, sobbalzando a ogni colpo di clacson.

Scendono alcune rampe. Per il bambino diventa difficile nascondersi, ma ci pensa la notte ad avvolgerlo. A un tratto suo padre si ferma: si trovano davanti al cancello di una casa immensa, un castello con giardini, torri e colonnati come quelli delle fiabe, che osserva silenzioso e imperturbabile i sonni della città.

« Vladimiro, il vampiro... »

Solo allora Antonio si accorge che suo padre non ha mai smesso di ripetere quell'angustiante cantilena, e ora la sua voce si alza, il suo mormorio diventa un grido lacerante e le sue mani stringono le sbarre del cancello chiuso e iniziano a sbattere, a tirare, a spingere. Antonio si chiede perché nessuno si accorga del rumore. Forse quel posto è abbandonato. Lo è di sicuro, pensa il bambino, quando vede suo padre lanciare la fiaschetta con il liquido puzzolente contro una delle vetrate mandandola in frantumi. Antonio è terrorizzato. Non è suo padre l'uomo che sta ruggendo alla villa e alla notte, ma una bestia colpita a morte da un cacciatore, a cui non rimane altro che la vendetta e la disperata speranza di trasformarsi un'ultima volta da preda a predatore.

Suo padre si accascia a terra, disteso sull'asfalto guarda il cielo. Resta così, immobile, per dieci minuti, poi si rialza e riprende la sua discesa verso il mare. Antonio lo segue ancora, raggiungono il Borgo Marinari, una toppa di terra strappata alle acque dove gli scafi blu vendono il tabacco di contrabbando. C'è un bar, in fondo a tutto, ai piedi del castello sul mare, una grotta di tufo che puzza d'orina, di pesce e di vino andato a male. Antonio vede suo padre sparire oltre la porta, trangugiato dalle risa sguaiate di donne, divorato dagli sguardi torvi e dal fumo dei sigari dei contrabbandieri, accolto da un oste che conosce il suo nome e i suoi dispiaceri, e sa come porvi rimedio, almeno per un po'.

Ma lì dentro Antonio non osa entrare. Si siede sul marciapiede e aspetta, non sa bene cosa, ma crede sia giusto così. Poi un'ombra improvvisa oscura la luce ramata del lampione e un uomo sconosciuto, vestito di nero, si siede accanto a lui.

Antonio si svegliò di soprassalto in un bagno di sudore e corse a spalancare la finestra bramando ossigeno.

Che mi sta succedendo? Che diamine mi sta prendendo?

Era ancora notte e il cielo, di nuovo coperto, prometteva un bel po' di pioggia. Meglio così, l'aria si sarebbe rinfrescata e Antonio avrebbe potuto respirare.

Da dove proveniva quel ricordo così vivido, precipitato nella sua testa come un meteorite scagliato dalle profondità assolute del nulla?

Il castello con giardini, torri e colonnati. Villa Ebe. Un posto che non aveva mai visto né sentito, fino a una settimana prima. O forse sì. Niente gli sembrava reale, tutto gli appariva possibile.

Perché da alcune settimane, da quando aveva trovato la lettera, ricordi scomparsi tornavano a galla come scomodi cadaveri gettati in un fiume? Perché si sentiva così tormentato e disarmato?

Finalmente dopo qualche minuto l'attacco di panico si placò. Eppure dormire sembrava impossibile: Antonio era avvilito all'idea che un altro ricordo potesse decidere, di punto in bianco, di rifarsi vivo sotto forma di sogno o incubo.

La soluzione, in casi simili, era bersi un bicchiere di latte e guardarsi le videocassette della trilogia originale di *Guerre Stellari*, in modo da assumere un'incoraggiante dose di « la forza sia con te ».

Va tutto bene, sono solo ricordi rimossi, solo sogni, si ripeteva Antonio, *pensa a Chewbecca.*

Ma non pensava a Chewbecca. Pensava che l'indomani, il giorno dell'equinozio, sarebbe andato a Villa Ebe e avrebbe cercato informazioni sull'antica residenza abbandonata e sui suoi vecchi proprietari. Che cosa aveva a che fare suo padre con quella casa? E perché nei suoi ricordi non faceva che cantilenare quelle tre parole come fossero l'inizio di una macabra fiaba?

Vladimiro, il vampiro...

Non gli piaceva pensare a suo padre. Era stato un vigliacco e un fallito, aveva abbandonato lui e sua madre, dopo averli strapazzati a dovere. Non meritava neanche l'ombra di un pensiero.

Quando finalmente, davanti a *L'Impero colpisce ancora*, riuscì a scivolare in un sonno vulnerabile, era appena sorto il sole. Fu proprio allora che il telefono squillò. Antonio saltò su, belando qualcosa. Era Leo, che evidentemente voleva essere lapidato.

« Due buone nuove », dichiarò l'agente in tono squillante. « Numero uno, hanno letto il tuo romanzo. Il grande capo ha detto che gli è piaciuto molto: la sua filosofia è che quando un libro si sposta dallo sgabello del bagno al comodino della camera da letto vuol dire che è un buon libro. »

« Bene. È sempre un onore uscire dal bagno », masticò Antonio con una voce impiastricciata dal sonno. «Che ore sono?»

«Le sette e dodici minuti. Ed è...»

«*Tardi*, scommetto?»

«È ora che ti alzi dal letto e ti dai una spolverata. Notizia numero due: *hai fatto centro!* Dobbiamo essere a Roma per l'una... mai sentito parlare di Hollywood, vecchio marpione?»

«Un altro centro commerciale? Lo sai che nella maggior parte dei Paesi del Sud le sette e dodici minuti sono un orario illegale?»

«Certi signori sono venuti da lì per incontrare il geniale autore del *Labirinto di specchi.*»

«Probabilmente il romanzo più brutto che io abbia mai scritto», commentò Antonio con sincerità, accarezzando il muso di Calliope per darle un buongiorno migliore di quello toccato a lui.

«Che devo dirti? Gli americani vanno matti per la nostra spazzatura e hanno una sceneggiatura da proporti. Alzati e mettiti in ghingheri: fra diciassette minuti sono da te.»

Antonio aprì la bocca per dire *aspetta*, ma alla prima vocale sentì l'insopportabile *bip* della cornetta riagganciata. E così non gli rimase che alzarsi. Per Hollywood. E perché staccare per un giorno o due da quella casa e da quella città non poteva che fargli bene.

Fuori la primavera aveva pensato di giocare uno dei suoi tiri mancini, e il 21 marzo si era presentato in quella parte di mondo con uno scroscio di pioggia e un'aria opaca e malinconica.

Antonio si preparò una colazione a base di pere e gorgonzola che divise con Calliope e quando Leo citofonò, esattamente sedici minuti dopo la sua telefonata, era ancora sotto la doccia. Ignorò gli squilli e dalla vasca da bagno, ormai trasformata in guardaroba per colpa di vecchi traumi – quando Antonio era piccolo, suo padre, come al solito distratto, lo aveva quasi lasciato annegare lì dentro –, scelse i vestiti più brutti e trascurati che aveva, arrivando a ripescare un maglione dalla cesta dei panni sporchi e un papillon appartenuto a suo nonno. Tutto pur di vedere il volto di Leo livido di rabbia. Si accertò che il ritratto di Genève Poitier fosse nella tasca dei jeans e si mise intorno al collo l'orologio che gli aveva dato il Collezionista. Gli parve che stonasse abbastanza con il resto dell'abbigliamento. Quindi si infilò uno zuccotto sulla testa, infossò per bene gli occhiali sul naso e stringendo la sua gatta andò dritto filato dal signor Nicotiana che giocava a un solitario.

« Io vado a Rimini, o una cosa del genere », gli comunicò, facendolo sobbalzare e piantandogli davanti Calliope, che disseminò le carte da gioco un po' ovunque. « Prendetevi cura di lei, Goffredo. Potrei tornare stasera, domani, o magari mai più. »

« *Magari*, signor Fonte », borbottò il signor Nicotiana. « Farò del mio meglio per prendermi cura della vostra belva, signore, ma... e se per *ciorta* mi dimentico? È una bestia grama, scappa e graffia come una maledetta... Per me è figlia di Satana. »

« Quante volte vi devo ripetere che è stata esorcizzata, amico mio? » chiese Antonio. Avrebbe voluto far scivolare sul banco cinquanta euro, ma in quel momento si accorse di aver lasciato il portafogli a casa. Il problema era che aveva dimenticato anche le chiavi di casa, a casa. Prevedibile.

Goffredo Nicotiana si volse intorno guardingo e, una volta accertato che la sua consorte non fosse nei paraggi, tirò fuori da sotto il tavolo un sacco traboccante di lettere.

« Mia moglie mi dà la morte. Fatemi un favore, mettetele dove volete, vi voglio bene, basta che le fate sparire. »

Antonio decise di darsi un pizzico sulla pancia e mentre il suo cellulare squillava, riproducendo la snervante suoneria scelta appositamente per Leo, chiamò l'ascensore per portare le lettere nel sottotetto. Entrò con passo affaticato e premette il quinto pulsante. Dopo mezzo minuto fu all'ultimo piano e lasciò cadere il sacco, notando la quantità di buste sparpagliate nel solaio cupo. Sentì il ticchettio delle gocce sui vetri annebbiati e il rimbombo di un tuono vicino, subito seguito dal petulante ululato degli antifurti.

Mentre rientrava nell'ascensore pensò che l'ultima volta che era stato nel sottotetto aveva compiuto cinquant'anni. Era stato il giorno del suo compleanno. Il giorno in cui...

Imprigionò il ricordo nell'angolo più remoto della sua mente e sollevò l'indice per premere T. Ma il dito si bloccò a mezz'aria. I suoi occhi vagarono fino al sesto pulsante, quello per metà divelto.

Sesto piano.

Probabilmente avevano montato la tastiera sbagliata, o forse più di mezzo secolo prima esisteva davvero un sesto piano, poi distrutto dalle bombe tedesche.

Tuttavia, in quel momento di sospensione dalla realtà, Antonio non si chiese *perché* quel pulsante fosse lì. Si domandò solo *dove* portasse.

Sulla terrazza.

Ma non c'erano terrazze. Man mano che dubbi e domande gli scivolavano fra i pensieri, nella sua testa si fece spazio anche una voce misteriosa, accompagnata da un inspiegabile odore di sigari e velluto.

Le porte perdute, signor Fonte. Ovunque un uomo volga i propri occhi vede porte che all'apparenza conducono in nessun dove. Non si lasci trarre in inganno: quel nessun dove è Tirnaìl.

Tirnaìl.

La punta del dito premette il sesto pulsante.

Ovviamente, non accadde nulla. Un bel nulla.

Antonio trasse un sospiro di sollievo, che gli sembrava di aver trattenuto per due settimane intere. Era stato uno stupido.

Era di nuovo sul punto di pigiare il tasto T, quando uno sfrigolio improvviso lo bloccò. Guardandosi intorno ebbe la strana impressione che l'ascensore stesse *lottando*, quasi volesse muoversi e sfidare le forze della fisica.

Contò fino a dieci e quando capì che doveva essere stato tutto frutto della sua fantasia scrollò le spalle con forzata indifferenza. Ancora una volta puntò l'indice sulla T. E ancora una volta udì uno scricchiolio. Seguì uno scossone. L'ascensore vacillava, non poteva negarlo! Era come una bestia che si contraeva, risvegliandosi da un letargo durato secoli. E a un tratto, senza che Antonio potesse credere ai propri occhi, le pareti si sospinsero verso l'alto, il quinto piano iniziò a inabissarsi sotto di lui e l'ascensore cominciò a salire. Era lento, faticava, ma *saliva*.

Dopo un'ascesa che sembrò risucchiarne tutte le energie, si fermò. Antonio sentì che anche il suo cuore, per un istante, aveva smesso di battere. La sua mano, senza aspettare direttive dal cervello, si posò sulla maniglia d'ottone e aprì la porta.

7

La terrazza del signor Nicotiana

Edgar guardò il suo orologio. Bianco, proprio come la tela che aveva davanti.

« Oh, perbaccotacco! » fu il suo azzeccatissimo commento.

Il panorama che lo accerchiava avrebbe elettrizzato qualunque artista, e lui non faceva eccezione. A momenti piangeva per l'emozione. Perfetto, sublime; quel giorno perfino Dio era sceso sulla Terra per ammirare dal basso lo spettacolo grandioso che aveva concesso agli uomini. Eppure, nonostante si trovasse sulla vetta di quell'olimpo da ore, con Dio come unico vicino, la sua tela rimaneva bianca. Come il suo orologio.

« Perbaccotacco! » muggì ancora, sospettando che quella sarebbe stata l'ennesima giornata sprecata.

Si diede un termine. Non appena fosse stato sorvolato da una nuvola a forma di ornitorinco, avrebbe preso cavalletto e tela, insieme alla tinozza dei colori, e sarebbe andato a tirarsi su di morale a Vanesia, la città delle illusioni, il carnaio su cui stavano per calare le ombre della sera. In quella città, dopotutto, le ombre della sera erano *sempre* sul punto di calare. Lì esisteva solo l'incerto orario crepuscolare, che si allungava trasportando con sé mille speranze e mille sogni. Irreali, certo, ma pur sempre confortanti nella loro dolcezza.

Perché, in fondo, a Vanesia, anche un pittore con la sindrome della tela bianca poteva essere un re, si disse Edgar studiando la tela nuda, quasi nella speranza che in quei pochi secondi di distrazione qualcuno avesse compiuto il miracolo per lui. Ovviamente non era così: la tela conservava il suo imbarazzante pallore e Edgar attese con ansia l'arrivo di una nuvola a forma di ornitorinco.

A un tratto, tuttavia, gli sovvenne un dettaglio per niente trascurabile.

« Che acciderba di forma ha l'ornitorinco? »

Quando le ante dell'ascensore si spalancarono davanti ai suoi occhi e i raggi del sole lo abbagliarono, Antonio pensò di aver finalmente trovato la terrazza del signor Nicotiana e si complimentò con se stesso.

Avanzò lungo il parapetto, godendosi il panorama da quella posizione privilegiata.

Intorno a lui si dispiegava un mare di nebbia e cenere che intrappolava la città in un abisso di bruma. Nel frattempo, all'orizzonte di quella cortina, il sole sorgeva, tirandosi lentamente su come un bambino pigro e stiracchiando i suoi lunghi raggi che si spandevano con prepotenza nell'oceano di foschia. L'unica cosa visibile era il vulcano, con la sua vetta da iceberg che faceva da sipario agli sprazzi dorati.

Antonio sorrise incantato, mentre una lucciola saltellava con insistenza davanti ai suoi occhi, quasi volesse attrarre la sua attenzione. Il suo segnale luminoso si stava indebolendo dinanzi alla neonata luce del giorno, e presto sarebbe svanito del tutto.

« Ciao, piccolina », disse Antonio quando la lucciola volò via.

Anche per lui era tempo di andare.

Si ripromise di tornare presto, per starsene lì a spiare a suo piacimento il mondo senza essere disturbato.

Si voltò, ancora ubriaco della scena impressa nei suoi occhi, e forse per questo impiegò qualche secondo per elaborare il bizzarro quadretto che gli era apparso davanti.

C'era un uomo sul terrazzo. Un individuo lungo e sottile come un fuscello palustre, seduto su uno sgabello e protetto da una fitta coltre di pensieri. Si massaggiava il mento aguzzo con una mano sporca di pittura, mentre sulle labbra spuntavano degli improbabili baffi, che svettavano all'insù; i suoi occhi neri, da cervo, dominati da un paio di sopracciglia cespugliose, fissavano una tela che lo sovrastava come una tiranna spietata.

« Perbaccotacco! » lo sentì inveire.

Sentendosi spiato, il pittore sollevò lo sguardo. Non mutò espressione quando lo vide, né si mostrò sorpreso. Fece solo una domanda molto stupida.

« Che forma ha l'ornitorinco? »

« Ha tante forme », rispose in tono pacato Antonio.

« Nel senso che cambia? »

« Nel senso che ha tante forme. »

« Ah. » Il pittore riprese a fissare la tela, ma non passò molto prima che tornasse a informarsi su quella eccentrica questione. « Se ora le chiedessi di trovare per me una nube a forma di ornitorinco, sarebbe così gentile da indicarmela? »

Antonio si guardò intorno e dopo una distratta ricerca si strinse nelle spalle.

« Si ricordi che personalmente ignoro la forma dell'ornitorinco », tenne a sottolineare l'uomo con fare complice, « quindi lei potrebbe raggirarmi a suo piacimento e io non lo scoprirei. »

Visto che le cose stavano così, Antonio finse di cercare ancora un po'.

« Quella. » Ne indicò una a caso, alla sua sinistra, catturando la totale attenzione del pittore.

« Ah, sì, certo, ora la riconosco anch'io. La ringrazio di cuore, signore. Buongiorno. »

Quindi prese la tela, piegò il cavalletto, rinchiuse la tavolozza nella valigetta e da sotto la palandrana prese un anello di ferro battuto intorno al quale erano appese, come fiori che puntellano una ghirlanda, centinaia di chiavi di dimensioni, forme e materiali diversi.

L'uomo ne cercava una in particolare, ma l'impresa appariva alquanto ardua.

Nel frattempo Antonio scivolò al suo fianco: se fosse rimasto bloccato tutto il giorno sulla terrazza del signor Nicotiana, al povero Leo sarebbe venuto un infarto.

« Non credevo servisse una chiave per rientrare », disse stupito.

« Per rientrare *dove*, mi perdoni? »

« Nel palazzo. »

« Quale palazzo? »

« Quello in cui viviamo », rispose Antonio divertito. « Il palazzo col citofono con le iniziali, dove puoi abitare solo se sei uno squilibrato... Credo sia una clausola del contratto. Lei si è appena trasferito? Ha preso l'appartamento al secondo piano? »

« Davvero... non so... di cosa... stia parlando, signore... » Il pittore non gli dava molta corda, preso com'era dalla ricerca delle chiavi.

Dubitando di poterne cavare qualcosa di sensato, Antonio preferì non aggiungere altro.

« Sarebbe così gentile da reggere la mia nuova opera, signore? » Irritato e paonazzo, il pittore gli affibbiò la tela che aveva sottobraccio, ma il mazzo di chiavi gli cadde per terra, strappandogli un altro perbaccotacco.

Antonio osservò il quadro con molta attenzione.

« L'ha dipinto lei? »

Sapeva che era una domanda ridicola: la tela era bianca, e più la fissava più pareva sbiancarsi sotto la forza del suo sguardo. Tuttavia la risposta che ricevette ridimensionò di molto il suo concetto di ridicolo.

« E chi altri? Sono senza dubbio il miglior pittore di Tirnaìl! » L'uomo gonfiò il petto e i suoi occhi si illuminarono, forse per orgoglio o forse perché era finalmente riuscito a recuperare la chiave che faceva al caso suo, una chiave d'ottone con due perni, uno dei quali leggermente piegato a destra. La infilò nella toppa, ma non riuscì a girarla.

« Le serrature a volte ci mettono un po' per adattarsi alle chiavi », spiegò.

« Immagino », mugugnò Antonio, come se avesse capito sul serio di cosa si stesse parlando. In realtà, una sola parola aveva monopolizzato il suo interesse. « Mi scusi, ha per caso detto *Tirnaìl*? »

« Già. Sono senza dubbio il miglior pittore, da queste parti. »

« Quali parti? »

« Quelle in cui si trova adesso, signore. »

« Oh. » Ancora non gli era del tutto chiaro. « E dove mi trovo, adesso, di preciso? »

« A Tirnaìl, signore, lei è a Tirnaìl. Dove altro potrebbe essere? »

« Oh », ripeté Antonio, compiendo un giro su se stesso, giusto per accertarsi che intorno a lui ci fosse la stessa amara città che aveva fatto da scenario alla sua vita. Era ancora tutto lì. Tornò a guardare il pittore. « Sa, c'è una vaga possibilità che lei si sbagli. »

Il pittore parve molto seccato. Poi però scoppiò a ridere.

« Sì, è tutto chiaro! Lei è un nuovo acquisto del Regno delle Cose Perse. »

Aveva appena avuto la meglio sulla serratura e la pesante porta di ferro si era aperta di qualche centimetro. Ma l'uomo la lasciò a metà, per qualche motivo incapace di staccare gli occhi da quelli dello scrittore. Antonio non si sentiva così umiliato da uno sguardo dai tempi della terza elementare.

« Non se n'è accorto, vero? » gli chiese il pittore, ora piuttosto divertito. « Non stia lì a crucciarsi, capita a tutti quelli che arrivano... tranne ai bambini, forse. Loro le differenze le notano subito. È come passare da un luogo luminoso a un altro avvolto dalle tenebre: l'occhio ci mette un po' ad abituarsi. Solo che arrivando a Tirnaìl accade il contrario, signore. Lei è passato dall'oscurità alla luce, ed è troppo abbagliato per vedere cosa c'è oltre. Si guardi meglio intorno », lo invitò. « Non nota proprio niente di diverso, rispetto al luogo da cui proviene? »

A quella domanda, una fitta lancinante colpì lo stomaco di Antonio. Gli parve che la sua vita e il mondo a cui apparteneva, il regno del niente, fossero improvvisamente diventati fragili come un castello di carte.

La pioggia. Dove diavolo era finita?

Antonio si voltò e si lasciò rapire dallo stesso panorama

che aveva guardato fino a un attimo prima, ma lo osservò con gli occhi di un bambino davanti a qualcosa di così grande che il suo sguardo non riesce a contenerlo.

È impossibile...

« Qualcosa mi dice di sì. » Le parole del pittore gli arrivarono da un punto lontano, subito accompagnate dal cigolio di una porta.

L'uomo era rientrato nel palazzo. Prima che la soglia si chiudesse dietro di lui, Antonio si precipitò a seguirlo e cadde dentro l'ascensore.

Solo che non c'era più nessun ascensore. Del suo condominio non era rimasta neppure l'ombra.

« Dove diavolo siamo? » rantolò dal pavimento.

« Nella mia umile dimora, signore. Lei, piuttosto, perché mi è venuto dietro? »

Antonio non rispose. Aveva la bocca aperta e la mente scombussolata.

Quella casa era più terremotata della sua! L'arredamento anni Sessanta era sommerso da un disordine sconvolgente, un caos fatto di tappeti, abiti di scena, cartacce sparpagliate in ogni angolo, sedie menomate, cappelli di ogni forma e misura buttati sul bancone di un bar, scatoloni ancora imballati di qualche trasloco lasciato a metà, libri impilati in torri oscillanti. In un angolo uno scoppiettante camino diffondeva un fetore di plastica bruciata, ma la cosa più straordinaria erano le tele che tappezzavano le pareti e oscuravano le finestre, nascondendo il mondo esterno: dozzine di quadri, tutti contrassegnati da un unico colore o, meglio, dall'assoluta mancanza di colore. Erano completamente bianchi! Al contrario, l'intero monolocale appariva trasformato in una gigantesca tavolozza, come se il pittore avesse intinto i pennelli e miscelato i colori a tempera sulle pareti, sulle poltrone, sul pavimento, sulle ante degli armadi, sugli specchi appoggiati alle sedie, perfino su una gabbietta per uccelli vuota. Era praticamente tutto dipinto, tranne i quadri.

Antonio si rimise in piedi, continuando a sbirciare qua e là.

« Tutta colpa del gorgonzola e delle pere che mangio a colazione », mormorò tra sé.

Rimase di stucco quando vide una passiflora spuntare dalla tazza di un water.

Il pittore intanto racimolava la sua roba in giro per la casa, fischiettando allegro, come se fosse perfettamente a proprio agio nel caos.

Antonio si soffermò davanti a un tucano imbalsamato, appollaiato sulla sella di un cavallo, a sua volta appoggiata sul seggiolino di un bebè. « Questa composizione avrà un valore inestimabile... »

« Certo, certo... » borbottò il pittore, cercando un cappello a cilindro della sua misura. « Le dicevo poc'anzi che sono il più grande pittore, qui a Tirnaìl. La mia arte è richiesta in lungo e in largo attraverso le regioni inesistenti, e a breve, in effetti, avrei un impegno nella città di Vanesia, che mi auguro sia ancora in piedi, per stasera. »

« E perché non dovrebbe? »

« Non si sa mai, da queste parti. Posso... posso solo chiederle se le piace questo quadro? Dovrei rivenderlo a due signorine di laggiù, due cugine di famiglia stimabilissima che hanno perso la verginità e sono venute qui per ritrovarla. Poi se ne sono dimenticate, e ora fanno le maîtresse in uno dei più rispettabili bordelli di Vanesia. Ah, ma sono meretrici d'alto bordo, non si lasci trarre in inganno! Sperperano amore, distribuiscono salviette profumate di rosa e offrono cioccolatini di cacao pregiatissimo, nonché una notevole quantità di praline alla ciliegia. »

« Di gran classe. »

« Dunque, le piace? » Il pittore richiamò l'attenzione di Antonio sulla tela che aveva portato con sé dalla terrazza del signor Nicotiana. La agganciò con vanto a un appendiabiti. « Penso sia senz'altro l'opera migliore che ho fatto negli ultimi tempi, lei non crede? »

Antonio finse di riflettere: « Ha usato un tipo di bianco diverso? »

« Se n'è accorto! »

« Posso chiederle... ehm...? »

« Edgar, signore, infinitamente lieto. »

E fece un inchino, come un vero gentiluomo.

« *Edgar*... è un piacere conoscerti. Come me ne vado da qui? »

« Di già? Non è una faccenda molto semplice, signore. Se per arrivare a Tirnaìl ha usato una porta perduta, per andarsene avrà bisogno di una porta ritrovata. »

« Capisco. »

« Davvero? »

« No, no, ovvio che no. Comunque non sono certo di volermene andare: avevo bisogno di una vacanza, dopotutto. Non pensavo bastasse un ascensore, ma meglio così: detesto gli aerei. »

« Bene, signore, dunque vuol farmi compagnia a Vanesia? Mi fa sempre comodo qualcuno in grado di riconoscere gli ornitorinchi nelle nuvole. »

Dopo aver disegnato un sorriso malizioso che gli fece slittare i baffi ancora più all'insù, Edgar riempì la valigetta di tubetti di tempera e indossò un lungo mantello di raso, che lo ricoprì da capo a piedi. Il tocco finale fu una semplicissima e consunta maschera di stoffa bianca che gli coprì gli occhi.

« Abbiamo le chiavi », disse facendo tintinnare il mazzo. « Abbiamo i colori, la tela e il cavalletto, e forse ho anche un pizzico di ispirazione. Ho una maschera, un'ottima compagnia e siamo diretti a Vanesia. Davvero, signore, non saprei cos'altro desiderare in questo momento se non scoprire il suo nome. »

« Per ora sono solo affari miei », rispose prudentemente Antonio, che iniziava ad avvertire un leggero senso di malessere.

Cosa accidenti stava succedendo? Di cosa stavano parlando, *davvero*? Era tutto un delirio.

« Bene, signor Affarimiei, lo sa che oggi è l'equinozio di primavera e che l'equinozio di primavera è un giorno particolarmente propizio per gli incontri? Interpreterò la sua comparsa come l'inizio di una fase positiva della mia vita. »

Dall'anello di ferro, a cui era appeso un portachiavi a forma di teiera, Edgar scelse una piccola chiavetta d'oro bianco che introdusse nella serratura dell'unica porta della stanza, la stessa che li aveva condotti lì dalla terrazza del signor Nicotiana. Aspettò qualche istante, quindi l'aprì.

Ancora una volta, l'imprevedibile li attendeva dietro l'uscio.

8

Fumo e specchi

Antonio mosse qualche passo, il naso puntato all'insù. Non si accorse che il marciapiedi finiva e, con elegante impassibilità, cadde in acqua, inzuppandosi fino al petto.

« Si tolga di mezzo, signore! » urlò Edgar, e Antonio, trasalendo, fece forza sulle gambe per spiccare un balzo che lo mise in salvo. Per poco una sontuosa barca non lo investiva!

Lasciò che davanti alla sua faccia allibita sfilasse lo scafo regale, con la splendida polena d'avorio e un rematore alquanto buffo e paffuto, dalla giacca rigonfia sulle spalle e un sontuoso cappello dalle piume pendenti. La cosa più bizzarra di quell'individuo era senza dubbio il volto grigio e appuntito. Solo dopo Antonio capì che i baffetti bianchi che gli spuntavano come aghi agli angoli delle labbra erano in realtà parte di una maschera: la maschera di un brutto sorcio. La barca proseguì lungo il fiume di cobalto che serpeggiava in un intreccio di canali apparso dal nulla, su cui si affacciavano residenze dall'aspetto burroso affiancate a palazzi gotici, a colonnati fitti come foreste, a corone di guglie che punzecchiavano le nuvole di un cielo vespertino. Dagli interni si liberavano i suoni pizzicati delle mandole, le voci spensierate di ragazze frivole e allegre, i profumi irresistibili di cibi esotici ed essenze misteriose.

Edgar protese una mano verso Antonio e lo tirò sulla riva, biascicando qualcosa fra le labbra. Ma anche se avesse urlato con tutto il fiato, Antonio non lo avrebbe sentito. Da quando aveva varcato la porta che li aveva condotti a Vanesia, ogni cosa aveva smesso di contare.

Niente aveva più importanza, non ora che sotto i suoi piedi erano apparsi marciapiedi di sabbia, non mentre un uomo sui trampoli passeggiava tra i lampioni e li accendeva con il soffio infuocato del suo respiro, non quando il riflesso degli edifici nell'acqua appariva più vicino e tangibile degli edifici stessi. Se qualcuno lo avesse capovolto, quel mondo sarebbe esistito identico nel riflesso dei suoi canali, e non solo con le sagome e le forme esterne, ma anche con i suoi interni: la donna che si spazzolava i capelli biondi allo specchio, il gatto dall'orecchio destro piegato che si arrampicava sulle tubature in piombo, la ragnatela che un ragno laborioso aveva intessuto nell'angolo più alto di un soffitto screpolato...

Nell'aria si diffondeva un turbinio di rumori e odori, rendendola viva, piena e gonfia, e Antonio immaginò di allungare una mano e stringere pollice e indice: era certo che qualcosa di palpabile, per quanto invisibile, sarebbe rimasto incastrato tra le sue dita.

« Vanesia! Magnifica come sempre! » sentenziò estasiato il pittore. Sembrava indeciso se volgere il proprio sguardo a destra o a sinistra, in avanti oppure verso il cielo, alla ricerca delle mille meraviglie offerte dalla città. « Le piace, signore? »

Antonio si ritrovò a sorridere, svuotato ma felice. Ciò che conosceva, ciò di cui era certo, si era disciolto come neve in primavera.

Era a Tirnaìl. Tirnaìl *esisteva*! Il Regno delle Cose Perse era in qualche modo – nel modo dei sogni – *vero*. E lui, Antonio Maria Fonte, lo aveva trovato!

Antonio bandì qualunque impulso di razionalità e si abbandonò all'aria carica di magia proprio mentre gli sfilava davanti una seconda gondola, che ospitava una gran dama dalla faccia da gallina appollaiata con la cresta alta su un trono rivestito di velluto. Alla vista di Antonio e dei suoi abiti dimessi la bocca le si deformò in una smorfia di disgusto, ma lui la salutò comunque con calore.

« Meglio muoverci », gli suggerì Edgar, guidandolo a un porticciolo dov'era ormeggiata una gondola e scacciando un paio di gatti appisolati a bordo. « Dobbiamo sbrigarci, o non arriveremo in tempo alla festa. »

Il pittore sciolse la cima e prese il posto del rematore, ma Antonio rimase fermo dov'era.

« Avanti, signore! » gli sorrise il pittore, porgendogli la mano mentre si profondeva in un cerimonioso inchino. « Non si fida di me? Scommetto che non se ne pentirà. »

« Io scommetto che è meglio non scommettere in giorni come questi », tagliò corto Antonio. Poi obbedì all'insistente richiesta dell'uomo e salì a bordo.

« Bene, signor Affarimiei! Ho proprio voglia di dipingere le danze di queste fatine. »

Con un abile colpo di remi, Edgar sospinse l'imbarcazione lontano dalla terraferma e lasciò che la corrente la cullasse dietro le altre gondole che già affollavano i canali. Nel frattempo iniziò a elargire un'accurata descrizione di tutto ciò che incrociavano, come se Antonio non stesse già divorando con gli occhi ogni singolo dettaglio.

I negozi, le osterie, le scacchiere giganti della piazzetta nascosta dietro un colonnato di salici piangenti... Ai palazzi seguivano giardini, e poi stradine che si assottigliavano fino a sembrare funi, dove clown e fanciulle in biancheria intima si arrischiavano, divertiti, a pedalare sui tandem e se anche cadevano in acqua si lasciavano andare a grasse risate.

A un tratto lo scrittore si accorse che si stavano dirigendo verso un ponte troppo basso.

« Dubito che passeremo », constatò con calma.

Ma Edgar non si scompose. A meno di due metri dall'ostacolo i palazzi sul lato sinistro del canale si dissolsero e lasciarono spazio a un altro ampio naviglio, già disseminato di chiatte.

« Questa è magia », bisbigliò Antonio, sollevandosi in piedi.

Per le vie si aggirava una masnada di nobildonne e cavalieri, di paggi e lacchè, di valletti e giullari, coperti da abiti di seta e scialli di raso, gravati dal peso di diamanti che spiccavano su colli o fronti, fra i capelli o alle dita di mani che non conoscevano altro fardello.

« Signore! » La voce di Edgar lo richiamò.

Antonio seguì il suo sguardo, puntato verso le guglie da cui filtravano gli ultimi raggi di sole. Tra le cuspidi svolazzavano bestie stravaganti, che a una prima occhiata Antonio non riconobbe. Solo quando una si staccò dal gruppo e scese in picchiata verso di loro, lo scrittore comprese.

«Ma è di pietra!»

«Da che mondo è mondo, signore, i gargoyle sono di pietra.» Con un cenno del capo, Edgar gli indicò un palazzo gentilizio.

Sopra i balconi dell'edificio, appollaiati sui cornicioni e sui tetti, le figure deformi e grottesche dei gargoyle si stiracchiavano e prendevano vita. Si allungavano dalle loro dimore sotto i doccioni, simili a uomini dai volti storpiati. Pipistrelli, ragni, scimmie, topi, demoni... Davanti ai suoi occhi stregati, una di quelle sculture scolpite nella pietra si animò, piegò quattro zampe coperte di squame, puntò gli artigli su una tubatura d'ottone, spalancò un paio di gigantesche ali e spiccò il volo. Un drago!

«Sono meno fastidiosi dei piccioni», commentò Edgar tutto serio, mentre un ponte ruotava di novanta gradi e spianava una nuova via.

In quel momento una gondola più grande tagliò loro la strada.

«Ma guardi un po' che lestofanti!» ringhiò rabbioso Edgar, chinandosi su Antonio per non farsi sentire. Poi, però, proseguì a voce così alta che ci fu da sbalordirsi che il giocoliere sulla riva, a non più di due metri da loro, non gli avesse tirato un birillo in fronte. «Egoisti, lussuriosi e superbi. I vanesiani non sono altro che fumo e specchi!»

«E maschere», aggiunse Antonio.

«È per occultare quel che c'è dietro, signore: il nulla. A tal proposito, sarebbe appropriato che si procurasse una maschera anche lei, o la scambieranno per un poco di buono.»

«Tu non abiti a Vanesia, Edgar?»

«Io? Certo che no!» Edgar rise di vero gusto, e fu chiaro che anche il solo pensiero di avere simili origini lo nauseasse. «Io vengo da una Collina, signore, ma mi è d'uopo muovermi parecchio.»

Edgar ordinò ad Antonio di controllare che il cavalletto e la tela fossero al sicuro. Poi, ancora una volta, sbottò: «Lei ha visto i miei quadri: questa terra nefasta rammollisce la fantasia! C'è troppo colore... come si fa a dipingere con tutto questo colore? Perbaccotacco! » Le guance di Edgar si erano infuocate e i suoi baffi vibravano come sismografi ad alta risoluzione, preannunciando una sfuriata. « Più migro attraverso Tirnaìl, più posti vedo e più sono incapace di dipingere. Lei non trova che l'intera faccenda sia oltremodo sconveniente? »

Passarono davanti a un gruppo di signore dalle generose scollature. Quella vista intiepidì le guance del pittore, che seguì le donne con uno sguardo estasiato.

« Ogni tanto faccio un salto da queste parti », continuò più pacato. « Tutto ciò che si vede qui è splendido. Ma a Vanesia non c'è niente che vada oltre l'apparenza. È la città delle illusioni perdute, ma le illusioni sono in vendita e i prezzi si stanno alzando vertiginosamente, negli ultimi tempi. Guardi quel losco individuo laggiù, ad esempio. »

Antonio intravide, all'ombra delle statue di un edificio monumentale – statue che, tra l'altro, battibeccavano su chi fosse la più alta –, un uomo che stonava del tutto con l'ambiente circostante. Era un mendicante senza denti e senza capelli, l'unico, insieme ad Antonio, a non indossare una maschera, e tentava di adescare i passanti con gesti ammiccanti. Un ragazzino vestito da corvo percepì i suoi richiami – « Dieci soldi per un'illusione dal passato, fratello, l'effetto dura un'ora, garantito! » gracchiava il barbone – e se ne lasciò ammaliare.

« Al giorno d'oggi, le illusioni costano parecchio e non tutti possono permettersele », ripeté Edgar. « Ma ormai la gente di qui ne è dipendente, credo abbiano un bisogno fisico incontrollabile di essere ingannati. Ecco perché certi vanesiani finiscono per comprare la robaccia di questi spacciatori. Non sono neppure illusioni vere e proprie, sono solo distillati che ne riproducono appena l'essenza. »

« Cos'è un'illusione dal passato? » domandò Antonio, seguendo attentamente lo scambio di una manciata di monete con una fialetta contenente un liquido color granato.

Il ragazzo-corvo la intascò e se ne andò guardingo, soddisfatto del proprio acquisto.

« Una delle tante illusioni perdute raccolte in questa città. È del tipo maligno, a mio parere, perché è sintomo di una totale intolleranza verso il presente. Ha mai provato un'emozione così forte, legata a un evento ormai concluso, da faticare a credere che sia davvero finita, che le cose non possano tornare come prima? Come un amore di gioventù, ad esempio. »

« Che effetto fa? »

« Favoloso, all'inizio: con poche gocce si può rivivere il momento perduto. Ma, come le ho detto, questi uomini di pessima tempra morale rifilano solo distillati. I filtri, una volta sparito l'effetto, lasciano più vuoti di prima. Le vere illusioni non durano certo un'ora. »

« E quanto? »

« Quelle ben fatte possono protrarsi per una vita intera. Ma, mi creda, costano caro. Lo vedrà. »

Navigarono ancora attraverso i canali, in silenzio.

Antonio si sentiva rapito da Vanesia e da quei palazzi che si scambiavano di posto quando l'occhio si distraeva. E la gente, che passeggiava chiacchierando, svoltati certi angoli spariva, sebbene le voci continuassero a farsi udire ancora a lungo.

Lo scrittore era così preso da tutto ciò che lo circondava che solo molto dopo si rese conto della sua immagine riflessa nel canale e di come sembrasse ringiovanita rispetto a poche ore prima. Era probabile, pensò Antonio, che anche l'acqua fosse stata contaminata dalla positività di Vanesia.

« Neanche un capello bianco! » fischiettò allegro, ma proprio in quell'istante un'ombra oscurò il suo riflesso e un attimo dopo ecco che il corpo di un uomo piombò a un palmo dal suo naso, schiantandosi in acqua e sparendo sotto la superficie.

La gondola oscillò, ma Edgar rispose all'ondata dando un sicuro colpo di remi, e in breve riportò la barca in equilibrio.

« Perbaccotacco, perbaccotacco! » continuava a cinguettare

spaventato, mentre Antonio cercava di capire dove fosse finito il corpo.

Ma nessuno riemerse in superficie, né lì né in un altro punto del canale. Apparve solo una maschera, che Edgar si affrettò a ripescare dalle acque, appena un attimo prima che l'arraffasse un rematore travestito da scienziato pazzo.

« La tenga, questa è per lei! » Il pittore gli porse la maschera e Antonio la accettò frastornato.

« Quell'uomo... dobbiamo aiutarlo! »

« Quell'uomo è più perduto di me e di lei messi insieme, e solo per sua esclusiva volontà, mi creda! »

Antonio cercò di individuare il punto da cui era piovuto il corpo e intuì che doveva essersi buttato dal maestoso ponte di marmo che avevano appena oltrepassato. Alto diversi metri, ospitava sulla balaustra più di una dozzina di persone, tutte intente a guardare la propria immagine riflessa nel fiume. Sembravano ipnotizzate, mentre ciondolavano sulle punte dei piedi, indecise se gettarsi o restare lì. La maggior parte aveva le guance rigate da lacrime e gli sguardi vacui.

« Questo è il Ponte dei Raggiri, famoso in tutta Tirnaìl. La gente lassù è irrecuperabilmente disperata, tanto da preferire una morte fradicia ma rapida alla lunga agonia della vita. »

Antonio rimase sconcertato al pensiero dell'uomo che si era appena lasciato trangugiare dalle acque incantate di Vanesia.

« Stanno per suicidarsi? »

« Precisamente. » Edgar svoltò con sollievo. « Ad attrarli qui è una stupida credenza vanesiana: si racconta che nelle acque su cui si affaccia il Ponte dei Raggiri appaiano immagini di salvezza. Chi guarda attentamente, dicono, può scorgere visioni capaci di infondere una nuova speranza di vivere, fosse anche un misero barlume di prospettiva. Chi non scorge neppure quella scintilla, il più delle volte si lascia cadere. E una cosa è certa: le acque di Vanesia non restituiscono nessuno. »

Antonio raggelò all'idea e pensò di ridare a Edgar la maschera ripescata dal canale, deciso a non indossare nulla che fosse appartenuto a un fresco suicida. Tuttavia, la sua forma gli fece cambiare idea: era la maschera di un gatto. Costretto dalla bizzarra coincidenza, pensò alla sua Calliope.

« Lo sapevi, Edgar, che i gatti miagolano solo con gli umani? Tra di loro usano altri versi. »

« Lo sapevo. »

« Sono straordinari », continuò Antonio, accarezzando la maschera di velluto nero, di eleganza e fattura ammirevole. I baffi argentati, più che di nylon, parevano fatti di crine di unicorno. Dimentico dei suoi buoni propositi, Antonio la indossò e subito si sentì diverso. Non era più solo la sua immagine a essere ringiovanita, ma anche lui, Antonio Maria Fonte, aveva sottratto alla vecchiaia un po' degli anni che le spettavano. « Vorrebbero dirci qualcosa, ci provano. Hanno adattato la voce per parlarci, ma noi non ci siamo mai impegnati a migliorare la nostra capacità di ascoltare. Io li amo, i gatti. »

Proprio allora il fiume si inoltrò all'interno di un palazzo signorile. Oltrepassò le porte e si snodò attraverso salotti e corridoi, fino a giungere in una sala da ballo che avrebbe fatto invidia a qualunque re.

9

L'Asta delle Illusioni

Quel luogo degno dei delfini di Francia brulicava di vita. Era immenso, colorato, abbagliato dal riverbero di candele che danzavano sospese nell'etere fra un fitto fogliame che pendeva dal soffitto. Era come se le piante e i rampicanti affrescati sull'imponente volta si fossero stancati della loro artistica staticità e avessero deciso di crescere e penzolare sulle teste degli invitati come tulle e drappi d'Oriente. Le gondole percorrevano il salone da una parte all'altra e i naviganti scendevano al volo, aiutati da valletti imbellettati che sembravano essere lì apposta. A guardarlo meglio, quel posto era un incrocio tra un teatro dell'opera e una sala da ballo, con gli spalti che correvano lungo tutto il perimetro delle mura intarsiate d'oro e un palco cui si accedeva salendo una scalinata in marmo. Lassù, un'orchestra suonava una musica effervescente che trascinava i vanesiani in balli sfrenati. Il vibrare dei violini scuoteva i piedi, il respiro dei flauti avvolgeva i corpi volteggianti e i tasti di un antico pianoforte li imprigionavano in una danza senza fine.

Forse era davvero fatto tutto di fumo, specchi e maschere, come sosteneva Edgar, ma Antonio per quel posto ci andava matto. Quando giunsero al centro della sala e scesero dalla gondola, fu travolto dal profumo inebriante dello champagne. Aveva una gran voglia di unirsi alla festa, di assaggiare ogni pietanza, di abbracciare ogni donna, di dimenticare qualsiasi tipo di dolore e delusione lo avesse accompagnato nella vita.

«Questo posto è incredibile!» gridò estasiato, mentre una ragazza gli calpestava il piede e subito dopo lo baciava sulle labbra per farsi perdonare.

«Non si scaldi troppo, l'ho portata qui solo per assistere

all'Asta delle Illusioni», gli rivelò Edgar mentre avanzavano tra la folla. «Non c'è sistema di misura che possa calcolare l'abisso di imbecillità raggiunto da questi microcefali: io mi diverto un mondo a vederli scialacquare i beni più preziosi che posseggono per ritrovarsi tra le mani il nulla allo stato grezzo, niente più di qualche vano inganno. Vedrà, uno spettacolo irrinunciabile!»

Antonio lo ascoltava a stento, poi lo perse del tutto. La festa, i suoni, l'allegria delle persone: c'era qualcosa di diabolicamente irresistibile in tutto ciò.

Sospinto da un nugolo di persone, fu trascinato in un ciclone di mantelli d'organza e maschere di cera, finché non si ritrovò a stringere il corpo formoso di una vanesiana che l'obbligò a seguirla nel ballo. La sua limpida risata lo spronò a non fermarsi e così continuò a danzare, e danzò per minuti, per ore, forse per tutta la notte; dimentico del mondo e della vita, fece l'amore con lei, o forse immaginò di farlo. Si arrestava soltanto per bere vino e spumante dai bicchieri di cristallo che inservienti parrucconi gli offrivano senza tregua, oppure per assaggiare piatti prelibati che gli venivano portati sotto al naso. Si perse fra le braccia di decine di donne che non aveva mai visto, e ballò fino ad avere l'impressione che il mondo si fosse trasformato in una trottola gigante. Potevano essere trascorse quattro ore come quattromila anni: gli sembrava di essere sotto l'effetto di un incantevole sortilegio che si augurava non avesse mai fine.

Si fermò solo quando cominciò a dolergli la milza. Era senza fiato, la testa gli vorticava, e allora si isolò dalla calca, accasciandosi su un busto di marmo parlante che si mise a fare qualche considerazione sul tempo. «Presto arriveranno nuvole nere dal Mar Netturbio», profetizzò con l'aria di chi non ha pensato ad altro per tutto il giorno.

Antonio scoppiò a ridere, alterato dall'effetto dell'alcol, e si domandò che fine avesse fatto il suo migliore amico – perché Edgar era senza dubbio il migliore amico che avesse in quel mondo. Lo aveva visto poco prima concentrato sulla tela, l'aria un po' sinistra, un bicchiere di cognac in mano.

Mentre lo cercava, i suoi occhi trovarono qualcos'altro, un'immagine che annullò tutte le altre. Antonio sbatté le palpebre, inciampò, cadde, si rialzò, si appoggiò a damigelle e gentiluomini, e a qualche sventurato cameriere. Incapace di credere al proprio sguardo annebbiato, avanzò ciondolando. Vanesia era scomparsa, i ballerini e i musicisti erano scomparsi. Rimaneva solo quella visione sospesa nel nulla, il centro di un intero universo, la sua origine e la sua fine.

Una donna parlava e rideva. Di tanto in tanto si portava il bicchiere alle labbra e si lasciava andare ad altre chiacchiere e ad altri sorrisi, sempre più acuti e divertiti. Gli uomini le passavano accanto e le accarezzavano la schiena, e lei elargiva baci e attenzioni in egual misura a ognuno di loro. Quand'era una donna ad avvicinarsi, si sussurravano parole segrete all'orecchio, lanciando occhiate indiscrete e malignando su qualcosa o qualcuno.

Antonio non fece caso a tutto questo. L'unica cosa che notò, l'unica cosa che contava veramente di quella donna frivola girata di spalle erano i suoi capelli. Verdi.

« Genève... » Mormorò il nome senza neanche sapere chi fosse la figura surreale dal vestito di smeraldo damascato sul quale era drappeggiata una sottile retina bianca.

Appese alla schiena aveva due gigantesche ali trasparenti puntellate da gocce di rugiada che risplendevano come stelle nel cielo del crepuscolo.

Si fece più vicino, sospinto dalla misteriosa forza che muoveva tutto e tutti nell'universo di Tirnaìl. Ripeté più volte il suo nome, finché la ebbe a meno di un metro. Il suo odore... gli sembrava di ricordarlo. Sapeva della terra umida d'estate e dell'aria tersa che entra in casa la mattina. Chiuse gli occhi e rivide gli stessi capelli, percepì lo stesso profumo e scorse la stessa donna, solo in un'altra vita, terribilmente lontana da lì.

Era lei. L'aveva trovata.

« Genève Poitier? » le bisbigliò all'orecchio.

Finalmente la donna lo udì e si voltò, interrompendo a metà una perfida conversazione con una ragazza alta e bionda, una giraffa senza chiazze che appena vide lo scrittore fece una smorfia disgustata.

« Ciao, straniero », gli sorrise Genève.

Con la maschera a coprirle il volto, con i capelli verdi e l'abito di smeraldo, e con quelle impressionanti ali sulle spalle, Genève ricordava una libellula.

« Cerchi compagnia? »

Antonio rimase pietrificato finché un fuoco d'artificio conflagrò non troppo lontano e l'ennesima esplosione di luci, odori e suoni lo risvegliò. Vanesia era di nuovo lì, ma lui non riusciva a emettere un solo suono. Il fiato gli si era mozzato in gola, e la voce sembrava intrappolata tra le corde vocali, che vibravano senza emettere suono.

« Fammi indovinare. Sei un altro di quei tipi timidi e tenebrosi che vengono a Tirnaìl perché hanno perso le parole. »

« *Patetico* », commentò l'amica giraffa, squadrandolo dalla testa ai piedi. « Una volta uno così mi portò in biblioteca. I dieci minuti più soporiferi della mia vita, per poco non *morivo* dalla noia. Ma che razza di invenzione deprimente, i libri con le scritte! »

« Tu sei... Genève Poitier? » balbettò lo scrittore.

Era troppo ubriaco per accorgersi del sorriso beota che aveva stampato in faccia, perciò non capì perché Genève e le altre ragazze ridessero di lui.

« Io posso essere tante donne, straniero. Al giusto prezzo posso diventare anche tua madre. Quindi, se è Genève Poitier che vuoi, è lei che avrai. »

« Io voglio te », rispose lui. Non avendo più il controllo dei pensieri, aveva rinunciato ad averne sulle parole. « Solo te. »

Le ragazze alle spalle di Genève sghignazzarono come oche giulive. Lei rise con loro, rise di lui, ma il suo sguardo all'improvviso diceva qualcosa di diverso, come se la sua anima fosse stata trafitta. Ad Antonio quegli occhi sembrarono occupati dal ricordo di terre lontane, di genti incredibili e di storie inenarrabili. E da una profonda, incolmabile tristezza.

Con un inchino impacciato, le offrì la mano. Lei l'accettò,

quasi d'istinto, e qualcosa come una scarica elettrica passò tra loro. Anziché ritrarsi, Antonio si fece ancora più vicino.

«Vuoi ballare con me, Genève Poitier?»

«Lo farei volentieri, straniero, ma ora ho un impegno improrogabile. Se ripassi più tardi, magari...»

Antonio si inumidì le labbra secche e inghiottì.

«Veramente, mi chiamo...»

«Affarimiei!» Una violenta pacca sulle spalle e l'incantesimo si spezzò: Antonio fu costretto a voltarsi e a lasciare la mano di Genève.

Edgar lo afferrò, forte dei suoi due metri di altezza, e lo trascinò via.

«Andiamo, inizia l'Asta delle Illusioni!»

Antonio tentò di divincolarsi, ma Edgar era troppo robusto e Genève ne approfittò per sgusciar via tra la folla.

«Lasciami stare, idiota!» strepitò lo scrittore.

Quando riuscì a liberarsi era ormai troppo tardi: Genève era svanita. Con Edgar alle calcagna, iniziò a cercarla tra la folla, ma era un'impresa titanica per uno sbronzo che incespicava nei suoi stessi passi.

Ed ecco che a un tratto un suono di trombe si ripercosse nell'aria, attirando l'attenzione dei presenti. Migliaia di teste si voltarono verso il palco, mentre la musica si acquietava e alle chiacchiere si sostituivano gli applausi. Una voce – Antonio era troppo ubriaco e troppo preso dalla ricerca di Genève per prestare ascolto – parlò da lassù. Parole vuote a cui seguirono risate e consensi; qualche frase a proposito dell'Asta delle Illusioni, del regolamento da seguire, dei prezzi di partenza, della qualità, delle caratteristiche e della durata di ciascuna illusione.

Poi i tamburi rullarono e il cicaleccio si spense in un silenzio carico di aspettative.

L'Asta delle Illusioni ebbe inizio.

Un ragazzino vestito di tutto punto, con una giacchetta azzurra intarsiata d'oro e la maschera di un asinello, comparve sul palco da dietro il sipario e avanzò intimidito verso il banditore.

« E per cominciare, stanotte abbiamo qui con noi un bambino. Un bel bimbetto di dieci anni! » strillò l'uomo, accolto da cori e ovazioni. « Qual è il tuo nome, bambino? »

« Kurus il Grande! »

« Kurus il Grande! E che cosa sai fare? »

« Sono vivo. »

« Magnifico! Signore e signori, abbiamo qui Kurus il Grande ed è *vivo*! Qualcuno è interessato all'acquisto? »

Si alzò una selva di mani e un nugolo di voci iniziò a starnazzare. Ma nessuno parlò di soldi. Ad Antonio, intento a ispezionare le gondole, parve che quelle offerte fossero pure e insensate astrazioni.

Dopo qualche minuto, la spuntò una donna, che sovrastò tutte le altre voci gridando con quanto fiato aveva nei polmoni la propria offerta: ventinove anni della sua vita in cambio del bambino.

« Aggiudicato! » sentenziò il banditore.

La donna corse a prendere il bimbetto spaurito. Mentre saliva i gradini, i suoi singhiozzi si facevano più forti e disperati, fino a tramutarsi in un pianto incontenibile quando si trovò davanti Kurus il Grande. Lo abbracciò con tale impeto che rischiò di soffocarlo.

« Sei vivo! » ringraziava tra le lacrime. « Sei vivo, figlio mio! Credevo di averti perduto per sempre! »

Le fu chiesto di firmare un registro per siglare il contratto. Lo fece sovrappensiero, troppo emozionata per rendersi conto di quello che stava dando via. Poi lei e Kurus il Grande se ne andarono, mano nella mano. Eppure, a ogni passo, la donna faticava sempre più a camminare, piegandosi, incanutendo e rimpicciolendo come se stesse invecchiando sotto gli occhi di tutti. Appassì di ventinove anni in ventinove passi, ma il suo sorriso non sfiorì nemmeno un istante.

Il banditore, a quel punto, mise all'asta un orologio a pendolo con il quadrante bianco solo per metà: del tempo perduto restavano solo i numeri da sette a uno. Era stato gentilmente ceduto dal Grande Orologiaio, disse il capo banditore. Con quello, chiunque avrebbe potuto illudersi di avere altro tempo e di poter continuare la propria ricerca a Tirnaìl. Era un pezzo dal valore inestimabile e ci fu chi, pur di averlo, offrì l'Agnello Vegetale della Tartaria, raccolto nella regione di Oneiros, dove si mietevano le fantasie perdute; c'era chi avrebbe fatto a meno del ricordo del volto di sua madre e chi era disposto a privare il proprio sonno dei suoi sogni. Alla fine, se lo aggiudicò un aviatore che offrì le memorie dei suoi viaggi, cui dovette affiancare, vista l'unicità dell'oggetto, il coraggio di volare. E subito, quando salì a prendere il pendolo sul palco, il pilota iniziò a soffrire terribilmente di vertigini.

« Non trova che siano tutti sciocchi? » La voce di Edgar arrivò all'orecchio di Antonio mentre cercava Genève sotto una poltrona per qualche assurdo motivo.

« No, lo sciocco sei tu! Sciocco e senza talento! » biascicò Antonio. Ogni suo sentimento era esasperato dallo stato d'ebbrezza in cui si trovava. « L'avevo trovata! Ero qui per lei e l'avevo trovata! »

Si passò una mano tra i capelli. Avrebbe voluto piangere, ma anche dare un cazzotto a Edgar lo avrebbe fatto sentire meglio.

« Ma di chi sta parlando, signor Affarimiei? »

Antonio scosse la testa, sconfortato. Poi la vide.

« *Di lei...* » sussurrò incredulo.

Genève era accanto al banditore. Lassù, lontana e irraggiungibile, desiderata da tutti, era come un diamante incastrato nella terra. I suoi occhi erano i laghi di un paese sconosciuto e nei loro abissi vivevano creature magiche dai poteri straordinari.

Fece un inchino, cui seguirono i fischi estatici della folla. Il banditore le chiese come si chiamasse.

« Il mio nome è... Genève Poitier », rispose, dopo aver riflettuto un attimo.

« E cosa sai fare? »

Genève si strinse nelle spalle e ridacchiò, perplessa.

« Ho i capelli verdi. »

« Ha i capelli verdi, signore e signori. Quale sublime illusione, quale goduria per gli occhi! Dunque, mie dame e miei cavalieri, quanto offrite per una simile... »

« Non ho finito », lo interruppe Genève con aria di sfida.

Sollevò la mano sinistra, mostrandone il dorso ai presenti. Aveva un tatuaggio.

« Ma cos'è? »

« Non vedo! »

« È una libellula! »

Corse questa voce, tra gli avventori dell'Asta. In pochi secondi, anche chi era lontano, oltre le porte della grande sala, seppe che Genève Poitier aveva una libellula tatuata sulla mano sinistra.

Con l'altra mano la ragazza si strofinò il tatuaggio, come se lo spolverasse. La libellula si mosse, un'ala vibrò, un'antenna si drizzò, le zampe si sgranchirono. Per darle forza, Genève si soffiò sulla pelle. Incitata da quel respiro, da quella spinta vitale, la libellula si staccò dalla mano e volò intorno al banditore, pizzicandogli le guance, facendogli il solletico. Planò tra il pubblico esterrefatto. Svolazzava con movimenti scattanti da destra a sinistra, impelagandosi nella folta chioma di una dama e posandosi un istante sul naso bitorzoluto di un cavaliere. Il ronzio delle sue ali accarezzò le orecchie dei presenti. I loro occhi si giravano frenetici a cercarla, inseguendo le risate divertite di chi era stato sfiorato dal tocco leggero delle zampette.

La libellula ebbe il tempo di attraversare tutta la sala prima che Genève la richiamasse infilandosi pollice e indice agli angoli della bocca per fischiare. La creatura si guardò intorno, la individuò, partì a razzo verso di lei e si adagiò nuovamente sul dorso della sua mano sinistra. Genève la sfiorò con il palmo dell'altra mano e, quando mostrò la pelle agli ospiti, tutti poterono constatare che la libellula era tornata a essere un tatuaggio.

Tra la folla si propagò una serie di « Ah! » e di « Oh! » stupefatti, prima che uno scroscio di applausi omaggiasse l'esibizione. Ormai gli occhi di tutti erano puntati su di lei. Uomini e donne, vecchi e bambini, tutti la amavano e la desideravano, e lei lo sapeva.

« È lei... » ripeteva Antonio, avanzando sotto il palco come in preda a un incantesimo.

Quasi ogni mano si sollevò per acquistare Genève dai capelli verdi. Le grida partirono. Qualcuno offrì le lacrime versate sul letto di morte del padre, qualcun altro mise in vendita la propria voce e qualcuno propose un po' del terreno raccolto dalla tomba del figlio; la guardia notturna di un magazzino di periferia offrì tutte le albe che aveva visto, impressionando il banditore. Alla fine, stava per spuntarla sugli innumerevoli pretendenti un vecchio barboso disposto a fare a meno di tutti i giorni felici della sua vita.

Per un attimo, gli occhi di Genève e di Antonio si ritrovarono in mezzo a quel fermento, e allora il caos divenne ordine, il rumore silenzio e la mescolanza solitudine.

Antonio doveva averla. Ma cosa poteva dare in cambio? Non aveva niente con sé, laggiù a Tirnaìl. Cosa possedeva che fosse dotato di un minimo di valore?

« Offro il mio nome! » gridò, e tutte le mani si abbassarono perché nessuno aveva osato una proposta così azzardata.

« Io, Antonio Maria Fonte, offro il mio nome in cambio di Genève Poitier! » ripeté, ignorando i vagiti di Edgar che lo implorava di non andare oltre.

Distante dagli sguardi stupiti e dai borbottii striduli, Antonio si fiondò verso le scale. Un ometto con la maschera da iena gli sbarrò la strada. Volle stringergli la mano a ogni costo e, sebbene le sue parole e il suo gesto esprimessero una stima profonda, nei suoi occhi bruciava una luce famelica: « Lei è molto coraggioso, signor Fonte ».

Antonio lo scostò come un ostacolo inopportuno: non esisteva altro all'infuori degli occhi di Genève. Affrontò i gradini di corsa, poi rallentò, quindi corse di nuovo, finché giunse al suo fianco.

Il banditore era un ragazzo snello, con un parrucchino bianco in testa e la maschera da alligatore. Aveva ancora la bocca aperta per quel gesto avventato... e sì che lui ne aveva visti, di gesti avventati! Si accorse allora che il registro dei contratti era sparito nel nulla, e restò ancora più allibito.

« Mi perdoni, signore », farfugliò angosciato. « Me ne farò portare immediatamente un altro. Non capisco proprio dove sia finito. »

Diede ordine a due servi, che subito posero rimedio al disagio imprevisto.

Quando si fu leggermente ripreso da quelle anomalie, il banditore abbassò la voce, in modo che solo Antonio lo udisse.

« È sicuro, signore? » gli chiese preoccupato. « Forse lei è straniero e ancora non lo sa, ma dalle nostre parti il nome è prezioso. Nel momento in cui firmerà, nessuno lo rammenterà più. Nemmeno lei. »

« Non farlo, imbecille! » disse Genève tra i denti. « Non sai cosa stai rischiando. »

Antonio fece un sorriso sghembo. Il mondo girava, era tutto così bello, Genève era così bella...

« L'ho sempre odiato, quel nome. Non vedevo l'ora di disfarmene. »

« È ubriaco, non lo lasci firmare », disse Genève rivolta al banditore.

Antonio fu più veloce di entrambi. Prese la penna di pavone che pendeva dalle dita del ragazzo e scrisse con la sua grafia un po' storta: *Antonio Maria Fonte.*

Genève Poitier fu sua. Nello stesso istante Antonio Maria Fonte smise di appartenere a se stesso.

10

Antoine Affarimiei

Si accorse che Genève lo stava portando via con sé, lontano da strilli euforici e sguardi curiosi, quando avevano ormai attraversato gran parte del palazzo. Le dita della ragazza gli stringevano il polso con una violenza piuttosto insolita. Sbucarono in un giardino, al riparo da occhi indiscreti, dove le acque di una piscina termale precipitavano in mare. Finalmente, Genève lo lasciò andare.

Vuoi ballare con me?, avrebbe voluto chiederle, ma non seppe se lo pensò o lo disse a voce alta.

Non lo seppe, perché l'aria fu subito squarciata da un grido di battaglia.

« TU! » urlò Genève, puntandogli un dito sul petto. Lo strattonò per bene, facendolo capitombolare su una scalinata. « Hai fatto la più grossa stronzata del secolo! *Il tuo nome!* Hai dato via il tuo nome! Le persone quaggiù rinuncerebbero ai propri attributi pur di riavere il loro nome! E tu cosa fai? Sei appena arrivato e lo svendi per... per... per *me*! Si può sapere chi diavolo sei? Oh, giusto, scommetto che non lo sai! E dammi qua, tu! »

Genève si impossessò dell'intero vassoio che un cameriere, apparso da un angolo del giardino, le stava porgendo. Bevve di seguito tre bicchieri di vino, ingollando sorsate decisamente troppo lunghe per una ragazza così gracile. Lui non riusciva a credere che quel corpo potesse contenere tanta furia e modi così bruschi... e tutto quell'alcol. Gli era sembrata così docile e graziosa, poco prima.

« Se non ti va di ballare », mugugnò poco interessato a tutto il resto, « possiamo anche fare solo due chiacchiere. »

« Ottima idea! Parliamo di quanto cervello ti sei bevuto stasera! »

Genève iniziò a marciare avanti e indietro, inviperita e imprecante.

« Era quasi fatta, maledizione! Un minuto solo e sarei stata fuori di lì! »

« Era così importante? » si informò lui, ormai timoroso di rivolgerle la parola.

« Che non ti immischiassi? Sì, che lo era! »

« Il nome... il mio nome era importante? »

Genève si fermò allibita e gli strinse la testa tra le mani. Lui era ancora a terra e dal basso fissava i suoi occhi e le stelle sopra di lei. Brillavano come se dietro pulsasse la stessa anima.

« Chi sei? » gli chiese Genève.

L'uomo senza nome aprì la bocca, ma non emise alcun suono.

« Da dove vieni? »

Ci pensò su, pensò agli occhi di Genève. Da dove veniva? Non lo sapeva. Ricordava Tirnaìl, il Regno delle Cose Perse, ma sapeva che non era casa sua.

« Qual è il tuo nome e perché sei qui? »

Non ne era sicuro. Il nome, il *suo* nome... quella sì che era una bella domanda.

« Tirnaìl non ti lascerà andare senza il tuo nome. Anche se troverai ciò che cerchi – ed è sicuro che *non* lo troverai –, se non sai *esattamente* chi sei, non potrai uscire dal Regno delle Cose Perse. »

« Ma a me piace stare qui. »

« Qui fa schifo! » urlò Genève. « Che ne sai di cosa significa stare qui? Che ne sai di cosa significa essere dimenticati, al punto da dimenticare se stessi? Sei un pazzo! Non capisci cos'hai appena fatto? Tutte le cose che esistono prima o poi svaniranno. Di loro resteranno solo i nomi. Se morirai senza il tuo nome nessuno si ricorderà di te, né qui né nell'altrove. Sarà come se tu non fossi mai esistito. Ma che me la prendo a fare? Te lo meriti! »

L'uomo non rispose. Forse aveva davvero combinato un guaio. Insomma, tutti quegli anni in cui si era impegnato a sopravvivere non sarebbero serviti a niente, sarebbe morto senza ricordare e senza essere ricordato.

Gli parve troppo, per chiunque.

Quindi si sforzò. Gli sembrava che il nome fosse lì, sulla punta della lingua, come una parola dimenticata, pronta a saltar fuori e a prenderlo in giro. Ma non osava lanciarsi, restava al sicuro in bocca, e più i minuti passavano più si ritirava in qualche parte sconosciuta del corpo, rischiando di sparire per sempre.

Colto da un lampo di lucidità, controllò tutte le tasche nella speranza di trovare dei documenti, ma non aveva niente con sé.

Il nome, si impose febbricitante, *ricorda il tuo nome.*

Forse era il caso di provare per un'altra strada.

Meditò sul potere dei nomi, sulla loro capacità di dire che una cosa è quella e nient'altro. Ma se una cosa viene spogliata del proprio nome, allora può diventare *tutto*. Ora tutto era possibile, lui era nessuno e chiunque, e qualunque storia sarebbe andata bene. E in quel momento, quell'uomo sconosciuto a se stesso si rese conto di essere incredibilmente bravo a inventare storie.

« Sono un narrastorie », le disse dopo aver riflettuto attentamente. Non ne era certo, ma *quasi*. « Vengo dalla Città delle Sirene, mi chiamo Antoine Affarimiei e sto cercando un ricordo dimenticato. »

« È tutto? »

« Per ora sì. »

« Questa è solo l'ombra di ciò che sei », sospirò la ragazza. « Ma è sempre meglio di niente, *Antoine Affarimiei.* »

« E tu non lo ricordi, il mio nome? Eri lì anche tu, quando l'ho urlato... non lo hai sentito? »

« Se non lo ricordi tu, Antoine, come potrebbe ricordarlo qualcun altro al posto tuo? »

Genève si sedette sull'erba, al suo fianco. Le ali appese alle sue spalle erano davvero ingombranti.

« Perché lo hai fatto? » chiese poi. Tra le pieghe della sua ira, si intravedevano ora scorci di amarezza.

Antoine Affarimiei, il narrastorie, non lo sapeva. Controllò meglio i pantaloni, e allora trovò, in una tasca bucata, un foglio sgualcito. Sperando che gettasse qualche lama di luce nella sua oscura ignoranza, nella sua mente appannata, lo spiegò: era il ritratto di una donna dai capelli verdi. Il ritratto di Genève. Con le mani tremanti, sentendo di doverlo fare, Antoine controllò il retro del foglio e scoprì che c'era scritto qualcosa.

Giugno 1999
Tirnaìl è il Regno delle Cose Perse,
non lasciare che anche io finisca lì.
Ricordati di me, ricordati della Notte dei Cristalli.
Con tutto il mio amore, Genève Poitier.

«Non so perché l'ho fatto, ma scommetto che ne è valsa la pena», sussurrò Antoine. Si affrettò a riporre in tasca il ritratto, proprio mentre lei si sporgeva per curiosare.

«Cosa nascondi?»

«Niente di importante.»

Antoine inspirò una boccata d'aria, sempre più confuso, sempre più accalorato. Non poteva mostrarle quel ritratto e quelle parole, non poteva rivelarle che se lei si trovava a Tirnaìl forse era colpa sua. Lo avrebbe massacrato.

«Davvero non ti ricordi di me?» le domandò.

Ti prego, sforzati, la supplicò mentalmente, *noi ci conosciamo, lo so.*

«No. Ma chiunque tu sia, sono certa che sei un fallito.» La sua voce si intristì e perse un altro po' della sua rabbia. «Tutti noi lo siamo. Falliti e perdenti, altrimenti non saremmo qui. Vorrei ricordare, Antoine Affarimiei, e vorrei che tu ricordassi... significherebbe ricordare anche me. A un certo punto, quando il tempo scade, gli abitanti di Tirnaìl dimenticano.»

Sollevò il braccio e gli mostrò il polso: aveva un orologio blu, da bambina, con il quadrante ormai bianco.

«È orribile, non sai chi sei, ma sai di essere qualcuno, e la gente che incontri è come se si portasse dentro un frammento di te, e tu porti dentro un frammento di loro, e lo intravedi, lo riconosci... ma nessuno può ricostruirsi senza tutti i pezzi. Siamo incompleti. Tu hai gettato via l'unica cosa che ti rendeva te stesso.»

Rimasero in silenzio, a osservare il mare e la notte.

«E così, tu sei una domatrice di libellule», disse Antoine, accennando al tatuaggio e cercando di cambiare argomento.

«Come no! È la mia passione, fin da bambina.» Finalmente Genève sorrise.

Antoine aveva atteso solo quel momento: un sorriso che fosse tutto per lui. Lo ricambiò, ma immaginò che con la pelle tirata e i denti e le labbra rossi di vino doveva sembrare un deficiente, oltre che prodigiosamente brutto.

Ma Genève non sembrò farci caso e gli mostrò una fialetta vuota.

«Uno spacciatore di illusioni ottiche, sotto l'Arco di Fuorvìa, me l'ha fatta pagare cinquanta pezzi d'argento. Una bella somma, anche perché il trucchetto è durato giusto un paio di minuti. Ma ne è valsa la pena.»

«Non ne dubito. Erano tutti impressionati.»

«Certo, ed erano tutti *distratti*.»

Gli fece l'occhiolino, poi si alzò la gonna fin sopra il ginocchio. Antoine vide che teneva legato alla gamba un grosso libro rilegato in cuoio e chiuso da un gancio uncinato. Soltanto quando lei lo aprì e lo sfogliò, il narrastorie si rese conto di cosa fosse: il registro dei contratti! Il tomo del banditore, che raccoglieva tutte le offerte dei partecipanti all'Asta delle Illusioni, non era affatto sparito: lo aveva rubato Genève!

Avrebbe voluto stringerlo tra le mani, ma la ragazza non sembrava intenzionata a cederlo neppure per un istante. Se le parole del volume fossero state vergate con il sangue non sarebbero state più sacre. Tra quelle pagine erano raccolte offerte inestimabili, tesori più preziosi di qualunque somma di danaro, pezzetti di anima di centinaia di persone, di tutti coloro che avevano partecipato all'Asta delle Illusioni almeno negli ultimi vent'anni!

«È incredibile... è...» Anche se Antoine sentiva di essere uno straniero in quella terra, perché non ne capiva il moto degli astri e la consistenza del suolo, si rendeva conto del valore inestimabile di quell'oggetto. «È come una stanza del tesoro, solo che invece di gioielli e diamanti, e colline di monete d'oro, contiene sogni di esseri umani!»

«Lo so, ero qui apposta. Lo pianificavo da giorni, ho dovuto sorbirmi i pettegolezzi di metà delle prostitute di Vanesia e fare la smorfiosa con buona parte dei nobili, altrimenti non mi avrebbero mai inserito nell'Asta. E poi la cosa della libellula... non l'ho certo fatta per sentirmi dire quanto sono brava. Dovevo solo distogliere l'attenzione di quei mentecatti drogati di illusioni.»

«Perché lo hai rubato?»

«Per rivenderlo al migliore offerente, ovvio.»

A ogni minuto che passava, Antoine si sentiva più disorientato. Aveva il sospetto di essersi perso qualche passaggio fondamentale della storia.

«Vuoi vendere al migliore offerente le offerte di qualcun altro?»

«E allora? Non sono mica le mie! Sono loro gli idioti che arrivano a Vanesia e si lasciano fregare. Credono che basti l'Asta delle Illusioni per trovare ciò che cercano. Dimenticano che questa città è un miraggio, e che perfino un granello di polvere qui è un inganno: l'aria che stai respirando è tossica e le meraviglie che vedi sono cumuli di sporcizia in una discarica di illusioni perdute. Sai cosa capita alle illusioni, una volta che escono da Tirnaìl? *Si disgregano!* Svaniscono appena entrano in contatto con l'aria avvelenata dell'altrove... se sei fortunato. Perché se non lo sei, continui a vederle. Ma sarai il solo a riuscirci. Condannato alla pazzia, a venerare il nulla.»

Antoine non sapeva come ribattere. Aveva paura di indispettirla e di risvegliare il suo animo selvaggio, quindi reputò saggio tenere la bocca chiusa. La osservò sfogliare il libro e ridere di ciò che le persone avevano sacrificato in cambio di vani inganni.

« Cosa ne sarà del mio nome? » chiese poi.

Se lo immaginava come un essere mingherlino, spaventato e affamato, rinchiuso nelle gelide segrete di un castello. Provò compassione per se stesso, e pensò che Genève in fondo avesse ragione: era un fallito, un perdente.

La ragazza parve ricordarsi della sua scomoda situazione. Sbuffò, e le sue labbra si incresparono in una nuova smorfia di rabbia.

« Non lo so, straniero. Il piano era scappare appena preso il registro, ma poi sei spuntato tu, l'eroe degli sfigati, a mandare tutto all'aria. Mi hai comprata, come se fossi una schiava. »

« Sei un'illusione anche tu? »

« Sturati le orecchie, fesso: io ero qui per il registro! Non sono una cittadina di Vanesia e non sono una sua illusione. »

« Se non ti avessi comprata io lo avrebbe fatto qualcun altro. Come speravi di andartene? Perché dovrei fidarmi di te? »

« Non devi. Adesso sai cosa farò? Tornerò lì dentro, prenderò il nuovo registro e leggeremo il tuo nome. Ricordarti chi sei è il solo modo per svegliarti da quest'incantesimo, bella addormentata. Solo così potrò tornare libera. »

« Non lo sei? »

« No, grazie a te. Non hai ascoltato cosa diceva il banditore sulle regole dell'Asta? »

« Devo essermi distratto. »

« Mi hai comprata senza conoscere le condizioni? » Genève era troppo sconcertata per strillare di collera. O almeno, Antoine lo sperò: non avrebbe retto un'altra sfuriata. « Secondo una delle clausole, una volta venduta, la vita di un'illusione dipenderà dalla vita del suo compratore. Fino alla sua morte, ovvero alla morte di entrambi. »

« D'accordo, d'accordo... Precisamente, questo vuol dire che... »

« Vuol dire che se tu muori, muoio anch'io, straniero. »

« Ma tu non sei un'illusione! »

« No, ma mi hai trattata come se lo fossi. E a Tirnaìl le cose funzionano in modo strano e imprevedibile. Questa terra è... *dispettosa.*»

«Non ha senso!»

«No, non ne ha. Ma è così. Quindi non voglio rischiare. Non per uno come te, almeno, visto che hai scarsissime probabilità di sopravvivere. Adesso andrò a cercare il registro, tornerò più o meno tra dieci minuti... Che dici, ci sono speranze che tu sia vivo, tra dieci minuti?»

Antoine annuì debolmente. Doveva sembrarle uno scriteriato, un idiota completo.

La guardò incamminarsi verso le vetrate del palazzo e sparire al suo interno.

«Be', neanche tu sei come mi aspettavo...» borbottò poi, inspiegabilmente deluso.

Se Antoine fosse stato sobrio avrebbe riflettuto sulla faccenda e cercato una soluzione ad almeno uno dei suoi problemi. Ma sobrio non era, perciò rimase a traballare e a ridacchiare. Dopotutto, quella era una situazione esilarante.

Si trovava in una terra sconosciuta, fatta di falsità e inganni, e aveva venduto il proprio nome per comprare una ragazza che lo detestava, e che forse era un'illusione.

Si piegò sulle ginocchia, credendo che ci fossero doppioni di tutto. Doppioni di fiaccole, doppioni di nastri, doppioni di alberi, doppioni di gatti...

C'erano davvero tanti gatti, laggiù. Li sentiva frignare come tigri infuriate, nascosti dietro una statua, in un angolo buio. All'inizio pensò si trattasse di una faida e si aspettò di vederli girare in cerchio, pronti a spelarsi e artigliarsi a vicenda, per rivendicare il territorio o una gattina. Ma, appena svoltò l'angolo, notò cinque gatti che soffiavano tutti insieme contro una parete vuota.

«Ehi, micetti. Che problemi avete?» Antoine si allineò con i felini davanti al muro.

Non c'era un bel niente lì, eppure si sentì invadere il corpo da un gelo improvviso che gli atrofizzò i muscoli. Sussurri dal nulla, ombre che si allungavano senza che niente e nessuno si muovesse nei paraggi. C'era qualcosa acquattato nel buio... qualcosa che portava con sé il freddo della morte.

« Fai un bel respiro... » si impose Antoine, chiudendo gli occhi e stringendo i pugni.

Inspirò ed espirò più volte cercando dentro di sé la pace e il coraggio. Riuscì a distinguere i suoni più impercettibili e ad avvertire la consistenza delle cose invisibili.

Una presenza strisciò al suo fianco, mentre i gatti fuggivano con latrati strazianti.

Nonostante il terrore gli avesse mandato in tilt il cervello, Antoine doveva sapere. Spalancò gli occhi e sollevò un braccio per toccare le tenebre. Gli sembrò che il suo respiro venisse mozzato, insieme ai bisbigli del vento, allo zampillare di una fontana, al frinire delle cicale. Tutto, a un tratto, fu buio e silenzio.

« Le ombre! Le ombre si avvicinano! »

Qualcuno urlò dall'interno del palazzo. Altre grida seguirono, grida che non contenevano parole, ma esplosioni di paura. Attraverso le finestre Antoine vedeva gli ospiti correre come una mandria di bufali impazziti, scavalcarsi e schiacciarsi, nascondersi e arrampicarsi per sfuggire al nulla. Perché ciò che li inseguiva era solo il buio: pian piano, tutte le luci del palazzo iniziarono a spegnersi. Dall'attico alle cantine, dalle terrazze ai giardini, non rimase un solo lumino acceso.

Antoine non sapeva cosa stesse accadendo. Corse anche lui, corse alla ricerca di qualche piccolo riverbero, e trovò rifugio accanto a un braciere. Lì le fiamme ardevano ancora e le pigne secche si accartocciavano come se provassero a difendersi dal fuoco, così come Antoine cercava di ripararsi dall'oscurità. Avrebbe voluto cadere a terra e perdere consapevolezza di ogni cosa. Ma all'improvviso si sentì fin troppo cosciente.

Vide le fiamme estinguersi pian piano, mentre qualcosa moriva dentro di lui, in silenzio. Era un'algida sensazione di vuoto nello stomaco, di quelle che trafiggono e scartano anche il più puro dei pensieri felici, lasciando solo le scorie peggiori di qualunque sentimento umano.

Dell'amore rimase l'odio, della speranza la disperazione, della vita il desiderio di morire.

E proprio quel desiderio arpionò il suo cuore come un uncino.

Poi, anche quell'ultimo bagliore cedette.

Una voce lo chiamò. « Affarimiei! » urlava, da qualche parte, un uomo alto dai baffi all'insù.

Ma poi le ombre divorarono tutto, compreso un narrastorie di nome Antoine.

11

Nechnabel

Le immagini galoppavano, si sovrapponevano le une alle altre come proiettate in un gigantesco caleidoscopio.

Antoine Affarimiei, il narrastorie della Città delle Sirene, sapeva di esser figlio di madre e di padre, orfano di uno dei due o forse di entrambi; sapeva di aver lavorato per la Morte e di aver donato ai cadaveri la bellezza, prima di iniziare a vendere storie. Di tutto il resto non rammentava niente, ecco perché era finito nel Regno delle Cose Perse.

Oppure no?

Quei ricordi forzati tornavano alla luce, esplodendogli nel cervello e straziandogli l'anima.

Quando infine Antoine aprì gli occhi era madido di sudore, si sentiva preda di una febbre delirante e faticava a respirare. Poi vide un teschio accanto a sé.

«Sa che casi casi yo pensé che era muerto? Già stavo per tagliarle il naso e mangiarmelo... bello grosso, pura cartilagine, sa che buono? Davvero muy hermoso!»

Antoine si mise a sedere di scatto. Quello che gli sorrideva a pochi centimetri dalla faccia, divertito per chissà quale motivo, non era uno scheletro, ma un vecchio sdentato e rinsecchito che non poteva avere meno di duecento anni.

«Fortuna che l'ho raccolta dalla strada, señor, era messo male. L'ho detto io: nessuno sfugge a Nechnabel.»

«Nechnabel è parte di Tirnaìl?» domandò Antoine.

«Qué quieres! Tutto è parte di Tirnaìl prima o poi», ridacchiò il vecchio, salterellando lontano dalla faccia rimbambita di Antoine e andando dritto verso un focolare acceso nel bel mezzo di una stanzetta disordinata e alquanto storta, dal pavimento che pendeva pericolosamente a destra.

Quando provò a mettersi in piedi Antoine resistette giusto un paio di secondi.

« Oh, señor! Faccia il bravo e torni a letto! » bofonchiò il vecchio, che stava mescolando un'orribile poltiglia in un calderone schizzato fuori da qualche libro di magia.

E di libri lì dentro ce n'erano parecchi: sparpagliati ovunque, per terra e sulle sedie fracassate, sepolti sotto strati di penne di chissà quali uccellacci. Il vecchio si chinò e raccolse da terra una delle piume: la osservò con cautela, quasi la stesse giudicando, e si strinse nelle spalle, poi, evidentemente soddisfatto, la buttò nel calderone e riprese a mescolare e canticchiare.

« No es increíble? » fece dopo un attimo. « Ha dormito per due giorni interi. »

« Incredibile, sì. Visto che dopo una sbornia simile è un miracolo che ci si risvegli. »

Il vecchio si sciolse in una risata limpidissima, che ricordava il suono delle onde quando si infrangono contro la scogliera. Antoine continuò a lanciare occhiate disorientate intorno, cercando qualcosa che gli risultasse familiare. Ma non trovò niente: una tenda da doccia separava la camera da una fetida latrina e una porta conduceva in una seconda stanzetta. Non era affatto la casa di un mago, eppure c'era un'atmosfera quasi stregata fra le tendine di pizzo lacerate, dentro i mobili fracassati e messi a testa in giù, sulla carta da parati ricoperta di motivi fiabeschi e ormai sbiaditi, sui muri rotti e cadenti, il tutto rischiarato dal chiarore prodotto dagli stoppini di centinaia di candele.

Sulla cornice di un'anta a specchio, vide un foglietto sgualcito attaccato con una puntina gialla. Conteneva una lista alquanto misera, e con tanto di titolo cerchiato in rosso:

Todas las cosas lindas

El mar
Oliver
Los botes de papel

Ir al barbero
Las margaritas

Antoine provò a rialzarsi. Questa volta gambe e mente erano più preparate e lo sorressero fino al pentolone, accanto al vecchio che cucinava un miscuglio verdastro e gorgogliante. Fuori si dispiegava un *non mondo*: forse era una città, ma le tenebre che la soffocavano e la nebbiolina che decapitava gli edifici permettevano di intravederne solo un minuscolo scorcio. Una strada grigia e triste, sulla quale si affacciavano desolanti prefabbricati accatastati uno sull'altro come mazzi di carte. L'unico riverbero che rischiarava la via proveniva da una catena di lampioni; eppure anche quei bagliori gettavano più oscurità che luce.

A un tratto Antoine vide emergere dal palazzo di fronte il volto ingiallito di un vecchio. L'uomo si accorse di essere spiato e si affrettò a tirare giù le tapparelle sgangherate.

« Dove sono finito? » La sua voce risuonò roca alle sue stesse orecchie.

« A Nechnabel, señor, gliel'ho detto. La prigione dove viene rinchiuso chi non ha mai peccato. »

« Non esistono prigioni del genere. »

« Ah, davvero? Non vorrà dirmi che ho trascorso gli ultimi anni in un luogo che non esiste! No, señor, Nechnabel esiste... Sull'inferno ho i miei dubbi, forse *quello* non esiste. Ma Nechnabel... »

Antoine rimase in silenzio a scrutare il paesaggio plumbeo. Aveva dimenticato come si trasformasse un pensiero in parole.

« Sembra un ghetto. »

« C'è a chi piace chiamarlo così », disse il vecchio. « Tanto non cambia nulla. »

« Che c'è oltre la nebbia? »

« Oltre la nebbia e la notte? Altra nebbia e altra notte. No hay nada. El mundo ha terminado e ci hanno lasciato in este limbo. »

« Ne dubito fortemente, signore », disse paziente Antoine. « Ad esempio, io sono stato a V... Va... »

Antoine si bloccò. Non riusciva a ricordare. La sua mente era un vortice di maschere, di belle donne, di vini prelibati, di illusioni e menzogne...

« Vanesia, vuole dire? »

« Vanesia... » Antoine esitò, e in quell'attimo ricordò tutto: i balli, le strade, Genève, il suo nome e la sua storia perduti. Non ne restava che una pallida ombra. « Io sono Antoine, il narrastorie, vengo dalla Città delle Sirene e cerco un ricordo perduto. »

« E io sono Santiago, señor, il pescatore, vengo dal Mar Netturbio e cerco l'odore del mare! » Il vecchio gli strinse la mano con ardore. Invitò Antoine ad accomodarsi sul letto, mentre a sua volta prendeva posto su una sedia di paglia che crollò sotto il suo esile peso. Dopo essersi torto le budella dalle risate, Santiago proseguì.

« Il Mar Netturbio, entiendes? Il mare è un regalo di Dio alla Terra, che era perfetta ma non sapeva piangere. Sirene e tritoni in quantità (sono ottimi se cotti a fuoco lento)! Avevo costruito un negozio sotto le acque. Un negozio di vento e salsedine, e la gente veniva sempre da me per comprare delle cose. »

« *Cose* come? »

« Cose come cose. » Santiago si strinse nelle spalle, come se nemmeno lui ne sapesse nulla. « Era il mare a portarmele. Il mare porta sempre tutto. Poi io raccoglievo la roba e la mettevo da parte nel mio negozio. E la gente veniva, tirava lo sciacquone del bagno e dopo se ne andava tutta contenta. »

« Era una bella cosa », commentò Antoine. « Perché tiravano lo sciacquone del bagno? »

« Per le lampadine, naturalmente. »

« Certo. » Antoine non ci capiva nulla, ma si divertiva ad assecondarlo. « E poi cos'è successo? »

« Che le devo dire, señor Antoine? Un giorno le tenebre sono venute a prendermi e mi hanno portato a Nechnabel. Da allora non ricordo più la luce. Ho trascorso qui gli ultimi... dire *secoli* può recar offesa alle mie membra, eppure è trascorso davvero tanto tempo. Ma dobbiamo ringraziare il cielo se siamo vivi... Lo ringrazi, il cielo, señor Antoine, e lo ringrazi por las velas, le candele. Non vorrei trovarmi senza candele quando loro verranno di nuovo.»

«*Loro* chi?» Antoine lo osservò intrigato.

«I *Nox*, señor Antoine, il buio. Sono loro che ci hanno portato qui, sono loro che continuano a divorarci. Preghi che almeno una di queste candele rimanga accesa.»

Santiago gli prese la mano e gli lasciò qualcosa sul palmo, ostentando la massima serietà. Era una barchetta di carta, fatta con lo scontrino di un negozio.

Poi il vecchio tornò ad affaccendarsi con il suo calderone, e riprese a canticchiare e a ballare. Antoine intanto esplorò il piccolo appartamento, fermandosi a studiare la porta d'ingresso.

Adesso gli avrebbe fatto infinitamente comodo avere a portata di mano Edgar e il suo mazzo di chiavi, che poteva aprire tutte le porte di Tirnaìl. Si chiese come funzionasse quella magia e dove fosse finito il pittore. Si domandò se anche lui avesse subito la sua stessa triste sorte.

Le ombre, o Nox, come le aveva chiamate Santiago, avevano creato scompiglio nell'intero palazzo dell'Asta delle Illusioni, ma magari Edgar era riuscito a fuggire.

Mentre Antoine era immerso in quei pensieri, un colpetto sulla schiena lo richiamò ai suoi doveri di ospite. Santiago tirò fuori dalla camicia sudicia un orologio e ticchettò sul quadrante bianco.

«È ora. *Patate e cipolle dentro l'acqua che ribolle!* Nell'orto dietro il palazzo, señor.»

Senza attendere risposta, spinse Antoine oltre la soglia d'ingresso e gli sbatté la porta in faccia. Ma lo fece con tale irruenza che i cardini si ruppero e l'anta ruzzolò per le scale. Antoine la schivò e lasciò il vecchio a scompisciarsi lassù, da solo, avventurandosi lungo una pericolosa scala a chiocciola che sembrava accartocciarsi su se stessa. Notò che sugli usci di tutte le porte, a ogni piano, era stata lasciata una barchetta di carta, forse doni del vecchio Santiago, che di certo conosceva i principi del buon vicinato.

All'inizio, dopo aver sceso sei piani fra manti di ragnatele e chiodi che spuntavano da ogni trave, fu un sollievo ritrovarsi all'aperto. Ma fuori l'atmosfera era perfino più lugubre, l'aria puzzava di guerra e di morte. Il mantello di foschia celava un cielo buio, simile al cielo notturno, eppure diverso, ancora più cupo. Non uno spicchio di luna né un raggio di stella emergevano da quella tavola dipinta di un unico, tenebroso colore.

Antoine rimase a studiare per qualche attimo il ghetto di Nechnabel e giunse alla conclusione che la gente di lì poteva essere definita con una sola parola: disperata.

Una donna gli sfrecciò davanti, immersa in un acceso dibattito con qualche creatura invisibile; un uomo appoggiato a un palo della luce scuoteva la testa, gli occhi sgranati e iniettati di sangue e sonno, mormorando: «Arriveranno anche per te, sì, arriveranno! Devi avere più paura e meno fede». Una bambina dai capelli biondo cenere, vestita di stracci, giocava con la carcassa di un canarino. Lo cullava e gli cantava una nenia tristissima, di cui Antoine non colse che poche parole.

«*Notte e nebbia, e non c'è più nessuno... Mi vedi, fratello? Dove sei? Io non ti vedo.*»

La bambina sollevò lo sguardo: era cieca.

Antoine si allontanò in fretta aggirando il palazzo e giungendo nel cortile sul retro, puzzolente di orina di gatto e di terra arida. L'orto di cui aveva parlato Santiago era una vera e propria tana di felini, uno sputo di terra con un alberello rinsecchito piantato nel centro e una singola patata e una cipolla che emergevano con timidezza dal suolo. Le prese, guardandole con pietà.

Cosa vivete a fare, voi due? E che diavolo ci faccio io qui?

Poi un'altra domanda, più importante.

Chi sono io?

Guardò ancora la nebbia. Chiunque fosse Antoine il narrastorie, che veniva dalla Città delle Sirene e cercava un ricordo perduto, era prigioniero di Tirnaìl. Prigioniero di Nechnabel.

Fuggire era impossibile: quello che aveva davanti era soltanto un velo di caligine, eppure Antoine dubitava che il cemento armato potesse essere più resistente. Quella foschia era invalicabile per un essere umano, e anche se fosse riuscito a oltrepassarla non avrebbe trovato che tristezza e dolore. Un inguaribile pessimismo si insinuò in lui.

Non c'era più niente, se non notte e nebbia. E così tornare da Santiago gli parve l'unica, ineluttabile soluzione.

12

Santiago

Antoine visse le settimane successive in uno stato di dormiveglia. Sentiva la mente sospesa, vacua, il corpo intorpidito; in quei momenti riusciva a comprendere la triste natura dei fantasmi, e li compiangeva.

Provò più di una volta ad avventurarsi nelle strade di Nechnabel in cerca di una via di fuga, ma per quanto le suole si consumassero scoprì che non esisteva. Tutte le strade riportavano al punto di partenza.

Così dovette piegarsi ai ritmi del ghetto. Solo la compagnia di Santiago lo manteneva ancora a galla.

Trascorreva il proprio tempo con il vecchio, un individuo davvero singolare, tanto fragile nell'aspetto quanto temprato nell'animo – nonché deviato nel cervello.

Quando viveva in una terra lontana da Tirnaìl, moltissimi anni prima, Santiago era stato un pescatore. Nelle vene gli scorreva più acqua di mare che sangue. Poi era stato chiamato sotto le armi e la sua pelle aveva perso l'odore degli oceani. Tornato a casa, dopo anni trascorsi nel fetore delle trincee, tra cadaveri smembrati e il ronzio detonante delle bombe, i pesci avevano smesso di farsi pescare. Perciò un giorno aveva preso la sua barca e si era smarrito in mezzo al nulla, in un quadrato di orizzonti. Così era finito nel Regno delle Cose Perse: cercando l'odore di mare perduto. Ma a Tirnaìl il suo tempo era scaduto senza che la sua ricerca si compisse, e allora il vecchio, senza darsi per vinto, aveva costruito il suo negozio sul fondo del Mar Netturbio. Dopo che le ombre erano andate a prenderlo e lo avevano portato a Nechnabel, si era di nuovo fatto forza ed era diventato erborista nella città di notte e nebbia, perché aveva capito che la vita non si ferma mai, che si prende solo delle pause una volta ogni tanto.

Antoine lo ammirava, gli piaceva passare il tempo con lui.

Ogni giorno si recava a coltivare l'orticello che non poteva essere coltivato e aiutava Santiago a preparare pozioni contro il mal di gola. Intanto affrontava con lui discorsi improbabili.

« Così lei cerca un ricordo, eh? » gli chiese un giorno Santiago, rimescolando una delle sue misteriose poltiglie violacee.

« Così mi pare. Sa, da quando sono diventato Antoine la mia vita mi sembra finta, una fiaba che qualcuno mi ha raccontato da bambino. Non ricordo i dettagli, e questa cosa mi spaventa. »

« Y por qué? »

« Perché i dettagli fanno la differenza. È come se fossi diventato una comparsa nella mia stessa storia. »

« È perché ha smarrito la sua identità. Ma non si preoccupi, Tirnaìl restituisce sempre tutto, tarde o temprano, basta che non stia fermo troppo a lungo. E poi lei è coraggioso e i coraggiosi sono eroi, non comparse. Por favor, mi passi il peperoncino, señor Antoine. »

« Peperoncino? Ho sentito che i ricordi sono esiliati nella terra di Mnemosia, qui a Tirnaìl. »

« Ah, la bella Mnemosia! Che tierra fantastica! Sa, se mi passa il barattolo con dentro le lucciole mi rende un uomo meno infelice. »

« A che le servono le lucciole? Non vorrà mica metterle a bollire con il peperoncino e il cioccolato? Pensa che ce la farò ad arrivare a Mnemosia, signor Santiago? » insisté Antoine, prendendo dallo scaffale una lattina di vetro in cui svolazzavano cinque lucciole splendenti.

« Por qué no? Sa, señor, lei mi ha chiesto a che servono le lucciole e io le dirò che anche una sola di queste lucciole può salvare un uomo come lei. La lucciola se usa como medicamento. »

« Medicamento per cosa? »

« Para la vida. Guardi, señor. » Santiago ne afferrò una fra pollice e indice, trattenendola con estrema delicatezza, come fosse un granello d'oro. « Non è bellissima? Qui a Tirnaìl le lucciole sono la fede che los hombres hanno perduto. »

« La fede perduta? » Antoine era sbigottito.

« Quanto più fitte sono le tenebre, tanto più splendente deve diventare la fede degli uomini, señor. Vede, mescolando cioccolato, che toglie el mal humor, e lucciole si restituisce alle persone la speranza. »

Antoine sorrise: « E il peperoncino? »

« Ah, il nettare di Afrodite! Componente essenziale nella vita! Perché la fede sarà anche un gran rimedio por lo spirito, señor, ma sotto le coperte va a farsi fottere. »

Dopo aver preparato, imbottigliato ed etichettato decine e decine di tisane, Antoine e Santiago andarono a distribuirle per le strade di Nechnabel, bussando a tutte le porte del ghetto. Comunicare con gli abitanti della città di notte e nebbia era un'impresa piuttosto ardua, visto che lì dentro tutti diffidavano di tutti. Quando rientrava, Antoine occupava il proprio tempo scrivendo e inventando le storie dei prigionieri di Nechnabel. Aveva scoperto che gli piaceva studiare la gente, notare i particolari e costruire racconti su piccoli dettagli.

Nei suoi giri di esplorazione, Santiago lo accompagnava come un cagnolino fedele, e al narrastorie la sua compagnia non dispiaceva affatto.

L'unico problema del vecchio era la paura del buio. Quasi ogni notte si svegliava urlando, con il materasso bagnato, perseguitato dagli incubi. Nei suoi sogni il mondo era ancora in guerra, gli uomini dovevano obbedire ai caporali, i morti si contavano come chicchi di grano in un mulino. Nei momenti più imprevedibili scoppiava a piangere a dirotto, e allora per lui diventava indispensabile costruire barchette di carta, per ritrovare la pace.

Gli incubi di Santiago si placarono quando si innamorò della signora Jacqueline.

La vide un giorno raccogliere la cera che gocciolava dai lampioni delle vie, mormorando una preghiera tra le labbra. Quando si allontanò, la volle seguire a ogni costo, per scoprire dove abitava.

L'indomani, dopo che ebbero finito di rifilare i loro miracolosi decotti, il vecchio trascinò Antoine alla porta di quell'ultrasessantenne pienotta e sorridente, che amava preparare biscotti al sapore di detersivo per piatti e sembrava predisposta ad amare chiunque l'amasse. Era appena stata trasportata a Nechnabel dalle ombre, e nonostante la notevole mole appariva spaurita e indifesa.

Da allora, e sempre più spesso, notò Antoine, il cammino di Santiago puntava verso la casa della signora Jacqueline, e sempre più a lungo lui e Antoine si fermavano nella sua villetta senza tetto e senza giardino a sorseggiare tè e mangiare i suoi orribili biscotti. Quelle notti Santiago dormiva e russava come un bambino, e di giorno il suo sorriso si irradiava per tutta la casa, facendo più luce delle candele.

Una mattina, quando Antoine si svegliò, il nome della signora Jacqueline comparve nella lista delle cose belle di Santiago, e con il passare del tempo scalò rapidamente la classifica, sorpassando addirittura le barchette di carta che il vecchio disseminava per Nechnabel e inserendosi al secondo posto, tra il mare e il topino immaginario che Santiago era certo vivesse nella lavatrice rotta e che aveva battezzato Oliver.

Quando sulla lista delle cose preferite di un vecchio pescatore una donna si piazza tra il mare e tutto il resto, non c'è che una cosa da fare.

« La inviti a cena, Santiago », gli consigliò Antoine, mentre preparavano una tisana depurativa all'ortica.

Santiago arrossì fino alla punta dei capelli bianchi. Senza dir nulla strappò una pagina a un libro, fece una barchetta e uscì. Dopo venti minuti tornò, senza barca e con un sorriso.

« Stasera, sulla tavola, metta i piatti buoni, señor Antoine. »

Antoine fu contento di obbedire. Non c'era argenteria, solo piatti e forchette di plastica, ma diede un tocco in più con una tovaglia rossa e dorata, residuo di qualche cenone natalizio.

Quando la signora Jacqueline arrivò, esibendo le sue adorabili fossette e le sue forme prosperose, la casa pendente di Nechnabel si riempì di un'atmosfera festosa. La donna regalò a Santiago una candela profumata di cera d'api, confezionata con le sue mani. Lui la ricambiò con una barchetta di carta argentata che lei si mise in testa, a mo' di cappello, ridendo imbarazzata. Santiago rise con lei e sorrise di lei, e Antoine trovò che c'era qualcosa di bellissimo in tutto questo, in due vecchi che si stavano innamorando.

Quand'ebbero finito di mangiare l'arrosto – due zampe di maiale – con contorno di patate e fagioli, il tutto accompagnato da succo d'uva, la donna trovò il coraggio di dichiarare che un tempo era stata una cantante lirica, in un mondo di cui non rammentava il nome.

« Non so come lo so. Ho perso il mio tempo e il mio nome, ma ho un vago ricordo di essere stata un soprano. Come se fossi qualcun altro, capite? »

Antoine capiva, Santiago invece si beava di lei e, mentre si ingozzava con i suoi terribili biscotti, la supplicò di esibirsi per loro. Lei si fece pregare un po', poi cedette alle adulazioni e intonò qualcosa che ricordava, con un grande sforzo d'immaginazione, il *Nabucco*. L'opinione di Antoine fu che le sue corde vocali fossero arrugginite da parecchio. Santiago, al contrario, rimase estasiato e alla fine dell'aria applaudì con le lacrime agli occhi.

« Ecco, era questo che ero capace di fare. Ovviamente sono... sapete... » Le guance paffutelle della signora Jacqueline andarono in ebollizione, mentre la donnina balbettava una serie di scuse.

« *Divina!* Ecco cosa sei! E io sono senza parole, mia cara! » Santiago le baciò la mano.

« Lo pensi sul serio? » La signora Jacqueline rise candidamente, svuotandosi della sua scomoda età.

« Mi chiquita, *il canto di un usignolo può limar la notte*... entiendes? »

« Oh, certo! » Le labbra piccole e tonde della donna si spalancarono, mentre i suoi occhietti porcini dicevano che in realtà non aveva capito nulla. « Solo che... ecco... le sfumature... »

« Significa che quando ti odo stormire nasce in me il poeta, mia cara. E che tu sei l'usignolo che canta e mette in fuga le tenebre che ci circondano! »

La signora Jacqueline ridacchiò come un'adolescente cotta a puntino, mentre Santiago le regalava un'altra barchetta fatta con i tovaglioli. Antoine invece sghignazzò, evitando di rendere pubblico che quelle parole, prima di Santiago, le aveva pronunciate Paul Éluard.

A fine serata, Santiago accompagnò la signora Jacqueline a casa. Quando rientrò, sulle sue labbra aleggiava la traccia di un bacio.

Il vecchio riprese a cantare il *Nabucco*, sull'orlo del pianto. Saltellava di qua e di là, inebriato come una cicala il primo giorno d'estate.

« Señor Antoine, lei sa cos'è l'amor? »

« L'inferno sulla Terra? » azzardò Antoine, mentre lavava le pentole. Inconsciamente, si toccò la tasca dei pantaloni, dove teneva il ritratto di Genève.

Ce l'aveva con lei. Forse si era spinto fino a Tirnaìl per lei, aveva dato il suo nome in cambio di un suo sorriso e lei lo aveva respinto, trattato come un fallito e poi abbandonato in quella desolazione.

« No, *muy* meglio! » Gli occhi di Santiago scintillavano ancora. « L'amore è tutto quello che può immaginare, señor, tutto. Tranne noche y niebla. »

Antoine sorrise, dicendosi che non aveva mai sentito niente di più romantico.

« L'ammiro, Santiago. Io penso di essere troppo vecchio e troppo stanco per cose del genere. »

« *Vecchio?* Por favor, señor, non dica cose di cui dubita perfino lei. L'età di un uomo non si conta con los años, ma con i sogni che gli rimangono da realizar. Solo chi ne ha resta vivo, señor. »

Dopo aver sistemato l'ultimo bicchiere nello scolapiatti della cucina pendente, Antoine si lasciò cadere sul divano del salotto, distrutto. Da quando era a Nechnabel avvertiva una spossatezza costante, che nemmeno lunghe ore di sonno riuscivano a placare.

Come al solito, in quei momenti di silenzio e solitudine, i

suoi pensieri vagarono nel passato, alla ricerca di una storia che potesse appartenergli e che non fosse inventata.

Ogni tanto gli apparivano lampi di cose che forse erano state. Ricordava un gatto con un occhio solo... e una casa... una vecchia casa, in un labirinto di palazzi... e poi c'erano le storie. Un'infinità di storie che qualcuno aveva raccontato... Ma, magari, quel qualcuno era lui stesso.

Ricordare era un'operazione dolorosa, ma necessaria.

I suoi pensieri si stavano soffermando su Genève quando l'urlo strozzato di Santiago lo raggiunse dall'altra stanza.

Si precipitò in cucina per capire cosa lo avesse sconvolto. Lo trovò in mezzo alla camera, in ginocchio, pallido come un cadavere, gli occhi chiusi e le mani giunte in preghiera. Stringeva un rosario con la stessa forza con cui un naufrago si aggrapperebbe alla cima di una nave. Ai suoi piedi la candela della signora Jacqueline risplendeva più fulgida che mai, sprigionando un piacevole odore di miele.

« Señor, te pido perdón por los pecados cometidos. Ayúdame en este desesperado instante, te suplico. »

Antoine pensò che lo avesse colto uno dei suoi attacchi e corse a confortarlo. Senza badargli, Santiago continuava a invocare una serie di santi originari dei luoghi più remoti della Terra, e di tanto in tanto sbirciava le candele per accertarsi che fossero accese.

Lo rimasero ancora per poco.

Antoine si affacciò alla finestra e capì subito cosa non andava: Nechnabel era così buia – e lo era per ventiquattro ore al giorno – che i lampioni disseminati lungo la via rappresentavano gli unici porti sicuri. Solo un cieco non si sarebbe accorto che si stavano spegnendo. Lentamente, senza dare troppo nell'occhio e prendendosela comoda. Prima uno a destra, poi un altro sulla sinistra, finché una voce terrorizzata eruppe dal nulla.

« *Arrivano!* »

13

I Nox

Antoine vide un uomo scappare e inciampare sotto il loro palazzo, mentre i lumini che risplendevano al di là delle finestre si estinguevano. Anche nella casa di Santiago le fiammelle presero a morire una dopo l'altra, inesorabilmente.

Le persone sorprese per strada urlavano e fuggivano alla ricerca di portoni ancora aperti; ma ormai non ne era rimasto nessuno e anche la misericordia era sparita: la gente aveva sbarrato cancelli e finestre, serrando sotto chiave la pietà. Sembrava che Nechnabel stesse per subire un attacco missilistico.

Man mano che i lampioni si spegnevano, le tenebre portavano con sé delle voci. Difficile dire se parlassero la loro lingua, o anche se parlassero una lingua vera e propria. Erano spifferi di vento che si sovrapponevano, dando la sensazione che nell'oscurità si aggirasse qualcosa o qualcuno.

« I Nox! Arrivano i Nox! Risparmiaci dalle ombre! » Santiago continuava a pregare, cullandosi su e giù, su e giù. Lacrime di terrore gli rigavano le guance.

Trascorsero minuti atroci in un silenzio che soffocò l'intera città.

Un'unica e timida luce rimase accesa davanti a loro: la candela della signora Jacqueline. Solo allora Santiago aprì un occhio. Si accertò che la fiamma splendesse ancora e tirò un sospiro di sollievo. Benedisse tutti i santi per averlo risparmiato, dopodiché svenne a terra con un tonfo.

Spinto da una morbosa curiosità, il narrastorie si sporse dalla finestra: anche dai vetri appannati delle altre case spuntavano flebili riverberi. Era rimasto acceso almeno un lumino in ogni casa, osservò. Tranne che in una.

Dal fondo della strada giunsero le urla strazianti di una

donna. Ancora privo di conoscenza, Santiago non poté rendersi conto che la voce apparteneva a un'anziana cantante lirica, le cui grida squarciarono l'eterna notte di Nechnabel gelando il sangue a chiunque ebbe la sventura di udirle. Occhi costernati fecero capolino tra le grinze delle tapparelle. Ma non c'era molto da vedere: la casa da cui si diffondevano le grida d'aiuto era l'unica totalmente buia. E in fondo la scena non durò che pochi attimi: la voce si spense e i Nox si ritirarono da Nechnabel. Allora tutte le candele della casa si riaccesero e i lampioni tornarono a risplendere nelle strade, mentre la gente ritirava i nasi dalle finestre per ringraziare il cielo di essere stata risparmiata, almeno per questa volta.

Antoine chiuse gli occhi per raccogliere le forze e i pensieri. Riaprì le palpebre solo quando una mano gli schiaffeggiò la guancia, e la prima cosa che vide fu il sorrisetto insensato di Santiago. Provò una fitta al cuore: il vecchio non aveva ancora capito chi fosse stata la vittima delle tenebre.

« Non ci è abituato, eh? I Nox fanno uno strano effetto, señor, strano davvero. Io di solito mi sento appesantire le mutande, e lei? »

« Santiago, cosa diavolo sono i Nox? »

« Sono le ombre che ci hanno portato a Nechnabel. »

« Ma *cosa sono*? » sibilò Antoine, mascherando l'impazienza solo per forza d'abitudine.

Santiago schioccò le dita davanti ai suoi occhi e Antoine serrò istintivamente le palpebre, spegnendo il mondo intorno a sé.

« Quello che vede, señor Antoine: oscuridad. Si allungano con il buio e divorano tutto quello che fa parte del mondo della luce. Hanno imprigionato anche lei così, perché i Nox amano spegnere il bagliore che brilla dentro ogni uomo. E quando hanno divorato l'ultima speranza... allora ci risvegliamo qui, in un mondo di sola oscurità. »

Antoine si sentì gelare al ricordo delle ombre che lo avevano assalito a Vanesia. Rammentava bene il senso di disperazione che lo aveva soffocato. Il vuoto, il silenzio, il desiderio di morte.

«Cosa vogliono? Perché ci fanno questo?»

«Oh, chi lo sa! Prima ci portano qui e poi ogni tanto si fanno un giro a Nechnabel per pescare qualcuno, per poi... Oh, chi lo sa! Nessuno! Ha visto per caso chi hanno preso, señor?»

Antoine rabbrividì. Pensò allo scintillio negli occhi di Santiago ogni volta che ammiravano la signora Jacqueline e le sue morbide forme. Non ebbe il cuore di dirglielo.

«No, non ho visto.»

Santiago lo avrebbe scoperto da solo. Per il momento Antoine lo lasciò ad assaporare l'effluvio sprigionato dalla candela di una donna che forse non avrebbe più rivisto.

Quando lo scoprì, Santiago non disse nulla: smise di parlare e di mangiare, rinsecchendosi e spegnendosi sempre più, come se volesse soltanto scomparire. Finché un brutto giorno prese un libro di poesie di Baudelaire, s'infilò in tasca Oliver, il topino immaginario, e sparì sul serio. Quando tornò, senza che nessuno sapesse quanto era stato via, aveva stampato in viso un sorriso forzato. Comparve sulla soglia, e dopo un attimo parlò con voce squillante: «Se me cayò un diente!» e mostrò la bocca con un ospite in meno.

Antoine non fece commenti e rispettò il suo dolore e il suo silenzio. Santiago era uno di quegli uomini stoici, abituati a soffrire, che anziché lasciarsi soggiogare dalla vita trovano ora dopo ora un motivo diverso per innamorarsene.

Adesso si era dedicato a un'altra delle sue passioni: raccogliere margherite. Non che a Nechnabel ce ne fossero molte, ma proprio per questo, non appena ne individuava una, Santiago si entusiasmava e si precipitava a coglierla insieme a una manciata del terreno sottostante, per poi trapiantarla nei vasetti del suo davanzale. Le accudiva, le innaffiava, parlava con loro, mostrando ancora una volta quanto amore avesse da dare. Erano i soli momenti di gioia, per lui, e Antoine si rammaricava della scarsità di margherite nella città di notte e nebbia.

Riprese anche a preparare le sue pozioni, ma la gente iniziò a lamentarsene. Santiago confondeva le tisane contro il mal di denti con gli infusi per curare le verruche, spesso lasciava semi e radici ad ammuffire nel pentolone, e i filtri diventavano troppo forti e imbevibili; una volta, chissà come, Antoine scoprì uno stivale da alpinista galleggiare nel tegame e lo tolse senza dir nulla al vecchio.

Man mano che il tempo passava, anche gli incubi ripresero a tormentarlo.

Santiago dormiva con una mazza da baseball accanto al letto e di notte si svegliava di soprassalto, convinto che gli stessero tendendo un'imboscata. In preda a una furia cieca, spaccava mobili e pareti, svegliando tutto il vicinato.

Un giorno Antoine rientrò in casa e scoprì il vecchio in ginocchio, intento a raschiare furiosamente il pavimento con una spugnetta di metallo.

« Sangre! » strillava con gli occhi sgranati per l'orrore. « Hay sangre por todas partes! »

Antoine corse a fermarlo, perché a furia di raschiare si era spezzato le unghie e adesso il pavimento era davvero insanguinato.

Avrebbe voluto aiutarlo, ma oltre a restargli accanto e accompagnarlo alla ricerca di margherite, Antoine non sapeva che fare.

Poi, posando lo sguardo sulla lista delle cose belle, notò che a Santiago piaceva andare dal barbiere. E così cominciò a portarlo dal signor Peloquer, un uomo pelato, con i baffi, che indossava le bretelle per tener su i pantaloni troppo larghi. Peloquer era uno dei pochi abitanti di Nechnabel propenso alle chiacchiere, ma era anche un paranoico dal pessimismo cronico e ogni volta che apriva bocca evocava una sciagura.

« Ieri notte, ho sentito uno spiffero di vento e ho creduto che fossero le ombre », raccontò un giorno il signor Peloquer. « Ho pensato che stessero arrivando i Nox, mi sono chiuso in casa e ho dato l'allarme. Poi ho acceso tutte le candele, mi sono messo a pregare e ho pure visto san Damiano con la veste scarlatta e la pelliccia, e allora ho capito che sarei morto.»

«E poi sei morto?» chiese allarmato Santiago.

«Non credo, le voci erano topi che squittivano. Ma questo non toglie che stavo per morire!»

«Madre de Dios, hai rischiato grosso!» stridette Santiago spaventato.

Era un vero spettacolo stare ad ascoltare quei due e oltretutto le visite al signor Peloquer erano un modo davvero efficace per distrarre Santiago. Ma dal momento che né il vecchio, né Antoine avevano intenzione di farsi tagliare i capelli, i due si presentavano con scuse ogni volta diverse. Un giorno varcarono la soglia del salone, come sempre vuoto e desolato, mentre il signor Peloquer stava spazzando da terra le ciocche invisibili di un cliente appena uscito e mai entrato. Santiago si accomodò sulla poltrona girevole.

«Stamattina mi è spuntato un pelo proprio qui», spiegò il vecchio, e indicò un puntino sotto il mento.

«Ah, sì, vedo. Lo hai preso giusto in tempo!» disse in tono grave il signor Peloquer, armandosi di rasoio per tagliare qualcosa che non c'era.

Antoine si appoggiò contro il muro e osservò gli abili gesti con cui il barbiere massaggiava il mento di Santiago. Fu allora che notò l'orologio al polso dell'uomo. Bianco. Niente numeri, niente ore, niente più tempo per fuggire da Tirnaïl.

Solo allora, per la prima volta, controllò l'orologio che teneva appeso al collo. Iniziò a preoccuparsi: la terza e la quarta ora erano indubbiamente sbiadite. Stavano per scomparire, come fantasmi all'aurora, perché il tempo doveva riappropriarsene.

«Devo andarmene da Nechnabel», disse a voce alta.

«Davvero, signor mio? Ma camminare non le servirà proprio a niente!» Le parole del signor Peloquer interruppero il corso dei suoi pensieri. «Non è con le gambe che se ne andrà da qui.»

«E come allora?»

« Con la mente. Sarà la sua mente a portarla fuori da Nechnabel. »

Antoine rifletté su ciò che il barbiere aveva detto. La sua mente era pericolosa. Era a Tirnaìl per trovare un ricordo perduto e una donna dai capelli verdi. Ma non sapeva chi era, non ricordava il suo nome... A cosa serviva la sua mente, se non a confonderlo di più?

Ancora una volta, quel flusso di pensieri fu interrotto. Prima che qualcuno urlasse, prima che Santiago o il signor Peloquer lo vedessero, il suo sguardo saettò verso il lampione di fronte. La luce tremolò, accendendosi e spegnendosi a intermittenza, due, tre, quattro volte. Per un paio di secondi sembrò stabilizzarsi. Ma poi, di colpo, si spense.

Il signor Peloquer tagliò il labbro di Santiago, che imprecò nella sua lingua prima di capire cosa stava accadendo. Quando se ne accorse, il labbro ferito iniziò a tremare.

« Vamonos », mormorò sbiancando.

Ma nessuno reagì all'appello, nemmeno lui. Solo quando proruppe l'urlo di una bambina iniziarono a correre.

« *I Nox!* »

I tre si riversarono in strada poco prima che i lampioni davanti al negozio si spegnessero. Scapparono disperati verso il palazzo di Santiago, ma l'edificio era così lontano che nessuno di loro sprecò un briciolo di speranza. Continuavano a fuggire solo perché le gambe erano più ostinate della ragione.

Molti si erano già rintanati in casa per stringersi intorno alle proprie candele e pregare i propri santi. Antoine riusciva a sentire le loro voci supplicanti, ma quei sibili potevano anche essere gemiti partoriti dal buio. Poi di punto in bianco il signor Peloquer si paralizzò. Si buttò in ginocchio, senza fiato per la corsa travolgente, e invocò san Damiano. Prima che il santo potesse apparirgli e proteggerlo, prima che Antoine potesse tornare indietro e obbligarlo a rialzarsi, le tenebre lo inghiottirono.

« No! » Il grido di Santiago fu squarciante.

Il vecchio si fermò quando capì che il signor Peloquer era perso per sempre.

«No...»

Chiuse gli occhi, mentre una lacrima gli restava intrappolata fra le palpebre. Rimase immobile al centro della strada con le braccia aperte, aspettando inerte che i Nox lo raggiungessero.

Antoine lo chiamò, ma quando capì che era solo fiato sprecato tornò veloce sui suoi passi. Un istante prima che l'oscurità divorasse Santiago, il narrastorie lo afferrò per un braccio e se lo caricò sulle spalle come un sacco di farina. Dovevano farcela insieme, non lo avrebbe lasciato andare.

Corri, corri!, Antoine se lo impose con tutte le forze.

Ma il peso di Santiago lo rallentava e il vecchio non faceva nulla per agevolarlo. Supplicava solo di lasciarlo stare.

«Mi lasci qui, señor Antoine. Sono stanco di sperare, sono stanco. Moriremo comunque, moriremo tutti, lo siento. Mi lasci, señor!»

Solo quando Santiago iniziò a piangere Antoine si bloccò. Lo osservò con pietà, riconoscendo quelle lacrime. Erano lacrime di sogni infranti, e se tutti i sogni muoiono il corpo fa presto a seguirli, perché non può vivere senza.

Quando il vecchio si lasciò cadere a terra, come un peso già morto, Antoine capì che non c'era via d'uscita. Forse avrebbe potuto impedire a un uomo di morire, ma non poteva nulla contro un uomo che non voleva più vivere. Avvertì una fitta nel petto, come se una zavorra gli avesse appesantito il cuore.

«Señor Antoine, lei è stato così buono con me, lo sia un'ultima volta.» Santiago si raggomitolò su se stesso, tirò fuori dalla manica consunta una barchetta di carta e la porse ad Antoine. «Mi lasci morire, por favor...»

Il bagliore nei suoi occhi si stava spegnendo, insieme alla luce intorno a loro.

Antoine non sapeva come agire, i Nox li avrebbero travolti nel giro di pochi istanti. Una voce dall'alto lo raggiunse: «Venite via, sciocchi!»

Antoine guardò Santiago. Maledicendo se stesso per quello che stava per fare, girò sui tacchi e si lanciò verso il portone ancora aperto, dando un ultimo sguardo alla massa informe di vestiti e ossa abbandonata in mezzo alla strada.

Imprecò un'ultima volta. Poi salì a rotta di collo le scale del palazzo e si rifugiò nell'appartamento di Santiago, dove le candele si stavano spegnendo una dopo l'altra.

« Devo andarmene di qui! » urlò furioso.

E le candele si spensero. Tutte tranne una: era la candela della signora Jacqueline.

Quando i lampioni si riaccesero e Antoine si affacciò alla finestra, le strade di Nechnabel erano completamente deserte.

14

La Notte dei Cristalli

Dove credi di andare...

Per un attimo ricordò sua madre. O almeno, la sua voce. Per Antoine Affarimiei, il narrastorie, sua madre si riduceva a una bocca truccata di rosso – il rosso delle fragole a giugno – e a una voce che urlava: « Dove credi di andare? »

Come se non ci fossero posti migliori al mondo, come se il mondo fosse già tutto occupato.

« Me ne vado da qui! » disse a gran voce, come rispondesse alla domanda di qualche fantasma. « Ovunque, ma non qui. Io non ci muoio qui dentro, maledizione! »

Camminava ormai da ore. Aveva percorso tutte le strade che conosceva e quelle che mai aveva battuto, ritrovandosi sempre avviluppato in un manto di nebbiosa oscurità. Era rimasto prigioniero troppo a lungo in quel mondo dove il tempo si era inceppato, dove il presente era un'eterna condanna.

Gli mancava Santiago, gli mancava Edgar il pittore, gli mancava Genève... quell'illusione che aveva comprato a caro prezzo.

« Genève non è un'illusione. » Scandì quelle parole perché fossero chiare a chiunque, compresa la sua ombra.

Come poteva tornare da lei?

Non è con le gambe che se ne andrà da qui, gli aveva detto il signor Peloquer, *ma con la sua mente.*

Antoine avrebbe dovuto riflettere su quelle parole, ma adesso la sua mente era caos allo stato puro e non gli era di alcun aiuto. Desiderava soltanto fuggire da se stesso.

Così iniziò a correre. Corse finché il fiato e i piedi glielo concessero. Quando si fermò, allo stremo delle forze, si accasciò a terra sul suolo di Nechnabel, la città di chi ha smarrito la speranza.

Tu l'hai persa?, si chiese. Non lo sapeva. Prima doveva ricordare cosa fosse.

Era stanco e infreddolito. Con la testa poggiata sul cemento, puntò lo sguardo al cielo... Quanto gli mancava! Sapeva che il sole doveva essere lassù, da qualche parte, oltre la nebbia. Infilò le mani irrigidite dal freddo nelle tasche dei pantaloni e le dita sfiorarono qualcosa: era il ritratto di Genève. Lo tirò fuori e l'osservò, chiedendosi se l'avrebbe mai più rivista.

Dove sei, Gen?

Nel palazzo accanto, su un terrazzo sbilenco, una vecchia dal naso gobbo stava buttando giù un set di bicchieri. Si divertiva un mondo, a giudicare dalla risata gracchiante.

« La mia mente... » sussurrò Antoine.

La sua mente era un circolo vizioso che lo riportava ogni volta a Genève, alla donna mascherata che aveva incontrato a Vanesia.

Perché non sapeva niente di lei? Chi era? Dov'era finita, in quale anfratto segreto della sua mente, in quale cassaforte dei pensieri banditi era stata messa sotto chiave?

Quando pensava al suo sorriso, ai suoi capelli, ai suoi occhi... ai suoi occhi. Sì, erano gli occhi.

Dio, quegli occhi...

Si strinse la testa tra le mani. Quando pensava agli occhi di Genève, Nechnabel si dissolveva. Per brevissimi istanti, forse agognati e null'altro, Antoine provava la piacevole sensazione che la città si stesse disperdendo e che gli comparisse davanti qualcosa di indefinito e migliore, come se avesse spalancato una finestra affacciata sul mare. Poi, nel giro di un attimo, tutto tornava triste e squallido.

Un altro bicchiere di cristallo precipitò giù dal balcone, e questa volta poco mancò che si sfracellasse sul cranio di Antoine. Ma il narrastorie non si scompose, e la risata della vecchia, per quanto acuta, non lo raggiunse nemmeno.

Si concentrò, piuttosto, sull'eco che il bicchiere aveva sollevato frantumandosi a terra. Era come se il suono cristallino, prodotto dall'infrangersi delle schegge sull'asfalto, si fosse trascinato dietro altri suoni. Suoni che in quel presente non esistevano.

Guardò i pezzi di cristallo ai suoi piedi. Cristallo...

La Notte dei Cristalli.

Girò il ritratto e lesse la penultima frase scritta sul retro.

Ricordati di me, ricordati della Notte dei Cristalli.

Cos'era la Notte dei Cristalli? Era esistita davvero?

Con tutto il mio amore, Genève Poitier.

Con tutto il mio amore.

L'amore è tutto quello che può immaginare, señor, tutto. Tranne noche y niebla.

Cadde un altro bicchiere. Un altro cristallo infranto. Una melodia fragile cominciò a vibrare. Sembrava trasportare note fatte di vetro, limpide e penetranti insieme.

Dove siete?, domandò Antoine, cercando di afferrarle, di legarle a un'immagine, di renderle tangibili. La memoria seguiva i capricci della marea, a tratti saliva, a tratti scendeva. Il narrastorie si concentrava sul suono dei bicchieri, ma era chiaro che il ricordo non era lì. Era una sensazione che andava oltre qualunque oggetto materiale, una sensazione che iniziava e finiva in lui, nella sua mente.

Sarà la sua mente a portarla fuori da Nechnabel.

Strinse i pugni, affogando dentro se stesso per ripescare un ricordo... Da dove proveniva quella musica? Perché era così penetrante, perché rischiava di spaccargli i timpani, perché lo faceva *impazzire*?

10 agosto 1990

« Si impazzisce, sai? Lo diceva anche Friedrich Rochlitz. »

Sgrana gli occhi. Friedrich *cosa?*

Un tunnel di luci, suoni, colori.

Lui osserva la natura degli attimi, ne scorge l'insieme e la singolarità. Un istante è un atomo di tempo, esiste oltre il per sempre e al di là del mai più, svincolato dall'atomo venuto prima e da quello che lo seguirà dopo. Un istante è solo, libero, infinito. Tutti gli istanti lo sono.

Ma quell'attimo... *quell'attimo è cristallino. Se ora gli è chiara l'idea di un tempo che non è tiranno, bensì custode, che non minaccia l'immortalità, ma la protegge, se ha smesso di aver paura, è perché quest'attimo è.*

Lei cerca di attirare i passanti, lui non capisce perché non rimangano incantati ad ascoltarla. Forse è difficile distinguere la sua voce in quella confusione. La gente mangia, beve, canta, balla, ride, si bacia... fa tutto quanto è previsto che i corpi facciano. Ma lui non sente il suo corpo, adesso è solo anima. Appena vede quegli occhi, appena incontra quell'anima, capisce di essere arrivato. Che ogni cosa accaduta è accaduta solo perché la incrociasse.

« È la terza volta che passi. Ti vedo, che cosa credi? » Lei ha una erre *rotonda, ma parla perfettamente la sua lingua. Ride di lui nel modo più incantevole in cui si possa ridere di qualcuno. « Sei italiano? »*

« Tu cosa ne sai? »

« Mio padre era di Pedesina, un paese con meno di cento abitanti. Avete tutti la stessa faccia. »

« E che faccia abbiamo? »

« Di chi deve fuggire, ma non vorrebbe. »

Lui scoppia a ridere. Vuole mostrarsi sicuro di sé, ma non sa fingere. È vero, è la terza volta da quella mattina che passa di lì. Ora sul fiume sta scendendo la sera e il cielo e l'acqua si vestono dei colori del crepuscolo.

« Io voglio *fuggire », dice lui.*

« E da quanto fuggi? »

« Be'... calcolando l'alternarsi delle albe e dei tramonti, la drastica fine delle scorte di cibo, la mia barba incolta e le vesciche ai piedi... Calcolando tutto, direi una settimana. »

Adesso a ridere è lei: « Sei un novellino. Io ho vent'anni e fuggo da quando ne avevo sedici ».

« Non dovresti mortificarmi in questo modo. Fino a un attimo fa ero molto fiero di me: in ventisei anni di vita, è la prima

volta che prendo un treno e parto senza alcuna intenzione di tornare indietro. »

« Mi dispiace di aver umiliato il tuo ego. »

« Non è vero, non ti dispiace affatto. Ma mica è facile, sai? Io ci ho messo un po' a dire a mia madre: 'Mamma, io vado'. 'Dove credi di andare?' mi chiede lei. 'A comprare le sigarette.' Ma a questo punto immagino abbia intuito che non fumo. Hai qualche trucco da svelarmi, visto che sei una professionista? »

Si sorprende della sua stessa loquacità. In genere è un tipo ombroso, vive nelle storie dei grandi romanzi, gli piacciono i cimiteri, non ha amici e, la maggior parte delle volte, le ragazze lo scambiano per l'uomo invisibile. Di solito la cosa non lo disturba affatto, ma stavolta si danna per non essersi lavato i denti dopo aver mangiato l'Apfelstrudel.

« Ho un consiglio, straniero, più che un trucco. Non fermarti. Mai. Per nessuno. Il mondo è immenso, le persone sono piccole. »

« A me piacciono le persone. »

« A me piace il mondo », ribatte lei. Non riesce a smettere di sorridere, sembra quasi – per lui è un pensiero assurdo – ma sembra quasi che lei sorrida di felicità. Forse anche per lei quell'attimo è più cristallino di tutti gli altri.

« Posso chiederti una cosa? » le domanda lui, accorciando la distanza che li separa. « Sai, hai ragione, sono passato tre volte da questa mattina e mi sono fermato prima alle undici e ventisette, poi alle tre e cinque e poi adesso, alle sette e cinquantadue... e tutto solo perché non capisco che accidenti di strumento stai suonando. Cos'è, mentre fuggi ti porti dietro la tavola da pranzo, o devi bere una certa quantità d'acqua al giorno, da un certo tipo di bicchieri, a certe ore precise, altrimenti muori? Sei una specie di supereroina dei fumetti? »

Lei prova a trattenersi, poi ride ancora. Si interrompe un attimo, per sbraitare contro un ragazzino che tenta di sgraffignarle i soldi dalla cesta che ha lasciato a terra.

« Scusa. Ci provano sempre a fregarmi. Lo chiamano lo strumento del diavolo. *» Indica l'oggetto che ha davanti con fare misterioso. « Un nome molto più fico di* armonica a bicchieri. *»*

« Sono d'accordo. Molto più fico. »

« Vuoi vedere come funziona? »

Lui annuisce e si avvicina di un paio di passi. C'è qualcosa che li divide, un tavolo traballante, dalle gambe sghembe, sul quale è posata una grande valigia aperta. Ma anziché gonne e scarpe, come si converrebbe alla valigia comune di una donna comune, qui c'è una tavola su cui sono disposte schiere di bicchieri, tutti di forme diverse, come diversa è la quantità d'acqua contenuta in ognuno di essi. Alcuni sono mezzi vuoti, altri quasi pieni. E tutti sono di scintillante cristallo.

« Si impazzisce, sai? Lo diceva anche Friedrich Rochlitz. Le persone squilibrate non dovrebbero ascoltare questa roba, potrebbero diventare completamente matte. Quindi faresti meglio a tapparti le orecchie. »

« Stiamo parlando da cinque minuti e hai già scoperto che sono uno squilibrato. Complimenti, hai occhio. »

« Veramente lo avevo capito già alle tre e cinque di questo pomeriggio, e non avevi detto neanche una parola. »

« Allora perché sono le otto e parli con me? » le chiede lui, facendosi serio.

« Perché a me piace il mondo, ma mi piacciono anche certe persone. Mi piacciono i matti. » Gli offre una birra. Lui non sa come stapparla, si guarda intorno a disagio, e lei se la riprende dopo aver riso di lui un altro po'. La apre usando un accendino, gliela ripassa. Poi solleva la sua bottiglia: « Ai matti! »

« Ai matti! E alla festa dell'acqua! »

Perché intorno a loro è ancora in corso una festa, anche se lo hanno dimenticato. La gente cammina, li supera, le ragazze scambiano lui per l'uomo invisibile e puntano lei come una stramba, gli uomini si voltano a guardarla, ma loro due non badano a nessuno. C'è un fiume, alle loro spalle, un lago più in là, qualche albero sulla sponda, odore di cibi cucinati all'aperto, suoni di una festa, stelle che vedono ogni cosa e si fanno una grassa risata alle spalle di tutti.

« Perché non suoni qualcosa? » la invita lui.

« Okay. »

Lei adombra un sorriso che le scava due tenere fossette, agita il capo facendo ciondolare i pendenti a forma di mezzaluna, si ba-

gna un poco le dita, le posa sopra il bordo di un bicchiere e inizia a suonare.

Lui rimane a osservarla, e in realtà potrebbe osservarla ogni istante, da adesso fino alla morte, senza mai stancarsi. Rimangono lì fin oltre l'imbrunire, finché non cala su di loro il buio leggero di una città in festa, finché la gente non si accalca sulle sponde del grande fiume per assistere allo spettacolo dei fuochi.

Ogni tanto qualche passante prova a fermarsi, a darle qualche moneta, ad ascoltare il suono dell'armonica a bicchieri, ma per qualche motivo che nessuno sa spiegarsi, lì in mezzo, tra quei due ragazzi, ci si sente di troppo. E se ne vanno.

Lei suona tutti i Notturni che conosce, da Mozart a Chopin, da Mendelssohn a Debussy, riempiendo quel quadrato di pianeta del suono di mille cristalli. È come se da un punto indefinito dello spazio vibrasse una successione di tintinnanti campanellini: la melodia è ovunque intorno a loro. Più suona, più la realtà svanisce e sfuma nei contorni di un sogno. Le basta sfiorare un solo bicchiere per liberare una nota, e li accarezza tutti, disegnando cerchi con le mani esperte e affusolate, trasmuta l'acqua in musica, e la musica, trasportata dal vento, assomiglia a una magia. Svaniscono i palazzi, le macchine, i rumori della metropoli, svaniscono gli alberi e i sentieri di ghiaia e le fontane con gli dei di marmo. Rimangono solo loro due e la musica delle fate, liberata dallo strumento del diavolo.

Di tanto in tanto lei si interrompe, si rolla una sigaretta di tabacco e si siede sulla strada, accanto a lui che sta lì con le gambe incrociate, come un bambino sul tappeto incantato davanti a un vecchio televisore.

Gli parla dei suoi viaggi, gli dice che la felicità ha la puzza delle strade d'Europa, che lo stipendio di un artista vagabondo è l'assoluta libertà. Gli racconta che Amsterdam è una città dalle due facce, una per i giorni di sole, l'altra per quelli di pioggia, e che lì i palazzi sono tutti un po' storti; gli rivela, come fosse un segreto, che l'albero più vecchio di Parigi presto compirà quattrocento anni, che nei giorni di scirocco, in Sicilia, si sente l'odore delle terre dell'Africa, che sul fiume Vistola, a Cracovia, c'è un drago di metallo che ogni tanto sputa fuoco.

Lui le racconta di cose inventate, di cose che potrebbero essere ma che forse non sono, stelle cadenti innamorate, denti rotti da fate, topi che costruiscono reami di gorgonzola sotto i letti e delfini che parlano la lingua delle balene.

Lì, sulle sponde di quel fiume, il tempo non batte, la realtà è un colore sfumato, uno di quei colori che non ci si accorge che esistono.

« Cosa vuoi essere da grande? » gli chiede lei, sdraiandosi a guardare i fuochi che esplodono intorno.

« Da grande? » Lui ride, perché sa che dovrebbe essere già grande e dovrebbe avere una risposta. Ma non è così. « Vorrei scrivere. Ma è stupido pensare di poter vivere di sole storie. In realtà, non ho mai saputo cosa fare. »

« Non ti ho chiesto cosa vuoi fare, ma cosa vuoi essere. »

« Tu cosa vuoi essere? » chiede lui, rigirandole la domanda.

« Non lo so. So solo che non voglio essere annoiata », risponde, mentre mangia un pasticcino. « E adesso, dove conti di arrivare? »

« A Nord. Il Sud non è più il Sud di una volta. Mi piacciono le storie di fantasmi. »

« Anche a me. »

« E i cimiteri, e i morti. Mi piace tutto quello che alla gente di solito mette paura. »

« Forse tu non hai paura », prova a indovinare lei, togliendogli un po' di cenere dalle spalle.

« No, ce l'ho. Ma non di queste cose. Sono cose inevitabili: se uno inizia ad averne paura, non le comprenderà mai. »

« E allora di cosa hai paura? »

Della notte e della nebbia, *pensa lui.*

Il pensiero è lì, eppure non dovrebbe esserci. È come una voce che sussurra nella mente del ragazzo, anticipandogli qualcosa che deve ancora conoscere, qualcosa che ancora non è.

« Ho paura delle vasche da bagno. E dei complimenti. E anche degli aerei. » Ci riflette un po' su. « Ma la cosa che mi spaventa di più in assoluto, che non mi fa dormire la notte, e mi fa controllare ogni volta sotto il letto, prima di spegnere le luci... è la paura di essere come mio padre. »

«Mmm... dev'essere un uomo terribile, se controlli addirittura sotto il letto.»

Lo prende a braccetto per riportarlo sulla terra, al suo fianco, perché per un attimo sembra che sia volato via, perso in memorie che sono come ferite non del tutto cicatrizzate. Gli stringe il volto tra le mani.

«Io credo che quando abbiamo paura di essere come qualcosa, o qualcuno, abbiamo buone possibilità di non esserlo mai. La paura ci insegna a essere forti.»

Sono talmente vicini, e lui si chiede perché non la baci subito. Non lo fa.

La verità è che è un rimanda-piaceri, *e non essendosi mai sentito così felice vuole che quel momento duri il più a lungo possibile. Non c'è niente di male. È unito a quella ragazza da qualcosa che va al di là di qualunque contatto fisico, la sente come non ha mai sentito nessuno. E la cosa più bella è che per lei è lo stesso, ne è certo.*

«Io ho paura delle libellule», dice lei, smorzando la tensione. «E dei compromessi. E dei sottomarini. Ma la cosa che mi spaventa di più in assoluto, e che mi fa controllare ogni volta sotto il letto, prima di spegnere le luci... è la paura di essere dimenticata.»

«È strano... era la stessa paura di mio padre.»

«Oh, basta parlare di lui, ogni volta ti vengono gli occhi tristi! Ti va di ascoltare un Notturno di Ignace Leybach?» urla lei alzandosi e riprendendo la sua postazione da intrattenitrice, mentre lui riprende quella del bambino incantato, le gambe incrociate.

I fuochi continuano a esplodere. Fiori, conchiglie, chiocciole, stelle, carri di luce... È davvero, come promettevano, lo spettacolo pirotecnico più incredibile d'Europa.

«Ignace Leybach era il migliore. Nessuno si ricorda più di lui, però. Certa gente scompare nel nulla. È peggio che morire, essere dimenticati. Non trovi? Non è giusto avere paura di un destino simile?»

Lui la guarda fisso negli occhi, si sente in colpa. Di nuovo, una sensazione estranea, che non può appartenergli. Non ancora, almeno.

Scusa se mi sono dimenticato di te...

« Io non sono così », continua lei, gridando ancora per sovrastare i botti. Si inumidisce le dita. « Per me ci vuole più coraggio per dimenticare che per ricordare. Che vita è, una vita senza passato? Però... non sarebbe bello un posto per le cose dimenticate, per le cose perse? Anche i ricordi. Così, in qualche modo, qualcosa di noi sopravvivrebbe per sempre. »

« Magari questo tizio, questo Ignace Comesichiama, adesso è lì che suona un Notturno », suggerisce lui. « Magari ci finiremo tutti, laggiù. Magari ci siamo già persi, laggiù. E se adesso siamo qui è perché per un attimo ci siamo ritrovati. »

Lei alza gli occhi su di lui. Quegli occhi... lui lo sa, lo perseguiteranno ovunque andrà, con qualunque donna parlerà, in ogni istante, in ogni regno. E non conosce nemmeno il suo nome.

« Magari, straniero. Magari è un segreto. »

Un segreto. E ora che aveva svelato il segreto, il segreto sull'esistenza di quel *laggiù*, di quel mondo che trovava tutto ciò che si perdeva, Antoine Affarimiei non ebbe più dubbi: doveva pur esserci un anfratto di Tirnaìl in cui Ignace Comesichiama non faceva che suonare Notturni. Era rassicurante, in un certo senso. Niente andava perduto. E non poteva immaginare proprio nulla di meglio: una terra sconfinata, senza soffitti di notte e senza pareti di nebbia, dove tutto si poteva ritrovare. Anche la speranza.

15

Villa Geras

Il quartiere di Monte Eco sorgeva su un colle di Vanesia e si affacciava pressappoco sul punto in cui sorgeva il Ponte dei Raggiri. Tutti i ricchi e i nobili della città vivevano stipati lassù, e passavano le giornate a organizzare feste e banchetti. All'ora del brunch mangiavano tramezzini al caviale e bevevano punch in terrazza, scommettendo su chi si sarebbe buttato dal Ponte dei Raggiri. Era un momento di grande svago, per loro, quando qualcuno decideva davvero di farlo.

L'eco delle sciocche risate, il tintinnio dei bicchieri di cristallo, l'incessante sgranocchiare dei denti venivano percepiti con invidia da tutta Vanesia. Perciò il quartiere era stato chiamato Monte Eco.

La più antica delle residenze di Monte Eco era indubbiamente Villa Geras, che sorgeva proprio sulla punta del colle. Nonostante le dimensioni, i magnifici giardini e la straripante architettura, Villa Geras versava in uno stato di semiabbandono. Non perché fosse realmente abbandonata, ma perché il signore che la occupava era un gentiluomo alquanto eccentrico.

Sepolta sotto fronde di frassini, la residenza gotica, un vero e proprio castello con torrette e colonnati, ricordava più una pianta che una villa. Forse era sorta dal terreno particolarmente fertile della collina, da radici belle solide e con un tronco ben robusto. Non sarebbe stata una sorpresa se si fosse scoperto che al suo interno vivevano scoiattoli e civette.

In verità, nessuno poteva sapere come fosse arredata Villa Geras, né che tipo di animali vi soggiornassero, visto che nessuno degli abitanti di Monte Eco ne aveva mai varcato la soglia. Era un vero peccato che il suo proprietario, così ricco e così potente, non indicesse feste e non accogliesse ospiti (e signorine a caccia di marito) sul suo balcone, il più alto di tutta Vanesia. Di certo da lassù si godeva la migliore vista in assoluto sul Ponte dei Raggiri.

Per le strade di Monte Eco, nei suoi negozi e nei salotti delle signorine perbene, si vociferava – ma erano voci e nulla più – che quell'uomo dal carattere solitario amasse circondarsi di oscurità. Sembrava che per andarsene in giro prediligesse le notti senza luna e senza stelle e che ogni qualvolta lo invitavano a un ricevimento se ne stesse in disparte nell'angolo più buio della casa dei suoi ospiti.

Il proprietario di Villa Geras ignorava le chiacchiere di paese, e anche se qualche diceria era strisciata fino al suo orecchio, lui ne aveva riso con gusto e autoironia, perché questo è ciò che fa un perfetto gentiluomo.

E nessuno, a Tirnaìl, dubitava che il conte Vladimiro meritasse quella definizione. Un perfetto gentiluomo.

Quando Antoine riaprì le palpebre si trovò avvolto nelle tenebre. Tenebre delle più fitte, tanto che pareva non esserci spazio nemmeno per l'aria. All'inizio pensò di essere finito preda dei Nox, ma quando allungò la mano e fece cadere quattro o cinque scope iniziò a dubitarne.

« Dove sono? Dov'è Nechnabel? »

Antoine continuò a toccare il muro, sfiorò quelli che gli parvero scaffali e poi un lavatoio. Da un filo strappò qualcosa: erano un paio di mutande pulite.

« Dove diamine sono finito? » si chiese, impaziente di scoprirlo.

Trovò la maniglia di una porta e la aprì. Come al solito fu troppo irruento e l'anta andò a sbattere contro un mobile, spedendo a terra un vaso di porcellana.

Rimase immobile e in perfetto silenzio, per vedere se quel danno avesse attirato l'attenzione di qualcuno. Non udendo nulla per diversi secondi, osò uscire allo scoperto.

Era in una casa grande e antica, dalle cui mura era stata bandita la luce del sole, e un crepuscolo eterno vi era stato imprigionato. Qualche raggio temerario si faceva strada attraverso le veneziane, lottando strenuamente con fasci di legno e fitti intrichi di rovi, arrivando a toccare le pareti di cemento e a disegnarci sopra qualche magico ricamo. I piedi di Antoine affondarono in un tappeto di soffici violette, si immersero in un lago di felci che si allungava sul pavimento, mentre arazzi di rampicanti si inerpicavano sui mobili e il soffitto era sostenuto da fronde fitte e invadenti.

A rischiarare l'ambiente, un fascio di luce purpurea si liberava da un fuoco acceso dentro un barile di latta, come quelli usati dai barboni per riscaldarsi sotto i ponti nelle notti d'inverno.

Antoine si avvicinò alla finestra e scostò appena le tapparelle. Ciò che vide riversò un calore inaspettato nel suo corpo: Vanesia! Sotto di lui, si estendeva la città delle illusioni perdute, con la sua ragnatela di canali e i suoi palazzi eleganti. Era fuori! Era riuscito a fuggire da Nechnabel!

In quel momento, tuttavia, si costrinse a smorzare la sua eccitazione: da una stanza vicina proveniva un suono di passi.

Antoine si rifugiò di nuovo nello sgabuzzino, nascondendosi dietro il lavatoio. Sulla parete davanti a lui notò un piccolo specchio quadrato. Decise che prima di farsi vedere era importante capire con chi avrebbe avuto a che fare.

Dopo qualche attimo, la porta dello stanzino si aprì.

Le sagome di due uomini avanzarono nell'oscurità. In uno dei due notò qualcosa di singolarmente familiare, ma non fece in tempo a comprendere il motivo di quella sensazione, perché appena entrarono nella zona buia dello sgabuzzino i due uomini scomparvero, letteralmente risucchiati dalle tenebre! Nello stesso istante, sul muro davanti a lui avvenne qualcosa d'inconfondibile e terrificante: la parete si dissolse e gli si spalancò davanti la strada di Nechnabel, con la sua notte e la sua nebbia, i suoi pali e i suoi palazzi.

Antoine si ritrasse orripilato e si sentì soffocare dal solito, malefico senso di smarrimento. Più quegli uomini-ombra, quei maledetti Nox, si avvicinavano, più Nechnabel prendeva forma e sostanza.

Ti prego! Non voglio tornare di nuovo lì. Pensa alla Notte dei Cristalli, pensa alle cose belle...

Genève era una cosa bella.

Per un salvifico istante, Antoine tornò lungo le sponde del fiume, tornò dagli occhi luminosi di Genève, al riparo da ogni oscurità.

« Come mai una ragazza di sedici anni decide di punto in bianco di vivere così? »

Lei sorride, perciò lui non si aspetta le parole che seguono quel sorriso.

« I miei genitori sono morti in un incidente stradale. »

« Mi dispiace. »

« Mica è colpa tua. Sto bene, adesso... ma è stata dura all'inizio. Non avevo più voglia di fare niente, non c'era più nulla che avesse senso. Andare a scuola, continuare a studiare, magari trovarmi un lavoro, una famiglia, invecchiare... E quando tutte queste cose hanno perso il senso, ho avuto paura. Ma poi ho smesso anche di avere paura, e mi sono sentita libera. Sono scappata dalla casa dei miei nonni e ho iniziato a viaggiare. Secondo te sono una persona orribile se dico che la morte dei miei genitori mi ha reso libera? »

« No. »

« È una cosa che penso spesso e mi sento in colpa. Mi pago i viaggi con la mia musica. È stato mio padre a insegnarmi a suonare. La musica è l'unica cosa che non ha smesso di perdere il suo senso. E quindi, eccomi qui. »

« Eccoti qui. » È felice che lei sia lì. E adesso ammira ancora di più il suo coraggio.

Neppure per un attimo, in tutto il racconto, la ragazza ha lasciato intravedere un briciolo di tristezza. Forse solo una leggera nostalgia. Ma il suo sorriso sembra venire sempre prima di tutto.

E il sorriso di Genève cancellò Nechnabel. Antoine si ritrovò scaraventato di nuovo nello sgabuzzino, il fiato corto, il battito cardiaco accelerato.

I Nox lo avrebbero scovato da un momento all'altro. Ma, improvvisamente, una vocetta acuta proruppe sulla soglia.

«Io voglio l'uomo che viene dal mare, e lo voglio ora!» strillò, e attraverso una serie di stanze vuote riecheggiò il tonfo di un bastone. «Ho aspettato per anni che quel rimbecillito si lasciasse prendere. E adesso che è nelle mie mani, voi cosa fate? Bighellonate come rimbecilliti!»

I Nox si ritirarono, le tenebre si restrinsero e i due uomini apparvero di nuovo nello specchio.

Cosa diavolo sta succedendo?, avrebbe voluto urlare Antoine. Ma inghiottì il grido e prese a tremare. Attraverso lo specchio, riconobbe uno di quegli uomini, uno dei due Nox: era il signor Peloquer!

«Lo condurremo subito da lei, padrone», mormorò il signor Peloquer con ossequiosa obbedienza.

Del *padrone* Antoine poteva intravedere solo la mano biancastra e scheletrica.

«E pulite questo macello, razza di alienati mentali!» ordinò, accennando al vaso frantumato. «C'è troppa luce in questa stanza! Nella tapparella c'è un buco grande quanto una noce di cocco! Oh, cielo! Questi giorni sono troppo lunghi e queste notti troppo brevi!»

Poi la porta venne richiusa e solo allora Antoine riprese a respirare. Sentiva le tempie esplodergli e il bisogno di schiarirsi le idee. Sapeva che non era prudente uscire, ma quella voce effeminata aveva parlato dell'uomo che veniva dal mare. Sicuramente si riferiva a Santiago. Non poteva abbandonarlo, non poteva abbandonare il signor Peloquer. Doveva sapere.

Quando uscì dallo sgabuzzino, le gambe gli tremavano. Avanzò con cautela attraverso la casa buia, proseguendo come in sogno. Quel posto lo inquietava, aveva un che di familiare e di ostile insieme. Sentiva che era sbagliato, sbagliatissimo, trovarsi lì. Procedette di stanza in stanza e giunse infine davanti a un arco che lo separava da un grande salone. Dal soffitto pendevano viti marce e grappoli imputriditi, e nel centro si stagliava una poltrona consunta dai tarli.

Lì stava seduta la parodia di un uomo, piccolo e mingherlino, naufrago in una marsina più grande di due taglie e con in testa una parrucca bianca e spelacchiata. Sembrava uno di quei finti ricchi convinti di essere superiori a tutto e a tutti, Dio compreso. Con una mano accarezzava le fiamme che si sprigionavano dal bidone al suo fianco, l'unica fonte di luce concessa alla casa. L'aria, in quel punto, era così calda che vibrava.

L'uomo ridacchiava mefistofelico, guardando con disprezzo un vecchio costretto in ginocchio davanti a lui. Antoine riconobbe all'istante Santiago. Era vivo! Non se la passava granché bene, ma nemmeno i Nox erano riusciti a piegare il suo spirito.

« Signor conte, come desiderava. » Il signor Peloquer apparve alla luce del falò... O meglio, ne apparve una metà; l'altra rimase incastrata tra le tenebre. Era come se nei pressi di una fonte di chiarore i Nox riacquistassero fattezze umane. Dalla mezza bocca uscì un rantolo simile al latrato di una bestia morente. « Questo è l'uomo che viene dal mare. »

« Lo so, zucca vuota », replicò acido il conte. Con un balzo atletico atterrò accanto a Santiago. « Bene, vecchio pescatore. È da anni che aspettavo di strapparti quel sorriso dalle labbra e la speranza dal cuore. Sei un vecchietto tosto, non è vero? La vita ti piace parecchio. »

« E a chi non piace? Ma lei aspettava me, señor? »

« Chi altri? Il tuo sangue è così innocente che i neonati, al confronto, meriterebbero di essere scagliati dritti tra le fauci di Belzebù! »

Il conte ridacchiò, ma Santiago lo spiazzò, ridacchiando con lui. Allora il conte gli si fece ancora più vicino e lo annusò; Santiago, per spirito di solidarietà nei confronti del suo ospite, lo annusò a propria volta.

A quel punto il conte si ritirò, turbato da un simile comportamento.

« Nessuno ti ha insegnato le maniere di un gentiluomo? » chiese stizzito quell'omuncolo indegno.

« I gentiluomini puzzano d'acqua di colonia e smalto per le unghie, señor, mentre io so solo di vento e salsedine, come il mio negozio nel Mar Netturbio. Vendo belle cose, sa? E la gente che viene e tira lo sciacquone del water, quando se ne va è... »

Santiago non ebbe il tempo per dire che la gente se ne andava felice. Non lo avrebbe mai più detto a nessuno.

Il conte sbadigliò, annoiato, e senza cambiare espressione sciolse le mani intrecciate dietro la schiena, afferrò il volto di Santiago e lo strinse talmente forte che sembrò volesse fargli esplodere la testa. Poi si protese inclinando il capo verso sinistra, ruotò il collo di Santiago a destra, puntò alla giugulare e affondò i denti fino a perforare la pelle e a lacerare la carne. Lo stava uccidendo come un animale, e come un animale il vecchio urlava, con le braccia che si muovevano avanti e indietro, in preda a spasmi epilettici. Santiago gridò, pianse, scalciò, si buttò a terra, ma il conte non mollò la presa un solo istante.

Antoine era come atrofizzato, il suo corpo divenne uno straccio che grondava sudore freddo.

Quando il conte si risollevò, con le labbra purpuree di sangue, Antoine si aspettò inorridito di vedere il corpo dilaniato di Santiago, il suo cadavere stuprato dal mostro. Ma l'immagine che apparve non poteva essere più diversa: Santiago era lì, quasi del tutto illeso, fatta eccezione per i segni del morso sul collo, circondati da un ematoma pulsante. Se ne stava ritto come un soldato che respira solo per ricevere ordini, senza più la testa china, gli occhi spiritati e le labbra disegnate in un sorrisetto senza senso. Si era svuotato. Anche il suo odore di vento e salsedine: scomparso. Era diventato un essere in sospeso tra i vivi e i morti, esattamente a metà strada. Proprio come il signor Peloquer.

Il conte tornò ad accoccolarsi sul suo seggio, mentre con la manica del frac si ripuliva del sangue di Santiago.

« Non eri poi tanto innocente », tenne a chiarire, neanche fosse rimasto deluso dall'assaggio di un taglio di carne che a torto si considera prelibato. « È sempre così. Non c'è piacere più piacevole dell'attesa... ma mai una volta che le aspettative vengano premiate, per tutti i diavoli! »

Fu allora che il conte sollevò lo sguardo. Scorse Antoine.

Un sorriso serpentino rivelò i canini ancora intrisi di sangue, e subito una lingua biforcuta scattò a ripulirli, per non tralasciare gli ultimi, saporiti residui.

Un istante dopo Antoine vide qualcosa comparire negli occhi del conte: lo sgomento. Doveva essere la stessa confusione degli uomini dinanzi alla scoperta che il pianeta è tondo, la stessa frustrazione di un ateo che si ritrova davanti a Dio.

«Tu... io pensavo che tu...»

Antoine si chiese cosa pensasse di lui un assassino, ma non era il caso di rifletterci. Con uno scatto improvviso rinsavì, girò sui tacchi e si diede alla fuga. Percorse una serie di stanze, inciampando nei mobili rotti, nei tappeti arrotolati, nei barili infuocati. Discese in pochissimi balzi una rampa di scale elicoidali e si precipitò verso la porta d'ingresso della villa, recintata da una massa informe di ragnatele.

Ma proprio quando si ritrovò davanti la sua unica via d'uscita un suono minaccioso proruppe alla sua destra: un rampicante si staccò dal muro e lo avvolse in vita, stritolandolo fino a mozzargli il fiato. La pianta lo trascinò in aria, sbatacchiandolo contro qualcosa di duro e freddo. Antoine lanciò un'occhiata intorno e quando si accorse della raccapricciante opera che lo circondava si sentì morire: il soffitto era tappezzato di corpi! Centinaia di cadaveri intrecciati in una selva di rami e foglie ricoprivano la volta con un intarsio più ripugnante di una fossa comune! Alcuni erano scheletri, altri evidentemente spirati da poco... e in mezzo al groviglio c'era chi respirava e si contorceva ancora!

Antoine contrasse ogni muscolo nel tentativo di liberarsi, ma più lottava, più la pianta lo avvinghiava nella sua morsa. Non si diede per vinto nemmeno quando udì i passetti del conte: lo vide avvicinarsi, seguito da una schiera di Nox che apparivano e svanivano con l'alternarsi di luci e tenebre.

Quando fu sotto di lui, il conte lo guardò con aria vorace, dal basso verso l'alto. Ormai Antoine era in balia di quel demonio e predispose il suo animo a tutto... Perché da un momento all'altro quell'uomo avrebbe potuto fare di lui tutto ciò che voleva.

16

Il conte Vladimiro

« Tu! Ovviamente... tu! »

Il conte sembrava alla ricerca delle parole adatte, e non riuscendo a trovarle continuava a ridere e a sputacchiare una pioggia di saliva da quella boccuccia dai denti aguzzi e lattei, lanciando occhiate divertite alla sua ciurma di morti viventi.

« Sei fuggito! Come ho fatto a non prevederlo? Come ho potuto credere che un uomo come te potesse starsene buono buonino ad aspettare l'arrivo del boia? »

Solo in quel momento il conte fece caso alla scomoda posizione in cui era ancora prigioniero il narrastorie, e a un suo schiocco di dita il rampicante si sbrogliò. Antoine gattonò in un angolo. Si sforzò di pensare, pensò così in fretta che le tempie gli pulsarono. C'erano finestre, intorno a lui, ma erano sbarrate, e lo stesso valeva per la porta d'ingresso.

Intanto il conte si era abbandonato a un insensato sproloquio.

« Che Lucifero mi incenerisca! Ancora non riesco a credere che avevo ragione... sei davvero tu! Sei tornato! Quando ho riconosciuto il tuo nome all'Asta, il nome che hai sfoggiato a gran voce e venduto con tale temerarietà, ho osato sperare. Ma la speranza non è una scelta saggia da queste parti, il tuo volto era coperto da una maschera e potevo anche aver preso un abbaglio... Cosa assai probabile, nella città delle illusioni. Nel dubbio, tuttavia, ho mandato i miei fidi segugi, i miei amati Nox, e ho ordinato loro di prelevarti e di rinchiuderti a Nechnabel. Dovevo tenerti sotto controllo, lo capirai. Ti avrei fatto uscire a breve, entro i prossimi due o tre anni, ma come ben vedo ci hai pensato da solo. Ho sofferto, sai? Che la morte mi colga se non ho patito per aver permesso a me stesso, ancora una volta, di *sperare*. Settimane infernali, amico mio: il dubbio è una lama rovente che ti sminuzza il cervello. Ma ne è valsa la pena, perché tu sei davvero tu e sei qui.»

Antoine non sapeva minimamente cosa dire. Non aveva capito nulla, se non un dettaglio che inizialmente lo aveva spiazzato e che pian piano lo fece ribollire.

«Lei... lei era all'Asta delle Illusioni? È stato lei a farmi portare dai Nox a Nechnabel?»

«La risposta a entrambe le domande è *sì*, mio caro. Io ero all'Asta, ci siamo anche stretti la mano!»

Antoine era intontito.

«La iena?» chiese in un sussurro, richiamando alla mente un vaghissimo ricordo.

«Già.» Il sorriso del conte, invece di rassicurarlo, lo raggelò.

Antoine scosse la testa, sentendosi uno stupido. «Ci conosciamo?»

«*Ci conosciamo?*» Il conte gli fece il verso e si sganasciò ancora.

Antoine si disse che di questo passo sarebbe morto soffocato dalle sue stesse risa. Incrociò le dita perché la sua premonizione si avverasse.

«Andiamo!» Il conte gli picchiettò sulla testa con il bastone. «Sono io: *Vladimiro, il vampiro*!»

Un nome. Bastò un nome a squarciargli le viscere. Antoine vomitò davanti al conte, senza ritegno.

Vladimiro, il vampiro...

Vide un uomo, lo vide alle sbarre di un cancello, vide una casa abbandonata. Lo sentì urlare alla notte, lo udì sussurrare quelle parole, *Vladimiro, il vampiro*, percepì che quelle parole erano maledette. Poi il nulla.

L'attimo finì, Antoine era carponi, sporco di vomito, ancora intriso di notte e di nebbia, mezzo morto di fame, con Vladimiro il vampiro che lo osservava disgustato. Ma non era questo il peggio. Il peggio era che per qualche motivo oscuro il conte provava a mascherare la propria ripugnanza nei confronti di Antoine. Sarebbe stato questo – presagì il narrastorie – il vero problema.

« Portategli un fazzoletto », ordinò il conte Vladimiro.

Mentre i suoi uomini obbedivano, lui prese a marciare davanti ad Antoine, su e giù, ignorando lo stato terribile in cui versava.

« Lei ha ordinato ai Nox di portarmi a Nechnabel... » boccheggiò Antoine, ancora piegato sul pavimento. Sentì un odio smisurato montargli in petto e otturargli la gola. Avrebbe voluto urlare e con quell'urlo scaraventare il conte dall'altro lato del mondo.

Vladimiro ignorò i borbottii sprezzanti di Antoine, mentre riattaccava a ciarlare.

« Certo, tutti questi anni si sono fatti sentire in modo impietoso. Guarda che rughe che hai! E le borse sotto gli occhi... per tutti i numi! Da quanto non fai una bella pulizia del viso? E le unghie... »

Provò ad afferrargli le mani, ma Antoine si scostò bruscamente. I modi limacciosi del conte si indurirono all'istante e il suo ghigno assunse una parvenza più ferina che umana.

« Cosa c'è? » sibilò. « Ti sei forse dimenticato del tuo vecchio socio? »

Antoine era costernato, terrorizzato. Avrebbe voluto gridare, avrebbe voluto fuggire, o al massimo trovare qualcosa di ironico da dire. Ma in quel momento la sua lingua e le sue gambe pesavano più del cemento. Avrebbe potuto stendere quell'omuncolo con un calcio ben piazzato, se alle sue spalle non ci fosse stato un manipolo di Nox. E chissà quanti altri di loro si nascondevano nella penombra di quella casa maledetta. Non ne sarebbe mai uscito vivo.

Chiuse gli occhi per trovare la forza di fare quel che andava fatto.

Si pulì la bocca con il fazzoletto che il conte gli aveva porto e forzò un sorriso tra le labbra. Allungò una mano e lasciò che il mostro gli studiasse le unghie.

« Che orrore », fu l'unico, nauseato commento.

Quindi il conte lo aiutò a mettersi in piedi e gli si avvinghiò al braccio, mostrando una forza singolare.

« Vieni con me, mio caro. Ti mostrerò le bellezze naturali e architettoniche di Villa Geras, la più antica residenza di Monte Eco, che a sua volta è il più aristocratico quartiere di Vanesia. Una villa vecchia, proprio come il nome che la designa: secondo i greci, padri delle utopie, fantastici sognatori e grandi alcolizzati, Geras era il dio della Vecchiaia. Lo sapevi? »

Antoine lo sapeva.

« Ho fatto tanta di quella strada, in questi anni! » continuò Vladimiro, osservando con affetto la propria dimora. « Ho faticato a lungo per conquistarmi la posizione che ho adesso, per non parlare del buio che ho dovuto creare e disseminare per tutta la casa. Credi sia un mestiere semplice, il mio? »

Antoine non rispose. Non avrebbe saputo che dire.

Mentre lo conduceva attraverso Villa Geras, il conte prese a parlare delle pulizie primaverili in programma di lì a qualche giorno e chiese ad Antoine un paio di consigli.

« Io comincerei togliendo le ragnatele. »

« Sapevo che avevi fiuto per queste cose! » Da vicino Antoine si accorse che il conte portava una maschera di cerone sotto strati di fard. « Io li scelgo bene i miei soci! »

« Ancora quella parola, signor conte. Siamo *soci*? »

Il conte allargò ancora di più il sorriso. Aveva denti davvero perfetti.

« Certo, *soci*. Fin dal tempo in cui mi era impossibile distinguere fra tenebre e luce, mio caro. »

Accompagnati dalle risatine stridule e dalle considerazioni gaie del conte, i due giunsero sino all'ala ovest di Villa Geras. Non c'era un solo punto di quella cupa dimora che permettesse alla luce di disturbare la quiete dell'oscurità. Potevano esserci Nox ovunque, per quel che ne sapeva Antoine. L'unico bagliore, ancora una volta, veniva dai fuochi che risplendevano nei barili, disseminati in ogni sala e agli angoli dei corridoi.

Passarono davanti a una serie di porte serrate e ad altre abbattute che mostravano stralci di stanze distrutte dal fuoco e depredate dal tempo. Proprio una di queste porte si schiuse al loro passaggio. Dai cardini arrugginiti si liberò un cigolio sinistro e subito dopo una biglia rimbalzò dall'interno della stanzetta, prese a rotolare lungo il corridoio e finì tra i piedi del conte, facendolo inciampare.

« Cosa...? »

« Tira avanti! » Il conte si rialzò, il viso in fiamme, contratto dalla tensione, e spinse via il narrastorie. Non si voltò neanche a controllare, né permise ad Antoine di farlo. « Ignorali! Vogliono solo attirare l'attenzione! È la stanza dei giochi, sempre troppo illuminata. Amano stare lì, loro. »

« *Loro* chi? » Antoine si liberò dalla stretta ferrea del conte per voltarsi a guardare.

Pur non scorgendo nessuno nel quadrato di luce appena fuori della stanza dei giochi, Antoine percepì un brivido pizzicargli la nuca. E udì delle risate. Leggere, fievoli, come quelle dei bambini.

« Non voltarti! » strepitò il conte, costringendolo a proseguire dritto. La sua mano stritolò il braccio di Antoine, e non per ostilità, ma per paura. « Sono dietro di noi! Li sento! »

Ma non c'era nessuno, dietro di loro.

Finalmente superarono quell'ala di Villa Geras, e subito fu come se ci fosse stato un ricambio d'aria. Discesero una serie di scalinate, fino ad arrivare alle cucine, dove uno stormo di piccioni banchettava con briciole di pane ammuffito e resti di un pasticcio di carne.

« Scommetto che quei marmocchi infernali sono nascosti dietro il frigorifero, o sotto il tavolo... Una volta sono saltati fuori tutti e tre dalla dispensa, belve dannate! » sibilò il conte.

Scesero ancora, fino alle cantine. Nonostante l'umidità e il buio, era senza dubbio la parte più calda e accogliente dell'intera villa, e pareva utilizzata come studio privato del conte. C'era perfino una libreria, addossata alle pareti di calcare.

Vladimiro prese posto su una comoda poltrona, accanto all'ennesimo bidone in cui ardevano rami secchi. Scintille roventi gli pizzicarono il volto, ma non ci fece caso. Ordinò ad Antoine di prendere posto su un divano dal rivestimento vecchio e sporco.

In quella cripta, il conte parve ritrovare la serenità. « Allora, mio caro, gradisci qualcosa? Un tè, un caffè macchiato, un alcolico? »

« Ho smesso con l'alcol, mi faccio del male quando bevo. L'ultima volta, per esempio, ho venduto il mio nome. » Mentre parlava, Antoine aveva preso a giocherellare con il telescopio d'oro accanto al divano, puntato verso il basso come a spiare i gironi infernali. « Vorrei del latte. E se si potesse aggiungere, un pizzico di menta non lo disdegnerei. »

Il conte lo osservò con il suo ghigno impassibile, ma Antoine capì che era rimasto spiazzato.

« Perfetto. » Dal taschino del frac, Vladimiro prese un campanello. « Berremo alla nostra salute! Dopodiché, da vecchi soci, ripercorreremo il passato e tratteremo di affari futuri... di grossi affari. »

« Dei suoi affari? »

« Dei *tuoi*. Sempre che la tua vita e la tua morte siano faccende di tua competenza, dico bene? »

« Non potrebbe dir meglio, signor conte. »

« Questi formalismi lasciali pure agli adulatori, mio caro, tu sai fare qualcosa di meglio che sviolinare. Chiamami pure Vladimiro, oppure Vostra grazia, se proprio devi. »

In quell'istante la porta si aprì ed entrò a passo spedito una cameriera che avrebbe senza dubbio strappato a Santiago qualche apprezzamento di troppo.

« Desidera, signore? »

« Il solito, per me. E per il mio caro, carissimo socio un bicchiere di latte con un pizzico di... Cos'era, vecchio mio? Limone? »

« Era menta, *Vlad.* »

« Arrivo subito, signore. » L'avvenente cameriera fece un inchino e si allontanò.

Tornati soli e in silenzio, il conte Vladimiro attese che fosse il narrastorie a parlare per primo.

« Lei sa chi sono? » chiese Antoine in uno slancio di coraggio.

« So chi potresti essere. Mentre tu hai perso il nome con il quale eri conosciuto nell'altrove, anzi, ancora peggio, lo hai buttato via, come la pelle di un coniglio scuoiato. »

« Lei lo ha sentito, il mio nome », azzardò Antoine, sperando che quel sadico potesse tornargli minimamente utile.

« Certo. Lo abbiamo sentito tutti: lo hai urlato. Solo i sordi sono stati risparmiati dalla tua patetica esibizione. Tuttavia, nell'istante in cui hai firmato il contratto, tutti gli ospiti all'Asta delle Illusioni, me compreso, lo hanno dimenticato. »

« Allora come può sostenere di conoscermi? »

« Io non ricordo il tuo nome, signor...? »

« Affarimiei. »

Il conte sghignazzò, apprezzando la scelta.

« Signor Affarimiei. Io non ricordo il tuo stupido nome. Ma ricordo cosa ho pensato quando l'ho sentito. Ho pensato a questa. »

Il conte si alzò, andò verso una madia antica e prese un oggetto piuttosto grande, ovoidale, di ottone, rosicchiato dalla ruggine. Lo tenne tra le braccia insolitamente forti e lo lasciò cadere ai piedi di Antoine, su un antico tappeto persiano. Quando atterrò, si ritrovarono avvolti da un doppio manto di polvere che rimase sospeso in aria per diversi secondi.

Quando la nube si diradò, Antoine vide una placca sulla quale erano incisi due nomi:

Da Conte & Fonte
Patti d'arte

17

Gli Scarafaggi

Antoine sollevò lo sguardo.

Fonte... quel nome... quel nome gli era dannatamente familiare.

« Che significa? »

« Non saprei, speravo potessi dirmelo tu. La placca è sempre stata qui. Ma la mia memoria è annebbiata, sono anni che mi interrogo sulla natura di questo oggetto. So che era importante. Vedi, io non ricordo se il nome che hai sbandierato ai quattro venti in quel carnaio di lussuria fosse Conte oppure Fonte. Ma suppongo, visto che il conte sono io, che a te spetti l'altra metà del duo. E devo dire che appena ti ho visto, di sopra, mi sono ricordato della tua brutta faccia, mio carissimo socio, mio signor Fonte. »

Antoine si chiese come comportarsi con Vladimiro. Il conte lo osservava speranzoso, e lui temeva di proferir parola e cacciarsi ancora di più nei guai. Non sapeva nulla di lui, se non che era un pazzo perverso ed effeminato. Mentre il conte pareva conoscere più cose sul conto di Antoine dello stesso Antoine. Non che fosse particolarmente difficile.

« Non so cosa fossimo, tu e io, nell'altrove. Eravamo soci, e tanto mi basta. Ma so cosa è avvenuto tra noi, quindici anni fa, *qui a Tirnaìl.* »

« Io non c'ero, quindici anni fa, a Tirnaìl. »

Il conte squittì come un topo, ma non replicò.

Iniziò a parlottare tra sé, a tratti assentendo, a tratti scuotendo la testa. Alla fine si zittì e alzò gli occhi dal pavimento. Il suo sguardo era un concentrato di orrore, e se Antoine non lo avesse detestato con ogni fibra del proprio essere avrebbe addirittura provato pena per lui.

« Sai perché siamo quaggiù? » rantolò il conte, cercando di

aggrapparsi alla sua compassione. « Perché loro hanno paura del buio. E qui non vengono, qui siamo al sicuro. »

« Chi ha paura del buio? »

« *I bambini!* » proruppe il conte Vladimiro, e i suoi canini acuminati fecero capolino dalle labbra cadaveriche. « I bambini hanno paura del buio e dei sotterranei, pezzo di idiota! Da quando ho messo piede a Tirnaìl non mi hanno lasciato un solo attimo! All'inizio mi seguivano ovunque, mi seguivano sempre... non avevo scampo! Solo al buio... Per questo amo l'oscurità, lo sai? Io me ne nutro, io *le forgio*, le tenebre! Quando ho capito che non si avvicinavano al buio, ho iniziato a crearlo. Ma loro sono sempre lì, pronti a sfruttare il minimo raggio di luce, a saltarmi addosso, a spaventarmi. Tutti e tre. Non ricordo i loro nomi, io li chiamo gli Scarafaggi! »

Il conte aveva ormai perso qualunque contegno, delirava come un folle.

« I miei tre piccoli Scarafaggi! Piattole schifose! Lo sapevi che gli scarafaggi sopravvivono nove giorni senza testa prima di morire di fame? Certo che lo sapevi, sei stato tu stesso a dirmelo, quindici anni fa. Tu c'eri, signor Fonte, non mentirmi. Gli Scarafaggi... loro sono così, blatte ripugnanti che neanche se le schiacci o le decapiti si arrendono. Allora tenti di abituarti, ti costringi a convivere con gli spettri. Ma quando meno te l'aspetti ti appaiono davanti quegli occhietti ipocriti, e tu vorresti solo strapparglieli dalle orbite! »

Le guance del conte si infiammarono, roventi come le pietre sotto il sole di mezzogiorno. Ruzzolò a terra, esibendosi in una scenata penosa. Le pupille si ribaltarono, gli occhi divennero bianchi, la bocca ansimava alla ricerca dell'aria.

Antoine avrebbe voluto schiacciarlo o decapitarlo, come uno scarafaggio. Per un attimo guardò il fuoco acceso nel barile. Avrebbe potuto rovesciarlo addosso al conte e stare a osservare come moriva tra le fiamme, scoprire che versi emette un verme quando viene arso vivo.

Ma Vladimiro si riprese in fretta e avanzò carponi verso il divano, avvicinando il volto ad Antoine, che si scostò per non inalare il mefitico respiro di quella bestia. Quando riattaccò a parlare, la voce del conte era di nuovo cupa ed enfatica. Era un attore nato.

« L'errore dell'uomo è stato credere che l'amore fosse la forza più potente e duratura di questo mondo. Non è l'amore, no. È *il rancore*! Il rancore, amico mio, è eterno! Corrode i vivi e risveglia i morti: vedi, mio caro socio, io sono maledetto dal rancore di tre bambini schifosi. »

« Io non ho visto nessun bambino », sibilò Antoine. « E noi non siamo soci. »

« L'orrore, mio socio, è negli occhi di chi guarda. »

« Noi non siamo soci. »

« Certo che lo siamo! Lo dice la targa: siamo stati soci in passato e presto lo saremo di nuovo. »

Il conte Vladimiro si lasciò travolgere dai suoi pensieri e per un po' se ne rimase zitto e buono sul tappeto. Poi le sue parole divennero una preghiera.

« Sforzati, per tutti i diavoli! » strillò il conte, stringendo a sé le ginocchia di Antoine. Il narrastorie si ritirò, incapace di mascherare oltre il suo disprezzo. « Non mi importa se ti sei scordato di me, signor Affarimiei o signor Fonte dei miei stivali. *Fuggire*, questo conta... Ricordi come hai fatto a *fuggire*? Ti supplico! Sforza quella tua testolina piena di capelli! »

« *Fuggire?* » Antoine ripensò alla Notte dei Cristalli.

« Tu lo sai, lo vedo. Tu ricordi... » Il conte Vladimiro sgranò gli occhi e iniziò a tremare, intravedendo un barlume in quelle tenebre asfissianti. « Io sono uno degli uomini più potenti dell'intera Tirnaìl, non esiste luogo in cui le mie ombre non si possano allungare. Se tu mi svelassi il tuo segreto, ti prometto sul mio onore e sui morti che lo hanno infangato che io, il conte Vladimiro, diverrò tuo schiavo. Dovrai solo chiedere, e ti sarà dato. Cos'è che desideri? Il tuo nome? Ti verrà restituito! Una donna dai capelli verdi? Ne avrai cento, e ti ameranno tutte come fossi il loro dio! Qualunque cosa tu vorrai, signor Fonte, considerala già tua. Allora, mio amico, mio socio, mia ultima speranza... come hai fatto a fuggire? »

« La Notte dei Cristalli. » La lingua di Antoine fu più lesta del suo buon senso. Sputò quelle parole, e poi fu troppo tardi per rimangiarsele. Abbassò gli occhi. «Io non so chi sono, signor conte, non conosco il mio nome, ho perso il ricordo di ciò che ero e di ciò che ho fatto. Ma appena mi sono ricordato di quell'istante, di lei... di Genève... ogni cosa si è illuminata. Io sono qui per lei! Perché quella notte è esistita e non m'importa se è avvenuto venti o trent'anni fa, se è durato una notte soltanto... Nessuno doveva portarmela via...»

«Sì, certo, certo... e poi?»

«Ricordandomi di lei ho ricordato anche qualcos'altro: la speranza. E allora la notte e la nebbia sono scomparse, e Nechnabel...»

«E ora che c'entra Nechnabel?»

Il ruggito del conte bloccò il flusso dei pensieri di Antoine: rammentò dov'era e con chi e si chiese come diavolo gli fosse saltato in mente di rivelare quella storia al suo nemico.

Il conte Vladimiro intanto si era arroventato come un toro in un'arena, perdendo compostezza e artificiosità e iniziando a picchiare forsennatamente i piedi a terra.

«Nechnabel! Ignorante! Non m'interessa come hai trasportato il tuo regale sedere fuori da Nechnabel! Che diavolo mi importa di sapere come si scappa dalla *mia* prigione? Ho io le chiavi! Sai quanta gente ci ha provato, lo sai?» Antoine scosse la testa, disorientato. «Non lo so nemmeno io, ma se conti i corpi appesi al mio soffitto forse te ne farai un'idea. Dopo così tanti anni lo sanno tutti cosa fa svanire la notte e la nebbia! Pensieri felici, *puah*! Non è questo che voglio sapere! Non è questo! Non è questo!»

Antoine era stravolto.

«Quindici anni fa tu eri qui, io ero qui, e poi... *puff*! Sei sparito, volatilizzato, hai trovato un'uscita. Come? Come sei fuggito da Tirnaìl quindici anni fa? Dove sono le porte ritrovate?»

Il narrastorie lo fissava senza capire. Adesso il conte si era inchinato ai suoi piedi, gli accarezzava le gambe e gli chiedeva scusa per essersi avventato su di lui.

«È questo posto», blaterava tra lacrime forzate. «Mi sta

facendo impazzire, lo vedi anche tu. Gli Scarafaggi mi hanno rosicchiato il cervello! Perdonami! »

Sollevò il viso, gli occhi luccicanti di rimorso, nella speranza che il narrastorie lo assolvesse. Fu inutile. Il conte si rialzò, scuotendo la testa con spregio e rassegnazione.

« Si può sapere perché sei tornato a Tirnaìl? »

Antoine rifletté sulle parole da usare. Alla fine optò per l'unica certezza.

« Perché ho perduto i miei ricordi. »

« Forse non li hai persi. Forse sono incastrati fra quegli immondi capelli che ti ricoprono il cranio. Forse se te lo spacco, quel cranio, troviamo quello che ci serve. Che dici, proviamo? »

Vladimiro afferrò l'attizzatoio e lo ruotò come avrebbe fatto una majorette con il bastone. In quel momento, qualcuno bussò alla porta.

« Ecco a lei, signore. »

Antoine si era dimenticato della cameriera e del latte che aveva ordinato.

Vladimiro afferrò il suo bicchiere di vetro, spaventando a morte la povera ragazza, e si impadronì anche del calice del narrastorie dicendo che il latte di Monte Eco andava sempre corretto con una goccia di whisky. Quando glielo porse, Antoine lo ingurgitò, assetato. Era amaro, e l'intera situazione, se non fosse stata tragica, gli sarebbe parsa grottesca.

Solo allora notò il colore del liquido nel bicchiere di Vladimiro.

« È Bloody Mary? » chiese con un filo di speranza.

« No, solo sangue. » Il conte lo vuotò in un sorso, poi lo capovolse e lo sbatacchiò: ne scese un'unica goccia. « È un mio vezzo, non posso proprio rinunciarci. Adoro il sapore del sangue. »

Antoine tremò dalla paura. Doveva scappare, a qualsiasi costo. Ma ogni volta che scappava finiva in una situazione peggiore della precedente.

Purtroppo la mente non riuscì a fargli dono di un solo

pensiero lucido. Gli occhi gli pesavano, era spossato e non dormiva da ore lunghe quanto anni.

« Un ladro di storie alla ricerca di sogni. » Il sussurro del conte gli arrivò alle orecchie come una ninna nanna. « E ora insegue un ricordo. Perché non ricorda nulla. Nulla. »

« Come dice? » Antoine non capiva più niente. Insieme alla stanchezza avvertiva anche un senso di vertigine e offuscamento. Lasciò scivolare a terra il bicchiere di latte macchiato alla menta e...

« Non era whisky, vero? »

Il conte sollevò gli occhi e solo allora sembrò rammentarsi che Antoine era lì.

« Mio caro, come ti ho detto, non so chi sei, ma mi ricordo molto di te. E se c'è una cosa che ti rende speciale è il modo in cui ti astrai da questo mondo. Il tuo è un vero talento, non ti accorgeresti che qualcuno ti sta drogando nemmeno se lo facesse sotto il tuo naso. »

Il suo sorriso si allargò. Doveva essere lo stesso ghigno che disegnava Satana quando smistava le anime dei dannati fra i gironi infernali.

« Sogni d'oro. »

La sua mano sventolante fu l'ultima cosa che Antoine vide prima di sprofondare nel buio.

18

La fuga

Estate 1974

Due figure si fanno largo nel traffico pedonale del Rettifilo, avvolte dal cocente sole di agosto. Il cemento della strada brucia come fosse lastricato di carboni ardenti e l'aria è così calda che trema. Perfino il mare, un miraggio tra i palazzi, oltre il Borgo degli Orefici, è troppo sudato per concedere un po' di conforto.

Le macchine divorano corso Umberto e i marciapiedi straripano di gente, ma i due, padre e figlio, non c'è dubbio, camminano mano nella mano come se fossero soli.

« Sono uno zar! » proclama l'uomo a un tratto, rivolgendosi alla gente che li sfiora. « Inchinatevi! Si inchini, signora! »

Una donna lo supera, infastidita.

« Anch'io sono uno zar? » domanda il bambino, chiedendosi perché le persone non si prostrino davanti a suo padre.

Tutti i bambini sanno che i propri genitori sono eccezionali e quasi immortali, perché può anche darsi che muoiano, ma in tal caso hanno il posto riservato in paradiso. Tuttavia quel bambino in particolare vede suo padre in modo un po' diverso: lo considera irreale. Per lui non è buono, né cattivo. Solo irreale. E negli ultimi tre anni si è accumulata intorno a lui un'aura fatta di cose inesistenti, sogni a occhi aperti e promesse non mantenute.

Il nuovo lavoro lo ha letteralmente risucchiato, rubandolo alla famiglia così come aveva fatto l'alcol qualche anno prima. Suo padre non è mai stato in grado di controllarsi davanti a nulla, si lascia trascinare da passioni improvvise, ardenti e devastanti come incendi nei boschi.

« Non sono uno zar? » chiede ancora il bambino con incertezza.

« No, sei solo un mostriciattolo rompiscatole che mi alita sul collo, un'irremovibile palla al piede », lo investe l'uomo.

Il bambino ride, sa perfettamente che quella non è la verità.

« Ehi, marmocchio, lo sapevi che la parola cimitero viene dal greco? Significa: luogo per dormire. »

« Davvero? »

« Sì. Te lo immagini? Uno va al cimitero e chiede una tomba per la notte. »

« O per una settimana. »

« O per una settimana », ripete il padre. « Deve essere molto riposante. Magari dentro una bara, nel mondo dei morti, il tempo funziona in modo diverso e per quella notte non invecchi. Dovremmo andarci in vacanza, in un cimitero. Che dici? »

Il bambino annuisce, tutto serio. L'idea gli mette paura, ma lo affascina anche.

A un tratto suo padre si ferma e si china a raccogliere dieci lire cadute dal borsellino di una signora distratta. Intasca la moneta, furtivo come un ladro, portando un dito alle labbra per ammonire il figlio al silenzio. Sembra che stia facendo un gioco di prestigio, il bambino è incantato.

« Dobbiamo muoverci », borbotta a un tratto suo padre, inasprendosi e riprendendo a camminare. « Ho un treno da prendere. Binario sette, direzione Venezia. La conosci? È una città dove si può andare solo se si indossa una maschera. »

« E perché? »

« Per due motivi validissimi: per sembrare chi non si è e per nascondere ciò che si è. C'è chi ci campa, di illusioni e bugie. »

« E quando torni? »

Suo padre gli fa il verso a mo' di pappagallo, poi risponde scorbutico. « Quando posso, se voglio. Sai, questo lavoro non è un lavoro come gli altri. Richiede molto impegno e molti sacrifici. »

Il bambino annuisce, lo sa. Lui è un sacrificio. E continua a sorridere, anche se gli fa un male cane, da qualche parte nel petto, alla bocca dello stomaco, il pensiero che suo padre se ne vada.

Fino a oggi non gli hanno mai assegnato lavori fuori città.

« Quando torni mi porti un gatto mio? » La voce del bambino si fa petulante.

« Che te ne fai di un gatto tuo? Giochi già con il gatto della signora delle pulizie. »

«La gatta della signora Viola? Ma Duchessa non è mia, è sua. E non si fa vedere in giro da un sacco di tempo. Papà, ti prego!»

Suo padre non dice nulla. Quando passano davanti al numero 238, dove corso Umberto s'interseca con via Regina Sancia, tra loro cala un ostinato silenzio. Quel negozio è chiuso, la saracinesca abbassata, e il bambino non può fare a meno di lanciare uno sguardo. Suo padre, al contrario, si costringe a tirar dritto e a tenere gli occhi a terra, ostaggio del passato.

Da Conte & Fonte
Patti d'arte

Così recita la targa. Sulla serranda c'è una scritta calunniosa. Qualcuno ha scritto grande, in quel rosso che richiama il sangue, affinché tutti leggano, affinché tutti sappiano: MOSTRO.

Il bambino sa. Sono successe cose terribili. È un bene che suo padre ne sia uscito, è un bene che se ne vada dalla città e si butti il passato alle spalle. Ma è un male che lo faccia da solo, senza di lui, senza sua madre.

Il bambino si concentra, usa tutto il potere della sua immaginazione, e così smette di vedere le persone che lo circondano e finge che nell'universo rimangano solo lui e suo padre. Senza nessun treno che rischia di esser perduto, nel caso si attenda troppo a lungo.

Qualcuno lo stava chiamando. Avrebbe voluto muovere la testa o accennare un gesto, ma perfino battere le palpebre era un'impresa spossante.

Dovette radunare tutte le forze per aprire gli occhi. All'inizio non apparve nulla di diverso all'infuori di uno sfondo bianco e sfocato, ma poi...

«Ben trovato, straniero.» Il sorriso fu la prima cosa che notò.

Pian piano lineamenti e dettagli riempirono la visuale, finché davanti a lui si concretizzò un volto giovane e pallido, incorniciato da una massa informe di boccoli. Erano boccoli di un intenso color verde.

G... Gen... Antoine provò a chiamarla, ma quando aprì la bocca intorno a lui gorgogliò una nuvola di bollicine.

Non poteva parlare. Non poteva muoversi. Non poteva nemmeno respirare.

« No, non ti agitare! » Genève gli puntò un dito sulle labbra. Inutile intimargli di tacere, visto che Antoine si trovava sott'acqua. « Vladimiro ha messo due Nox qui fuori e non è il caso che ci scoprano, no? »

No, non è il caso, pensò Antoine. Ma non era nemmeno il caso di affogare. Quando riuscì a recuperare la sensibilità alle dita, si arrampicò sui bordi della vasca in cui era prigioniero. Purtroppo solo le mani si liberarono da quel carcere d'acqua. La sua testa rimase dov'era, come incatenata da un potentissimo magnete. Spalancò gli occhi; la paura cresceva man mano che l'aria diminuiva, insieme al turbinio delle bolle che gli vorticavano intorno. Per tenerlo fermo, Genève entrò nella vasca e si accovacciò all'altra estremità, bloccandogli le gambe e ridendo di lui.

Che diavolo hai da ridere?

Tra le dita di Genève apparvero una sigaretta già rollata e un accendino blu. Del tutto incurante della scomoda situazione di Antoine, iniziò a fumare.

« Lo sapevo che non dovevo lasciarti solo. Perché gli uomini non sanno mai badare a se stessi? »

Fa' qualcosa! Sto affogando!

Antoine era infuriato, ma si dibatté e scalciò inutilmente: la forza magnetica gl'inchiodava la testa sott'acqua. I suoi polmoni non avrebbero retto per molto.

« Ti ho detto di non agitarti, porca miseria! Più lotti e più affoghi. Cosa credi, che a me non faccia schifo starmene seduta qui? » Genève si ripulì il braccio da qualcosa che Antoine non poteva vedere. « Sai cosa c'è qui dentro? Fottutissime libellule. Io le odio, le decapiterei a una a una. Ma lo faccio? No. »

Antoine si guardò intorno. Non c'era nemmeno l'ombra di una libellula.

Sei pazza.

Genève interpretò subito il suo pensiero.

« Questa vasca è stata fabbricata a Vanesia, straniero. Quindi non ti agitare, non ne vale la pena. Qui non c'è niente di spaventoso, perché niente di ciò che vedi è reale. »

Se avesse potuto parlare, Antoine l'avrebbe mandata al diavolo. Non aveva intenzione di star lì a sentirla blaterare mentre i suoi polmoni avevano disperato bisogno di un ricambio di ossigeno.

Spazientita, Genève si sollevò e avvicinò il volto a quello di Antoine.

« Sai, Antoine, la cocciutaggine è una prerogativa degli stupidi. »

Tirò fuori l'accendino blu. Lo accese e lo immerse nella vasca, finché la fiamma non toccò il fondo. La lingua di fuoco penetrò l'acqua, senza spegnersi, splendendo come una lama di rame. Genève la fece ciondolare avanti e indietro, e raggi d'oro presero a danzare davanti ai suoi occhi.

« Non ci sono libellule », dichiarò in tono pragmatico.

E non c'è nemmeno acqua, si rese conto Antoine.

Solo allora il suo corpo fu libero di muoversi e la testa di staccarsi da quella prigionia. Finalmente i suoi polmoni tornarono a respirare!

Si aggrappò ai bordi della vasca, tossendo e ansimando. Illusione o meno, il suo torace stava davvero per esplodere.

Genève ridacchiò nel vederlo così traumatizzato.

« Cosa c'è, l'acqua ti spaventa, omone? »

« Odio le vasche da bagno », ammise Antoine dopo un attimo, a disagio.

« Sono terrificanti, in effetti. »

Antoine non poté nascondere un sorriso. Il suo cuore aveva finalmente ripreso un battito normale.

« Ce la fai ad alzarti? »

Il narrastorie annuì e si mise in piedi, barcollante. I suoi vestiti erano asciutti, così come i suoi capelli. Appena uscito dalla vasca, squadrò Genève da capo a piedi, infischiandosene di cosa potesse pensare di quello sguardo invadente. Non riusciva a credere che fosse di nuovo lì con lui.

« Sei reale? » le domandò.

« Come il tuo naso. Se è reale quello, lo sono anch'io. »

« Perché sei tornata? »

« Mettiamo in chiaro una cosa, straniero: non l'ho fatto per te, ma per me. Perché non mi fido del tuo istinto e delle tue capacità di sopravvivenza, signor Affarimiei. »

« *Fonte* », la corresse Antoine. Genève rimase colpita. « Il mio cognome è Fonte. »

« Bene, signor Fonte... » La ragazza gli prese la mano. « Te la senti di lasciare il conte Vladimiro o ti dispiace offendere la sua ospitalità con una fuga notturna? »

« Non sono mai stato granché come ospite », commentò Antoine.

« Andiamo via, allora. »

Genève gli diede un paio di pacche sulle spalle, poi spalancò la finestra. La serratura delle inferriate era stata forzata. Lo aiutò a issarsi sul davanzale.

« Pensi di farcela, Antoine? Non è troppo alto. »

Poi, senza attendere risposta, Genève lo spinse in un salto di tre metri che finiva in un piccolo acquitrino. In un batter d'occhio fu al suo fianco, pronta a rialzarsi e a fuggire dalla residenza di quel demonio.

Intanto le tenebre avevano disteso il proprio manto su Tirnaìl.

Alle loro spalle, Villa Geras si innalzava inquietante, mentre ai loro piedi il giardino scivolava buio e spaventoso verso la città.

Vedendola dall'esterno, Antoine fu nuovamente colto dalla sensazione di essere già stato lì, in un'altra vita, in un altro tempo. Rimase un attimo imbambolato davanti alla porta di ingresso, sopra la quale poté distinguere, alla luce vibrante di due fiaccole solitarie, l'effigie di un sole e di una mezzaluna dorati.

Genève non gli concesse altro tempo.

Seguirono un intricato percorso di sentieri costeggiati da statue e gazebo in rovina, da aiuole e da siepi su cui fiorivano stracci e rifiuti. Sbucarono su un viale di ghiaia dove si alternavano rampe di scale e al termine del quale si innalzavano alte mura di tufo. Fu un sollievo distinguere in lontananza i contorni di un cancello.

« Muoviti, Antoine! »

Antoine si lanciò un'occhiata alle spalle. Gli era parso di udire un fruscio accanto a un vecchio pozzo, a pochi passi da loro. Impaurito, corse più veloce. Ma quando le nuvole si diradarono e lo spicchio di luna comparve alto in cielo, un nuovo scalpiccio lo raggiunse alle spalle. Questa volta Antoine si fermò.

Non appena vide il suo inseguitore, il cuore gli si sciolse in una sensazione di felicità: era Santiago!

« A... iu... to... señor... » raschiava il vecchio.

« Gen! Ehi! » Antoine la fermò con uno strattone. « È Santiago, è un mio amico! »

« Non ti fermare », gli ordinò Genève, riprendendo a correre. « Non è quello che credi. »

Antoine la ignorò e rimase ad aspettare Santiago. Era pallido e faticava a tenere il passo.

« Santiago, sta bene? Ce la fa a camminare? »

« Antoine! » strillò Genève, tornando di corsa sui propri passi. « Non è quello che credi! »

Antoine non le diede ascolto: non avrebbe abbandonato Santiago un'altra volta. Gli porse la mano per aiutarlo, ma proprio in quel momento le nuvole si ricongiunsero, mascherando nuovamente il volto della luna. E quando le tenebre tornarono ad avvolgerli, la mano di Antoine tastò l'aria. Il narrastorie s'impietrì: le dita di Santiago erano svanite nel buio. E dove prima c'era un uomo in carne e ossa, adesso restava una sagoma scolpita nell'ombra.

Bastò un attimo. Antoine dimenticò tutto, perse Genève, perse se stesso, e fra le mani non gli rimase che dolore. Stava per tornare a Nechnabel, lo sentiva. Già avvertiva i miasmi trasudati dai palazzi gelidi, l'aria satura della miseria che gli abitanti emanavano a ogni respiro. Percepiva la notte e la nebbia farsi largo nelle sue vene, sotto le unghie, tra le palpebre, dentro i polmoni. Nechnabel era lì, con lui, dentro di lui.

Ti prego, no...

Furono le dita di Genève a trattenerlo. Antoine si aggrappò con forza al suo odore per scacciare la disperazione.

« È tardi per lui », gli bisbigliò Genève, portandoselo via. « Lascialo andare. »

Ripresero a correre lungo il viale, mentre il Nox – perché ormai di Santiago non era rimasto più nulla – li inseguiva scivolando nelle tenebre. Era così vicino che Antoine avrebbe potuto allungare la mano e sfiorarlo, se non fosse stato fatto di pura oscurità.

Con il fiato corto e le gambe doloranti arrivarono alle mura di cinta di Villa Geras. Gen guardò il portone e iniziò a innervosirsi.

« Andiamo, andiamo! »

« Cosa c'è? »

« Avevamo un appuntamento qui, dannazione! Dov'è finito? »

« Di chi stai parlando? »

« Non so, non ricordo il suo nome. Ma sono certa che doveva essere qui, adesso! » Genève scosse la testa. « E ora come facciamo ad andarcene? »

« Mi prendi in giro? Io non so neanche *dove* siamo! » ruggì Antoine, squadrando il portone con rabbia.

Erano a un passo dalla salvezza!

Antoine provò ad abbattere la porta con la più potente spallata che avesse mai inferto, ma l'unica cosa che ne ricavò fu un gran dolore.

« Ho un coltellino, magari riesco a forzare la serratura! Devo far luce! »

Quando l'accendino di Genève liberò la sua fiamma, la luce improvvisa rivelò il volto lapidario di Santiago. Antoine e Genève non ebbero la forza di correre via. Ignorarono anche i rumori sinistri che provenivano dalla porta del parco.

Il vecchio Santiago sogghignò, e non come sogghignava quand'era umano. Soffiò sulla fiamma.

Il mondo si spense e Antoine fu solo, con Nechnabel che si dilatava intorno a lui. Chiuse gli occhi, dicendosi che preferiva morire piuttosto che tornare a putrefarsi in quel limbo. Fu per questo che non vide il portale aprirsi, né una mano sbucare per agguantarlo prima che Santiago potesse divorarlo nell'oscurità.

A un tratto, semplicemente, la sensazione di orrore e perdizione evaporò nel nulla.

19

Il Regno delle Cose Ritrovate

« Si può sapere che fine avevi fatto, baffone?! »

Antoine sgranò le palpebre e concesse ai suoi polmoni l'opportunità di riprendere aria.

Davanti a lui c'erano i ridicoli baffi di Edgar, e tutt'intorno la sua ridicola casa piena di ridicole tele bianche. Genève era lì con loro, che bisticciava con il pittore.

« Per poco non ci rimanevamo secchi e non lo rispedivano a Nechnabel! »

« Scempiaggini, signorina! Scempiaggini belle e buone! Sono arrivato al momento giusto, nel posto giusto, come d'accordo! »

« Ma voi... voi vi *conoscete*? »

Antoine era frastornato, avrebbe voluto che gli si concedesse un momento di pausa. Ormai si muoveva per inerzia.

In quel momento Edgar sembrò ricordarsi di lui e gli circondò le spalle con un caloroso abbraccio.

« Signor Affarimiei, che piacere rivederla sano e salvo! Bentornato! Sa, lei è un vero e proprio toccasana per la mia arte! Venga, venga, voglio proprio mostrarle una cosa. »

E ignorando il suo stato d'animo alquanto provato, lo guidò tutto impettito davanti a una tela appesa a una finestra. Il dipinto finalmente si distaccava dal candore degli altri: due goccioline verdi puntellavano il centro di due cerchi ovali, anch'essi verdi.

« Erano anni che non producevo qualcosa di così elaborato. Da quando ho conosciuto lei, Antoine, tutto è diverso, mi sento ispirato! Mi dica, sinceramente però... perché lei *è* sincero... Cosa ne pensa? »

« Sembrano le tette di mia nonna. » La voce di Genève anticipò il pensiero di Antoine.

I baffi di Edgar – che come al solito sembravano godere di vita propria – si rizzarono come antenne paraboliche, offesi e increduli, nonostante il tono del pittore rimanesse quello freddo e diplomatico di un gentiluomo che si affida alla sottile arma dei lemmi.

«Non accetto critiche sui miei quadri da qualcuno che di arte non s'intende!»

«I tuoi quadri sono *bianchi*!»

«Scusate, ehi!» Antoine li bloccò prima che potessero ricominciare a discutere. «Mi spiegate cosa diavolo succede? Come fate a conoscervi?»

Edgar e Genève si guardarono, incerti su chi dovesse prendere la parola. Alla fine, spettò a Genève.

«Dopo che ti ho lasciato nel giardino, all'Asta delle Illusioni, sono rientrata a cercare il nuovo registro, con il tuo nome. Ma erano già tutti fuggiti e il libro era stato portato via, forse nell'Archivio di Vanesia. Quell'edificio però è introvabile, cambia posizione allo scoccare di ogni ora! Quando sono tornata nei giardini, tu eri sparito. E questo baffone qui stava perlustrando i cespugli. Sembrava un cane da tartufo.»

«Abbiamo parlato,» s'intromise Edgar. «E abbiamo capito che eravamo alla ricerca della stessa persona, ovvero lei, signor Affarimiei. Abbiamo immaginato che le ombre l'avessero rapita e rinchiusa a Nechnabel. Temevamo non ci fossero speranze di rivederla mai più...»

«Ma poi io ho avvertito la tua presenza», riprese la parola Genève.

«Avvertito la mia presenza? Cosa significa?»

«Tu mi hai comprata, Antoine, come fossi un'illusione. Una volta che compri qualcuno, lo leghi a te. Sapevo esattamente dove trovarti. Non a Nechnabel, a quanto pare. Però, poco dopo che sei fuggito, ho percepito dov'eri. Come quando senti la voce di qualcuno in una casa... io ti sentivo in quel modo. Dovevo solo avvicinarmi, percorrere qualche stanza, e prima o poi ti avrei trovato. Ho capito che eri di nuovo a Vanesia. E per strada, lungo un canale, mi sono imbattuta ancora in questo baffone che fingeva di fare un ritratto...»

« Signorina! Il mio nome è Edgar e sono un pittore a tempo pieno, ma non dipingo mai. *Per scelta.* »

« Certo, come no! » Genève alzò gli occhi al cielo. « Quando abbiamo capito che eri prigioniero del conte, abbiamo messo su un piano per liberarti. Quindi, eccoci qui. »

Antoine rimase in silenzio per un minuto intero. Alla fine, pensò che c'era una sola cosa giusta da dire.

« Hai del latte? » chiese a Edgar.

Purtroppo il pittore non ne aveva. Riempì tre ciotole fumanti di una zuppa di lippia e funghi, e Antoine la trangugiò senza badare allo strano retrogusto di limone. Sentiva gli occhi di Edgar e Genève puntati addosso, ma provò a ignorarli.

« Allora, com'è laggiù? » gli chiese Genève appena ebbe finito.

« *Laggiù* dove? » Antoine agguantò un pezzo di pane e lo strappò a morsi.

« *Nechnabel!* Esiste davvero? »

« E perché no? »

« Non lo so, è che tutti ne parlano ma nessuno sa dove si trovi! »

« Meglio, così non rischiano di finirci dentro », commentò secco Antoine, sperando che il discorso sulla città di notte e nebbia si chiudesse lì. Era troppo doloroso ripensare a quei giorni e al povero Santiago.

Genève aprì bocca per domandargli altro, ma Edgar le scoccò un'occhiataccia che la zittì.

« Presto il conte farà setacciare tutta Tirnaìl, signor Affarimiei. Vorrà ritrovarla. »

« Può fare quel che vuole. Da me non avrà niente. » Poi Antoine ci pensò su un attimo. « Non so nemmeno cosa voglia. Non so nemmeno chi diavolo sia. »

« È l'essere più spregevole con cui avresti potuto prendere il tè », tagliò corto Genève.

« A dire il vero ho preso del latte, macchiato al sonnifero. Pessima combinazione. »

« Ti è andata bene. Vladimiro è solo l'uomo più crudele di Tirnaìl », dichiarò Genève in tono placido, accendendosi una sigaretta. « Può spremerti fino al midollo e strapparti in un attimo tutto ciò che hai e che sei. »

« Io lo conoscevo come uomo ricco e influente », disse Edgar. « Ma non sapevo fosse un individuo così ignobile. »

« Vladimiro vive a Villa Geras, sul Monte Eco, il quartiere più elitario di Vanesia. Partecipa a feste, intrattiene rapporti con gli aristocratici di Tirnaìl, fa donazioni alle cause perse, come si conviene a un uomo della sua estrazione. Ma è tutto finto. Finge anche con se stesso. In realtà è un mostro. »

« Cosa ha fatto? » chiese Antoine, che al conte Vladimiro era decisamente interessato, in un modo quasi morboso.

« Dicono che abbia ucciso tre bambini e che sia venuto a Tirnaìl per cercare la sua innocenza perduta. »

I vibranti baffi di Edgar si paralizzarono e Antoine non osò neppure respirare. Il pensiero dei tre bambini che solo il conte poteva vedere lo colpì come un pugno ben assestato nello stomaco.

« Ovviamente non l'ha ritrovata. Per questo adesso si ciba di quella altrui. »

Antoine e Edgar rimasero in silenzio. Osservavano Genève impietriti.

« Il conte Vladimiro arrivò a Tirnaìl moltissimi anni fa. Non si sa quanti, di preciso, perché prima non era nessuno. Un fallito, come ogni altro uomo che abbia varcato una porta perduta. Poi un giorno, quindici anni fa, cominciarono a sparire bambini. Iniziò tutto nei villaggi del Nord, nei valichi riecheggianti delle Parole Perdute. I bambini che arrivano a Tirnaìl, di solito, sono figli di nessuno, non hanno genitori o tutori che se ne prendano cura. Per questo ci volle un po' prima che la gente se ne rendesse conto. Ma una terra senza bambini è una terra arida. Tirnaìl si accorse della loro scomparsa prima ancora delle persone, e così iniziò a inaridirsi e a seccarsi. In seguito toccò ad altri... donne, vecchi, adolescenti, e poi uomini. È andata avanti per quindici anni. Mentre il potere del conte Vladimiro cresceva, centinaia di persone continuavano a sparire nel nulla. Di loro non si è mai più trovata traccia. Si dice che siano le ombre a mangiarli, che a Tirnaìl la morte non arrivi vestita di cappuccio e falce, ma di pura oscurità.»

«I Nox...» sussurrò Antoine, ripensando al gelo mortale che lo aveva avvinghiato tutte le volte in cui si era ritrovato vicino a un Nox.

«I Nox. Nessuna morte.»

«Ma il conte cosa ha a che fare con loro?»

«Il conte, Antoine, è il padre di tutti i Nox.» Genève fece una pausa e soffiò via la cenere caduta sul tavolo. «Quando i bambini iniziarono a sparire, sulla scena dell'alta società apparve il conte Vladimiro. Si trasferì in quella grande casa, Villa Geras, ostentando titoli nobiliari perduti e ritrovati a Tirnaìl. È molto rinomato, nei circoli più esclusivi. Ma io viaggio parecchio, e nei bassifondi di Tirnaìl si mormora... si dice che i Nox rinchiudano le persone scomparse in una città di notte e nebbia, dove i prigionieri restano a marcire per anni. È come se Vladimiro volesse cuocerli a puntino, capite? Lui vuole filtrare la speranza dai loro cuori e renderli dei disperati.»

«Ma perché succhiare il loro sangue?»

«Qui a Tirnaìl, il sangue di un uomo racconta molto di lui: svela chi è stato, chi è e chi sarà. E racchiude anche la sua purezza. Più innocente sarà quell'uomo, più dolce risulterà il suo sangue. Nel momento in cui il conte succhia la linfa ai suoi prigionieri, è come se rubasse la loro innocenza. E di un uomo senza speranza e senza innocenza non resta che male. È allora che quegli uomini divengono Nox.»

«Vittime che si trasformano in carnefici», commentò Edgar, impassibile.

«È quello che è successo a Santiago?» chiese Antoine.

«È quello che succede a tutti i prigionieri di Nechnabel.» Genève spense la sigaretta e osservò l'ultimo filamento di fumo liberato dal mozzicone. Sembrava che guardasse un uomo a cui è concesso l'estremo soffio di vita.

Antoine intanto pensava al povero Santiago e al conte, chino su di lui a succhiare la sua innocenza per aggiungere un soldato senz'anima al suo esercito di Nox. Pensava ai tre bambini uccisi, i tre Scarafaggi, che come tutti i bambini avevano paura del buio.

Il narrastorie sentì un odio smisurato montargli in petto e provò un'emozione che gli era del tutto estranea. Sentì che sarebbe stato capace di ucciderlo, quell'essere disumano.

Profondamente disturbato da una simile idea, cercò di concentrarsi su altro.

« Io però sono fuggito da Nechnabel », mormorò infine, dando sollievo ai suoi stessi pensieri.

Genève lo guardò, e sembrava sorpresa quanto lui che ci fosse riuscito.

« A volte capita che qualcuno fugga. Altrimenti non ci sarebbe nessuno a raccontare queste storie. Forse la ragione della tua speranza era più forte di quella di altri. »

La mia speranza eri tu, avrebbe voluto dirle, ma non lo fece.

« E nessuno sa dove si trovi Nechnabel? »

Genève si strinse nelle spalle. Non lo sapeva. Non lo sapeva nessuno.

Rimasero immersi tutti e tre in un silenzio soffocante.

Il narrastorie chinò il capo, avvertendo un dolore nel petto. Ancora non capiva perché il conte cercasse il *suo* aiuto, e perché si ostinasse a sostenere che erano soci e che si erano incontrati quindici anni prima, proprio lì, a Tirnaìl. E poi c'era quella targa, quel ricordo risorto... Antoine se ne rammentò solo in quel momento. *Da Conte & Fonte... Da Conte & Fonte...* Cosa c'entrava con lui? Chi erano l'uomo e il bambino che aveva visto nei suoi ricordi?

Genève sembrò leggergli nel pensiero: « Cosa gli hai detto? »

« La verità. Che non ricordo nulla. »

« Quindi sa che sei diretto a Mnemosia. » Genève tambureliò le unghie mangiucchiate sul tavolo.

« È lì che deve andare, Antoine: a Mnemosia », gli disse Edgar, senza esitare un solo istante. « Prenda le mie chiavi: ne ho duecentotredici. Nessuna di esse porta a Mnemosia, ma restano comunque un modo comodo e veloce per viaggiare. »

« Le chiavi sono inutili », s'intromise Genève. « Qui i confini non esistono. Nessuna porta è vicina o lontana, sono tutte uguali. È Tirnaìl che decide dove puoi andare e... e *se* puoi trovare ciò che cerchi. Questa maledetta terra vuole solo che tu ti perda. È difficile. »

Fra sé e sé Antoine la ringraziò di non aver usato il termine *impossibile*, anche se sembrava molto più appropriato.

« Come funzionano le chiavi? » volle sapere a quel punto. « Insomma, le porte non sono a Tirnaìl, mentre le chiavi sì. E ogni chiave può aprire una sola porta. »

« E ogni porta può essere aperta da una sola chiave, signor Affarimiei. » Edgar spostò i suoi sottilissimi occhi su di lui e si spolverò i baffi. « Quando si perde una chiave, è come se si perdesse anche la porta che apre, e per questo entrambe finiscono da qualche parte a Tirnaìl. A me appartengono duecentotredici porte perché possiedo duecentotredici chiavi perdute. Capisce adesso? »

Antoine annuì. Aveva una sua logica, in un mondo all'incontrario come quello.

Allora controllò il suo tempo perduto, che si stava dimostrando impietoso a Tirnaìl come in ogni altra parte dell'universo: quasi mezzo quadrante era diventato bianco, più bianco delle tele di Edgar.

Quando sollevò il volto si accorse del mazzo di chiavi che il pittore gli stava gentilmente porgendo.

« Questo non è solo un Regno delle Cose Perse. È anche il Regno delle Cose Ritrovate », bisbigliò Edgar. Puntò lo sguardo sull'unica porta della casa, sebbene sembrasse alla ricerca di quel che vi era oltre. « Tutti si perdono, ma Tirnaìl esiste per *questo*, per uomini che vogliono ritrovarsi. E l'unico modo per trovare una cosa che si è perduta, signor Affarimiei, è iniziare a cercarla. Non trova che sia così? »

« No. » Antoine scosse il capo. « Io sono il signor Fonte, Edgar. »

I baffi di Edgar si agitarono, celando un sorriso.

Il signor Fonte pensò a tutto quello che era capitato. A Vanesia, a Nechnabel, alla Notte dei Cristalli, a Santiago, al conte Vladimiro, alla terra da cui proveniva. A Genève, quella donna perduta che adesso gli era accanto.

Erano successe tante cose, ma fino a quel momento era riuscito solo a scappare: non aveva neppure iniziato a cercare Mnemosia. Aveva sprecato metà del suo tempo in alcol, miseria e paura.

Però c'era il suo cognome, c'erano quei ricordi.

Forse, se fosse andato avanti, se non si fosse fermato, altri ricordi sarebbero riemersi, e il signor Fonte avrebbe riconquistato il proprio nome e la propria vita, e allora Tirnaìl lo avrebbe lasciato andare.

Edgar ha ragione. Non c'è altro modo.

« D'accordo, andrò a Mnemosia. »

Si allungò per afferrare il mazzo di chiavi dal tavolo, ma la mano di Genève fu molto più svelta della sua.

« *Andremo!* Io non ti pianto più, non metto in pericolo la mia vita perché tu non sai badare alla tua! Ti ho lasciato solo per dieci minuti, a Vanesia. E tu ti sei fatto rapire dagli uomini ombra, rinchiudere in una prigione di notte e nebbia e hai rischiato di farti succhiare il sangue da un vampiro ammazzabambini! »

« Riassunto così, mi fa sembrare un inetto. »

« Verrò anch'io. » Edgar si alzò tronfio, da vero eroe, ma sbatté la testa sul lampadario pericolosamente basso. « Io sono persuaso che ci sia un motivo per cui lei è capitato da me. E se la sorte mi aiuterà, un giorno lo scoprirò. Gliel'ho detto: è tutto qui, intorno a noi, basta raccogliere quel che si trova. »

Antoine squadrò entrambi. Non riusciva a credere a quella fortuna e non sapeva come ringraziarli. Genève aveva ragione, non era capace di badare a se stesso, e lì fuori, in quel paese delle meraviglie, in quella terra schizofrenica chiamata Tirnaìl, non sarebbe sopravvissuto nemmeno un giorno da solo.

Si diresse verso la porta della casa di Edgar e guardò il mazzo di chiavi. Mentre ne sceglieva una, lasciando che le dita scorressero lungo l'anello per volere di una forza sospesa fra il caso e il destino, si chiese se Tirnaìl avesse già deciso dove mandarlo. Infilò la chiave prescelta nella serratura. Per un unico istante sperò che quella porta perduta lo conducesse a Mnemosia. Ma il pensiero durò così poco che forse, si disse, non gli era balenato affatto.

La chiave girò, la porta si aprì e Antoine trattenne il respiro.

« Capita mai qualcosa che t'aspetti? »

Edgar lo scavalcò, un sorriso raggiante dipinto sul viso.

« Esiste qualcosa che sia più raro di *mai*, Antoine? »

Genève fu subito accanto a loro, incuriosita.

« Esiste a Tirnaìl. »

Antoine richiuse la porta e uscì dalla cabina telefonica in cui erano finiti. Una cabina sospesa nel vuoto, sulla sommità di un precipizio. Il baluginante cielo notturno si rispecchiava sulle acque del fiume, che correva diverse centinaia di metri sotto di loro, serpeggiando lungo le viscere di un canyon. Non c'era ombra di alberi, né di case; animali e uomini sembravano essere stati banditi per sempre da quella natura inviolata. Mentre si perdeva con lo sguardo in quel paradiso immacolato, dove il vento di seta rubava pensieri e parole, Antoine si accorse della presenza di qualcosa di umano. Qualcosa che sembrava essere lì da sempre, da quando la Terra aveva respirato per la prima volta.

« *Una macchina?* » Antoine girovagò intorno alla buffa Fiat Panda color menta, serie 1980, illuminata dal fascio della luna. Scrollò le spalle. « Ci sono anche le chiavi. »

Lasciò vagare lo sguardo sulla strada che partiva proprio da quel punto, sotto i loro stessi piedi, e che si dispiegava nel deserto roccioso fino all'orizzonte, dove veniva inghiottita dal cielo.

Genève si trascinò fino alla portiera e si infilò in macchina, accendendosi immediatamente una sigaretta e frugando nel cruscotto.

Edgar intanto era rientrato nella cabina telefonica.

« Torno a casa a prendere provviste. Ho anche una tenda...

e qualche sacco a pelo! E perfino alcune taniche piene di benzina! »

Antoine non se ne sorprese. L'unica cosa improbabile da trovare, a casa di Edgar, era la casa stessa.

Si accomodò al posto del guidatore. Mise le mani sul volante e gli diede un paio di pacche, salutando l'auto come se fosse una vecchia amica.

« Tirnaìl vuole che segua questa strada? » domandò a Genève.

« No. Vuole che tu faccia un po' di manutenzione stradale. »

Antoine pensò ancora una volta che doveva sembrarle proprio scemo. Si promise di sforzarsi di più, da quel momento in poi.

« Sai... » gli venne in mente. « Mi sono ricordato di te. Un frammento, almeno. »

Genève non si voltò nemmeno. Rimase a fissare le stelle e le galassie, più fulgide e limpide che mai, in mezzo a quel nulla. Ci si sentiva parte dell'universo, in quel posto sperduto.

« Eravamo giovani ed eravamo a un festival, a qualche evento importante, lungo un fiume. Tu suonavi lo strumento del diavolo e abbiamo parlato tutta la notte. »

« E io com'ero? » chiese lei dopo un po'.

« Diversa. »

« In che modo? »

In meglio, pensò Antoine, ma non voleva darle un dispiacere. E non voleva finire lì i suoi giorni.

« Questo non lo avevi », disse semplicemente, indicando il tatuaggio della libellula che spiccava sulla mano sinistra di Genève. « E i tuoi capelli non erano verdi ma del colore del rame. Sei francese. Hai perso i tuoi genitori in un incidente d'auto, ma hai tratto il meglio dal peggio e hai iniziato a girare il mondo suonando un'armonica a bicchieri. »

« Però! Sono proprio forte. » Genève ridacchiò, ma non aggiunse altro. La luce della luna mostrava il suo profilo, la smorfia sulle labbra, una punta di amarezza negli occhi.

Quando Edgar tornò con una montagna di roba utile e

meno utile, caricarono la macchina, che si ingobbì sotto il peso di quelle cianfrusaglie. Poi il motore prese a ruggire, e ogni dolore e ogni sensazione smisero di esistere.

Antoine sorrise: esisteva Mnemosia, esisteva quel momento. Esisteva una strada davanti a lui.

20

Da Grillost

Per giorni e notti la Fiat tirò avanti immersa in un paesaggio desolato ma affascinante: sembrava di ripercorrere le antiche vie seguite dai pionieri del lontano West, attraverso i deserti californiani e i grandi canyon delle riserve, rossi come la terra di Marte. Le montagne purpuree di ruggine, simili ad aghi spuntati dal suolo, si affollavano a gruppetti, fiancheggiando la strada, e poi sparivano per chilometri interi.

Guidavano tutto il giorno, dandosi il cambio ogni quattro ore, e si fermavano solo quando il sole si tuffava al di là dell'orizzonte. Insieme alle notti, scendeva anche il freddo, e allora si accampavano in luoghi riparati, montando una tenda e accendendo un fuoco. Edgar aveva portato con sé una quantità indefinibile di cibi in scatola, paste precotte, legumi, zuppe, carne secca. Mangiavano in silenzio, e in silenzio se ne restavano anche dopo, ognuno per conto proprio. Edgar a non dipingere, Genève a sfogliare il registro dei contratti, Antoine a cercare la propria storia. La cercava ovunque, nel cammino delle stelle e nelle impronte dei coyote, nelle fiamme danzanti dei fuochi e nelle immagini scalfite dal vento sulle montagne. E raccontava le storie che trovava ai propri compagni di viaggio, chiedendo se fossero plausibili. Lo erano, gli rispondevano, ma nessuna raccontava di lui.

Durante il giorno erano costretti a fermarsi un numero sorprendente di volte, visto che il bisogno di nicotina di Genève collimava irrimediabilmente con l'intolleranza al fumo di Edgar.

Seduto sul sedile posteriore, il pittore tentava di raccapezzarsi con una cartina sgualcita e una matita.

«Mi dici a cosa accidenti ti serve una cartina in mezzo al

nulla?» gli chiese a un certo punto Genève, esasperata dalle ore di noia infinita.

«Sto solo tenendo conto dei bivi e delle curve che prendiamo.»

«Ma se finora è stato tutto un rettilineo!»

«*Finora*, signorina, *finora*!»

Gen fece esplodere la sua gomma da masticare e si agitò sul sedile.

«Ho il culo a pezzi. Voglio una sigaretta, Antoine.»

«Hai fumato nemmeno mezz'ora fa.»

«Okay, allora mi scappa.»

Antoine frenò di colpo. Prima di scendere dalla macchina, Gen si accese una sigaretta. Edgar era esaperato, le strappò di mano l'accendino e lo lanciò alle sue spalle, nel caos del bagagliaio.

Lei scattò furente: «Quello è l'unico che ho! Riprendimelo subito!»

«Le rispondo con la stessa eleganza che lei riserva a me, signorina: col piffero che glielo riprendo!»

Genève gli scoccò un'occhiata di fuoco, poi si allontanò.

«Signor Fonte, spero si renda conto che quella ragazza ci fa solo perdere tempo!» sibilò Edgar tra i denti, sporgendosi accanto a lui.

«Il tempo perso è il mio, Edgar.»

«E allora se ne prenda più cura! Ha già dato il suo nome per quella donna, non si rende conto che le sta portando via le sue ore? Come fa a fidarsi di lei?»

«Senza di lei sarei ancora prigioniero del conte! E poi sono io che l'ho comprata, a quell'Asta.»

«L'Asta delle Illusioni, signor Antoine. *Illusioni!*»

«Adesso basta!» Antoine lo zittì in malo modo e scese dalla macchina, sbattendo la portiera alle sue spalle.

Si accorse che Genève si era arrampicata su una collina di pietre. La raggiunse con difficoltà, e nei cinque minuti di ascesa cadde più volte di quanto dovrebbe essere lecito in una vita intera.

Per fortuna Genève non lo stava guardando.

Guardava un punto davanti a sé.

«Perché non dici a Edgar di metterci questo, sulla cartina?»

Di fronte a loro, in una vallata arrostita dal sole, se ne stava sola soletta una pompa di benzina che pareva un miraggio, e dietro un edificio quadrato e basso, pitturato di un giallo canarino ormai smorto, con grandi vetrate e un'insegna che funzionava solo a metà:

DA GRILLOST, IL MIGLIORE AUTOGRILL IN VISTA!

«Mi sembra ovvio, dato che non se ne vedono altri in giro», commentò acidamente Genève. «Prendiamo la macchina e sistemiamola laggiù», aggiunse indicando il parcheggio del locale, che ospitava una decina di auto malmesse e due vecchi camion, uno per il trasporto dei cavalli, l'altro carico di materassi ad acqua.

«Gen, non possiamo perdere altro tempo. Il mio orologio è bianco per metà, e presto anche gli altri numeri spariranno. Abbiamo acqua e cibo a sufficienza, se ci fermiamo qui...»

«Maledizione, Antoine!» Genève lo strattonò per la maglietta. «Conosco Tirnaìl, viaggio da anni attraverso questa terra e so che niente accade per caso. Lo vedi quell'autogrill laggiù? Quello non è un autogrill. Chiaro?»

Antoine non avrebbe saputo come ribattere. Doveva fidarsi di lei, oppure no. Non esistevano vie di mezzo. «Vado a chiamare Edgar», disse alla fine.

Non fu facile convincere il pittore. Solo quando Antoine gli fece presente che l'autogrill forse non era un autogrill, e questo perché si trovavano nel Regno delle Cose Perse, Edgar accettò di andare con loro. A malincuore, ma accettò.

«L'unica cosa di cui abbiamo bisogno è la benzina», sottolineò.

Al suo interno, Grillost ospitava una dozzina di viaggiatori, sparpagliati in una saletta verde oliva che sapeva di caffè, uova e pancetta affumicata. In un angolo una donna avvenente ed elegante sedeva tutta sola sorseggiando assenzio;

due camionisti pancioni se ne stavano davanti al bancone, ingozzandosi di salsicce e birra, e altre due donne erano impegnate a studiare una cartina e a sgranocchiare alette di pollo rivestite da un manto di corn-flakes e affogate in una salsa piena di jalapeño.

Appesi alla parete destra, nei pressi della porta d'ingresso, c'erano una dozzina di fogli sgualciti, simili alle taglie che foderavano i locali del Far West. In realtà, leggendoli con attenzione, Antoine scoprì che non ritraevano criminali, ma persone scomparse. Con sua enorme sorpresa, riconobbe la maggior parte di loro: erano tutti prigionieri di Nechnabel, uomini e donne che aveva conosciuto mentre languiva in quel limbo. Una morsa attanagliò il suo stomaco al ricordo della città di notte e nebbia.

« Era quello di cui ti parlavo. » Genève lo affiancò, studiandoli con lui. « Le persone scomparse, rapite dai Nox. Ogni tanto qualcuno si ricorda di loro. »

« Io ancora non capisco. Perché nessuno va a cercarle? Dove si trova Nechnabel? »

« Non lo so, non lo sa nessuno, Antoine. E a nessuno importa di questi poveri diavoli. »

« Starsene qui è una deprecabile perdita di tempo. » Edgar li raggiunse, bofonchiando contrariato. « Non abbiamo il becco di un quattrino. »

« Noi no », replicò Genève. « Ma loro sì. »

La ragazza si diresse verso il bancone, mentre un uomo anziano pagava la consumazione per sé e per un ragazzo che poteva essere suo figlio. Appena ebbe riposto il portafogli in tasca, Genève lo urtò di proposito.

« Mi scusi, signore », balbettò con lo sguardo più innocente del mondo.

L'uomo non le badò e salutò i proprietari del Grillost con un sorriso che avrebbe squagliato anche un pezzo di ghiaccio.

« Grazie, Herb! Grazie Marta! Ci rivediamo al prossimo solstizio! » L'uomo si mise un basco in testa, fece un inchino d'altri tempi e sparì con il ragazzo oltre la porta del ristorante.

Mentre gli passavano davanti, Antoine notò che sui loro

orologi erano rimasti alcuni numeri. Una volta fuori, misero in moto una vecchia Chevrolet decappottabile e se ne andarono per la loro strada, smaterializzandosi a qualche metro dal Grillost, come se quel posto fosse un luogo d'incontro per persone che non si sarebbero mai incontrate nella realtà.

Quando Genève ritornò dai suoi compagni di viaggio, sventagliava il portafogli di cuoio dell'inconsapevole vecchietto.

« Non ce n'era bisogno », la fulminò Antoine.

« Sappia che io non oserò nemmeno sfiorare quel danaro rubato », s'indispettì Edgar.

« Non devi sfiorarlo. Devi mangiarci », tagliò corto Genève, prendendo i soldi e buttando il portafogli in un cestino. « Sono stufa di pappette e carne in scatola. Sediamoci. »

Prese posto accanto alla vetrata, a un tavolo ancora ricoperto di briciole di toast e rivoli di ketchup, e puntò lo sguardo tra le montagne lontane.

Antoine si avvicinò infastidito: « Perché lo hai fatto? »

« Non abbiamo benzina. Per fare benzina servono soldi. O magari, signor narrastorie, vuoi occuparti tu di questi dettagli? Vediamo quanti spiccioli racimoli, raccontando storie sulle forme delle nuvole! »

« Erano brave persone », rispose Antoine e poi aggiunse, a voce più bassa: « E le nuvole racchiudono un sacco di storie ».

« Non esistono brave persone! » si alterò Genève. « Esistono persone fortunate che non sono costrette a cavarsela, e altre che devono imparare a farlo. Altrimenti muoiono. »

« Detesto contraddirti, ma noi non saremmo morti. »

« Senti, Antoine, questa è la mia terra, non la tua. Se sei vivo lo devi a me. Quindi si fa come dico io, d'accordo? »

Antoine si sedette. Parlare con Genève era tremendamente difficile: anche se una parte di lei sembrava interrogarsi su ciò che era giusto o sbagliato, conveniva non contraddire le sue idee una volta che le si erano piantate in testa. Ma il narrastorie non voleva allontanarla.

« Tu come hai imparato? » le chiese, in tono più condiscendente.

« Da sola, perché ero sola. »

« Mi dispiace, non dev'essere stato facile. »

« Non lo so. È la mia vita e non ne conosco altre... magari a qualcuno va peggio. Prendi quel tizio. » Genève indicò un uomo che pregava davanti ai piselli che gli erano appena stati serviti. La cosa divertente era il modo in cui si presentava: gli occhi carichi di kajal, le lenti colorate, i piercing che gli puntellavano il corpo, i capelli rasati ai lati e una cresta azzurra, una tartaruga tatuata sulla spalla. Quand'ebbe finito di pregare, spruzzò un po' di tabasco sui piselli e li mangiò con una fetta di pane tostato.

Antoine afferrò un tovagliolino, chiese una penna al cameriere e scribacchiò qualcosa.

« Che fai? »

« Mi piace quel tipo. Lo sapevi che le tartarughe sono simbolo di pace e serenità? Chissà che storia si porta dietro. »

Genève lo guardò allibita. « È questo che fa un narrastorie? Ruba le vite degli altri? »

« Non lo so cosa fa un narrastorie. So solo quello che faccio io. »

La ragazza sembrò irritata.

« Non azzardarti a farlo con me, Antoine. »

Il narrastorie smise di scrivere appunti e sollevò gli occhi su di lei.

« Magari l'ho già fatto. »

Genève si innervosì.

« Non ti annoi a non vivere la tua vita? Non ti stanchi di startene seduto su una panchina, a guardare le persone e a immaginare le loro storie, mentre tu non senti niente? Io odio anche solo l'idea di rimanere per più di cinque minuti ferma, mentre la vita mi passa davanti. Non mi metto al centro di un crocevia a pensare a quale strada prendere: vado e basta. Tu invece sei così... *apatico.* »

Antoine ammutolì. Scartò un grissino facendolo volare a terra, ma lo mangiò comunque.

« Secondo te è per questo che ti ho persa? Perché siamo diversi? » le chiese.

Genève lo squadrò. C'era ancora una scintilla in lei, una luce che si accendeva solo quando i suoi occhi incrociavano gli occhi di Antoine, come se la sua parte migliore fosse riposta in lui. Forse per questo si sforzava di sfuggire al suo sguardo.

In quel momento Edgar si avvicinò di soppiatto al tavolo e si sedette, tutto impettito, alzando un muro di disdegno tra sé e Genève.

« È inutile che fai quella faccia, Edgar. Grazie a me avremo la benzina. »

« Al momento non sono incline a interloquire con lei, signorina. »

Genève sollevò gli occhi al cielo e Antoine ringraziò il provvidenziale arrivo di un cameriere albino dalla faccia paffuta, che si rese doppiamente utile smorzando la tensione e ripulendo il tavolo.

« Conviene ordinare », disse Antoine.

Visto che gli altri due tacevano, si assunse il compito. Il cameriere restò interdetto davanti a tutto quello che elencò dal menu. Guardava il narrastorie con un sopracciglio sollevato, chiedendosi se lo stesse prendendo in giro.

Aspettarono i loro piatti in perfetto e risoluto silenzio. Per non essere costretto a condividere il mutismo ostile di Edgar e Genève, il narrastorie preferì ritirarsi nei suoi pensieri, tenendo gli occhi fissi sulla Fiat verde parcheggiata all'esterno. Osservò la bombatura sullo sportello posteriore, e quel graffio, non più lungo di un dito, uno sfregio rosso che correva lungo il lato sinistro del cofano... E poi il segno di un bacio al lampone... Eccola lì, l'ombra di un rossetto che spariva e ricompariva, a seconda della luce, rimasta bloccata sul vetro di un finestrino. E naturalmente c'era la bruciatura di sigaretta sul tappeto del bagagliaio...

Non capì come faceva a saperlo, ma lo *sapeva*.

Si alzò di scatto e uscì dal Grillost. Camminò a passo spedito verso la macchina e aprì il bagagliaio. Il tappeto era sepolto sotto strati di provviste, coperte, libri, tele, ombrelli. In un angolo vide anche l'accendino blu di Genève e se lo mise in tasca per restituirglielo. Il resto della roba di Edgar lo buttò all'aria.

Aveva ragione: c'era la bruciatura di una sigaretta, sul tappetino.

Sorrise. Aveva cercato tracce della sua storia nell'universo sconfinato che lo ospitava, e adesso scopriva un indizio dentro il bagagliaio.

Quando rientrò nell'autogrill, aveva ancora il sorriso stampato sulla faccia.

« Hai bevuto? » gli chiese Genève, con una birra ghiacciata in mano.

« No. »

« Dovresti, sai? Mi inquieteresti di meno. »

« Quella... » Antoine indicò la Fiat, incapace di contenere un ghigno. « Quella era la mia macchina! Non ricordo dove o quando. Ma era *mia*! Non è bellissima? »

« Interessante », commentò serioso Edgar, accarezzandosi i baffi.

« Hai perso *anche* una macchina? » Genève era stupita. « Sei proprio sbadato, eh? »

Antoine si strinse nelle spalle. Meglio per lui, essere sbadato. Aveva molte più possibilità di trovare qualcosa di suo nel Regno delle Cose Perse, dato che ne aveva perse parecchie.

« Mi sa che è durata poco. La usavo, la lasciavo da qualche parte, ma subito mi dimenticavo dove l'avevo parcheggiata e dovevo tornare a casa a piedi. Capitava spesso, ma di solito la ritrovavo. Una volta non l'ho ritrovata più, o mi sono scordato dove fosse. »

Genève lo guardò perplessa.

« E sei riuscito a ricordare questi dettagli da solo? »

Antoine annuì. « Mi era già capitato. Vedo un oggetto e dopo un po' ricordo qualcosa collegato a quell'oggetto. A volte sono flash, altre volte riaffondo in quei momenti e sento ogni cosa, perfino gli odori. »

Si sentiva eccitato da quell'ultima scoperta. Ma poteva leggere, nello sguardo di Genève, una punta di invidia.

« Be', buon per te, Antoine », sancì lei con tono aspro, aprendo il libro dei contratti e immergendosi nella lettura.

« Posso sapere, se non sono inopportuno, a chi crede di rivendere quel registro? »

Genève passava la maggior parte del tempo in silenzio, immersa tra le pagine del grosso volume. Si divertiva a scoprire quello che le persone erano arrivate a svendere per un pugno di nulla. Forse si sentiva meno frustrata. Altre volte, però, Antoine aveva l'impressione che stringere il registro tra le mani fosse l'unica cosa in grado di rasserenarla.

« Non che abbia qualcosa in contrario », precisò Edgar. « Ho sempre ritenuto l'Asta delle Illusioni una pratica barbara. Ma ha già in mente chi potrebbe essere il compratore? »

Genève esitò un attimo. Tuttavia una parte di lei, la parte buona, incontrò lo sguardo di Antoine e sperò che fornendo una risposta le perdonassero il piccolo furto.

« Il Grande Orologiaio. »

Edgar ammutolì.

« Perché? »

« Perché... » Genève strascicava le parole, poco incline all'idea di fidarsi di qualcuno. « Perché... se esiste la possibilità di andarsene da Tirnaìl, lui è l'unico che può offrirla. E sai cosa si dice in giro: il Grande Orologiaio non fa mai niente per niente. »

« Non vorrei deluderla, signorina Genève, ma non basterà un registro per ottenere un permesso di via. »

« Devo provarci. Non c'è niente, a Tirnaìl, che valga quanto questo registro. »

« Chi è il Grande Orologiaio? » si intromise Antoine, che era rimasto in disparte per lasciarli riappacificare.

« È il grande capo, Antoine. »

« Se Tirnaìl un giorno decidesse di avere un dio, il prescelto sarebbe sicuramente lui. »

Il discorso si interruppe lì, non appena il cameriere paffuto tornò con un pranzo abbondante e, davanti a stinchi di maiale e patate al forno, tutti dimenticarono il Grande Orologiaio.

Quando ebbe ingurgitato anche gli ultimi fagiolini al sugo e divorato tutti i toast fritti, Antoine si alzò per andare in bagno. Attraversò il Grillost, ormai traboccante di personaggi bizzarri che sembravano fuggiti da qualche freak show. Clown tristi, gemelli siamesi, uomini più alti di lampioni e donne più basse di felci nane, bambini sporchi e abbandonati...

Il narrastorie sgusciò nella parte posteriore del ristorante, dove alla puzza di bagno intasato si mescolava un pungente odore di incenso. Percorse il corridoio sul retro, facendo attenzione a non calpestare le code dei gatti che gli gironzolavano fra i piedi. Notò distrattamente una stanzetta sulla destra, nascosta dietro una cascata di drappi plastificati, e tirò oltre disinteressato. Poco dopo si fermò, perché gli era parso che qualcuno stesse chiamando il suo nome.

« Signor Fonte... » invocava una voce lacrimosa. « Signor Fonte... »

Tese le orecchie, ma non udì più nulla. Riprese a camminare, ma dopo qualche passo il richiamo lo raggiunse di nuovo, più forte e più chiaro.

Antoine tornò indietro e sollevò la tenda di plastica. Per un attimo si domandò se il sole, il cibo o magari l'odore pungente gli avessero tramortito i sensi. Altrimenti, gli risultava inspiegabile che la porta di un lurido autogrill nel cuore del deserto si aprisse improvvisamente su una radura in mezzo al bosco.

21

Il bosco stregato

I piedi di Antoine calpestarono i ciottoli di un viale nascosto sotto strati di fango e un tappeto di foglie secche. L'aria nello spiazzo era surreale, fredda, invasa da una foschia palpabile. Gli alberi malati si piegavano, le loro fronde si riflettevano negli specchi lucidi delle pozzanghere. La voce si era zittita, sostituita da un vento che si alzava e poi calava, ripetutamente, come un coro di spiriti.

Incapace di resistere, il narrastorie percorse l'antico viale, seguendo i filamenti grigi che si dipanavano dal pantano, dalle radici degli alberi, dalle pietre del sentiero, quasi lo volessero guidare...

Si strinse nelle braccia per combattere il freddo pungente e si fermò quando vide una tenda grigia. Era un padiglione aperto, lacero e sbrindellato, custodito da una cornice di betulle morenti.

Antoine si avvicinò, scorgendo qualcosa all'interno. Sollevò i drappi logori e si fece coraggio per compiere gli ultimi passi.

Si trovò al cospetto di una figura millenaria, vecchia come la Terra. Una donna scheletrica, con il capo abbandonato su un altare di pietra su cui banchettava una famiglia di giganteschi rospi. I suoi capelli, troppo lunghi per scorgerne la fine, erano del colore della cenere che si accumula nei camini e scivolavano lungo il corpo decrepito e nudo. I filamenti grigi che avevano condotto Antoine fin lì altro non erano che i capelli della vecchia. Arrivavano ovunque, si espandevano in ogni direzione, sparivano dentro il terreno e oltre gli alberi.

Davanti a lei, al lato opposto della lastra di granito, c'era una seggiolina di legno, come se in un passato immemore la vecchia avesse tenuto udienza. Al suo fianco, Antoine scorse un oggetto altrettanto antico e fiabesco: un arcolaio di legno, completamente ricoperto di ragnatele, con la punta di ferro arrugginita e un grumo di sangue vecchio di anni.

Chissà quante dita, si chiese Antoine, si erano posate su quella punta, e chissà perché...

Il narrastorie si avvicinò alla vecchia per accertarsi che fosse morta. Era gelida e grigia, senza battito o respiro che l'animassero. Scostando leggermente la massa di capelli che le celava il volto, Antoine si accorse del cartello che aveva appeso al collo.

DON DE SANG, c'era scritto sopra.

Per qualche motivo a lui sconosciuto, Antoine comprese subito sia il significato sia il senso di quelle parole.

Dono di sangue...

Senza pensarci, poggiò il polpastrello dell'indice sulla punta dell'arcolaio, lasciando che il ferro penetrasse oltre la pelle, gli bucasse la carne e si nutrisse del suo sangue.

Per alcuni secondi, nulla cambiò. Poi udì uno scricchiolio, una folata sferzante, la ruota dell'arcolaio che tentava di girare, il gracidare nervoso dei rospi...

Il vento si alzò e fece ruotare l'arcolaio. C'era qualcosa che filava, un cordoncino bianco, forse di seta, che scorreva fluido e si allungava ogni secondo di più. Quando la ruota si fermò, approfittando di una tregua del vento, il filo si era teso del tutto.

Antoine ne seguì la traiettoria, fino all'origine. Si girò verso il cadavere della vecchia e scoprì che il bandolo di quella matassa partiva dal suo cranio.

E quando posò gli occhi su di lei la trovò viva, il capo sollevato, in attesa.

Si allontanò con un balzo, comunque incapace di distogliere lo sguardo.

La vecchia fece scrocchiare il collo, a destra e a sinistra, emettendo un gemito pietrificante che sembrava rimasto intrappolato nella sua gola per secoli. Prese a scuotere i lunghissimi capelli, che si infiltravano nel terriccio e abbracciavano le radici delle piante. Appena la vecchia si muoveva, le betulle si agitavano; se assentiva o scuoteva la testa, i rami assentivano e si scuotevano insieme a lei; ogni suo sospiro si accompagnava a un sospiro di vento, ogni schiocco di dita al battito d'ali dei corvi, ogni digrignar di denti allo scalpiccio dei cervi...

La strega e il bosco erano vincolati l'una all'altro, come una chiocciola alla propria conchiglia.

Antoine se ne stette immobile, mentre le fauci della vecchia si aprivano e si chiudevano, ripetendo il *suo* nome.

« Signor Fonte... signor Fonte... » lo chiamava.

S'interruppe solo quando un corvo le planò sotto il naso. Lo afferrò al volo, lo stritolò fra le dita nodose e gli strappò la testa a morsi. Non sapendo cosa fare del corpo del malcapitato, lo lanciò ad Antoine, in un gesto che voleva essere ospitale.

« Signor Fonte... » La sua voce assomigliava al legno scricchiolante di una quercia che sta per crollare. « Perché non vieni a sederti? »

« Non... non è il caso », balbettò Antoine, mettendo una debita distanza fra sé e il corpo del corvo.

« Avvicinati », ordinò la vecchia, e visto che Antoine non obbediva, lo urlò: « Avvicinati! »

Antoine assecondò la richiesta. Non voleva fare la fine del povero corvo e non poteva sapere di cosa fosse veramente capace quell'essere terrificante, così si accovacciò sulla seggiolina di fronte alla strega.

Studiò il suo volto antico, un ammasso di increspature, rughe e verruche che culminavano in quattro cicatrici deturpanti all'altezza degli occhi chiusi per sempre da uno spago di ferro.

Sebbene non potesse vederlo, la donna si protese e con sicurezza afferrò il dito che il narrastorie si era punto sull'arcolaio. Antoine avrebbe voluto ritrarsi, ma la vecchia era più forte del previsto e si ficcò l'indice in bocca, leccandogli il polpastrello e gustando il sapore metallico del sangue.

« Il sangue di un uomo racconta tutto di lui... »

Antoine deglutì. Glielo aveva detto anche Genève: il sangue di un uomo svela chi è stato, chi è e chi sarà. Ma la saliva della strega e il tocco della sua lingua ruvida erano intollerabili. Ritrasse il dito e si agitò sulla sedia.

«Sei contenta, ora?»

«Sazia.» La vecchia batté i denti e serrò la mascella. Un ramo, lì accanto, cadde.

Soltanto allora, fissando quelle labbra screpolate, Antoine notò che qualcosa di secco e raggrumato colorava ciò che rimaneva delle sue carni. All'inizio pensò si trattasse di altro sangue, ma poi capì: era rossetto! Perché mai quella vecchia sibilla avrebbe dovuto indossare del rossetto?

«Lo vedo che mi guardi, signor Fonte.» La vecchia si sciolse in un rivoltante sorriso, le sue labbra si lacerarono. Antoine si ritirò, a disagio. «Mi trovi graziosa?»

«Come conosci il mio nome?»

«Non lo conosco. Il tuo nome non è un nome... è ciò che sei. La fonte di tutte le storie sepolte... non è vero, signor Fonte?»

«E tu invece chi sei?» chiese Antoine, diffidando dei suoi inganni e dei suoi sortilegi.

«Non so nulla di me,» gracchiò faticosamente, «mi sono persa troppo per saperlo. Però posso vedere le cose per ciò che sono.»

«Ciò che sono?» Antoine inarcò un sopracciglio. «Tu puoi vedere io chi sono? Puoi dirmelo? Puoi... dirmi il mio nome?»

La strega scosse il capo e un soffio di vento agguantò le foglie morte, facendole volteggiare in un turbine ghiacciato.

«Non *chi*... ma *cosa*. Dimentica il nome... il nome non cambia la natura delle cose. Cosa sei rimane... cosa sei conta... e questo lo posso vedere.»

«E cosa vedi?»

Antoine si sporse su di lei, ansioso. Sperava che la vecchia cieca potesse tornargli utile.

Ma la donna indugiava, aveva chinato il capo e, non fosse stato per il suo respiro profondo e ansimante, lo stesso respiro di un uomo che muore, il narrastorie avrebbe giurato che fosse caduta di nuovo in letargo.

Infine sollevò il viso e i suoi occhi inesistenti puntarono dritti verso gli occhi sgranati di Antoine.

«Vedo un uomo alla ricerca del suo passato. Molti di quelli che giungono sin qui hanno questo scopo. Ma, signor Fonte, non ci sono chiavi che conducono nel luogo che cerchi.»

«Parli delle chiavi di Edgar? Le chiavi per Mnemosia?»

«Parlo di una collina... di ricordi sepolti...» La vecchia piegò la testa e i suoi occhi cuciti sembrarono guardare altrove, in un'era lontana quanto il luogo che le stava occupando la mente. «Anche io ero diretta lì... all'inizio del... mio... viaggio. Arrivai e trovai il... ricordo... perduto. Ma... ebbi paura del mio passato... e... e scelsi... di perderlo... di nuovo. E se... perdi... due volte una cosa... sarà persa... per sempre.»

Per qualche attimo ammutolì. Ma il peso del silenzio era troppo gravoso da sopportare, era perfino più opprimente delle parole che la vecchia aveva appena pronunciato.

«Ricorda di accettare il tuo passato. Io lo temevo... e l'ho lasciato andare. La mia vita è... vuota. L'unico futuro che ora vedo... non appartiene a me. Io... esisto... oltre... il tempo, e questo...» La strega indicò ciò che la circondava, il freddo aspro, l'eterna solitudine, la condanna a portare con sé, per sempre, un intero bosco morente. «... questo fa male.»

Antoine annuì: «Me lo ricorderò».

E si impose davvero di ricordarselo. Lo promise a se stesso: non avrebbe permesso che anche per lui andasse a finire così. Impietosito da quelle parole, il narrastorie si protese ancora di più sulla vecchia, cercò la sua mano e la strinse a sé.

Continuava a guardare quel rossetto, lo ipnotizzava il color cremisi sulle sue labbra pallide. Non si accorse che qualcosa cambiava nella vecchia e intorno a lui.

Dopo che Antoine le aveva toccato la mano, una scossa l'aveva attraversata. Sembrava alla ricerca di qualcosa dentro di sé, una visione che prendeva pian piano forma ma che Antoine non poteva percepire. Qualcosa di straordinario allora avvenne: a un tratto giunse l'estate, con i suoi suoni e i suoi odori, con il sole che indorava le foglie e riscaldava l'animo.

Poco dopo spuntarono fiori bianchi e rosa, le fronde si fecero ancora più verdi e i cespugli si coprirono di fragole. Ma il tripudio di colori durò il tempo di un battito di ciglia: il cielo ben presto si oscurò, pressato da nubi nere e ostili che vomitarono neve e gelo. Trascorso un altro istante, la neve si ritirò, le foglie si tinsero del colore del tramonto e caddero, pressate da una pioggia battente. Poi fu di nuovo estate, e nello stesso modo ritornarono la primavera, l'inverno, l'autunno, e ancora l'estate.

Il ciclo si ripeté innumerevoli volte. Venti, o forse più. La natura nacque e morì, lasciandosi dietro solo strascichi di vita. Il tempo si riavvolse, fino a fermarsi in un lontano giorno d'estate.

La strega non si muoveva. Accasciata sull'altare, era decisamente più morta che viva. Antoine si protese per scuoterla, cercando il battito del suo cuore.

« Stai bene? » le sfiorò le scapole, impressionato dalla loro magrezza. « Ti prego... rispondi! Cosa vedi? »

La donna si sollevò di scatto, scagliando un urlo straziante che arrivò fino al cielo e ricadde con un tuono. Animali e piante strillarono per lei, impazziti di dolore.

« Tu! » gridò, puntando un dito ossuto contro di lui. Antoine saltò su dalla sedia e si allontanò di qualche passo. La strega percepì il suo movimento e si alzò, aggirando l'ara di pietra. Il bosco si mosse con lei, la terra tremò. « Tu mi hai fatto questo! »

« Cosa... »

« Sì, *tu*! » strillò. « Tu mi hai condannata a essere un frammento dimenticato! Tu ci hai condannati tutti! »

La strega si afferrò la testa tra le mani e iniziò a stringere, a stringere... Piangeva e soffriva come un animale al macello. Tuoni e lampi squarciarono il cielo.

I suoi capelli si mossero, animati da vita propria, come onde di un mare in tempesta, scattando più sibilanti di fruste, e agguantarono Antoine, intrappolandogli le caviglie in una morsa. Il narrastorie perse l'equilibrio e cadde con la faccia nel fango. Sentiva la figura della vecchia incombere su di lui, mentre i suoi capelli, resistenti e letali come le tele di un ragno, continuavano ad avvinghiarsi al suo corpo, salendo alla stregua di rampicanti su per le ginocchia, intorno alle cosce e stritolandogli la vita.

« Lasciami andare! » urlava Antoine. « Lasciami! »

« No! Mai! » strepitò. Man mano che i suoi capelli lo stritolavano, la vecchia sembrava riacquistare forza e vigore. « Maledetta è la tua storia! Tu sei condannato a riviverla, perché una volta hai voluto seppellirla! Ma il passato è come una cicatrice nell'animo di un uomo. C'è chi la porta con vanto e chi la nasconde con vergogna. Eppure le cose nascoste si possono trovare, ciò che si dimentica può essere rammentato e quel che è stato non smetterà mai di essere esistito. Signor Fonte, tutto questo, com'è accaduto una volta e sta accadendo di nuovo, accadrà ancora e ancora, se non andrai fino in fondo. Un eterno ritorno nel nulla. Perché il nulla rimane a chi imbocca la via dell'oblio. Tu ci hai condannati tutti! » ripeté, e la sua voce carica di rabbia si colmò anche di tristezza. « Non posso permetterti di farlo di nuovo... non posso rischiare di morire ancora. »

Antoine era prigioniero. Non poteva più muoversi, era diventato preda del bosco stregato! Gli insetti gli strisciavano sulle guance, infilandosi sotto i vestiti e pungendogli la pelle.

Supplicare la donna era una vana speranza. Doveva trovare da solo un modo per liberarsi dalla sua stretta fatale.

I suoi occhi corsero tutt'intorno alla ricerca di un'arma, ma sassi e rami erano lontani, e comunque niente di quel bosco poteva essere utilizzato contro di lei.

I filamenti bianchi gli avevano ormai compresso il petto, mozzandogli il respiro, e avanzavano rapidi verso il volto. Allora Antoine si ricordò di una cosa. La mano era fasciata dai capelli, ma le sue dita erano ancora libere. Corsero alla tasca dei pantaloni e cercarono freneticamente l'accendino di Genève, mentre i capelli della vecchia scivolavano nella sua bocca e gli otturavano la gola.

Quando ormai anche gli occhi gli si chiusero, soffocati da quella chioma repellente, le dita estrassero l'accendino dalla tasca. Nel tentativo di metterlo in funzione, tuttavia, gli cadde di mano. Antoine fece pressione con il torace e le gambe per voltarsi e fronteggiare la vecchia. Le dita corsero di nuovo alla ricerca, tastando il terreno. Afferrarono scarafaggi, cavallette, piccole pietre taglienti... alla fine lo trovarono.

Avanti, avanti!, si ordinò disperato.

Provò ad accendere una, due, tre volte... alla quarta ci riuscì. Puntò la fiamma contro le foglie secche e rimase immobile, soffrendo e sudando freddo alla sensazione del fuoco che gli bruciava le dita. Ma non poteva arrendersi.

Presto di Antoine non rimase più niente: era mummificato dalla testa ai piedi, nulla più che una mosca in balia di un ragno affamato.

La strega giganteggiava su di lui, lo guardava con i suoi occhi ciechi, le sue labbra sporche di rossetto, quando a un tratto qualcosa attirò la sua attenzione. Annusò in giro e un rantolo soffocato sfuggì dalla sua bocca. Presto si trasformò in un gemito di dolore, e la forza che l'aveva alimentata sino a quel momento parve svanire dal suo corpo. La vecchia si ripiegò su se stessa e i fili che tenevano prigioniero Antoine si allentarono. Una puzza di bruciato, intanto, si stava diffondendo nell'aria. Quando il narrastorie fu certo che non avrebbe incontrato altra resistenza, puntò l'accendino anche sui capelli che lo avvolgevano.

La vecchia strillò dal dolore, un urlo squarciante che mise in fuga gli animali impazziti. I capelli si sciolsero e Antoine se li strappò dal corpo, liberandosi. Accanto a lui un piccolo fuoco aveva iniziato a divorare il bosco, mentre una tremenda puzza di carne bruciata proveniva dalla strega.

Il narrastorie scattò in piedi e senza voltarsi imboccò il sentiero di pietra. Un'armata di corvi si staccò dai rami e puntò su di lui, tallonandolo, beccandolo in testa e sulle spalle, ma Antoine non si fermò davanti a niente. Continuò a correre e correre, finché giunse nella radura.

La porticina dell'autogrill, con i drappi plastificati, era al centro dello spiazzo e lo attendeva. La attraversò di corsa e riemerse nel corridoio del Grillost.

Soltanto allora liberò i polmoni. Si accasciò contro una parete lasciandosi cadere a terra, e aspirò profonde boccate d'aria.

Si rialzò dopo lunghissimi minuti, scosso e sudato.

Che diamine succede?, si chiese, ancora sotto shock, *che razza di terra è questa?*

Quando si fu ripreso, non poté fare a meno di controllare. Scostò nuovamente i drappi e scoprì che del bosco stregato non era rimasta neppure una foglia: c'era soltanto il bagno. L'unica traccia di quanto accaduto restava impressa sul suo pollice: una bruciatura nera, che gli aveva divorato la carne.

Lo sapevi, si disse, sebbene nella sua testa stesse parlando con Genève, *lo sapevi che non sarebbe stato un semplice autogrill.*

Genève aveva ragione, lei conosceva Tirnaìl, leggeva i suoi trucchi e svelava i suoi inganni. Per un attimo, il Grillost era diventato una porta d'accesso, una finestra aperta sul suo passato, un indizio per continuare il suo viaggio.

Il fatto che avesse rischiato la vita, a quel punto, gli sembrava quasi irrilevante.

« È qui l'orinatoio? »

Antoine trasalì udendo la voce di Edgar alle sue spalle. Si girò, con gli occhi ancora lucidi.

« Perbaccotacco, signor Antoine! Cosa le prende? È pallido come un cadavere! »

« Io... io... non lo so. Prima qui c'era un bosco... e... »

« Un bosco? » I baffi di Edgar si agitarono.

« Un bosco... *stregato*. »

« Ah! Allora si spiega tutto! » Edgar si rilassò. « Se era un bosco stregato è normale che non ci sia più. »

« Perché? »

« Ma perché era *stregato*! Che domande sono? Tutti sanno che i boschi stregati appaiono quando e dove vogliono. Signor Antoine, la facevo più perspicace. »

« Hai ragione, Edgar, come ho potuto non arrivarci da solo? »

« Non si crucci. Piuttosto, c'è da affliggersi per questa latrina: un girone infernale, non trova? »

Antoine annuì, ancora cereo in volto.

Non si accorse dell'ombra che si mescolava al buio del corridoio. Poiché era sola e non troppo vicina, il narrastorie non avvertì i fumi di una città di notte e di nebbia espandersi intorno a lui.

22

Il Mar Netturbio

Il sole sembrava appiccare incendi man mano che calava dietro l'orizzonte, mentre si lasciava alle spalle una tela oscura puntellata qua e là da stelle smaglianti.

Erano in viaggio da parecchio. Antoine non aveva spiccicato parola da quando era tornato dal bosco stregato. Voleva andare avanti e trovare Mnemosia a ogni costo.

In qualche modo, Edgar e Genève avevano capito e non avevano disturbato i suoi pensieri. La ragazza non gli aveva neanche chiesto di fermarsi per fumare: si era seduta sul bordo del sedile, il busto totalmente fuori dal finestrino, e aveva lasciato che il vento le accarezzasse i capelli mentre indugiava nel suo vizio.

Erano già calate le tenebre quando una luce comparve nello specchietto retrovisore.

« Qualcuno ci sta seguendo », disse Antoine rompendo finalmente il silenzio.

Edgar e Genève si voltarono: gli abbaglianti di una Rolls Royce esplosero dietro di loro.

« Mi fermo? » chiese Antoine.

« Assolutamente no! » sbottò Edgar. « Tutto ciò è inammissibile! È altamente improbabile che qualcuno possa averla trovata su una delle strade di Tirnaìl! »

« Vai avanti. » Genève tese tutti i muscoli. « E spingi un po' su quel benedetto acceleratore! »

Antoine obbedì, anche se avrebbe voluto scoprire come facesse la Rolls Royce a trovarsi sulla sua strada e chi mai fosse a bordo. La risposta alla seconda domanda non tardò ad arrivare: l'auto che li inseguiva era molto più veloce della loro e in un attimo affiancò la Fiat. Antoine poté finalmente distinguere, al di là del finestrino posteriore, il volto truccato di un ometto che lo salutava con una mano pallida e l'aria ironica.

« Merda! » esclamò Genève non appena riconobbe il conte Vladimiro. « Cosa ci fa *lui* qui? Maledizione, Antoine, muoviti! Dai un po' di gas! »

« Ci sto provando, che cosa credi? Questa macchina è vecchia! »

Il clacson della Rolls Royce iniziò a strombazzare con insistenza. Rendendosi conto che Antoine non si sarebbe mai fermato, il conte ordinò all'autista di tagliargli la strada, e quando la Rolls planò davanti a loro, ruotando di centottanta gradi, Antoine premette il freno con tutte le forze e creò un contraccolpo così brutale da spedire Genève a spaccare il vetro, disegnando una crepa che si macchiò all'istante di sangue.

« Gen! Stai bene? » Antoine la sollevò. Una ferita le solcava la fronte.

« Io sì, ma quel pezzo di merda è morto! » sbottò slacciandosi la cintura e precipitandosi in strada.

Il conte era uscito dalla macchina e con una manica del frac puliva una macchia sullo sportello posteriore. A giudicare dal suo ghigno era parecchio divertito.

« Ti ammazzo, bastardo! »

Antoine la raggiunse di corsa e si mise in mezzo, beccandosi i pugni e i calci destinati al suo aguzzino. Le strinse la faccia tra le mani, costringendola a guardarlo.

« Gen, devi stare calma! Andrò io a parlargli, è me che vuole. Te lo ammazzo io, non preoccuparti », le assicurò.

« Fai in modo che sia doloroso. Molto doloroso, Antoine! » gli urlò Genève, mentre Edgar la riaccompagnava delicatamente in macchina, temendo che per qualche motivo potesse avventarsi contro di lui.

Antoine percorse i metri che lo separavano dal conte Vladimiro. L'ometto infernale era lì che gongolava, ruotando il bastone di ciliegio come un cabarettista da quattro soldi. Aveva sostituito la parrucca con un cilindro bucherellato.

« Cosa vuoi? » sbottò Antoine, cercando di mostrarsi più

sicuro di quanto non fosse. «Credi che non sappia chi sei? Quello che hai fatto? Tu e io non abbiamo niente da spartire!»

«Dritto al cuore del problema! Molto maturo. Che succede? Ci siamo svegliati, signor Fonte? Tu mi piaci un mondo, sai? Sei un tipo imprevedibile.» Il conte ridacchiò come un bambino, piroettando su se stesso.

«Allora, cosa vuoi? Perché mi perseguiti?»

«Cosa voglio? Fammici pensare. Io voglio... voglio un ricordo.»

«Non è tuo.»

«Oh, andiamo! Il grande ladro di storie! *Non è tuo!*» lo scimmiottò Vladimiro. «E tu, che rubi le vite degli altri? Sono appena stato a Mnemosia, sai?»

Antoine ammutolì, spiazzato.

Mnemosia...

«Non dirmi che sei sorpreso! Accidenti, *proprio tu*? Tu che sei arido come questo deserto, quando si tratta di sentimenti umani... Sai, più passano i giorni, più mi pare di ricordarmi di te. Sei stato cattivo anche tu, mio caro. Con la tua famiglia, con tua moglie. E sbaglio, o hai abbandonato tuo figlio? Cosa credi che ti renda migliore di me?»

Antoine sgranò gli occhi. Il cuore gli batteva all'impazzata, lo stomaco era in subbuglio e non sapeva come rispondere a quelle insinuazioni. C'era qualcosa di vero, nelle parole del conte?

La famiglia... la sua famiglia...

«Mettiamo che arrivi a Mnemosia, trovi il tuo ricordo, sei felice e contento, ti bevi un bicchiere di vino, trallallà, fai il tuo ballo della vittoria... e poi... poi scopri che in quel ricordo c'è una verità scomoda, urticante. Magari sei un fallito, magari picchi gli animali, magari rapisci i bambini e ti prendi le donne degli altri. Magari sei un assassino. Cosa ti dà il diritto di giudicarmi, signor Fonte? Tu sai chi sono io, sai cosa ho fatto. Ma chi sei tu? Cos'hai fatto? Perché hai dimenticato la tua vita? Io lo so chi sono, e sono venuto a Tirnaìl per cancellare i miei peccati.»

« Qui ne hai commessi altri. »

« Non è stata colpa mia. È questa terra: ti fa impazzire. Lo sai, vero? Lo hai provato anche tu. »

Vladimiro rise. Sapeva benissimo di averlo in pugno, ma amava crogiolarsi nella sua boria.

« Perché vuoi il mio ricordo? »

« Perché mi piace quella tua testolina contorta nella quale non riesco a entrare! » Il conte si avvicinò e fece il gesto di trivellare la fronte di Antoine con il bastone, quasi volesse carpirne pensieri e memorie. « So che sei curioso, perciò, avanti... chiedimelo. »

« Chiederti *cosa*? »

« Che ci faccio qui! Come posso averti trovato sulla tua strada perduta! Come posso essere appena tornato da Mnemosia, tristemente nota per essere la regione più inarrivabile di Tirnaìl. Domandami perché non esiste posto fra queste terre immense che mi risulti inaccessibile! »

« E la mia testolina contorta? Credevo che lì non riuscissi a entrare », sibilò Antoine fra i denti.

Il conte sorrise ammiccante. « Ci sto lavorando. »

Rimasero in silenzio per qualche istante. Poi Vladimiro cinse le spalle di Antoine e lo condusse a fare quattro passi nella calma del deserto. Quando furono a una certa distanza dalle macchine, riprese a parlare.

« Ti avevo accennato a un patto, ricordi? Avrei voluto approfondire l'argomento, ma tu sei fuggito, ospite ingrato. Lo capisco, lo capisco... a volte metto in soggezione. Una villa così imponente, così buia, ombre che si aggirano e ti trasportano in città di notte e di nebbia, bambini fantasma... Per questo sono venuto a cercarti. Eccoti le condizioni, signor Fonte: io so che vuoi quel ricordo... giustissimo! È tuo, ti spetta di diritto! Ma quanto tempo ti resta? E quanto è lontana, *da te*, Mnemosia? Non ce la farai, vecchio mio. Marcirai per il resto dei tuoi giorni a Tirnaìl... e credimi, questa terra finirai per odiarla, con ogni centimetro del tuo essere. Ogni singolo centimetro. »

Antoine non aprì bocca.

« Io posso offrirti una via d'uscita. Comoda, semplice, come piace a te. Sappi che io non ho più limiti, mio caro. *Li ho persi tutti!* » Il conte ridacchiò, guardandosi intorno. « Io vado là, e poi là, e là e là! »

Era un delirio: Vladimiro saltellava da una parte all'altra tra le rocce, come una scimmia finita su un tappeto di scorpioni.

« Posso andare dove voglio. *Sempre.* I miei amatissimi e stupidissimi Nox scovano per me le cose perdute, e io le vado a prendere, ovunque si trovino. Niente limiti. Sterminare uomini ha il suo bel tornaconto, non trovi? »

Antoine era frastornato. « Per questo riesci a spostarti ovunque? Perché hai ucciso tutte quelle persone? »

« Cattivo è forte, signor Fonte. Buono è debole. Unisciti a me, vecchio socio. » Il sorriso del conte si distese. « Ti basterà chiudere gli occhi, e sentirai i fili d'erba sotto i piedi, udirai il vento sussurrare fra i salici e mormorare antiche storie alle tue orecchie. Ti porterò a Mnemosia, capirai che ti è vicina quanto la punta del tuo naso... che è fin troppo lungo, se me lo concedi! Ma ora l'importante è che tu possa arrivare lì in un batter d'occhio! »

Antoine non smise di scrutarlo, inquisitorio. Davvero il conte credeva di avere a che fare con uno stupido?

« E quanto mi costerebbe questo *batter d'occhio*? »

« Ah! Tu sì che sei un uomo d'affari! » Vladimiro gli affibbiò una paterna pacca sulle spalle. « Sappi che non ci sarà alcun prezzo. Non dovrai fare niente. Solo concedermi un piccolo, innocente favore, con il quale procurerai una gioia senza pari a un povero vecchio morente: essere lì quando realizzerai il tuo sogno, affiancarti quando stringerai quel ricordo fra le mani. Poterlo vedere anch'io. Soltanto questo, ragazzo mio. Essere lì in quel momento. »

Antoine e il conte si fermarono. Vladimiro gli si mise di fronte, guardandolo dal basso verso l'alto, e gli pose le mani sulle spalle, senza rinunciare al suo ghigno ipocrita.

Sopra di loro il cielo si era rivestito del colore degli abissi oceanici.

« Ciò che facciamo va pesato su una bilancia. » Il conte aprì i palmi, mimando due piatti che pendevano ora a destra, ora a sinistra. « Si chiamano scelte. Quello che dai e quello che prendi. Quello che perdi e quello che trovi. Ora io voglio che tu soppesi con le tue mani le due possibilità, tenendo ben presente quanto sconfinata sia l'importanza del tuo ricordo e quanto invece ridicola ed effimera sia la mia richiesta. »

Antoine serrò le palpebre e rifletté su quelle parole. E nel frattempo avvertiva gli occhi del conte addosso e tutto il peso del suo sguardo. Cosa voleva *davvero*? Perché quel ricordo era così prezioso per lui?

« Allora, hai trovato la risposta? L'hai pesata? » Vladimiro era calmo, sicuro di sé. « Quanto vale davvero quel ricordo, Fonte? »

Antoine rimase ancora in silenzio. Poi annuì: « Vale tantissimo ».

« Ah, perfetto! » Il conte allungò la mano per una bella stretta che suggellasse il patto.

Ma Antoine non gli diede la soddisfazione. Scosse la testa.

« Hai mai provato a mettere la vita di tre bambini su una bilancia? Quanto vale davvero la loro vita, *conte*? Scommetto che niente è più pesante di quel piatto. »

E, senza lasciare che il conte aggiungesse altro, gli diede le spalle e s'incamminò verso la Panda.

« La mia pazienza ha un limite, signor Fonte », strillò Vladimiro. « E tu lo stai varcando. Senza permesso. »

Antoine rientrò in macchina e accese il motore. Mentre superava la Rolls Royce, vide il conte urlare come un indemoniato e imprecare contro l'autista.

« Ci inseguirà », disse Antoine.

« Possibile. Ma, per il momento, altamente improbabile », ribatté rigido Edgar.

Antoine lo scrutò senza capire. Genève tirò fuori il suo coltellino svizzero.

«Gli abbiamo bucato le gomme. Quindi, a meno che non sappia volare...»

«Altamente improbabile anche questo.»

Antoine sorrise e accelerò.

La Fiat riprese a filare nell'arido cuore dei canyon e continuò imperterrita nelle ore più buie della notte, fatte di infiniti silenzi e spazi sconfinati.

Edgar era alla guida, ma andava così piano che avrebbero fatto prima a proseguire a piedi.

«E così, è lei la donna che il destino le ha riservato» disse a un tratto, lanciando uno sguardo agli occhi chiusi e al capo chino di Genève, addormentata sul sedile posteriore.

Antoine non rispose. Era stanco, provato. Nelle ultime ore non aveva fatto altro che pensare alle parole della vecchia strega, a quelle del conte Vladimiro e al significato oscuro che dovevano avere.

«È innamorato di lei?» insisté Edgar.

«No, per me non è nessuno.»

«Anche io avevo una donna nessuno. Ero *sposato.*» Lo dichiarò come se stesse rivelando un cancro alla prostata. «Agghiacciante. Una sanguisuga avrebbe avuto più pietà di me di quell'arpia. Non perdeva mai occasione per ricordarmi che la mia vita era un fallimento.»

Antoine inarcò le sopracciglia.

«Devi odiarla parecchio», constatò con un sorriso, tuttavia gli bastò guardare Edgar per cambiare idea. Rimase stupito. «Tu la amavi.»

Edgar non rispose, ma Antoine vide una lacrima finire intrappolata tra i suoi baffi. Il pittore non fece niente per nasconderla.

«È un bene perdere la memoria di ciò che eravamo», mormorò, quasi sicuramente a se stesso. «Compatisco il conte Vladimiro che convive con i suoi fantasmi. Se io dovessi convivere con i miei, non sarei diverso da lui. Ma Tirnaìl non mi ha maledetto fino a questo punto. Si è limitata a privarmi della mia ispirazione.»

«E a privare me del mio nome.»

«Quello è stata colpa sua, Antoine. Un gesto sconsiderato.»

«Penso che lo volessi, inconsciamente», ammise Antoine, che ci aveva ragionato a lungo nel pomeriggio, dopo l'incontro con la strega nel bosco. «Forse avevo bisogno di spogliarmi dell'uomo che ero per cercare l'uomo che sono. Io non la vedo come una maledizione, Edgar, ma come un'opportunità. E il conte non deve averlo capito, quando i tre bambini... gli Scarafaggi, come li chiama lui... hanno iniziato a perseguitarlo. Forse volevano solo dargli una possibilità di perdonarsi.»

«E che opportunità può mai avere un pittore privato del proprio estro?»

«Magari non eri un pittore, Edgar. Ci hai mai pensato?»

Edgar si irrigidì. No, non ci aveva mai pensato.

«Vladimiro mi ha detto che ho abbandonato mia moglie e mio figlio», disse Antoine, che non riusciva più a tenersi dentro quell'informazione, né a mandarla giù. «Io non mi ricordo di loro. Ma sarei un uomo orribile, se lo avessi fatto?»

«Sarebbe un uomo, Antoine. Forse l'ultima prova che dobbiamo superare, in questa vita, è proprio imparare a perdonare noi stessi. Molti non capiscono quanto sia difficile.»

«Molti non credono di aver mai sbagliato. Gente noiosa.»

Sprofondarono in un dolce silenzio e si lasciarono cullare dalla strada e dalla notte. Dopo qualche minuto, però, Edgar si fermò. Spense il motore, e la luce dei fari morì intorno a loro.

«Che succede?» chiese Antoine, colpito dal tremore violento dei suoi baffi.

Edgar gli intimò di tacere. Girò la chiave nel cruscotto e la luce deflagrò.

Decine e decine di corpi senz'anima apparvero intorno a loro! Spaventapasseri viventi che circondavano la macchina e si preparavano ad attaccarla. L'odore rancido di Nechnabel infettò l'aria, mentre i Nox si avvicinavano alla Fiat come un'orda di zombie.

«Via...» mormorò Antoine.

Edgar mise in moto, serpeggiando a tutto gas tra un Nox e l'altro. La luce degli abbaglianti dava loro fattezze umane. Alcuni caddero come birilli, altri furono tranciati dall'auto. Quando uno di loro si schiantò contro il parabrezza, Antoine riconobbe il volto del signor Peloquer e si fece prendere dal panico. Schiacciò il piede di Edgar sull'acceleratore, e il pittore, confuso dalla visione dei Nox e dall'impiccio che Antoine gli stava creando, prese a zigzagare da destra a sinistra, senza controllo. Svegliata dal trambusto, Genève si risollevò.

«Edgar?»

«Tranquilla, adesso li seminiamo!»

«Mi fa un sacco di piacere», commentò, rimettendosi a dormire.

Antoine controllò dietro: le ombre erano ancora lì, procedevano piano come se non avessero alcuna fretta.

Tornò a fissare lo sguardo dritto all'orizzonte. All'improvviso, i fari illuminarono una sagoma spuntata dalle tenebre, come un attore su un palcoscenico inondato dai riflettori. Era a pochissimi passi, sulla loro traiettoria. Edgar non lo avrebbe mai evitato... ma Antoine non gli avrebbe permesso di maciullare il corpo di Santiago.

«Antoine!» L'urlo di Edgar lo rintronò, ma lui fece lo stesso ciò che doveva.

Strappò il volante dalle mani di Edgar e sterzò con tutta la forza che aveva nelle braccia. I cerchioni stridettero sull'asfalto, il pittore frenò di colpo e la Fiat piroettò in una tremenda inversione a U, ritrovandosi con il muso puntato verso la direzione da cui proveniva.

Santiago e l'esercito di Nox scivolarono tra le ombre della notte. La Fiat era ormai completamente accerchiata!

Fu allora che avvertirono un rumore sordo, un battito costante, come se la terra avesse un cuore e loro ci fossero finiti sopra.

Genève si mise a sedere, ormai sveglia, e controllò dal lunotto posteriore per capire da dove provenisse il frastuono. Quando si voltò, era completamente sbiancata e si allacciò la cintura di sicurezza. Edgar e Antoine si affacciarono dai finestrini per capire cosa l'avesse turbata tanto.

Gridarono, ma le loro urla furono sepolte dal boato delle acque che precipitavano dal cielo... Acque sgorgate dalla strada che avevano alle spalle, dalle gole profonde che li cingevano ai fianchi, dalle valli aride che si dispiegavano davanti. Acque che sembravano celare mandrie di belve impazzite, che s'inseguivano e si accavallavano, e che puntavano proprio verso la piccola Fiat. Una delle onde spazzò il corpo di Santiago, trascinandolo in un vortice dal quale non riemerse più, e come lui sparirono anche gli altri Nox, divorati dai flutti.

Sembrava che un gigantesco rubinetto celeste si fosse rotto e avesse liberato il mare. E adesso il mare andava prendendo il posto del deserto. Scivolava, correva, riempiva, trasportando con sé tutto ciò che abitava i suoi abissi, compresi il suo odore pungente, il boato delle onde, l'aria pregna di umidità. Pareti d'acqua rotolarono ai loro fianchi, il cielo stellato divenne un corridoio appena visibile sulle loro teste e la spuma iniziò a colare a picco, formando sbuffi di vapore e proiettili d'acqua.

Il mare era andato a prenderli.

La Fiat rimase esattamente dov'era, sul fondo di un oceano, indenne per puro miracolo, unica sopravvissuta all'innaturale inondazione insieme alla strada che le apparteneva, e che ora correva in un canyon di acque. Il resto era scomparso.

« Perbaccotacco! » squittì Edgar.

Antoine non riuscì a parlare. Era in un bagno di sudore, aveva la gola secca e il cuore a momenti gli scoppiava nel petto.

« Antoine, Edgar... » La voce di Genève giunse smorzata. « I confini... abbiamo superato i confini di una regione! »

« No, no... non è *proprio* così. Sono i confini che sono arrivati da noi », mormorò Edgar. Rendendosi conto di ciò che aveva appena detto, prese a saltellare sul sedile, ignorando le testate che dava al tettuccio. « Sa che cosa significa? Lei è un passo più vicino a Mnemosia, signor Antoine! Stiamo per farcela! »

« Tirnaìl ti ha lasciato andare avanti. » Genève era incredula.

Edgar scese dalla macchina con un sorriso raggiante e Antoine lo seguì per assistere dalla prima fila a quello spettacolo meraviglioso: nel punto in cui si trovavano, fino a un attimo prima, c'era un deserto. E ora... *l'oceano*! La strada sulla quale camminava era disseminata di detriti marini. Si chinò a raccogliere una conchiglia e se la portò all'orecchio, come faceva quand'era bambino. Sentì il canto degli abissi, udì le voci delle orche e delle balene, il frusciare delle alghe e la sinfonia dei coralli, il fluttuare dei banchi di pesci snelli e flessuosi. Quel suono lo accompagnò mentre osservava la flora e la fauna che vivevano al di là delle mura d'acqua: pesci dalle pinne luminose rischiaravano le tenebre dell'oceano, sfoggiando segrete sfumature di verde, arancio e rosso. Si intravedevano meduse, razze, calamari vampiri, pesci lanterna. Non sarebbe stato sorprendente scoprire che lì sotto nuotavano anche creature esiliate nei miti. Dai kraken alle sirene, fino ai giganteschi serpenti marini...

Genève li raggiunse. Era inebriata, gli occhi le sorridevano, sebbene non potesse credere a quanto era successo, come se Antoine non lo meritasse.

« Il Mar Netturbio... Chi l'avrebbe mai detto che un fesso come te poteva farcela? »

Antoine provò una stretta allo stomaco. Il Mar Netturbio era il luogo di cui parlava sempre Santiago.

« Lo sai di cosa è fatto? » In quel momento Genève emanava una luce particolare, brillava di amore per la vita e l'avventura. « Di lacrime perdute. Tutte le lacrime sprecate dagli uomini sono state raccolte qui, e guarda cos'hanno creato: *un intero oceano*. Non trovi che sia molto triste? »

Edgar provò a infilare un dito nella parete d'acqua. Il tentacolo di una medusa lo punse e lo costrinse a ritirarsi, sofferente.

« Sì. Incredibilmente triste. »

Antoine pensava al povero Santiago, spazzato via dalle onde del mare, travolto dalle stesse acque che un tempo aveva chiamato casa.

23

Un negozio di vento e salsedine

Per la terza volta da quella mattina, dimentico di averlo già fatto, re Giorgio III spolverò l'orologio a pendolo dal quadrante bianco che, tutto rigido, faceva la sua bella figura recitando il terribile ammonimento: *Tempus fugit*.

« Bello, bello davvero! » commentò il sovrano, che quel giorno si sentiva allegro. Rimbambito, ma allegro. Buttò a terra i gatti che si aggiravano impudenti sul bancone e spolverò anche quello.

Il colore naturale della sua pelle, bianchiccio e lentigginoso come si conviene a chi nasce con una zazzera arancione, era perennemente arrossato dal pessimo vinaccio con cui faceva il pieno sin dalla prima colazione. Il sapore era terribile, certo, ma insomma, quello era pur sempre il vino più economico che circolasse sotto i banchi di Tirnaìl. E, purtroppo, di grana se ne vedeva ben poca.

I primi tempi era andato tutto per il verso giusto e nessuno si era insospettito. Ma poi re Giorgio si era accorto che il vecchio proprietario – quel Santoro, o Santino, non ricordava – era coperto di debiti fino al collo. Forse per questo era sparito nel nulla.

E così lui – lui che era un re! – aveva dovuto mettere da parte titoli e maniere regali – *perché io sì che sono un signore*, pensò sfornando una deplorevole flatulenza – e darsi da fare per mandare avanti la baracca.

Ogni tanto, per far passare il tempo tra un goccio e l'altro, spolverava e spazzava. E una volta al mese andava a pesca. Giusto per raccattare gli oggetti che gli portava la marea, e che avrebbe messo in vendita. Lo faceva per pagarsi un tetto sopra la testa, i tramezzini quotidiani e ovviamente l'alcol. Ma lo faceva soprattutto per la lampadina.

Dopo tutti quegli anni, la cercava ancora. Era rimasto lì per questo, anche se ormai aveva smesso di sperare che un giorno, insieme alle ruote delle auto, alle canne da pesca e alle carte d'identità, tra le onde del Mar Netturbio apparisse la sua lampadina.

Re Giorgio inciampò in una cassetta di bottiglie vuote e precipitò a terra, leggiadro come un tricheco. Quando si rimise seduto, si accorse che la colonia di gatti che alloggiava nel negozio era percorsa da una certa agitazione. Miagolavano e soffiavano, le code irte come porcospini, puntando i musi minacciosi e gli occhi spaventati in direzione della porta. Re Giorgio III sollevò lo sguardo e intravide una losca figura stagliarsi all'ingresso. Una voce femminea lo raggiunse poco dopo.

« Chiedo venia, è lecito entrare? »

Re Giorgio agitò una mano, grugnendo una risposta affermativa. Per una frazione di secondo si chiese se fosse vestito. Era *quasi* certo di avere le mutande, e anche la vestaglia. Era aperta, ma poteva andare. La corona di cartapesta era invece ben piantata sulla chioma rossiccia. Perfetto.

« Mio cordiale amico », mugugnò il re fra un singulto e l'altro, « perché continuate a *trottolarmi* intorno? »

Il *cordiale amico* si fece avanti, dichiarando in tono ironico di essere fermo. Re Giorgio ebbe la fulminea lucidità di notare che indossava una tuba violacea. Quindi era un cliente facoltoso! Fece forza sulle braccia e, grazie a qualche celestiale miracolo, riuscì a tirarsi su.

Si impose alterigia, perché un cliente facoltoso è pur sempre sinonimo di grana. « Che volete? »

« Pretendo di essere servito con speciale riguardo, signore. » L'uomo con la tuba si appoggiò sul bastone, schiacciando un insetto che gli frullava fra i piedi, poi iniziò a camminare per il negozio, lanciando sguardi eloquenti in giro. « Sono qui per una merce assai più preziosa della rivoltante robaccia che esponete. »

Re Giorgio inarcò le sopracciglia. Quel tipo non gli piaceva.

« Signore, la mia non è *rivoltante robaccia*: questi sono oggetti strappati al mare. Il Mar Netturbio ha una sua dignità, e io pure: per la cronaca, non servo niente e nessuno. »

« Ma, signore, io sono un conte! »

« E io un re! »

« Abbiate allora la decenza di illuminarmi: è di foglia d'oro o di cartapesta la scodella che pende sulla vostra fulva e sordida chioma? » lo zittì il conte, piazzandosi davanti a lui. « La verità è che voi siete un cavernicolo, signore. »

Per un attimo fugace gli occhi grigi del conte abbandonarono quelli verdi e annacquati di re Giorgio e si posarono su una porta di legno che conduceva nel retrobottega.

« Quali rari ed esotici tesori nascondete lì dentro, buon uomo? »

« Lì dentro? » Re Giorgio scoppiò in una grassa risata, grattandosi senza pudore il sedere. Con la mano grande e ruvida spinse la porta che dava sul retro. « Il cesso. Volete farci un giretto, *Vostra signoria*? »

Il sorriso del conte si fece ancora più aguzzo. Preso da uno sgradevole istinto e da un freddo improvviso, re Giorgio si chiuse la vestaglia e indietreggiò.

« Servirebbe a qualcosa, mio esimio re », disse rispettoso il conte, « se vi confidassi in tutta franchezza che ho una gran voglia di tirare lo scarico del vostro... water? »

Re Giorgio rimase impassibile. Ma qualcosa, dentro di lui, aveva fatto *crac*.

« Non capisco perché dovreste. »

« Ah, no? Be', è bizzarro. »

Era una fortuna che il cliente si trovasse a debita distanza o avrebbe fiutato in un attimo la sua agitazione. Come poteva, quello sputo d'uomo, conoscere un segreto così grande? Il *suo* segreto? In tutti quegli anni aveva nascosto la verità, scacciando avventori e clienti che avevano frequentato l'emporio quando a gestirlo era il vecchio Santiago. Re Giorgio III aveva messo in giro la voce che in quel negozio ormai si vendeva solo la merce esposta, e *nient'altro*. Assolutamente nient'altro. Col passare del tempo, la gente aveva finito col rassegnarsi e aveva smesso di fare richieste particolari, come scaricare lo sciacquone del water. L'ultima ad aver osato porre qualche domanda di troppo era stata una ragazza affetta da disturbo bipolare, quattro o cinque anni prima. Re Giorgio III aveva impugnato il suo fidato archibugio turco, annata 1734, e l'aveva messa in fuga con una rombante schioppettata.

Il re decise di riservare lo stesso trattamento al conte. Cercò il fucile sotto il bancone, lo trovò e lo afferrò. Pensava di essere stato veloce, ma pensava male.

Quando fece per puntarglielo contro, il conte gli diede una bastonata sul cranio e gli schiacciò la testa sul bancone. Gliela tenne premuta, mentre la luce della lampada a olio si smorzava fino a spegnersi. Ombre inconsistenti dilagarono nel negozio di vento e salsedine, mettendo in fuga i gatti.

Il conte fece in modo che il re lo vedesse in volto. Aveva dei canini incredibilmente appuntiti e bianchi, e decisamente troppo vicini alla sua faccia. Gli leccò la guancia, su cui colava un rivolo di sangue sgorgato dalla ferita appena aperta sulla tempia. Il conte lo assaggiò, passandoselo tra i denti e sotto il palato, facendolo scivolare giù nella gola.

« Sai di ore di lavoro mai pagate, di fondi di bottiglia, di manicomio », gli bisbigliò nell'orecchio. « Non prendermi in giro, feccia, io assaporo chi sei. Hai mai sentito parlare degli uomini-ombra, che vengono di notte e rapiscono la gente nei sogni? Se non fai come ti dico, ti prenderanno, ti squarceranno il cuore e lo butteranno in un luogo di notte e nebbia eterne. Nessuno se ne accorgerà, nessuno ti piangerà, miserabile. La tua vita non significa niente. Ma potresti farmi cambiare idea... Se solo mi convincessi che sei un essere utile, allora risparmierei le tue carni flaccide e il tuo cuore agonizzante. Dipende da te. »

« Utilissimo... » balbettò il re, che si sentiva paralizzato dalla spietatezza del conte e da un'aria di tristezza che all'improvviso aveva avvolto l'emporio. « Sono indispensabile. »

« E perché? »

« Perché so come funziona! Lasciatemi, vi prego! »

« Sei troppo piagnucoloso, signor re. »

«No, no! Va bene, lasciatemi andare e farò tutto ciò che chiedete!»

Il conte lo liberò dalla stretta, impossessandosi del fucile e puntandoglielo contro. Schioccò le dita e il buio si ritirò dal negozio di vento e salsedine, mentre la lampada si riaccendeva da sola.

«Verrai ricompensato per il tuo aiuto», disse poi, posando sul bancone una busta di carta.

«Voi... voi... siete davvero magnanimo, signor conte...» Il re cercava una via di fuga.

«Figurati, lo so! Sono famoso per la mia generosità verso i disgraziati. Avanti...» Il conte indicò il sacchetto. «Controlla pure, se non mi credi. Porrò fine ai tuoi tormenti.»

Il re ci mise un po' ad aprire la busta, con le mani tremanti e le lacrime agli occhi. Ma, appena sbirciò il contenuto, smise di sussultare e di guaire. Il suo sguardo perse ogni traccia di smarrimento e si colmò di una luce insaziabile. Dentro il sacchetto c'era una lampadina.

«Volete usare il bagno, signore?» chiese al conte, con voce cupa e ferma.

Il conte scosse il capo, divertito. Era quasi noioso quand'era così facile.

«Quanta insistenza, mio re! Ti ringrazio, ma non è per me. Preparati: a momenti sarà qui una Fiat verde. E si fermerà.»

«Come sapete che si fermerà?»

«Questo è un negozio di vento e salsedine?» Re Giorgio annuì. «E allora si fermerà.»

21 marzo 1998

Otto anni, un lavoro come tanatoesteta, un matrimonio, la morte di sua madre, un divorzio. Infine, il rientro. In otto anni possono accadere tante cose, oppure solo una: invecchiare. Ma, finché non aveva rimesso piede nella sua casa sui Quartieri, non ne aveva mai avuto la consapevolezza. Era stata la casa a fargliela capire, erano state le rose appassite sulla carta da pa-

rati, i quadri caduti che avevano lasciato un'impronta sulle pareti; erano stati il tappeto di polvere e le tende di ragnatele, il calcare nei tubi, le scarpe da ballerina di sua madre che si erano staccate dal chiodo a cui erano state appese trentacinque anni prima; erano stati gli orologi immobili, bugiardi perché la mano del tempo era passata tra quelle mura come in qualunque altra parte del mondo.

Vedere la casa, per lui, era stato come specchiarsi per la prima volta dopo otto anni e accorgersi di tutte le rughe, i capelli bianchi, i segni di una stanchezza che non sarebbe stata mai più riscattata.

È lì da tre mesi, gli scatoloni sono ancora imballati. Però rintanato lì dentro è felice perché finalmente può stare con lei, la ragazza conosciuta sulle rive del fiume.

Non sa neppure chi sia: dopo tutti quegli anni, di lei è rimasta solo un'idea. Non l'ha mai più vista, dopo quella notte, ma ha pensato a lei ogni giorno. Ha trascorso le sue ore a sfamarsi con i resti di un ricordo – sono passati otto anni dal 10 agosto 1990, oltre duemilasettecento giorni. Perfino la prima notte di nozze, per un attimo, si era domandato: che diavolo ho fatto? Come se l'avesse tradita. E ogni volta che si era sentito triste, disilluso o arrabbiato, aveva pensato a lei, a quella notte – la Notte dei Cristalli – e tutto si era illuminato.

Sta scrivendo per lei una storia infinita. Ha iniziato otto anni fa e ancora non ha smesso. Una storia per loro, perché gli venga concesso altro tempo.

È ossessionato dal ricordo, gli manca la leggerezza provata quella notte. L'unico modo per alleviare la nostalgia e riempire il vuoto è scriverne. Come sempre, inventare storie è la sua malattia, scriverne è l'unica cura efficace.

Passa il tempo con una ragazza irreale e senza nome, una macchia di inchiostro su pagine bianche. Non ha lavoro, amici, donne, parenti ma fintanto che scrive si illude di poter essere ancora felice.

Non esce mai, e se lo fa è solo per sfuggire ai litigi continui dei coniugi Palumbo del piano di sopra: lo strato che separa il suo soffitto dal loro pavimento è sottilissimo, e poi c'è il condotto per l'aria, un walkie-talkie perennemente acceso sulle loro faccende private.

Gli si è scaricata la penna. Ci alita sopra, scarabocchia sul foglio e per un po' sembra che funzioni. Ma poi deve arrendersi all'evidenza: la penna è morta. La butta per aria, aggiungendola al cimitero di penne scariche che si estende su un'area ben precisa, tra la poltrona e la scrivania del salotto. Decine e decine di penne. Gli piace molto, scrivere a mano. Sentire il dolore dei tendini, sapere che quello che sta facendo non è solo uno sforzo mentale, ma anche fisico.

Il problema è che ora dovrà uscire: non ci sono penne cariche, in casa. Ed è un dramma ogni volta che deve varcare la porta: affrontare il mondo di fuori diventa sempre più difficile. Prima le persone gli piacevano, le studiava, ne carpiva i dettagli e rubava le loro storie. Ora gli fanno solo tanta paura. Sa che non capirebbero.

Dev'esserci qualche penna in casa, *si dice.* Dov'è che le nascondeva mamma?

Si guarda intorno, cercando di rievocare qualche ricordo di infanzia. Da piccolo scribacchiava ovunque, persino sulle pareti. Per questo sua mamma nascondeva le penne in un posto in cui lui non poteva arrivare... un posto molto in alto.

« Tombola! » esclama, correndo in cucina e arrampicandosi sul lavandino.

Sopra lo scolapiatti c'è una mensola a pochi centimetri dal soffitto.

Lui allunga il braccio e tocca qualcosa: blatte! Le spazza via. Poi trova qualcos'altro. Un servizio da tè in porcellana, forse un regalo di nozze dei suoi genitori, con piattini, tazze e una teiera. Proprio come ricordava, le penne sono nascoste nella teiera.

Chissà se funzionano ancora... *si chiede, ed è così eccitato che la teiera gli scivola dalle mani, cadendo con un tonfo impietoso sul pavimento.*

Mille pezzi di porcellana si sparpagliano per la cucina, insieme a tre penne, qualche matita, un pennarello indelebile e una chiave.

Con un salto è di nuovo a terra. Si china sul pavimento e la raccoglie. È piccola, di ferro, ormai arrugginita, con un perno leggermente piegato.

Non deve neppure chiedersi cosa apra. Lo sa già. Alza lo sguardo e lo punta sulla porta dello studio di suo padre, rimasto chiuso per quei tre mesi, come chiuso era stato sempre.

Penserà dopo alla teiera infranta e alle penne ritrovate. Penserà dopo anche a lei, alla ragazza del fiume, che lo guarda gelosa dai fogli abbandonati sul divano.

Fa un respiro profondo e infila la chiave nella serratura. È difettosa, ma lui non demorde e infine ha la meglio.

Gira la chiave nella toppa e la porta, cigolando sui cardini, si apre su un mondo perduto.

C'era qualcosa che saltellava sul suo naso, infastidendolo tremendamente.

Maledetta mosca. Lasciami sognare, lasciami ricordare.

Provò a scacciarla, ma era una mosca testarda, e tornò. Cercò di sferrarle uno schiaffo, che andò a vuoto, e un altro che centrò in pieno il suo naso. Poi percepì la risatina di Genève e aprì gli occhi. Lo stava punzecchiando con la piuma di un gabbiano.

« Svegliati, bella addormentata. C'è qualcosa che dovresti vedere. »

Antoine si sollevò, intontito, impiegando un po' a ricordarsi dov'era e con chi. Per un attimo, nel sogno, si era rimpossessato di se stesso. E ora, nella realtà surreale di Tirnaìl, si era perduto di nuovo.

Avevano continuato a guidare lungo la gola del Mar Netturbio per tutta la notte. Adesso, davanti a loro, sul fondo del mare, si innalzava un ammasso di scogli. Edgar era là sopra, un fuscello piegato dal vento, e osservava una bizzarra costruzione di legno.

« Perché ci siamo fermati? » chiese il narrastorie, ancora mezzo addormentato e infastidito per essere stato strappato dal grembo caloroso di un ricordo.

« Potrei picchiarti al prossimo *perché*. » Genève aprì la portiera e lo costrinse a scendere.

Raggiunsero Edgar, che era ancora impalato a studiare quel palazzo cadente. Un palazzo di vento e salsedine. Era singolare, senza dubbio, e senza dubbio era il posto di cui gli aveva tanto parlato Santiago: il suo negozio sotto il Mar Netturbio, dove invitava la gente a tirare lo sciacquone del water.

Antoine ne era certo.

Conoscendo il vecchio, non c'era da aspettarsi niente di diverso. Sembrava che qualcuno avesse assemblato pezzi di relitti di varia origine, barche di legno e velieri, sottomarini e aerei, e si fosse poi intestardito a ricoprire il tutto di alghe, molluschi, madreperle e quant'altro il mare raccoglieva e trascinava nei suoi viaggi intorno alla terra. L'intera costruzione era avvolta dal vento, che la sferzava e s'infilava tra gli infissi, cercando e trovando fessure per riempirla, gonfiando il legno di salsedine. Più ci si avvicinava, più si restava incastrati nel vortice, e più il sale si appiccicava alla pelle, rendendola secca e lucida.

«Santiago allora non mi prendeva in giro!» commentò Antoine salendo le scale di pietra che conducevano alla porta d'ingresso.

«È un posto assurdo!» esclamò Genève, avvolgendosi in una giacca di Edgar troppo grande di tre taglie.

Mentre bussava, Antoine osservò l'edificio. L'ammasso di rottami, ripescati da secoli diversi e inchiodati alla meno peggio, era stato assemblato in modo da ricreare la forma di una nave a vapore tagliata a metà. Sul pannello d'acciaio sopra la sua testa vide spiccare una targa: CONNEMARA IV. Più in alto ancora, su un pezzo di legno divorato dai tarli, distinse invece una parola sfocata, *Mary Celeste*. Incastrata tra l'elica di un motoscafo e il sellino di una moto d'acqua c'era la lastra di un aereo, risalente forse alla seconda grande guerra, con la scritta *Douglas DC-3*.

«Sono relitti scomparsi, nel caso te lo stessi chiedendo.»

«Non eri mai stata qui?»

Gen scosse la testa e aprì la porta, senza attendere di essere invitata a entrare.

24

Re Giorgio III

Appena mise piede nel negozio, il primo pensiero di Antoine fu che in fondo era stato un bene, per il povero Santiago, non dover constatare la desolazione in cui versava il suo amato emporio. Perché il narrastorie dubitava che fosse stato il vecchio matto a ridurre quel posto a una simile rovina.

L'acqua gocciolava dal soffitto, insinuandosi attraverso le crepe del pavimento e impregnandolo di umidità. Alghe appiccicose pendevano dalle pareti, creando una vera e propria giungla marina, oltre la quale si nascondevano scaffali sporchi e impolverati ricolmi di oggetti inutili, che nessun uomo sano di mente si sarebbe azzardato a comprare. Ruote di biciclette, bucce di banane, suole di scarpa, penne rosicchiate, buste di lettere usate e strappate, carte di cioccolatini e leccalecca, occhiali privi di lenti, libri stracciati a metà, cofanetti con manciate di denti rotti, pezzi di vetro di ogni colore, levigati e trasformati in gioielli...

Chi avrebbe mai potuto reclamare quella roba?

Con la consueta goffaggine, Antoine fece venir giù una torre di custodie di videocassette. Mentre tentava inutilmente di sistemarle, si udirono dei tonfi provenire dal piano superiore. Dalle scale che affiancavano un consunto bancone precipitò un uomo puzzolente, robusto come un bisonte... ma c'era da sospettare che fosse una nube di alcol a forma di uomo. Li raggiunse con un sorriso.

«Ah, benone!» fischiettò, contento di vederli. Strinse la mano di Antoine, riducendogliela alla grandezza di uno spiedino. «Che onore indicibile, signore! Qual vento fortunato vi conduce qui?»

«Io...»

«Magnifico, magnifico! E ditemi, qual è il vostro esimio

nome? Io sono re Giorgio III, indiscusso sovrano di tutto ciò che i vostri occhi riescono a vedere! »

Antoine lanciò uno sguardo intorno, per pura cortesia. La porta dietro il bancone dava su una latrina.

« Indubbiamente un gran bel regno », considerò Antoine. « Io sono un amico di Santiago. »

« Ma no? Scherzate? » L'uomo sembrava raggiante. Anche troppo. « Trattamento speciale, allora! E ditemi, vi piacerebbe bere qualcosa? Vi va una birra? »

« Ci va sempre una birra », rispose Genève.

« No, grazie. » Antoine le scoccò un'occhiataccia.

« Meglio così, perché tanto non ne ho. Solo cartoni di vino, e per le occasioni speciali qualche superalcolico d'eccezione. Lo gradireste? »

« No... signor re, eravamo qui solo per dare uno sguardo in giro. »

« Fate pure, signore, come foste a casa vostra. E come se la passa il vecchio Santoro? »

Antoine inarcò le sopracciglia, perplesso.

« *Santiago* non se la passa troppo bene. »

« Oh, un peccato, un peccato. Sapete, se cerco meglio forse trovo un po' di vodka. Vi andrebbe? O forse... forse preferite sciacquarvi un istante, magari volete usare il bagno, sarete distrutto dal lungo viaggio. »

Il re non ascoltava niente e nessuno. Pimpante e allegro – o meglio, traballante e ubriaco – indicò la porta che dava sul gabinetto.

« Entrate pure signore, accomodatevi. »

« Entriamo... nel bagno? » Antoine era dubbioso.

« E dove, sennò? Se siete amico di Sansone, vi avrà parlato del suo... del *nostro* segreto! Immagino sarete qui per questo! »

« Ehm... *Santiago* mi ha solo raccontato del suo negozio di vento e salsedine. Non credevo lo avesse affidato a un... socio? »

« Socio, amico, confidente, io ero tutto per quel vecchio, e il vecchio Santuzzo era tutto per me! »

Il re scosse la testa, fingendosi afflitto. Non c'era un briciolo di verità in quel che diceva. Antoine notò che aveva un rivolo di sangue rappreso sulla tempia, il cui flusso era stato malamente arrestato con un pezzetto di scotch da imballaggio.

« Allora, cosa aspettate? Andiamo, venite qui dentro! » insisté re Giorgio, sovreccitato e tesissimo. « Il bagno è a vostra completa disposizione, signore, ve l'ho detto! »

« Fatti una pisciata, Antoine, così lo fai contento », gli suggerì Genève.

« Santiago non mi ha mai detto nulla. Mi raccontava solo che vendeva roba pescata dal mare e che la gente che veniva qui tirava lo sciacquone del water e se ne andava contenta. »

« Per cosa? Per aver tirato lo sciacquone del water? Oh, no, no! » Re Giorgio III rise, mentre le sue guance andavano in ebollizione. « Tirare lo sciacquone di un water non credo abbia mai reso contento nessuno. »

« È quello che provavo a dire a Santiago. »

« Ma è ovvio, signore, è da *folli*! Comunque vi assicuro: se entrerete e tirerete quello sciacquone sarete davvero più contento. »

Antoine lanciò uno sguardo furtivo al lurido gabinetto. Chi era in realtà quell'uomo e perché ci teneva così tanto a farli entrare lì dentro?

« Non mi fido di lui », gli bisbigliò Genève nell'orcchio.

« Sono d'accordo con lei, signor Antoine. Abbiamo visto quello che dovevamo vedere, non c'è alcun motivo per restare qui », s'intromise Edgar.

« Non ho detto che dobbiamo andarcene », aggiunse Genève.

Antoine non fu affatto sorpreso quando la vide avanzare dietro il bancone ed entrare nel bagno. Il narrastorie la seguì ma, prima che potesse avvicinarsi, re Giorgio III scavalcò il bancone e si affrettò a precederli con un inchino. « Vi faccio strada. »

Appena fu dentro quel letamaio, Antoine trattenne il respiro, avvertendo un fortissimo capogiro e un indomabile senso di nausea. Edgar, schifato, si coprì la bocca con un fazzoletto di lino, cercando di combattere i conati di vomito che lo avevano assalito non appena aveva visto il cibo per gatti abbandonato in un angolo, divorato dai vermi, e la sabbia della lettiera sparsa sul pavimento, puntellata da feci.

« Lei è un selvaggio, signore! » commentò il pittore, sempre più desideroso di squagliarsela. « Cosa tiene qui dentro? *Cadaveri?* »

« I cadaveri profumano, rispetto a questa merda. » Genève era atterrita, guardava le macchie che tappezzavano le mattonelle di ceramica, i disegni naïf sullo specchio, la ruggine e il calcare che incrostavano le tubature.

Re Giorgio rimase immobile in silenzio, barricando la soglia e fissandoli con aria vorace. I suoi occhi erano due fanalini splendenti, sovraccarichi di adrenalina.

« Avanti, signore, tirate lo sciacquone. »

« Lasciaci andare », gli ordinò Genève, che iniziava a innervosirsi. « Togliti di mezzo, schifosa palla di lardo, e lasciaci uscire. »

« Cosa vuoi da noi? » gli domandò Antoine.

Il re non rispose. Spense l'interruttore e afferrò il bulbo attaccato a un filo elettrico che pendeva al centro del bagno. Lo strinse tra pollice e indice e lo svitò.

A illuminarli rimase la luce già rada che proveniva dal resto del negozio.

« Okay, andiamocene. »

Antoine finalmente si decise a battersela. Fece qualche passo verso la porta, ma il re gli bloccò il passaggio e impugnò un archibugio di chissà quale secolo, mirando al petto. Se quel coso funzionava, Antoine si sarebbe trovato il torace fracassato.

« Sapete, signore, qui raccogliamo lampadine di personaggi davvero illustri. Abbiamo avuto quelle di Caligola e Messalina, di Nietzsche, di van Gogh, di Rasputin! » A ogni nome, re Giorgio III si gonfiava come un pallone. « L'ultima volta che sono andato a pescare, me ne sono tornato con la lampadina appartenuta a Sir Arthur Conan Doyle, che credeva di vedere fate ovunque. Che femminuccia! *Le fate!* »

« Cosa c'entra con me? » Antoine calcolò la distanza fra il re e la porta.

Non sarebbero passati se prima non gli avessero tolto di mano il fucile. Ma il re aveva il girovita di un grizzly e nei suoi occhi bruciava la ferocia di un uomo disperato, disposto a tutto.

« Abbiamo un deposito immenso. » Re Giorgio sollevò gli occhi verso il soffitto, accennando a qualcosa di misterioso che doveva trovarsi al piano superiore. « Chissà che non ci sia anche la vostra lampadina, signore. Per scoprirlo, però, dovete tirare lo scarico. Vi prego, non voglio essere costretto a farvi del male. *Tiratelo.* »

Il re faceva sul serio.

Antoine guardò Genève, che annuì.

« Fa' come ti dice », gli suggerì, mentre tirava fuori il coltello dalla tasca dei jeans, pronta a tutto.

Il narrastorie cercò di non guardare i residui che traboccavano nell'acqua stagnante. Impugnò l'estremità della catenella e tirò, ma appena lo ebbe fatto si scostò in fretta, sorpreso: c'era un ago incastrato. Si era punto.

Il sangue di un uomo...

Mentre lo sciacquone faceva il suo sporco dovere, sentirono una serie di rumori metallici. Come se, non appena Antoine aveva tirato la catenella e donato, ancora una volta, una goccia del suo sangue, fosse entrato in azione uno strano marchingegno, nascosto sopra le loro teste o dentro le pareti.

« Adesso, prendetela. »

« Cosa? »

« Mi avete sentito! » strillò il re, sollevando il fucile all'altezza della faccia di Antoine. « Ficcate la mano lì dentro e prendetela! »

La punta dell'archibugio seguiva Antoine mentre si chinava disgustato sulla tazza e affondava la mano nell'acqua torbida, fino al gomito, fino a toccare qualcosa. Qualcosa che prima non c'era: *una lampadina.*

« Siete fortunato, signore, che fosse qui. L'avete trovato... »

bisbigliò il re, osservando quell'oggetto banalissimo come fosse un diamante grezzo. «Il lume che avete perduto.»

Antoine incrociò il suo sguardo.

«È questo che vendete qui? Lumi perduti?»

«Non più. Era il vecchio Santino che li vendeva. Io pensavo solo a trovare la *mia* lampadina... Fino a oggi, almeno. Vi attenderò fuori, signore.» Il re si avviò titubante verso la porta, lacerandosi le labbra a morsi.

Sembrava che *attenderli fuori* fosse l'ultima cosa che avrebbe voluto fare. Se avesse potuto, avrebbe scambiato la sua storia con quella di Antoine, e questo solo perché, in quel momento, stringeva tra le mani il vecchio bulbo di una lampadina.

«Cosa devo farci con questa?» chiese il narrastorie prima che il re sparisse.

«Voi cosa fareste, signore, se poteste scoprire il momento esatto in cui avete iniziato a vedere il mondo con occhi diversi? Non cambiereste ogni cosa, non provereste a guarire, se solo poteste ricordare l'istante preciso in cui siete diventato così come siete?»

«*Così come sono?*»

Il re sbuffò, puntandosi un dito alla tempia: «Matto! Matto da legare! Chi si trova a Tirnaìl, dopotutto, ha rifiutato la realtà, e dev'essere matto per forza. Quaggiù siamo tutti matti! Il mondo è un manicomio, signore, una gabbia di matti... Oh, mai espressione fu più vera! Siamo pazzi in catene. E chi le rompe non è più pazzo degli altri, è solo più libero.»

Il re ciondolò sulla porta, incerto se restare o andarsene. Era ubriaco e, come in ogni sbronza che si rispetti, dall'euforia era passato alla tristezza. Chinò gli occhi fissandoli sulla crepa che correva tra due mattonelle.

«È allora che diventi un problema, un pericolo», continuò, con voce più bassa e lugubre. «Perché ti sei liberato. Devono fermarti. Ti internano, ti torturano la mente, te la frantumano... e perché? Perché un giorno ti sei fatto un giro in centro con una corona di carta in testa, la corona fatta da tua figlia per te. Ti arrestano. Dicono che sei molesto, ubriaco, nudo, che le persone hanno paura di te. E tu provi a dirglielo: sono io che ho paura delle persone! Non serve a niente urlare: ti hanno preso. Ti spostano in un'altra gabbia, solo più piccola, con le sbarre più spesse e l'aria più rarefatta. Ti tolgono la corona, la corona che ti ha regalato tua figlia, non ti lasciano nemmeno quella. E diventi schiavo anche della pazzia. Finché non ti perdi e non ti ritrovi quaggiù... »

Il re non aveva preso fiato. Si era perfino dimenticato di loro. Stava raccontando quella storia a se stesso, forse per la milionesima volta, per trovare un significato che ancora doveva sfuggirgli. Gli ci vollero alcuni secondi per riprendersi.

« Bene, signore. Godetevi il vostro momento », mormorò. Un sorriso si disegnò tra le sue labbra rosse di vino. « Che dopo io mi godrò il mio. »

Mentre re Giorgio si ritirava e sgusciava fuori dal bagno, chiudendo la porta a doppia mandata, nessuno dei tre proferì parola. Quando si ritrovarono soli, al buio, si strinsero tra loro, indecisi sul da farsi.

« Quell'uomo ha seri problemi. »

« Evidentemente non è un caso che sia qui. Vorrei solo che Santiago mi avesse detto di più... » commentò Antoine.

« E cosa doveva dirti, furbone? Non lo capisci da solo? »

Genève cercò il filo elettrico che pendeva dal soffitto, si impossessò della lampadina di Antoine e l'avvitò con tre giri in senso orario. Quando fu certa di averla fissata per bene, accese l'interruttore.

Pochi istanti dopo il bagno si rischiarò di un funereo bagliore. Anche se in verità del bagno del re non era rimasto poi molto.

25

Il ladro di nebbia

La fetida parete del bagno si disciolse come formaggio fuso al sole e perse la propria consistenza per plasmarsi in qualcos'altro. Durò pochi attimi, e quando terminò Antoine ebbe la sensazione di essere stato aspirato in un potente buco nero, all'interno di uno di quei mondi paralleli in cui le cose scomparse e le persone defunte non smettono di esistere, ma restano immobili, sospese, come brandelli di tempo attaccati allo scheletro dell'eternità.

« Antoine, dove siamo? » Edgar e Genève non ottennero risposta.

Antoine guardò intorno. Non aveva bisogno di riconoscerla, sentiva di essere a casa sua, la sua vera casa nell'altrove.

Genève indicò a Edgar il calendario: segnava il 6 dicembre 1976.

Antoine era seduto al tavolino giallo della cucina, un piatto di lenticchie e cazzarielli sotto il naso e un cucchiaio stretto in mano. Scorse le facce allibite di Edgar e Genève, titubanti accanto al frigorifero. Ma ad attrarre la sua attenzione fu altro: di fronte a lui era seduta una donna. Aveva gli occhi gonfi e rossi, per il pianto o forse per la stanchezza. Tra le dita stringeva una sigaretta e tra i denti mordicchiava una penna, scrutando un quaderno su cui aveva fatto decine e decine di conti aiutandosi con una calcolatrice che ogni tanto si inceppava.

« Dobbiamo risparmiare sulla luce. Tanto a te piacciono le candele, no? E tu... tu devi metterti a faticare. Da sola non ce la faccio », concluse la donna, passandosi sugli occhi una mano ruvida, solcata dai calli.

« Ma non sei sola. *Lui* ci manda ancora i soldi. » Antoine pronunciò quelle parole in automatico, solo perché sentiva di doverle dire, come parte di un copione riprovato decine di volte.

« Sì, e metti poi che bell'e buono non ce li manda più, che facciamo? Ogni mese è un terno al lotto. Mi devi dare una mano, lo capisci? »

Antoine annuì. Si rispecchiò negli occhi lucidi della donna e vide se stesso, ma non com'era, non come si sentiva – un penoso cinquantenne – bensì come doveva essere stato quasi quarant'anni prima: un introverso dodicenne, seduto con sua madre in una casa vuota.

« Mi devi dare una mano, devi farti uomo. » La donna gli accarezzò la guancia e lo guardò con occhi innamorati. « Sei proprio bello, figlio mio. »

Antoine si costrinse a pensare a qualcosa che potesse farla sorridere. « Lo sapevi che il verso delle oche non produce eco? »

« E perché? »

« Nessuno sa il perché. »

« Te lo hanno raccontato a scuola? »

« No, era su un libro. C'è qualche lavoro che si può fare con i libri? »

« Sì: il morto di fame. Avanti, mangia. »

« No, devo iniziare ad allenarmi a fare il morto di fame. »

« Mangia, scemo, mi costa in soldi e in fatica. »

« E tu non mangi? »

« Io sto a posto così. »

Antoine obbedì controvoglia, perché il tono della donna si era fatto ostile e perché provava una pietà immensa per lei. Era distrutta, nel corpo e nell'anima.

Edgar e Genève si erano intanto messi a curiosare in giro, alla ricerca di qualcosa che potesse svelare l'identità del narrastorie. Genève controllò la posta, ma le lettere erano tutte indirizzate alla famiglia Fonte.

« Tua madre si chiama Ester », disse poi in tono trionfale.

Si chiamava... pensò Antoine, che non poteva dire o fare niente che non fosse già stato detto o fatto in una notte di dicembre del 1976. Avrebbe voluto chiedere a quella donna sconosciuta, eppure familiare, quale fosse il nome che gli aveva dato alla nascita. Ma ovviamente non poteva, gli era proibito.

Antoine si alzò dalla sedia, buttò gli avanzi nel cestino e sciacquò il piatto.

« Mamma? » le sussurrò nell'orecchio. La parola risuonò stridente nell'aria. Non la pronunciava da tanto tempo.

La donna si era addormentata con la faccia sul quaderno, stringendo tra le dita il mozzicone ancora acceso della sigaretta.

« Mamma, devi dormire. »

La sollevò, mentre lei mugugnava che stava solo riposando gli occhi. La guidò in camera e la infilò sotto le coperte. La stanza, d'inverno, diventava gelida, quindi accese una stufa ai piedi del letto. L'avrebbe spenta più tardi.

« Meno male che tengo a te », gli disse lei, accarezzandogli il volto.

Antoine le diede un bacio e uscì, chiudendosi con delicatezza la porta alle spalle.

« E così, questa è casa tua. » Gen diede una scorsa alle coste dei libri sugli scaffali.

Era una casa dai soffitti alti, vecchia e cigolante, ma mantenuta con dignità. Ogni angolo profumava di lavanda e ogni cosa era al proprio posto.

Antoine annuì, vagando in uno stato di trance.

« Vivete da soli? »

Annuì ancora, fermandosi a osservare le fotografie sul comò.

« E suo padre, Antoine? » chiese Edgar, sprofondando sul divano. « È morto? »

Antoine scosse la testa. No, ma avrebbe voluto che lo fosse.

Suo padre se n'era andato più di due anni prima; una mattina d'estate Antoine lo aveva accompagnato alla stazione e lo aveva salutato dal binario 7, mentre un treno lo portava a Venezia. Non lo avevano visto né sentito, mai più.

« Vi ha abbandonati? »

Annuì. Passando davanti allo studio, lanciò un'occhiata fulminea alla porta. Era chiusa, naturalmente. Suo padre aveva portato con sé la chiave, la teneva attaccata al collo, il suo secondo cuore.

Si ritirò nella sua stanza, ricavata da uno sgabuzzino, si sdraiò sul letto, accese la tv e con un gesto automatico mise su un episodio di *Ai confini della realtà*. Man mano che i minuti scorrevano si dimenticò della presenza di Edgar e Genève e si convinse di essere sul serio nel 1976, di avere quasi tredici anni e tutte le paure di quell'età.

Non si accorse che Genève si era stretta accanto a lui, sul letto, senza dir nulla.

L'orologio a cucù della cucina intanto ticchettava e la sua eco era così forte che Antoine non si perse un battito, nemmeno quando scivolò in un sonno leggero. Il tempo filava talmente veloce che quando giunsero le tre – *l'ora del diavolo, altro che mezzanotte!*, era solito ammonirlo suo padre – gli sembrò di aver appena posato la testa sul cuscino.

Come in quelle favole che per qualche perverso motivo insegnano ad aver paura del buio, sentì degli scricchiolii sul pavimento e subito dopo un rapido *clic*.

Genève scosse Antoine, dolcemente.

« Hai sentito? »

Edgar, rimasto fino a quel momento in salotto, giunse sulla soglia della camera da letto, in punta di piedi.

« È arrivato qualcuno », bisbigliò, sollevando il bastone e avanzando impavido nell'oscurità della casa.

Antoine e Genève lo seguirono e attraversarono il salotto. Da lì studiarono la porta d'ingresso: era sbarrata, e nessun altro rumore sfidava più il sonoro ticchettio dell'orologio.

« Forse era solo tua madre », suggerì Genève.

« *Sssh!* » Il sibilo di Edgar richiamò la loro attenzione.

Antoine si accorse che dagli spiragli che incorniciavano la porta dello studio proveniva una luce soffusa.

Il cuore gli martellava nel petto, mentre Edgar avanzava verso la soglia. Avrebbe voluto fermarlo, dirgli che era assolutamente vietato anche solo sfiorare la maniglia di quella porta. Ma Edgar fece di peggio... molto peggio: l'aprì. Ed entrò nello studio del padre.

Antoine non poté resistere al formicolio che gli pizzicava le dita e, soggiogato dall'atmosfera surreale, avanzò fino a varcare le soglie del territorio sacro della sua infanzia.

Quel luogo, nel quale da anni non aveva il permesso di entrare, aveva infestato i suoi sogni di bambino. Immaginava che lì dentro suo padre nascondesse figli illegittimi con due teste, danzatrici del ventre fatte di burro, tigri ammansite dagli zuccherini di sua madre, specchi che imprigionavano volti per l'eternità, interi villaggi di fate e folletti... Tutte le storie che suo padre gli aveva raccontato forse erano nate da quell'antro di leggende, in cui era rimasta incastrata una goccia di magia. La sua mente infantile aveva confuso il proibito col segreto, e ciò che era segreto era divenuto di colpo incantato. Una porta oltre la quale l'impossibile era possibile.

Eppure, di tutte le proposte avanzate e scartate dalla sua immaginazione, non ne venne fuori nemmeno una.

Il centro della stanza era occupato da una sbilenca scrivania. Per il resto, lo studio era vuoto. Perché in effetti non era il *contenuto* di quelle quattro mura ad avere valore. Erano le mura stesse il vero tesoro.

Antoine lo comprese grazie alla luce delle candele, disseminate come croci in un cimitero, dai cui stoppini pendevano profumate barbe di cera. Quei miseri riverberi rischiaravano le pareti mostrandogli una meravigliosa verità: i muri della stanza erano totalmente ricoperti di scritte e disegni. Parole, frasi, schizzi, intere storie immortalate in quello scrigno di ricchezze. Non c'era un solo spazio bianco, neppure un tassello era stato tralasciato, nemmeno un centimetro abbandonato al volere del caso.

« Sono storie maledette », dichiarò una voce roca, partorita dal buio.

Antoine sobbalzò.

La figura di un uomo si materializzò. Era appoggiato a un angolo della scrivania e sembrava lo stesse aspettando. Antoine non capì come avesse fatto a non vederlo prima, era certo di aver controllato tutta la stanza.

Arretrò di qualche passo, sbattendo contro la porta.

« Papà...? » chiese in un sussurro, incerto se davanti a lui ci fosse davvero suo padre o una visione spettrale.

« Ti sono sempre piaciute le storie. Dicevi che una cosa non è solo una cosa, ma è tutto quello che se ne può immaginare. Eri un bambino intelligentissimo, e così dolce... Meritavi un padre migliore, lo so. » Sorrise, di un sorriso triste. « Ti ricordi il vecchio pescatore che regalava barche? Volesti venire con me a ogni costo. Mi piaceva come mi guardavi. »

« Perché sei tornato? » Antoine lo interruppe. Cercò di indurire la voce e provò una sensazione scomoda, irritante, una miscela di odio e amore che gli premeva in petto.

« Perché ho fatto qualcosa che non avrei dovuto fare. » Anche la voce di suo padre si incupì.

Avanzò fino al centro della stanza e, alla stregua di un direttore d'orchestra, sollevò le braccia e le agitò, indicando ora una parete ora l'altra. Usando le dita a mo' di bacchette, risvegliò dal torpore le parole che dormivano, per farle cantare. Le sentiva, se ne inebriava. Alla luce soffusa dei ceri, vedeva ogni parola trascritta sgranchirsi e prendere vita, mentre figure amorfe e fantastiche visioni si sprigionavano nell'etere.

Antoine lo osservò, spaventato. Quell'uomo così vecchio e farneticante era davvero suo padre? Perché era tornato? Si era accorto del male che aveva inflitto alla sua famiglia?

« Queste storie non mi appartengono », proseguì suo padre. « Le ho rubate: sono un ladro. Ma se non lo avessi fatto sarebbero state dimenticate insieme a tutte le altre. E non meritavano una fine del genere. »

« Quali altre? » si ritrovò a chiedere Antoine.

« Le storie che ho raccolto in questi anni », replicò suo padre, lasciando correre lo sguardo intorno alla stanza, con amore e orgoglio.

« Perché sei tornato? » ripeté Antoine, facendosi coraggio e avvicinandosi a lui. « Hai già salutato la mamma? Lei sa che... »

« No, no, no! » Suo padre gli strinse il volto tra le mani. Le pupille si dilatarono mentre scuoteva la testa. « Non dirle niente: questo è il nostro segreto, mio e tuo. Tu capirai, lo so, ma lei non potrebbe mai. »

Antoine capì, e trattenne le lacrime che gli riempirono gli occhi.

« Non sei tornato per restare... » sussurrò, e ora ai suoi sentimenti contrastanti si era aggiunta la delusione. Si era illuso, per un istante, che suo padre fosse tornato per sempre, che le cose si sarebbero risolte e che loro tre sarebbero stati di nuovo una famiglia.

« Sei stato via per più di due anni... chissà dove sei stato e cosa hai fatto... e ora te ne vai di nuovo. Perché sei tornato? Perché non resti con noi? Abbiamo bisogno di te! »

« Io non posso restare, tesoro, lo vorrei tantissimo, ma non sono così! Potrei soffocare se mi fermassi! Ho un mucchio di lavoro da fare, sai? Tante storie da raccogliere, da ascoltare, da cancellare... La maggior parte merita di sparire, ma queste no. Le ho tenute da parte apposta, perché non si smarrissero, perché tu le ricordassi. Ma nessuno deve saperlo. Soprattutto lui. Lui è pericoloso. »

« *Lui* chi? » chiese Antoine, senza ricevere risposta.

Suo padre delirava. Sembrava impazzito, come negli anni bui in cui si era dato all'alcol. Il nuovo lavoro, di qualunque cosa si trattasse, non lo aveva aiutato affatto. Forse il problema era in lui, nella sua mente tormentata.

Antoine ebbe l'improvviso terrore di diventare come suo padre, un uomo incapace di dire la verità perfino a se stesso, ridotto a un ammasso informe di rimpianti, allucinazioni e solitudine.

L'uomo strinse le spalle di Antoine, lo abbracciò, poi lo guardò così a fondo che sembrò voler scambiare la propria anima con quella del figlio. E forse lo fece davvero.

« Ricordi il re pazzo? Ricordi la duchessa? Sono tutti qui, li ho raccolti tra queste pareti, a uno a uno. » Si passò una mano fra i capelli lunghi e grigi. « Tu sai come si fa. Quando senti la gente parlare agli angoli delle strade, ai tavolini dei bar, nei vagoni della metropolitana, nelle sale d'aspetto... quando ti capita... e ti capiterà ogni giorno della tua vita...

presta attenzione, *ascoltala*! *Guardala*, non limitarti a vedere! Ci sono milioni, miliardi di storie che ti aspettano, nel mondo. Una vita sola non basta. Per questo, a un certo punto, si è costretti a scegliere.»

Antoine si staccò da lui, occhi negli occhi. Le parole gli uscirono da sole.

«Tu hai già scelto. Vattene. E non farti vedere da mamma.»

Suo padre parve incredulo. Non si era aspettato una simile reazione.

«Tu non capisci... non posso credere che non capisca neanche tu...»

«Capisco che ci hai abbandonati. Che hai preferito questo...» Antoine indicò le pareti. «... a noi.»

«Io non posso scegliere chi sono!» Suo padre alzò la voce e prese a camminare per l'agitazione. «Mi dispiace, ma non so che farci. Sono tornato per te, per darti una cosa...»

Rovistò freneticamente tra gli abiti luridi e si staccò dal collo una catenina alla quale era appesa una chiave. Gliela consegnò. Era la chiave dello studio, una chiave di ferro con un perno spezzato.

«Una chiave è la forma tangibile di un segreto. Questa è la mia chiave, questo è il mio segreto: adesso sono tuoi. Io mi fido solo di te. Non lasciare che queste storie vadano perdute... Ti basterà leggerle e ricordarti di loro ogni tanto. Non ti sto chiedendo troppo... Lo farai, vero? Non permetterai che spariscano?»

Antoine non rispose. Come poteva accettare e capire qualcosa che in realtà era intollerabile e incomprensibile? Qualcosa da cui risultava evidente che suo padre preferiva altro a lui, che quelle storie, quelle fantasie erano più importanti del suo stesso figlio, del suo stesso sangue?

E mentre le ultime parole di suo padre andavano a imprimersi, una per una, nella sua anima, Antoine si accorse con tristezza che non erano dedicate a lui, ma alle sue storie.

«Promettimelo. Prometti che ti prenderai cura di loro.»

Antoine non voleva quell'eredità, ma suo padre lo costrinse ad accettarla: gli aprì il pugno e lo richiuse intorno alla chiave.

« Promettimelo, ti prego. »

« Vattene. »

Antoine non fu capace di dire altro.

Avrebbe voluto abbracciarlo, consolarlo, pregarlo di restare. Ma a un certo punto si è costretti a scegliere. Lui doveva proteggere sua madre.

« D'accordo. »

Per un attimo, suo padre sembrò volerlo baciare sulla fronte, come si baciano i morti per un ultimo addio. Ma esitò, ebbe paura di lui. Non era il bambino che lo aveva salutato dalla banchina numero 7, mentre partiva per Venezia con un treno che non lo avrebbe più riportato indietro. Era un estraneo che lo rifiutava.

Non disse più nulla. Gli passò accanto, lo superò, i suoi passi si estinsero nell'ingresso, la porta di casa sbatté alle sue spalle...

Antoine corse alla finestra della sua stanza, che affacciava sul vicolo. Lo vide allontanarsi, ma non lo richiamò. Suo padre svanì nelle strade, buie e nebbiose, dove si attardavano i nottambuli e i malati d'insonnia, divorato dalla foschia.

Antoine cominciò a spegnere le candele nello studio, impegnandosi con tutto se stesso a non fissare lo sguardo sulle pareti. Quando ebbe finito, chiuse il segreto a chiave e nascose la chiave in cucina, in una teiera che sua madre si era dimenticata di avere e che aveva usato fino a qualche anno prima come portapenne. La rimise a posto, sulla mensola sopra lo scolapiatti. Nessuno l'avrebbe più trovata, nessuno avrebbe più svelato il segreto.

Antoine provò a sedersi, ma non riusciva a stare fermo, doveva fare qualcosa. C'era qualcuno, accanto a lui, che lo chiamava. Una donna dai capelli verdi, un pittore... Li ignorò. Prese a marciare avanti e indietro, affondando le unghie nella carne per sfogare il dolore e la rabbia. Pianse in silenzio, sapendo che non avrebbe mai più rivisto suo padre e che questo, per quanto penoso, era un bene. Tornò a sedersi, annientato.

Si ritrovò con la testa poggiata sul quaderno su cui sua madre aveva fatto i conti quella sera. Non avrebbe saputo dire come la penna fosse finita tra le sue dita. Sentiva che doveva incanalare il rancore. Non poteva urlare adesso, non poteva piangere per sempre. Così scrisse, con forza: *Mio padre è...*

Gli vennero in mente un mucchio di imprecazioni, di bestemmie, di cattivi pensieri e parole velenose.

Ma poi pensò che una cosa vera suo padre l'aveva detta: lui amava le storie. C'erano bellezza e potere nella fantasia: una storia può trasmutare le persone e creare un mondo lì dove prima c'era il nulla. All'improvviso costrinse la propria mente a rifiutare la realtà, a cospargerla di una polvere magica, ad avvolgerla in un alone che trasformasse ciò che era in ciò che poteva essere. La penna divenne una bacchetta e lui un mago. E le parole che scrisse furono queste:

Mio padre è un ladro di storie. Lui le ruba, travestito da nebbia.
Mio padre è un ladro di nebbia.

26

L'Ostello Errante

Antoine non poté sostenere oltre la vista di qualcosa che era stato e che non sarebbe tornato più. Quel ricordo gli flagellava l'anima, gli bruciava come un fuoco nel petto. Sua madre, suo padre, la casa...

«Antoine, Antoine!»

La voce di una donna dai capelli verdi, i suoi occhi...

Antoine vi si aggrappò con tutte le sue forze, e ancora una volta quegli occhi lo salvarono. Si issò dal baratro che sprofondava nell'abisso. Riaprì le palpebre e corse a vomitare. Aveva le viscere e l'anima sottosopra.

È così che è successo, si diceva, *è così che si impazzisce.*

Il bagno di re Giorgio III era riapparso intorno a loro e le immagini prelevate dal passato di Antoine si erano spente. Il narrastorie tornò finalmente a respirare. Aveva un'emicrania sferzante, anche il pensiero più semplice gli traforava il cervello.

«Va tutto bene, Antoine, è finita...»

Edgar era grigio, silenzioso; avrebbe voluto sostenerlo, ma i pesanti colpi battuti sulla porta, seguiti dalla tonante voce del re, lo fecero sobbalzare.

«Avete finito? Non ho mica tutto il giorno! A titolo informativo, questo è l'unico bagno nelle vicinanze, non so se mi spiego!»

Antoine si sollevò dal gabinetto. Lo stato di trance era finito ma il furore era rimasto. Si sciacquò il viso e bevve un po' d'acqua. Bussò sulla porta, per far capire a quello zoticone che avevano visto ciò che c'era da vedere.

«Finalmente!» Re Giorgio li liberò, ammiccando. «Allora, giretto interessante?»

Antoine uscì dal bagno con una spallata.

« Cos'è questo posto? » chiese con voce cupa, le guance in fiamme.

« Non ve l'ho detto, signore? » Il re lo guardò divertito, facendosi più vicino. « Che strano, ero certo che... »

Ma non ebbe il tempo di escogitare una scusa che si ritrovò le mani di Antoine strette intorno al collo.

« Quelli erano mio padre e mia madre! » gridò il narrastorie. « Che ne sai di loro? Che ne sai di quello che è successo? »

« Io non posso... »

« Cosa non puoi? »

Il re sembrò rimpicciolirsi e diventare ogni istante più rosso. Tirò fuori un fazzoletto sudicio per asciugarsi la fronte imperlata di sudore. Antoine allentò la presa.

« È bene, in certi casi, mettere da parte le mani e usare le parole, o qualcuno potrebbe farsi male. »

« Allora parla, oppure quel qualcuno sarai tu! » lo minacciò Antoine, avvicinandosi al muso del re. Il suo fetore alcolico gli si appiccicò addosso. « Chi sei tu? E non dirmi che sei amico di Santiago: non ti ricordi nemmeno come si chiama! »

« D'accordo, d'accordo... ma non siate troppo severo con me! Voi avreste fatto lo stesso. » Re Giorgio prese una bottiglietta di Becherovka, ne bevve un sorso e la sollevò per offrirla. Genève fu tentata, ma un'occhiata sbieca di Edgar la frenò. « Dunque... io ero a Tirnaìl per cercare proprio questo: il mio lume perduto. Quando seppi che un vecchio vendeva lampadine in un negozio di vento e salsedine sul fondo del Mar Netturbio, utilizzai tutto il mio tempo perso per trovarlo. Dovevo scoprire cosa mi era accaduto e perché mai tutti sostenevano che fossi pazzo... Io non mi ci sento pazzo, signore, vedete? Io so chi sono: un re. Non ho regno, ma so di essere il re di qualcosa o di qualcuno. Comunque, quel vecchio aiutava la gente a trovare i lumi perduti. Provò anche con me, ma quando tirai lo scarico non accadde nulla: la mia lampadina non era nel deposito del negozio. Il vecchio disse di non preoccuparmi, che il Mar Netturbio prima o poi restituisce tutto e che lui avrebbe pescato anche il mio lume perduto. Si sarebbe impegnato di più che con chiunque altro. L'ho conosciuto per qualche ora, nulla più... era una brava persona, lo si vedeva. Ma poi sono arrivate le ombre... e il freddo... io mi sono nascosto e lui... lui è scomparso! So che è incredibile, signore, ma è tutto vero: gli uomini-ombra *esistono* e hanno divorato il povero vecchio davanti ai miei occhi! »

« Ti credo. »

« È successo molti anni fa... Voi cosa avreste fatto, al posto mio? All'epoca non avevo niente, neppure un tetto sulla testa. Ed ecco che mi ritrovavo in un negozio vuoto, abbandonato, l'unico posto di Tirnaìl dove avrei potuto trovare quello che cercavo. Ho preso il posto del vecchio e ho continuato a cercare la mia lampadina. »

Il re si lasciò andare a un altro lungo sorso che gli lacerò il fegato. Gli occhi saettarono verso il piano superiore.

« Lì sopra, divisi fra i quattro piani dell'emporio, ci sono migliaia di lumi perduti, migliaia di lampadine. Migliaia di istanti che hanno portato gli uomini a scegliere di essere pazzi... Perché la pazzia è la scelta più saggia che un uomo possa fare, non c'è dubbio! Avete visto, signore: basta tirare lo scarico, donare un po' di sangue per farsi riconoscere ed ecco che arriva la lampadina... sempre che sia nel negozio, naturalmente. »

« E la tua non l'hai mai trovata? In tutti questi anni? »

Il re scoppiò in una risata che dovette apparire fuori luogo perfino alle sue orecchie.

« Quello che si cerca non si trova mai, signore, alla vostra età non lo avete ancora imparato? » I suoi occhi si colmarono di disperazione. « Fa male a qualunque età, non c'è che dire. Ma a volte... a volte si presentano occasioni che è bene non perdere. »

A quelle parole l'amarezza lasciò il suo volto, sostituita da un'allarmante libidine.

« Perché mi hai fatto questo? » chiese Antoine. « Perché mi hai costretto a vedere quelle cose? »

Il re si strinse nelle spalle.

« Ve l'ho detto, signore: certe occasioni è bene non perderle. » Re Giorgio III mostrò i denti e iniziò a ridere, meschino e beffardo, come una iena.

« Andiamo via, Antoine. Non ne caverai niente. »

Genève gli prese la mano e lo trascinò lontano dal re, fuori dal negozio di vento e salsedine.

« Ha sospettato di te », lo accusò il conte.

« Chi, il vostro uomo? Vossignoria non poteva trovare nemico più stupido », commentò il re, mentre osservava la Fiat allontanarsi lungo la strada.

« Mi interessa di più la stupidità degli amici. »

« Cosa volevate da quel fesso? »

« Avvicinarmi. Conoscerlo intimamente. Scoprire la sua debolezza. Ma spiare il suo ricordo dal retro dello specchio mi ha confuso ulteriormente le idee: forse non è chi credevo che fosse. Ci sono due persone con lo stesso nome, lo stesso volto, la stessa storia. È il padre o è il figlio? Sono scivolato nel ricordo dell'uno o dell'altro? A volte rammentiamo cose antiche, dense di rimpianto, con occhi altrui; ci costringiamo a immedesimarci nelle persone che abbiamo fatto soffrire e facciamo nostra la loro sofferenza. Questo farebbe di lui il padre. Ma se le cose fossero molto più semplici, e quell'uomo fosse il figlio e nient'altro? Chi, dei due signor Fonte, venne a Tirnaìl quindici anni fa? »

« Bella gatta da pelare », bofonchiò il re, senza aver capito un'acca.

« Bella davvero », concluse il conte. Quindi afferrò il bastone e si apprestò a lasciare il negozio.

Il re si accorse che stava uscendo e si allarmò: « Perdonate l'ardire, vostra grazia, ma... E la mia lampadina? »

Il conte si bloccò e lanciò uno sguardo attento allo stupefacente archivio di lampadine.

« Come ti ho detto, m'interessa di più la stupidità degli amici. Assicura svariati favori gratuiti. »

«Voi... voi non avete la mia lampadina?» Re Giorgio III spalancò la bocca. «Non avete il mio senno perduto?»

«Oh, signore, non darmi del bugiardo. Ti ho raccontato che avevo una lampadina di tua proprietà, e infatti è così. Tuttavia non ho mai detto che te l'avrei consegnata.» E, sollevata la tuba, il conte imboccò le scale.

Quando il re si riebbe dallo shock gli corse dietro. Con suo grande rammarico, però, il conte si era già dissolto nel nulla.

Trascorsero altri due giorni prima che giungessero in vista del litorale. Nessuno di loro aveva parlato della scena vista nel bagno del re. C'era una specie di patto silenzioso che impediva di menzionare il passato di Antoine. Se e quando il narrastorie fosse stato pronto, sarebbe spettato a lui affrontare il discorso.

La strada delimitata dalle pareti d'acqua aveva iniziato a risalire già dal primo pomeriggio, fino a riemergere del tutto verso il crepuscolo. Prima di raggiungere le sponde, Antoine si accorse di qualcosa che si stagliava a est, in coincidenza con la linea dell'orizzonte.

«Quella è *Vanesia*!» esclamò indicando le vette degli inconfondibili palazzi che si affollavano nella città delle illusioni perdute.

«È proprio lei», confermò Edgar.

«Ma non dovrebbe essere lontana?» Antoine si pentì subito di averlo chiesto.

«Siamo a Tirnaìl, Antoine! Quante volte devo dirti che vicino e lontano...»

«Sì, lo so, lo so.»

Intanto erano arrivati sulla costa. La spiaggia risplendeva di un rosa fluorescente sotto gli ultimi raggi di sole che si espandevano su un manto di sabbia, conchiglie e polvere di corallo. Decine e decine di persone affollavano la lingua di terra, ma non li si poteva definire normali bagnanti. Edgar guidò la macchina sulla via che tagliava in due la spiaggia, ma la massa di vagabondi non fece loro caso. Erano impegnati a raccattare oggetti che spuntavano dalla sabbia.

« Fermati », ordinò Genève e scese dalla Fiat, incuriosita.

Antoine la seguì, inciampando in un pallone da basket e in un ombrello spezzato dal vento. Si accorse che sulla spiaggia era disseminata una miriade di oggetti: si confondevano con gusci, alghe, tronchi e altri depositi marini. Ogni onda, accarezzando la riva, trascinava ciò che il Mar Netturbio aveva raccolto nei suoi abissi. Oggetti perduti nel tempo e nello spazio, che adesso quei viandanti di ogni razza ed età si affrettavano a infilare nelle tasche.

Antoine osservò un tizio robusto, con uno stetoscopio intorno al collo, che nascondeva nel grembiule da chef un orsacchiotto di peluche. Una donna non troppo giovane cercava una scarpa da abbinare a quella che aveva già al piede destro. Trovò un paio di ballerine e anziché infilarsele entrambe indossò quella che le serviva, rigettando l'altra in mare.

Edgar pescò dalla sabbia ben quattro chiavi e la cosa lo rese immensamente felice. Antoine e Genève si indicavano l'un l'altro gli oggetti che puntellavano la riva e dopo averli raccolti immaginavano le storie della gente a cui erano appartenuti.

« Ficcati in tasca quel che puoi, Antoine. Tanto ormai queste cose sono di gente morta. »

Antoine lasciò cadere una racchetta che doveva esser scivolata a qualche sbadato sciatore in seggiovia.

« *Gente morta?* »

« Certo! » Gen gli tolse i suoi enormi occhiali a fondo di bicchiere e gliene sistemò un paio che una provocante segretaria avrebbe usato per far colpo sul capoufficio. « Le cose perse appartengono alle persone che le hanno perse; nessun altro può possederle. Non puoi prenderti l'oggetto, il sogno o il ricordo di qualcun altro. Però, quando le persone che hanno perso queste cose muoiono, non c'è problema: chiunque può rivendicarle. Questa spiaggia fa parte della Costa Rastrellata. Quando il Mar Netturbio deposita un oggetto su queste rive, vuol dire che la persona a cui apparteneva è morta. Tutti gli oggetti che vedi qui possono essere tuoi, adesso. Sei sexy così, lo sai? »

Antoine abbozzò un sorriso, ma non gli piaceva l'idea di indossare un paio di occhiali appartenuti a qualcuno che ormai era bello e defunto. Ricominciò a camminare ma smise di raccogliere. I piedi gli affondavano in un oceano di penne, accendini, cellulari, ombrelli, guanti, calzini spaiati – « Le lavatrici sono un tubo di scolo per Tirnaìl », ridacchiò Genève. Il mare si era addirittura portato con sé un meraviglioso pianoforte a coda Petrof!

« Chi l'ha perso è messo peggio di me », commentò Antoine.

« Hai perso un'automobile, Antoine. Un'automobile! » commentò Genève.

A un tratto giunsero in vista di quella che aveva tutta l'aria di essere una locanda. Si ergeva, malferma e instabile, a pochi metri dalla riva, su un intricato sistema di palafitte, reti di pescatori, trabiccoli e carrucole.

« Che ne dite di passare la notte lì? » propose Genève quando furono davanti al pontile che conduceva all'ingresso.

Non ebbero neanche il tempo di rispondere che la ragazza stava già correndo sul ponticello oscillante che la univa alla terraferma.

« Ma davvero le interessa la nostra opinione? Oppure le piace semplicemente sentire il suono della propria voce? »

« La seconda », rispose Edgar. « Senz'ombra di dubbio la seconda. »

L'insegna sulla porta d'ingresso della locanda recitava: OSTELLO ERRANTE.

Era una pensione malridotta, messa su da chi non aveva soldi da spendere né speranza di guadagnarne. Interamente in legno, su un leggio sfoggiava un librone destinato ad accogliere i nomi e i commenti degli ospiti con la finta pretesa che loro o i loro pensieri contassero qualcosa.

Antoine si accorse che i soldi rimasti bastavano appena per una stanza e un pasto caldo. Ma era sempre meglio che dormire in macchina e nutrirsi di cibi in scatola. Affittarono una camera e, troppo stanchi per scendere a mangiare, si concessero il lusso di ordinare la cena. Una vecchia cameriera portò loro dei tranci di tonno con un contorno di patate lesse e broccoletti. Il cibo non era granché, ma bisognava pur accontentarsi.

Consumato il magro pasto, Antoine si affacciò dal balconcino che dava sul mare. La balaustra era rotta e l'acqua gli arrivava ai piedi. Non poté impedirsi di considerare che il suo alluce corresse il serio rischio di annegare.

L'idea di passare la notte in quella pensione non era stata per niente cattiva. Avevano bisogno di riposare, di recuperare forze fisiche e psicologiche per affrontare Tirnaìl.

Antoine osservava Edgar, seduto a dipingere sul terrazzino, ma la sua mente era ancora concentrata su suo padre e su quanto aveva visto nel bagno del re. Non era un ricordo piacevole, e si sforzò di scacciarlo con parole vuote. « Come va? » domandò.

« Meravigliosamente », cinguettò Edgar, stizzito. « L'acqua risplende del blu di Persia, il cielo balugina di indaco intenso, la luna è di un bianco piumoso e la mia tela la imita alla perfezione! Ho cercato la mia Musa ovunque, sa? Un giorno mi spinsi fino alla silenziosa Valle dei Templi del Sonno Perduto! Ma la mia ispirazione, signor Antoine, non si lascia trovare! »

Antoine sorrise. Se c'era una cosa che amava, di Tirnaìl, erano le risposte delle persone: giungevano sempre inaspettate. Lì gli uomini si erano liberati dall'ipocrisia della normalità.

« Vedrai che andrà meglio. »

Edgar grugnì e in uno slancio di rabbia tracciò una linea verde.

Antoine avrebbe voluto complimentarsi per l'eccezionale progresso, ma fu attratto da qualcosa di ancora più straordinario, se possibile. Dalla riva del mare, in parte visibile dalla sua stanzetta, lo raggiunse una musica leggera, dolce come zucchero filato e sfuggente come la pioggia che si raccoglie nelle acque dell'oceano. Antoine ebbe l'impressione che qualcuno stesse giocando con le note: gli ricordò un bambino che si diverte ad affidare al vento i semi di un soffione. Quella musica era fatta d'aria.

Aguzzò la vista e nella luce soffusa del vespro riconobbe il pianoforte Petrof. Sul seggiolino c'era un uomo distinto, le spalle dritte e il portamento ineccepibile, con un frac d'altri tempi e due basettoni talmente lunghi che Genève, quando apparve sul terrazzino, li paragonò a due marmotte morte incollate alle guance.

In quel momento Antoine fu fulminato da un pensiero. *Ignace Comesichiama...*

« Il migliore nei Notturni... »

« Ignace Leybach. Lo conosci? »

Antoine staccò gli occhi dal pianista per posarli su quelli di Genève.

« Sei stata tu a parlarmi di lui, la notte in cui ci siamo conosciuti. Quando suonavi lo strumento del diavolo... Ricordi che te l'avevo detto? »

« Sì... » Gen annuì, affrettandosi a distogliere lo sguardo. « E... e ricordi qualcos'altro? »

« A parte che vagabondavi per il mondo e avevi paura delle libellule? No, nient'altro. »

Antoine si toccò la tasca, dove conservava ancora il suo ritratto. *Non le stai mentendo*, si convinse, *davvero non ricordi altro.*

« A volte ho una bruttissima sensazione », aggiunse, a disagio. « Ho paura che noi due ci siamo incontrati solo quella notte di moltissimi anni fa. E non capisco perché... perché... »

« Perché ora sono qui? »

Antoine si costrinse a non guardarla. Era ridicolo riconoscere di essere rimasto legato a lei senza alcun motivo. Era da pazzi.

« Sei come tuo padre. »

A quelle parole, Antoine si sentì gelare.

« Non dirlo, ti prego. »

« *Il ladro di nebbia...* Lui rubava le storie e le scriveva sui muri, tu le rubi e le scrivi sui tovaglioli del Grillost. Che cosa c'è di così diverso?» Genève sorrise. Gli parve beffarda come al solito, ma poi nel suo sguardo il sarcasmo fu sostituito dal rammarico. «L'infanzia è sempre meno bella di come la ricordiamo, vero? Forse è giusto vederla solo con gli occhi di un bambino.»

«A me faceva piuttosto schifo anche quand'ero bambino.»

Genève abbozzò un sorriso, ma le uscì una smorfia incerta.

«Hai visto cosa ci ha fatto.» Antoine si rabbuiò. «Non provo niente per lui, non è nemmeno mio padre. Antoine Affarimiei non ha un padre. Quello era uno sconosciuto, e anche se mi ricordassi di lui mi rimarrebbe estraneo. Un uomo che abbandona la propria famiglia non è un uomo.»

«Un uomo che abbandona la propria famiglia per raccogliere storie perdute in giro per il mondo è solo un uomo molto malato. È un matto.»

«Non vedo che cosa avremmo in comune, io e lui.»

«La follia», disse Genève, guardando il cielo stellato, così chiaro e pulsante sopra di loro che la Via Lattea non sembrava più lontana dei cancelli di Vanesia, ancora visibili sulla linea dell'orizzonte. «Muoio dalla voglia di fare un bagno!»

Subito dopo, senza la minima esitazione e senza togliersi i vestiti, Gen si tuffò. Scomparve e riapparve nel buio del Netturbio, fra le piccole onde e la scia che la luna proiettava sotto di sé. Si avvicinò alla balaustra a cui era affacciato Antoine e gli fece cenno di chinarsi.

«Anche se hai chiuso a chiave le storie, non hai smesso di raccontarle», gli sussurrò in segreto non appena si fu inginocchiato. Il narrastorie provò un brivido di freddo quando le labbra di lei gli sfiorarono l'orecchio, ma quel freddo lo avvolse come una coperta. «Tu vedi ciò che vuoi vedere, Antoine, e la vita vuoi soltanto immaginarla. Le persone per te sono solo comparse: prendi un dettaglio, un gesto, uno sguardo, li mescoli e ci fai dei personaggi. Non concedi a nessuno più di una notte perché hai paura di restare deluso dalla realtà. Tu non vuoi la realtà, vuoi le storie. Vuoi creare le cose a modo tuo, così non ti faranno mai più del male. Forse avevi paura che io te ne facessi. »

Antoine non riuscì a spiccicare parola, si sentiva messo a nudo.

« È andata così, vero? » disse ancora Genève, poi si riempì i polmoni d'aria, si immerse sott'acqua e sparì nel buio. Rendendosi conto che non gli aveva detto quelle cose per umiliarlo, Antoine provò un senso di sollievo.

« Forse hai creato pure me », disse Gen a voce più alta, non appena riaffiorò. « E Edgar. »

« Mmm... » brontolò il pittore, sentendosi tirato in ballo. « Nella prossima vita si ricordi di crearmi con un po' più di talento artistico, Antoine. Gliene sarei grato. »

« Oh, Edgar, ma tu sei bravissimo! » lo consolò Genève. « Sei il mio imbianchino preferito! »

Gen si allontanò a nuoto, lasciandosi rapire dal più grande pianista di Notturni di tutti i tempi, esaltandosi a ogni arpeggio e a ogni virtuosismo.

« Ti manca? » chiese poi con un urlo. « Ti manca tuo padre? »

« Come fa a mancarti una persona che non hai mai conosciuto? »

Eppure, mentre le chiedeva in tono sarcastico qualcosa di cui fino ad allora era stato certo, Antoine sentì che non era vero. Genève gli mancava tremendamente, e forse non l'aveva mai conosciuta.

27

Balàl

Una lama di luce filtrò attraverso le tapparelle della stanza, investendo in pieno l'orologio che aveva lasciato sul comodino: restavano soltanto cinque numeri.

Antoine non ebbe scelta. Si alzò, si lavò e si vestì con gli abiti che Edgar gli aveva dato in prestito, e nei quali nuotava. Appena fu pronto spalancò la finestra per lasciar passare un po' di aria salmastra. Almeno, questo era il proposito iniziale, ma subito qualcuno decise di svuotare sulla sua testa il contenuto di un orinatoio. Antoine evitò per un soffio la doccia di ammoniaca. Stava per mandare all'inferno chiunque avesse avuto quella geniale pensata, poi si bloccò.

Inizio a farci l'abitudine, si disse.

Con tutta la placidità del mondo uscì dalla stanza e raggiunse Edgar, seduto su un dondolo nella veranda dell'ostello. Guardava il paesaggio che gli si dispiegava davanti e che ben poco aveva a che vedere con i lidi del Mar Netturbio.

«Ora capisco perché si chiama Ostello Errante.»

Lo capì subito anche Antoine. A meno che quella città non fosse stata costruita in un solo giorno, infischiandosene dei più antichi modi di dire, sembrava ovvio che la locanda si fosse trasferita durante la notte per radicarsi nel cuore di una straripante e orribile metropoli.

Laggiù non erano solo gli edifici a essere confusamente addossati gli uni agli altri, ma *ogni singola* costruzione sembrava un'accozzaglia di pezzi differenti e male assortiti; c'erano scale che salivano verso il nulla e altre che scendevano interrompendosi a metà; ringhiere di balconi senza balconi e finestre montate al contrario; interni di appartamenti proiettati all'esterno, come se i palazzi fossero guanti rivoltati: così diventava facile farsi gli affari altrui e vedere chi stava cucinando, chi leggeva il giornale in bagno, chi schiacciava un pisolino. Le strade non seguivano una disposizione razionale: anche il vicolo in cui era finita la locanda doveva essere stato costruito da qualcuno che non s'intendeva molto di urbanistica, visto che *fingeva* di svoltare a sinistra e si chiudeva all'improvviso con un muro che sorreggeva a propria volta una strada tagliata a metà. E anche al di là del disordine estetico, la disorganizzazione di quella città trapelava dal comportamento dei cittadini che la sovrappopolavano, il cui incessante stormire rendeva addirittura impossibile capire in che razza di lingua stessero chiocciando. Spari di pistole si confondevano con schiamazzi di venditori ambulanti; carrette dell'Ottocento si mischiavano a macinini dei primi del Novecento, tra cui scorrazzavano cavalli, mucche e coccodrilli in libertà. All'improvviso, sotto di loro, sfilò una congrega di struzzi.

«Siamo a New York?» chiese Antoine. Edgar scosse il capo. «Meno male. Siamo nella mia testa?»

«Peggio ancora. Benvenuto a Balàl. La fogna repellente dove viene a marcire la feccia della feccia della parte irrancidita e vizza della più putrida e stomachevole umanità.»

Antoine ci pensò su. «Sai che usi un sacco di aggettivi quando parli?»

«Lo so.»

«La mia macchina?»

Edgar scrollò le spalle. «Perduta.»

Gli indicò con un cenno il libro sul leggio della locanda, dove anche lui aveva lasciato la propria firma e la propria opinione circa l'ospitalità dell'ostello: *Mi è riuscito gradito il set di lametta e schiuma da barba – che auspico sia concesso in regalo – seppure gli infissi abbiano un che di abominevole. Con i più sentiti omaggi, Edgar.*

Antoine sorrise. Sovrappensiero, scorse le pagine del libro. Non c'era stata molta gente negli ultimi anni, avevano riempito sì e no un'ottantina di fogli. E a dar inizio a quella miserabile lista, nel 1999, era stato un signore che aveva il suo stesso cognome.

A. Fonte.

Antoine chiuse il libro e passò i successivi venti secondi a convincersi che quell'uomo poteva essere *chiunque*. Ma se Genève fosse stata lì avrebbe smontato qualunque tentativo di spiegazione razionale con un'unica parola: Tirnaìl.

Riaprì il libro, diede un'altra occhiata e lo richiuse in fretta.

«Abbiamo un problema», disse a Edgar.

«Il set di lamette non è in regalo?»

«Credo... credo di essere già stato a Tirnaìl.»

Mentre lo diceva stentava a crederci lui stesso. Eppure *doveva* essere così! Il conte Vladimiro non aveva fatto che ripeterglielo: loro due si erano già incontrati, quindici anni prima, a Tirnaìl. Ma lui, per qualche motivo, lo aveva dimenticato. Purtroppo il nome non era completo.

Edgar esitò e i suoi baffi, tremolando, commentarono per lui.

«Sarebbe il caso di avvertire Genève», disse semplicemente. «Stamane ci ha lasciato un biglietto in cui diceva di essere andata al mercato di Naisarber per *racimolare roba*.»

«Dobbiamo trovarla. Non mi rimane più molto tempo.»

«Non so se è una buona idea, signor Antoine. Balàl non è città per gente distinta come noi. Solo una signorina come Genève potrebbe trovarsi a proprio agio. Balàl è, come dire, il suo *habitat*.»

Se Edgar si fosse rivolto a un muro, almeno avrebbe avuto qualche cenno di risposta – a patto che fosse uno dei muri parlanti di Tirnaìl. Purtroppo Antoine non era un muro e non si diede nemmeno la pena di replicare, limitandosi a lasciare l'ostello e a immergersi nelle strade di Balàl.

Appena fuori dall'Ostello Errante, furono investiti dal tanfo di un tombino che sprigionava una liquefacente calura e dal quale stava emergendo, molto soddisfatta, una signora con alcune buste per la spesa. Antoine tirò dritto verso la confusa marea umana che invadeva le strade, districandosi fra gente che provava ad appioppargli inutili chincagliere e poveracci ingobbiti che invocavano la carità.

«Cos'è quel posto?» chiese a un tratto, indicando un enorme edificio in stile classico, con colonne cadenti e imbrattate da graffiti.

Un portone all'ingresso recava la scritta: CHIUSO PER SCARSITÀ DI MERCANZIA.

«Oh, un'altra banca fallita. Sa, nei periodi di crisi le persone perdono molti meno soldi, sono tutti più accorti. Trovare banconote per strada è un'impresa, oggigiorno. Ovviamente per le banche di Tirnaìl è un grave problema, l'economia ne risente, l'inflazione galoppa... La gente distratta non potrà mai immaginare la funzione essenziale che svolge per questa terra. Guardi lì, osservi! La miseria, insieme all'ignoranza, è la madre di tutte le perversioni umane.»

Edgar indicò un gruppetto di ragazzi, magri fino alle ossa, che litigavano con un branco di cani per impossessarsi della carcassa di un cavallo morto per strada.

«Per non parlare dell'abbondanza di ladri, in questa città», gli mormorò Edgar, parandosi con un fazzoletto dagli olezzi di pesce morto e pelli conciate. «Se potessero rubare con una semplice occhiata ci ritroveremmo già senz'anima.»

Non aveva tutti i torti: Antoine non era abituato a ricevere tante attenzioni, e di punto in bianco era divenuto oggetto di decine di sguardi. Era una sensazione davvero sgradevole.

«Che razza di città è?» Antoine si svincolò dalla stretta di due vecchie prostitute che gli offrivano la propria smunta mercanzia e svoltò l'angolo, sbucando in quello che doveva essere il corso principale e che aveva tutta l'aria di un gigantesco mercato all'aperto.

«Balàl è la città delle occasioni perdute», replicò Edgar.

Attratti dal suono di musiche invitanti e da fiaccole che risplendevano in pieno giorno come sorelle minori del sole, Antoine e Edgar rimasero incagliati nella strada straripante di gente già bella che sbronza. Non c'era davvero niente che non fosse in vendita, laggiù, da un'ora d'amore alle pareti di una casa vuota, dai cibi esotici agli insetti ingabbiati. La cosa davvero straordinaria era l'attenzione che tutti prestavano a tutto, come se dietro ogni oggetto si celasse un'opportunità imperdibile, che fosse una spilla da balia o una cornice svuotata del quadro. Tutti discutevano, contrattavano, barattavano, si prendevano a pugni e poi si lasciavano con abbracci calorosi, più che altro per sfilarsi dalle tasche quello che capitava.

In mezzo a quel fermento, Antoine notò una bancarella di libri. Fu più forte di lui, era come un'ape attratta dal miele. Si avvicinò e iniziò ad accarezzare i dorsi e le copertine, a sbirciare i titoli, mormorandoli tra le labbra come fossero formule magiche, nella speranza di trovare qualcosa di sensazionale. Il fatto è che *tutti* quei libri lo erano, pur risultandogli assolutamente sconosciuti: alcuni erano antichissimi e di valore incommensurabile!

« Le piacciono i libri? » gli chiese una donna, comparendo al suo fianco.

« No. Li venero », sorrise lui, sollevando lo sguardo e ritrovandosi davanti il volto appuntito di una signora della sua età, alta, dai capelli biondi sbiaditi e dalla pelle bianca.

Fu difficile non restare abbindolato dai suoi occhi. Uno nocciola, macchiato, l'altro... L'altro era dell'esatto colore cangiante degli occhi di Genève, che sfumavano dall'azzurro dei giorni di sole al grigio del mare in tempesta.

« Mi... mi perdoni... » balbettò Antoine, dopo averla fissata con sconveniente insistenza. « Lei mi è... molto familiare. »

« Anche lei, lo sa? » La donna sorrise. Aveva delle margherite intrecciate nei capelli. « Vuole comprare qualcosa? Vado in giro a raccogliere di persona i libri perduti, e trovo un mucchio di cose interessanti. Guardi: *La rivoluzione francese* di Carlyle, gettato nel fuoco da una cameriera sbadata », lesse la donna, con un tono esasperatamente stuzzicante. « E qui c'è la prima stesura dei *Sette pilastri della saggezza*, che Lawrence, per sua fortuna, lasciò in un taxi. I manoscritti freschi di Hemingway, rubati in treno, l'autobiografia di Byron, che quando la perse per poco non impazzì... non che prima fosse del tutto lucido, naturalmente. E grazie a Dio c'è anche *La storia d'Inghilterra* della cara Jane Austen, una di quelle cose che è sempre meglio perdere. »

« Certo. O la storia d'Inghilterra sarebbe stata ridotta a:

una ragazza scaltra detesta un ragazzo antipatico, che dopo una serie di eventi diverrà l'uomo dei suoi sogni.»

La donna scoppiò a ridere. Anche lei lo scrutava incuriosita, cercando forse di capire dove e quando si fossero conosciuti. Persino il modo in cui lo toccava e gli stava vicina dimostrava una certa confidenza... o, forse, era solo molto brava negli affari.

Scorrendo i titoli dei volumi, Antoine rimase folgorato da un manoscritto dagli angoli bruciati e coperto di cenere, con i fogli tenuti insieme da un nastro verde.

«Quanto vuole per questo?» disse, togliendolo dalla fila.

La donna si sporse per vedere cosa avesse tra le mani.

«*La Notte dei Cristalli*. Non credo sia molto prezioso... non c'è nemmeno il nome dell'autore, ma è scritto a mano. Più che altro, ha un forte valore affettivo: è uno dei primi libri che trovai, quando avviai la mia piccola attività. Posso dartelo...» La donna piegò il capo facendo la smorfiosa con la classe di chi ha accumulato esperienza. «... in cambio di un bacio.»

Antoine lo trovò uno scambio equo. Si strinse il manoscritto al petto e la baciò. Fu strano, baciarla. Non era come baciare qualcuno per la prima volta, perché prima ancora di sfiorarla il narrastorie poté ricordare il tocco delle sue labbra. Poi si staccò, impressionato da una sensazione di stretta intimità.

«Grazie», gli sussurrò la donna, lasciandolo con il manoscritto, un occhiolino e il sapore di un bacio conosciuto. Quindi si dedicò subito a un altro potenziale acquirente, mantenendo il fare ruffiano e subdolo che aveva mostrato anche ad Antoine.

«Che cosa fai alle donne, eh?»

La voce divertita di Genève, al suo fianco, lo fece sobbalzare.

«Mi ha venduto un libro in cambio di un bacio», si giustificò lui.

«Forse era un libro orrendo e voleva liberarsene.»

«Sicuramente.»

Genève scoppiò a ridere e, dandogli un pizzico sui fianchi, gli tolse il manoscritto dalle mani. Era insolitamente allegra eppure, quando si voltò a guardare la donna, un lampo di tristezza le attraversò gli occhi.

« *La Notte dei Cristalli* », lesse, mentre Antoine cercava vanamente di riprenderselo. « Sembra terribile già dal titolo. »

« Scommetto che a leggerlo lo è ancora di più. Ma forse può aiutarmi a ricordare. »

« Hai fatto bene, stai imparando. Cogli i dettagli, Antoine: quando senti che qualcosa è lì per te, che ti sta chiamando, tu prendilo. »

« Andiamo a prendere Edgar, per esempio? »

Il pittore se ne stava impalato al centro della via, come il tronco di un albero in mezzo a un tornado. Era terrorizzato, cercava di non muoversi, forse nella speranza di passare inosservato, e persino quando le mosche gli si posavano sul naso il suo unico tentativo di scacciarle era un lieve colpetto di baffi.

« Non vuoi restare a guardare finché non scoppia a piangere? » disse Genève.

« Andiamo a salvarlo », rispose il narrastorie. « Mi fa pena, sembra più perduto che mai. E poi, ti dobbiamo parlare... ho scoperto una cosa. »

« Anch'io, Antoine. »

Lo strinse tra le braccia e lo guardò dritto negli occhi. Senza paura, stavolta. Sembrava felice, e non per se stessa, ma per lui.

« Ero venuta a cercarti, Antoine, volevo che lo vedessi. C'è un vecchio cinema giù al porto. Volevano farne un teatro ma il progetto fallì – come tutti i progetti a Balàl. Per questo lo hanno abbandonato. Stavo curiosando in giro e ho sentito della musica. Ho continuato a camminare e... voglio che tu lo veda... » sussurrò. « Forse ti farà piacere, forse ti aiuterà a ricordare chi sei più di ogni altra cosa. Lei è l'unica che può conoscere il tuo nome. E... a quel punto anch'io sarò libera. »

Stringendogli dolcemente la mano, Genève gli lasciò qualcosa fra le dita.

« Non preoccuparti per noi: inizierò Edgar ai segreti dell'alcol, mentre tu sarai via. Sarà esilarante. »

« D'accordo. Ci vediamo più tardi all'ostello. »

Genève annuì. Gli diede un casto bacio sulla guancia e corse verso il pittore.

Senza sapere cosa aspettarsi, Antoine spiegazzò il biglietto che la ragazza gli aveva lasciato e, rifugiandosi in un angolino meno affollato, ai piedi di un androne caracollante, lo lesse.

Quello che aveva visto sul libro delle firme, nell'Ostello Errante, divenne tutt'a un tratto insignificante. E perfino il manoscritto comprato con un bacio era niente in confronto a quello che Genève aveva trovato.

28

Ester

Fu il garrito dei gabbiani a condurlo al porto.

Antoine fu sorpreso di scoprire quanto estesa fosse Balàl. Per trovare il mare era stato costretto a entrare in vari negozi, dato che chiedere informazioni per strada significava rimanere vittima di briganti o di donne fin troppo socievoli. Quando arrivò al molo, dov'era concentrata una vera e propria sagra di relitti umani, era passata l'ora del pranzo. Lo squallore del panorama era aggravato da un cielo plumbeo, in cui si accumulavano nuvole gravide di pioggia. Perfino il mare sembrava una distesa di olio rancido, su cui le barche parevano restie a navigare.

Riconobbe subito il cinema, anche se parte della gigantesca insegna si era schiantata al suolo e ridotta in mille pezzi.

Eppure doveva essere stato grandioso, ai suoi bei tempi. Antoine si chiese se mai ci fossero stati bei tempi a Balàl, o se invece la città fosse nata decrepita.

L'interno non prometteva affatto bene. Il narrastorie si mosse a passo di danza fra vetri rotti di bottiglie, sgonfiando sotto i piedi tappeti di popcorn stantii. Dovette abituare gli occhi alla semioscurità che impregnava il posto. Il bar all'entrata, a destra, e la biglietteria sulla sinistra non erano altro che colonne portanti di un varco che si apriva su una lunga galleria, dov'erano esposti manifesti di vecchi film. Iniziò a percorrerla, provando a identificare le pellicole, ma scoprì di non conoscerne nemmeno una. Oltretutto, molte delle locandine erano state rese indecifrabili dal tempo. Riuscì a leggerne solo poche, riconoscendo i nomi di Louise Brooks, con *Now We're in the Air*, e poi *Il gobbo e la ballerina*, un vecchio film diretto da Friedrich Wilhelm Murnau; c'era *L'uomo se-*

greto di John Ford e il cortometraggio *Giù i cappelli* di Hal Yates. E fra i tanti sconosciuti spiccava persino il nome di Alfred Hitchcock, con il suo ignoto *L'aquila della montagna.*

« Che razza di posto... » Antoine rabbrividì, inoltrandosi nel tunnel.

Solo l'eco dei suoi passi gli teneva compagnia.

Si consegnò alle tenebre, finché non trovò un sipario di porpora a sbarrargli la strada.

Con un accenno di esitazione, scostò il drappo di velluto e sbirciò oltre. Un timido sorriso si disegnò sulle sue labbra, mentre entrava nella sala e avanzava lungo il corridoio che costeggiava i seggiolini divelti. Era nel cuore di un vecchio cinema, uno di quelli veri, ormai in via d'estinzione.

Dal soffitto pioveva qualcosa di leggero, simile a petali di rose. Erano i biglietti per uno spettacolo. Antoine ne afferrò uno al volo: era uguale a quello che gli aveva infilato in mano Genève. C'era impressa la stessa immagine: una voluta di fumo, di brandelli di vapore, da cui prendeva forma una scritta: *Il ladro di nebbia.*

Attratto da un lieve fruscio di passi, Antoine sollevò lo sguardo e la vide. Non sapeva dire se fosse comparsa in quell'istante, come uno spirito che torna a mescolarsi fra i vivi, o se fosse stata lì fin da quando era entrato. La riconobbe perché l'aveva vista nel bagno del re, e non perché si ricordasse davvero di lei. E questo era molto triste, pensò.

Sua madre.

« Grazie a tutte, ragazze! Una pausa di dieci minuti, poi di nuovo in scena! »

La donna sollevò le braccia al cielo e la schiera di signore che la seguiva applaudì. Indossavano ciascuna un tutù che doveva esser costato fior di penne a un centinaio di poveri struzzi. Sua madre si inchinò, lusingata dal generoso plauso, e gettò un'occhiata alla platea.

« Mio Dio! » esclamò, portandosi una mano alla bocca.

La vista di Antoine la tramortì per qualche istante. Le fecero annusare dei sali per farla riprendere, e in men che non si dica la donna si ricompose e corse verso il figlio. Prima che potesse sottrarsi, Antoine si ritrovò le braccia di sua madre gettate intorno al collo, si sentì avvolgere dal suo aroma, un'invadente miscela di olio di rose, cannella e storace, e ben presto ebbe in faccia più rossetto di quanto ne avessero mai avuto le misere prostitute di Balàl.

« Oh, mio Dio! Oh, mio Dio! » Sua madre non riusciva a dire altro.

Gli strizzò le guance, gliele schiaffeggiò, lo studiò da capo a piedi per accertarsi che non fosse sciatto o smagrito e che il suo viso esprimesse sufficiente felicità. A giudicare dallo sguardo non rimase per niente soddisfatta. Ma era ancora troppo sorpresa e felice di esserselo ritrovato davanti, e l'unica cosa che seppe fare fu urlare alle signore sul palco, con un tono di spiccata teatralità e un accenno di stentato orgoglio: « Mio figlio! »

Le donne applaudirono e ridacchiarono, cinguettando come un branco di oche all'ora del pranzo.

« Mio piccolo tesoro! »

« Ciao, mamma », la salutò Antoine, pronunciando quella parola con incertezza.

« Tu non puoi capire quanto sono felice! Cosa ci fai qui? »

« Ho letto del tuo spettacolo e... »

« Oh, hai letto dello spettacolo! Ma allora sono una star! » E scoppiò in una risata artificiosa. Era molto diversa dalla donna che aveva incontrato nel bagno di re Giorgio III. « Il nostro spettacolo, ragazze, è sulla bocca di tutti! »

Le signore saltellarono d'eccitazione e batterono di nuovo le mani. *Continuando così*, si disse Antoine, *si ritroveranno i palmi corrosi.*

Sua madre tornò a guardarlo. I suoi occhi radiosi non tralasciavano il minimo dettaglio, ma neanche Antoine perse l'occasione per studiarla. Era una donna gonfia e imponente, e in altezza lo superava – o forse erano solo i capelli voluminosi e platinati a dare quell'impressione. Non era bella in senso convenzionale, ma Antoine dubitava che potesse esistere un solo uomo, o anche una sola donna, che incontrandola per strada non indugiasse su di lei con lo sguardo. Truccata e vestita com'era, poi, con un corpetto bianco che lasciava poco spazio all'immaginazione, sarebbe stato difficile che passasse inosservata.

« Vieni, caro. » Provò a prenderlo per mano, ma Antoine si sottrasse alla sua stretta con un guizzo. La donna rimase alquanto sorpresa, ma riprese subito a sorridergli. « Hai ragione, sei un ometto ormai! Il *mio* ometto! »

E così gli fece strada fino al palco, dove lo costrinse a sfilare sotto gli occhi melensi delle ballerine che, dietro le maschere di trucco, dovevano aver abbondantemente varcato i sessanta.

« Jasmine, portaci da bere: dell'assenzio per me, e per mio figlio un bicchiere di latte. »

« Subito, Ester », obbedì una ballerina.

Arrivati dietro le quinte, tuttavia, la donna ci ripensò.

« Dio, che stupida! Vuoi qualcos'altro, tesoro mio? Perdonami, dimentico sempre che sei un uomo fatto. *Il latte!* »

Antoine sentì le guance colorirsi e balbettò: « Lascia stare... ormai Jasmine è andata a prenderlo ».

Ester Fonte non sembrò convinta, ma tralasciò la questione intrufolandosi in una matassa di manichini e abiti di scena e portò suo figlio nel camerino. Sulla porta spiccava una stella che aveva perso il proprio riverbero dorato.

« Fa' come fossi a casa nostra, tesoro », disse, appena furono entrati in quella zuccherosa bomboniera piena di fronzoli e bamboline. « A proposito, come vanno le cose laggiù? »

« Bene. » Antoine si sedette su uno sgabellino che gli crollò sotto il sedere, ma una volta a terra non si mosse da lì.

« Piccolo mio, mi pari stralunato! Rilassati, sei così teso! » Ester s'inginocchiò alle sue spalle e prese a massaggiargliele. « Sono la mamma, puoi dirmi tutto. Lasciati andare, qual è il problema? C'entra forse una ragazza? »

« Forse. Forse mi stai stritolando troppo le spalle... ti spiace? O forse dipende dal fatto che sei morta. Non saprei scegliere. »

Le mani che fino a un attimo prima gli stavano amorevolmente sciogliendo i muscoli si contrassero d'ira e Antoine avvertì lo spettrale respiro di quella donna che, stando ai ricordi che aveva raccolto a Tirnaìl, doveva essere morta parecchi anni prima.

« *Cosa?* »

« Ti ho dato tre opzioni, scegline tu una per me. »

Il calore di Ester Fonte si trasmutò in una serie di occhiate glaciali e gesti macchinosi. La donna si sollevò e si affrettò a scaricare la sua rabbia su una sigaretta.

« Sei opportuno come un tumore ai polmoni! » sputò, isterica.

« Come quello che ti ha ucciso? »

« Sei come tuo padre! » protestò lei, fingendo di asciugarsi le lacrime. « Un pezzo di ghiaccio, un insensibile egoista destinato a morire solo... A proposito, *lui* è morto? »

« Non lo so, e non dire che sono come lui. Purtroppo non ricordo molto, ultimamente. »

« Sarà morto, figurati! Lo avrà investito un camion della spazzatura mentre andava alla stazione... Ricordi quella mattina? »

« Mi è capitato di pensarci. »

« Sarà morto quella mattina! Il camion non deve essersi nemmeno accorto di averlo messo sotto. Adesso il suo cadavere sarà ancora in qualche discarica, fra bucce di banana e profilattici scaduti. »

Antoine non commentò quell'ultimo, macabro pensiero. Rimase a scrutarla, sperando che aggiungesse qualcosa. Ma non lo avrebbe fatto. Sarebbe rimasta barricata per l'eternità nel suo oltraggiato mutismo, se lui non l'avesse pungolata. E non gli sembrò ancora il caso di tirare in ballo la delicata questione del nome.

« Perché hai scelto questo titolo? *Il ladro di nebbia*... è un riferimento a papà. Era il modo in cui io lo vedevo. »

« Ho violato qualche diritto d'autore, per caso? » sbottò sua madre, arroventandosi. « Quel disoccupato della malora! Era un fallito! Nel caso non te lo ricordassi, non teneva manco un lavoro vero. Ogni settimana se ne usciva con una cosa diversa... ne fosse andata in porto una! Il tuo grande sparaballe! »

« Raccontava storie. »

« Esatto: storie! E la *mia* storia? Io volevo diventare ballerina! Invece la mia vita è stata niente. Trent'anni a pulire i cessi di sconosciuti! Quando avevo quindici anni mi chiamavano *piedi di cristallo*. Ho rinunciato a tutto per tuo padre, per te... e voi mi avete abbandonata. Sono morta sola, in quella casa, *sola*! Poteva essere tutto diverso... io potevo essere diversa... Ma sono rimasta, ho lottato. *Per te*. E ora sei diventato l'individuo con più sogni e occasioni perdute di questo pianeta! Spiegami, tesoro, per quale perverso motivo invece di correre dietro a qualche amica te ne stai qui a discutere con una donna che non solo è morta ma per di più è tua madre? »

Antoine non aveva smesso di osservarla per tutto il tempo, impassibile. Sembrava molto più interessato a pulirsi gli occhiali, puntellati degli sputacchi di sua madre.

« Hai finito? » chiese a un tratto, desideroso di sbrigare in fretta la faccenda e andarsene.

Ester spense la sigaretta nel posacenere e si passò le mani fra i capelli nel tentativo di riprendere un contegno.

In quel momento arrivò Jasmine con le bevande. Fece qualche smanceria ad Antoine, chiedendogli se gli piacessero i loro costumi.

« È inutile che ci provi, bambolina », la scoraggiò subito Ester, mandando giù il suo assenzio. « Non è umano. Ho partorito un mostro. »

« Credevo avessi finito », sibilò Antoine. Quindi, volgendosi verso Jasmine: « I vostri costumi e le vostre figure trasformerebbero qualunque troglodita di Balàl in un poeta ».

« Oh, la ringrazio, è così gentile! » disse Jasmine, prima di sparire dal camerino.

Antoine non ebbe neanche il tempo di staccare lo sguardo dalle sue forme sinuose che sentì lo schianto del bicchiere contro il muro. Si voltò verso la madre e la scoprì in lacrime. E così, finalmente, si sollevò da terra e le si avvicinò.

«Non ci provare!» lo ammonì lei con un dito, arretrando verso la parete.

«Mi dispiace», ammise sinceramente Antoine. «Le cose non sono facili nemmeno per me.»

«Lo so... ma tu potevi avere di più. Cosa ci fai qui?»

A quella domanda Antoine non riuscì a rispondere. Rimase fermo dov'era, mentre sua madre si passava un fazzoletto inumidito sul volto, disegnava cerchi sulle guance e sfregava gli occhi, lasciando aloni di cipria e lacrime di rimmel.

«Devi vedere...» disse Ester, dirigendosi verso la toeletta. Aprì il cassettino, sprigionando un intenso effluvio di mirra e fragolina di bosco, e invitò Antoine a stringersi accanto a lei. Il narrastorie sentì una musica fievole uscire dal tiretto e passeggiare nell'aria. Era l'inconfondibile suono di un carillon che liberava le note del *Lago dei Cigni*. Quando guardò nel cassetto gli parve di sbirciare dalla sommità di un pozzo in cui a tratti si scorgevano guizzi di luce. Non dipendeva dalla vivacità delle candele o dall'instabilità delle lampadine, era la cosa chiusa dentro il cassetto a librarsi in una spettacolare danza. Una volta abituati gli occhi al buio, la figura volteggiante gli parve più concreta. Per un tempo infinito Antoine ebbe la certezza che lì dentro, a ballare, ci fosse sua madre. E ballava in modo incantevole.

Poi Ester Fonte, accanto a lui, fece per richiudere il cassetto.

«Era il mio sogno», gli spiegò, azzardando un sorriso amaro. «La cosa più brutta che può accaderti. Perdere una cosa prima di averla avuta... Riesci a immaginarlo?»

Antoine si sentiva soffocare. Quella situazione, quella sconosciuta che era costretto a chiamare *mamma*, il tentativo di strapparle il suo vero nome... e l'incapacità di farlo per i sensi di colpa che lo schiacciavano.

«Ti va di fare due passi?» le chiese.

Ester Fonte annuì.

Si sedettero sulle bitte del molo, davanti ai pescherecci ormeggiati, assaporando il piacere del silenzio. Erano soggiogati da un cielo e da un mare per nulla promettenti, e ben presto iniziò timidamente a piovere.

«Adoro la pioggia», commentò sua madre, aggiustandosi il rossetto e stringendosi in uno scaldacuore di cotone. «Ha un odore che neanche da morto ti dimentichi.»

«Piace anche a me. Succedono cose magiche, nei giorni di pioggia.»

«Io ho incontrato tuo padre, in un giorno di pioggia.»

Ester tirò fuori una sigaretta e chiese a un passante se avesse da accendere, ma l'uomo la ignorò. Lei si strinse nelle spalle, rassegnata.

«Non ti possono vedere?» le chiese Antoine.

Ester ci pensò su e scosse la testa. «No, io so chi sono. Mi ricordo fin troppo bene di essere morta. Ad altri non importa, e anche se sono morti si fanno vedere e sentire lo stesso. Ma io la sento, la differenza, e non posso fingere.»

«Come sei finita a Tirnaìl?»

«*Tirnaìl...*» Sua madre lasciò vagare lo sguardo fino all'orizzonte, verso terre lontane, alla ricerca di quel nome che già a sentirlo sembrava perduto. Antoine si accorse che i cancelli di Vanesia erano ancora davanti a lui. «Sì, ne ho sentito parlare. Dicono che c'è una città dove vanno a finire quelli come me, quelli che hanno perso un'occasione perché hanno aspettato troppo o l'hanno lasciata andare.»

«Tu hai aspettato troppo?»

«Io l'ho lasciata andare. Qualcuno mi ha detto che lì potevo trovare quello che cercavo: un'opportunità per diventare ballerina.»

«Non avevano tutti i torti. In fondo sei qui, e sei una ballerina.»

«Già», assentì sua madre, nient'affatto convinta.

Impietosito, Antoine le tolse di bocca la sigaretta spenta e fermò un pescatore. Se la fece accendere, piuttosto impacciato, e la restituì a sua madre, che gli regalò il primo, vero sorriso.

«Hai ragione, sono qui», convenne di nuovo lei. Aveva la pelle d'oca, ma la sigaretta le insufflò un po' di calore. «Però sai che è strano? Voglio dire... sono *qui*, *adesso*. Sto allestendo un grande spettacolo, perché *è* grande. Ricordo i passi, le ragazze, gli abiti e le scenografie, la musica e tutto il resto... ed è fantastico. Però è strano.»

«Cosa?»

Ester si concesse qualche tiro prima di rispondere, e fu evidente che ce la stava mettendo tutta per non piangere.

«Anche se ricordo tutto questo, so che non è vero. È come se...» Sua madre scosse la testa, alla ricerca delle parole più giuste da usare. «... è come se tutto fosse iniziato quando sei venuto da me. E ho paura che finirà quando te ne andrai. Sento che se ora sono qui è perché tu me lo hai permesso.»

Ester gli prese la mano e questa volta Antoine non si sottrasse alla stretta. In un certo senso gli mancava.

«Vieni qui.» Avvolse sua madre in un abbraccio e lasciò che si appoggiasse alla sua spalla, dove la donna sembrò sul punto di addormentarsi, consolata da un calore che non ricordava.

Quando Antoine pensò che avesse sul serio gettato l'ancora nel mondo dei sogni, Ester lo sorprese ricominciando a parlare. Il narrastorie non osò guardarla, ma era certo che i suoi occhi si fossero nuovamente velati di lacrime.

«Io lo amavo, ma era così difficile. Era diverso da tutti gli altri, e non nel senso buono, ma neanche in quello cattivo. Aveva troppe cose dentro, era mille uomini insieme, aveva mille storie da raccontare, e proprio non sapeva scegliere. Voleva essere tutto ed è diventato nulla. Le persone come lui... le persone come te... sono *troppo* per chiunque. Avete in testa tutte queste idee e preferite le vostre idee alla vita vera, perché niente è alla vostra altezza.» Ester gettò in mare la cicca di sigaretta, che andò a fare compagnia a un banco di pesci. «Ma sai cosa ti dico? Ogni giorno mi domandavo: cosa daresti per tornare indietro e cambiare tutto? E ogni giorno, purtroppo, mi ritrovavo con la stessa risposta: non avrei dato niente.»

«Ma *perché*?» le chiese in un soffio Antoine, davvero perplesso.

Quello che aveva visto nel bagno del re, il dolore di sua madre e l'indifferenza di suo padre, lo aveva profondamente amareggiato.

« Perché è il prezzo della felicità, tesoro. Accettare di perderla. »

Rimasero in silenzio qualche altro minuto. Alla fine, Antoine si fece coraggio e decise che era arrivato il momento. Dopotutto, quella donna era senza dubbio sua madre. E il primo dovere di una madre è capire i propri figli.

« Posso... posso chiederti una cosa? » domandò incerto. « È una cosa che ti sembrerà strana, ma ho bisogno di saperla. »

« Puoi chiedermi quello che vuoi, lo sai. »

« Okay. » Antoine fece un bel respiro. « Tu... tu ricordi come mi chiamo? »

Sua madre si staccò da lui e inarcò le sopracciglia.

« Stai scherzando? »

« Vorrei, ma... no, sono serissimo. »

Non si aspettava quella risata, e un po' si offese. Ma Ester sembrava sinceramente divertita, perciò finse di non farci caso.

« Oh, santo cielo! I miei uomini... Ma che devo fare con voi? Posso fare reclamo da qualche parte? »

« Magari a Tirnaìl c'è un ufficio reclami per gente delusa. »

Sua madre scosse la testa. « Non sono delusa, solo stanca, Antonio. »

Antonio.

Ester gli accarezzò la testa.

« Tu sei Antonio Maria Fonte. Figlio di Antonio ed Ester. Ricordi, adesso? »

Non sapeva cosa si aspettasse da quel momento. Forse fuochi d'artificio, una fanfara di trombe, una certezza assoluta su chi fosse e dove stesse andando.

E invece niente. Antoine Affarimiei, il narrastorie della Città delle Sirene, era Antonio Maria Fonte, uno scrittore che veniva da una città bagnata dal mare. Entrambi erano alla ricerca di ricordi perduti, entrambi avevano poco tempo, entrambi erano innamorati di Genève, entrambi inventavano storie ed entrambi avevano paura di diventare come il padre.

Il nome non cambia la natura delle cose, gli aveva detto la strega del bosco.

Quello che sapeva Antonio Maria Fonte era poco più e niente di meno di quello che sapeva Antoine Affarimiei.

O almeno così pensò all'inizio. Quando cominciò a ricordare sua madre, però, le cose cambiarono.

Ricordò il suo profumo, il suo sorriso. Ricordò che la domenica mattina, quando cucinava il pranzo, lo metteva seduto sulla madia, per mostrargli come si preparava la genovese o come gorgogliava e scoppiettava un buon ragù; ricordò che la notte dell'Epifania lo portava in piazza Municipio, un tripudio di bancarelle di giocattoli di legno e dolci ammazzadenti, e gli diceva: « Stanotte è magica, piglia pure quello che vuoi ». Ricordò il giorno in cui era partito per il Nord, per trasferirsi a Natzwiller, e l'aveva lasciata sola, senza dirle che se ne andava. Ricordò quando lei era venuta in quella cittadina francese, sperduta lungo i confini, e gli aveva fatto una sorpresa, con i soldi prestati da chissà chi, soltanto per esserci il giorno del suo matrimonio. Ricordò che era ripartita la mattina dopo e che quella era stata l'ultima volta che l'aveva vista – aveva un vestito bianco, con quadrati neri, un foulard intorno al collo e una collana di perle finte. Gli aveva regalato una bellissima penna a sfera, che naturalmente lui aveva perso e che forse adesso era da qualche parte, a Tirnaìl. Ricordò la sua bara in legno massello, i fiori bianchi al cimitero.

Antonio si coprì gli occhi, lacerato.

Non c'era differenza, in superficie, tra lui e Antoine. Ma erano i dettagli, come diceva sempre suo padre e come aveva imparato sulla sua stessa pelle diventando scrittore, era la profondità dei dettagli a far sì che la vita di un uomo fosse vera, e non una semplice storia. Erano gli istanti, affogati in un oceano di ore, il motivo per cui un uomo era vivo.

Sua madre gli afferrò le mani e lo guardò negli occhi.

« Lo sapevo che non eri tu. Però ora sei tornato, vero? »

Antonio la abbracciò. La strinse forte, la strinse per tutti gli anni vissuti insieme e per quelli in cui l'aveva abbandonata. La strinse per liberarsi dai sensi di colpa e per passarli a lei, affinché li purificasse, affinché da un male ricavasse un bene.

«Così mi soffochi!» biascicò lei tra le lacrime.

«Ma tanto sei morta!»

Sua madre rise: era morta, non correva alcun rischio.

«Papà mi ha dato il suo nome», disse Antonio, senza liberarla.

«Sì. Lo voleva a ogni costo.»

«Aveva paura di essere dimenticato.» Non era più una supposizione, adesso, ma una certezza.

«No. Aveva paura di essere dimenticato *da te.*»

Antonio sciolse l'abbraccio e le baciò le mani. Quelle mani che avevano svolto i lavori più umili, che si erano lasciate scivolare tra le dita i sogni; quelle mani che gli mettevano i cerotti quando si sbucciava le ginocchia, che si erano strette intorno alle sue dita il giorno in cui era nato...

«Mi dispiace, mamma.»

«Non fa niente. L'importante è che tu sappia chi sei.»

Dopo quelle parole Antonio ed Ester rimasero in silenzio, senza fare troppo caso alle importune gocce di pioggia. Fu un rimbombo lontano a richiamare entrambi alla realtà di Balàl. Inizialmente pensarono a un tuono, ma poi si accorsero del fuoco d'artificio scoppiato in aria, dal quale cadde una nevicata di scintille che si confuse con la pioggia.

«Tesoro mio...» Sua madre lo guardò con aria supplichevole. «La fai una cosa per me, per la tua mamma? Un'ultima cosa? Perché quando te ne andrai perderò anche questa occasione, e con un altro rimpianto così non posso vivere.»

«Tu non devi vivere, mamma. Sei morta.»

Ester finse di arrabbiarsi, ma dopo avergli mollato una sberla ridacchiò.

«Tutto quello che vuoi, mamma.»

Per la seconda volta Ester gli mostrò quel sorriso dimenticato: «Mi guarderesti ballare?»

29

Vivo o morto

Vagò lungo le strade di Balàl per un intero pomeriggio. I piedi seguivano il flusso inarrestabile dei pensieri. Sentire il suo nome non era bastato: si era sforzato di recuperare i dettagli della sua esistenza, e ai ricordi di Antonio Maria Fonte si erano mescolati quelli raccolti da Antoine nel viaggio a Tirnaìl. Adesso era entrambi e nessuno dei due, come se un terzo uomo stesse nascendo, ma non fosse ancora pronto a vedere la luce perché i suoi ricordi non erano completi, la sua storia aveva degli spazi bianchi, la sua vita dei buchi neri.

Se solo avesse portato con sé anche la lettera... Quand'era a casa, nell'altrove, l'aveva imparata a memoria, ma temeva che qualcosa gli sfuggisse, sentiva che c'erano verità che affondavano oltre le parole.

Genève, per esempio. Chi era? Una donna conosciuta per una sola notte, tanti anni prima. Possibile che per quell'unico istante adesso Antonio si trovasse a Tirnaìl? Cos'altro era accaduto? Perché nella lettera diceva di essere diventato un assassino? E il suo nome scritto sul libro dell'ostello... Era davvero già stato in quella terra?

Più si arrovellava, più i suoi pensieri annegavano in una pozza di caos, una pozza che era come petrolio riversato nell'oceano, una pellicola impermeabile che gli avrebbe intossicato la memoria.

Sapeva che l'unico modo per liberarsene era andare avanti, perché ogni passo lo portava più vicino a Mnemosia. Ma quel giorno si sentiva infiacchito, aveva solo voglia di camminare per le vie di Balàl. Temeva perfino di tornare all'Ostello Errante e scoprire che Genève si era dissolta.

Era così assorto che non si accorse del fermento che cresceva intorno a lui.

La gente era sovreccitata, sembrava prepararsi per la festa del secolo. I barboni si erano rasati le barbe, le zitelle si erano truccate, festoni e ghirlande pendevano dai lampioni e suoni di festa riempivano l'aria. A ogni angolo c'erano suonatori, a ogni svincolo venditori di dolciumi, castagne arrostite, zucchero filato, gelati, tazze di tè.

Antonio era passato già due volte davanti all'ostello. Soltanto alla terza si decise a entrare, quando sulla soglia della locanda vide Genève in attesa, grigia in volto. Per fortuna era ancora lì.

« Dobbiamo parlare », gli disse, marciando verso la stanza. « Cos'è questo? » Gli mostrò il manoscritto che Antonio aveva comprato quel giorno, al prezzo di un bacio, da una donna che... Lo scrittore rise al ricordo della donna con gli occhi di due colori diversi, perché ora sapeva chi era.

« Una storia, credo », disse, strappandole di mano il romanzo. « E molto probabilmente l'ho scritta io. Chi ti ha dato il permesso di leggerla? »

A quelle parole, pronunciate con insolito astio, Genève rimase interdetta.

« Non pensavo fosse proibito. Parla di me, parla di noi. Chi sei tu, Antoine? Eri... non lo so, mio marito? Il mio ragazzo? »

Antonio scosse la testa.

« Io sono Antonio Maria Fonte, Genève Poitier. E tu... tu sei libera. »

Genève fu colta nuovamente di sorpresa, poi annuì. In fondo sapeva che al suo ritorno non sarebbe stato lo stesso uomo.

« Quindi ricordi? Ora ricordi della tua vita nell'altrove? »

Antonio annuì. La voce di Genève divenne supplicante mentre muoveva qualche passo verso di lui.

« E... ti ricordi di me? Puoi aiutarmi? »

Genève gli sembrò improvvisamente disperata. Antonio non aveva mai veramente capito quanto lo fosse. Forse per questo aveva scelto di accompagnarlo.

«Non posso aiutarti», sospirò. «Ti ho conosciuta una notte soltanto, poi ti ho immaginata per il resto della vita.»

Sul viso di Genève era disegnata una cocente delusione: «Quindi... è tutto qui?»

«Hai letto il manoscritto?»

«Alcune pagine. Credo che qualcuno abbia provato a bruciarlo. Bene...» Genève prese la sua roba e la infilò distrattamente in una sacca pezzata. «Allora credo che non ci sia altro da aggiungere, Antonio Maria Fonte. Tu ora hai il tuo nome e io ho smesso di appartenerti. Ero certa che tua madre ti avrebbe detto chi eri. Sei fortunato ad averla incontrata. Tutti i perduti di Tirnaìl dovrebbero avere una madre che li aiuti a ricordare chi sono.»

Al tocco delle sue labbra sulla guancia, Antonio tremò.

«Cosa farai?»

«Oh, non so, prenderò un treno qui, una mongolfiera lì... girerò un po'. E andrò dal Grande Orologiaio, naturalmente.» Prima di rimetterlo nella borsa Genève gli mostrò il libro dei contratti. Si sforzò di sorridere. «Scommetto che lui saprà aiutarmi molto più di te, straniero.»

«Vieni con me», la pregò, trattenendole la mano. «C'è dell'altro che ti riguarda.»

«Cosa, Antoine? Una storia? Sono stanca di essere parte di una storia. E se scoprissi che non sono mai stata altro?»

«Non è così.»

«Perché no?»

Antonio si toccò la tasca dei pantaloni. Il ritratto era sempre lì, con lui. Avrebbe potuto darglielo e farle capire che qualunque cosa li legasse forse andava al di là di una semplice notte e di una semplice storia. Ma così avrebbe rischiato di allontanarla. Se Genève avesse scoperto di essere finita a Tirnaìl per colpa sua lo avrebbe detestato.

«Senti, Antoine, capisco che a te piacciono le storie e i sogni e le idee, e tutta la roba che esiste solo se ci credi. Ma a me non piace farne parte. A Tirnaìl le cose sono già abbastanza assurde, non c'è bisogno di altre complicazioni. Quindi, se entro i prossimi dieci secondi non mi dai un motivo *reale* per restare, io me ne vado. »

Sapeva che quello era un momento in cui avrebbe dovuto fare o dire qualcosa di importante. Ma era tanto bravo a riconoscere certi momenti, quanto lo era a permettere che passassero senza importunarlo.

Lasciò correre i dieci secondi e quando sentì i passi di Genève allontanarsi dalla stanza si risvegliò. Le corse dietro, ma aveva aspettato troppo.

« Dov'è andata? » chiese a Edgar, seduto sulla veranda dell'ostello a sfogliare un libro illustrato per bambini.

« Chi? Oh, da quella parte... dove ci sono quelle persone. »

« *Quali* persone, Edgar? Ce ne sono migliaia! »

Sembrava che ogni palazzo, edificio, negozio, sotterraneo o magazzino avesse rigurgitato esseri umani. Nelle case non era rimasto nessuno, la gente si era riversata per le strade di Balàl per prendere parte a un colossale corteo, un tumultuoso cavallone formato da animali, uomini, donne, vecchi e bambini che spingeva in un'unica direzione.

« Piazza Teslan! Piazza Teslan! » gridò un energumeno andando controcorrente. « Un'occasione, signori! Piazza Teslan! »

Mentre strillava, lanciava in aria volantini che venivano subito agganciati dalle mani più leste.

« Gen! » urlò Antonio, lanciandosi nella mischia. « Gen! »

Aveva lo stomaco contratto dalla paura di averla persa per sempre. Edgar apparve dietro di lui, evidentemente intontito da quello che stava accadendo.

« Per l'amor del cielo, Antoine, mi può spiegare cosa... »

« Non posso perderla di nuovo, Edgar. Ti prego, aiutami a trovarla! »

« Piazza Teslan, signori! Un'occasione per tutti! »

Antonio osservò la processione che fluttuava e scompariva oltre i palazzi. Quelle persone si sarebbero scannate a vicenda, se la situazione lo avesse richiesto.

« Lei andrà lì, ne sono sicuro », mormorò, illuminato da quella intuizione.

« Signor Antoine, andiamocene, qui sta per scatenarsi il pandemonio! Scommetto sui miei baffi che entro domattina Balàl sarà rasa al suolo, e questo solo perché qualche scriteriato stasera proporrà di aprire un nuovo centro commerciale e dare posti di lavoro a tutti! »

« Edgar, io non sono Antoine. » Lo scrittore lo appiattì contro il muro per far passare una motoretta a vapore. « Ho incontrato mia madre e adesso so il mio nome! Genève ora non mi appartiene più, ma io non posso farcela senza di lei. È andata verso quella piazza, ne sono sicuro. E devo andarci anch'io. Se non vuoi venire, sei libero di andartene. »

Fermo sulla sua decisione, Antonio si gettò in mezzo al travolgente flusso umano, abbandonandolo dopo qualche istante per svoltare in un vicolo isolato. Quel pomeriggio, camminando, aveva scoperto un segreto di Balàl: aveva visto dei ragazzi salire e scendere dai tombini e aveva sentito le loro battute sulle pessime condizioni dei sotterranei. Evidentemente esisteva una città di sopra e una di sotto, un intricato sistema fognario che rifletteva il sistema stradale di Balàl e ne favoriva il traffico.

Se voleva arrivare prima degli altri a piazza Teslan, doveva immergersi in quel mondo parallelo.

Trovò un chiusino che faceva al caso suo, sotto un palazzo il cui muro orientale era crollato chissà quanti anni prima. Un tizio discuteva con la sua ragazza, cercando di persuaderla a scendere e assicurandole che gli alligatori giganti erano estinti da un pezzo.

Antonio li scostò con malagrazia e si calò nelle tenebre.

« È certo di conoscere la strada? » Udire di nuovo la voce di Edgar lo confortò. Gli sorrise, mentre scendeva la scala a pioli che conduceva sottoterra.

« Chiederemo indicazioni. »

Non ebbero bisogno di chiedere niente a nessuno. Sebbene la Balàl di sotto appartenesse al buio, ai topi e ai morti, e fosse un vero e proprio covo di assassini e malviventi, nessuno di loro infastidì Antonio o Edgar. Perfino i criminali erano troppo presi dall'eccitato trambusto che si era impadronito della città, e correvano scatenati verso piazza Teslan.

I condotti erano incrostati di muffa, le tubature perdevano liquidi di ogni genere e attraverso i canali correvano le voci rauche e le canzonacce di uomini che passavano la vita sotto l'effetto di droghe e alcol. Antonio seguì la corrente umana, che dopo pochi minuti li fece riemergere da un tombino proprio al centro di piazza Teslan.

Nessuno prestò loro attenzione mentre risalivano dalle fogne di Balàl. Antonio e Edgar si strinsero fra un gruppo di uomini che brindavano con bottiglie ormai vuote.

« Signor Fonte, guardi! » Edgar gli indicò una serie di globi fiammeggianti che volteggiavano come fate sul bordo di un'enorme fontana. Era il punto focale che calamitava gli occhi di tutti i presenti.

Antonio si lanciò da quella parte alla disperata ricerca di Genève. Si era illuso di poterla trovare, senza immaginare quanta gente avrebbe invaso la piazza.

Una serie di fiaccole a petrolio fluttuava nell'etere, raccolta dalle mani di esperti lanciatori. Almeno una decina di acrobati si era arroccato sull'obelisco al centro di piazza Teslan; da lì si lanciavano in balzi mortali, agganciandosi a trapezi che penzolavano tra i palazzi come altalene; i funamboli camminavano sulle mani sopra cavi sottili e un branco di prostitute ballava su un palco di cassonetti della spazzatura accatastati.

« La vede, signor Fonte? »

« No! Sarà sicuramente in prima fila. »

« È quello che temo anch'io. »

Edgar agitò il bastone come fosse un machete per farsi largo tra la folla. Dopo diversi minuti, però, si accorsero entrambi di essersi spostati solo di pochi passi. E quando un prorompente applauso li travolse spegnendo ogni altro rumore, si ritrovarono schiacciati tra una donna elefantiaca, un'esaltata che saltellava come una palla gigante e due bellimbusti totalmente ubriachi.

Antonio costrinse Edgar a prenderlo sulle spalle. Scorse

facce su facce, di donne, uomini, bestie e di esseri che si trovavano a metà strada, e che nel mondo da cui proveniva sarebbero stati chiamati mostri. Ma non trovò ciò che cercava, una testa di capelli verdi.

Quando quell'insensata ovazione si attenuò e i rulli dei tamburi smisero di battere il conto alla rovescia, piazza Teslan fu dominata da un silenzio spezzato solo dallo scroscio della fontana e dai respiri irrequieti dei presenti. L'interesse di migliaia di persone si focalizzò sul bordo della vasca, dove un ridicolo omuncolo si crogiolava nel tripudio.

« Grazie, grazie... Cosa farei senza persone illustri e rispettabilissime come voi? »

Al suono inaspettato di quella voce torbida, Antonio si sentì invadere dal panico. Anche Edgar sbiancò non appena si rese conto di chi si trattava. L'uomo che aveva preso la parola impugnando un megafono nero più grande di lui altri non era che il conte Vladimiro.

« Che diavolo ci fa qua? »

La forza di gravità sembrava essere aumentata da un momento all'altro e le gambe di Antonio non volevano saperne di sollevarsi da terra per portarlo via.

« Mi compiaccio nel vedere che siete accorsi così numerosi », disse il conte, prima di lanciare in aria il bastone e di riacciuffarlo al volo, suscitando un ottuso stupore fra gli astanti. « La vostra presenza qui dimostra che siete uomini veri, uomini che sanno quello che vogliono, uomini che afferrano ogni opportunità concessa dal cielo. Di uomini come voi non se ne vede più l'ombra! » proseguì, lisciandoli con tecniche degne di un manuale del ruffiano.

Sfoderò i suoi trentadue denti d'avorio, il suo marchio di fabbrica.

« Mi dispiace di sottrarvi del tempo, signori, ma voi, gente di Balàl, sapete meglio di me che questa è la città delle occasioni perse. Non è certo colpa vostra... Sarei uno stolto se osassi insinuare simili malignità! »

La gente rise e applaudì, assentendo con l'aria di chi crede d'aver capito tutto della vita.

« L'esistenza è ingiusta, lo so », inferì il conte, rammaricato come se stesse rivelando a un bambino di aver appena investito il suo cucciolo di border collie. « Ma Tirnaìl esiste per questo: *per restituirci quel che ci è stato portato via*. Tuttavia, come ben saprete voi che siete così avveduti, ogni terra è fatta di uomini, Tirnaìl compresa. Uomini come voi, uomini come me. E questa volta spetta a un uomo qualunque, quale sono io, rendervi ciò che avete smarrito: un'occasione, signori. Voi siete qui per questo: un'occasione. E, perdonate la mia impudenza, *so* di non sbagliarmi. »

Il conte mostrò il suo ghigno pernicioso, mentre la mano scheletrica si sollevava, stretta intorno all'orologio bianco, il suo tempo perduto.

« I patti sono patti: nessuno di noi può andarsene da questo mondo se il suo tempo è scaduto. Ma quindici anni fa – all'epoca non ero che un giovincello sprovveduto – conobbi un uomo senza orologio. Era uno sbruffone, un fanfarone: disse che delle ore e del tempo se ne infischiava, che per lui queste regole non valevano un fico secco! Poco dopo, seppi che era fuggito da Tirnaìl. Che era tornato nell'altrove. »

Mentre proseguiva nel suo discorso, il conte camminava sul bordo della fontana, tenendo in alto uno dei tanti volantini che vagavano come colombe sopra le loro teste.

Edgar si affrettò a raccoglierne uno da terra. Le sue labbra presero a tremare.

« Quest'uomo è la nostra risposta! » gridò entusiasta il conte, gettando le braccia al cielo, e quel gesto risollevò un ululato disumano che fece tremare le fondamenta di Balàl.

Edgar passò il foglio ad Antonio, senza dir nulla.

« Popolo di Balàl, volete andarvene da Tirnaìl? »

Un dilagante *sì* rispose alla domanda retorica del conte. Avevano tutti abboccato al suo malefico amo. In quel momento, un dirigibile sorvolò piazza Teslan e dal suo ventre gravido cadde una pioggia di volantini.

« Desiderate scoprire il segreto che vi porterà via da questo mondo? Agognate ricordare quali sono le terre che vi concessero i natali e da cui veniste ingiustamente strappati? Volete o no tornare nell'altrove... *a casa*? »

La gente ruggì il proprio consenso e iniziò a urlare quelle parole – *a casa* – gemendo e dannandosi perché erano solo parole. Ma Antonio non udì niente e nessuno. Il suo sguardo era calamitato dal foglio che aveva davanti, su cui era tracciato un volto e segnato un nome. E dove, più rovente di una condanna a morte, balzava agli occhi una parola: SCOMPARSO.

« Cercate quest'uomo! » tuonò il conte, esibendo il volantino. Sembrava che perfino il cielo avesse sturato le orecchie per prestargli ascolto. « Giunse a Tirnaìl quindici inverni or sono e, quant'è vero Iddio, riuscì a evadere. Adesso, signori, Antoine Fonte è qui, *fra noi.* È tornato per mostrarci la via. »

Il conte sollevò il bastone in direzione della folla, come se quel gesto potesse svelare il luogo in cui Antonio era nascosto. I suoi denti risplendettero alla luce delle torce e le sue labbra esangui si storpiarono in una smorfia tenebrosa.

« Trovatelo e portatelo da me. Vivo o morto, mi è indifferente. Ma portatelo da me. »

30

Il Direttissimo di Balàl

Se in quell'istante Edgar non fosse stato al suo fianco a sostenerlo, Antonio sarebbe stato travolto dall'onda tumultuosa che si sollevò dalla piazza e dilagò attraverso le vene di Balàl. Prima che qualcuno potesse riconoscerlo, Edgar lo avvolse nella mantella nera e gli calcò in testa il cappello, trascinandolo via.

Gli abitanti di Balàl devastarono i banchi del mercato e i carretti della frutta, entrarono nei palazzi e saccheggiarono le case fino a ghermire ogni uomo, donna o bambino che ebbe la sventura di rimanere travolto dalla loro scia, tanto che c'era da chiedersi *cosa* quella gente stesse *veramente* inseguendo. Era come se avessero solo atteso l'occasione per abbandonare anche l'ultimo residuo di umanità.

Antonio provava una sensazione indefinibile: sebbene nessuno badasse a lui, e lui stesso cercasse di dimenticare chi era e cosa stava accadendo, aveva la sgradevole impressione di trovarsi al centro di migliaia di sguardi, di rappresentare l'oggetto del desiderio di un'orda di anime disperate, di essere colui di cui tutti parlavano. Capì, in quel momento, come doveva sentirsi un oggetto perduto quando qualcuno andava a cercarlo a Tirnaìl. Sentì il peso della follia che spingeva a una caccia così insensata.

Mentre il dirigibile continuava a rigurgitare volantini, inondando anche gli angoli più nascosti di Balàl, il pittore si mise alla ricerca di qualche porta isolata che li conducesse fuori dalla città.

« Edgar, dobbiamo trovarla, dobbiamo trovare Genève! Non possiamo abbandonarla... »

Il pittore lo assecondava a parole, ma intanto trascinava Antonio sempre più lontano. Fu un miracolo se i due riuscirono a rimanere uniti. E ancora più provvidenziale fu approdare in un vicolo cieco in cui un gruppo di barboni si divertiva a scommettere su un combattimento clandestino tra gatti. Sul muro che chiudeva il passaggio si apriva una porta metallica.

Edgar tirò fuori il mazzo di chiavi e, senza nemmeno guardare, ne scelse una a caso e la infilò nella serratura; poi attese qualche secondo e spalancò la porta.

« Perbaccotacco! » sobbalzò non appena superarono la soglia. « È uno scherzo di pessimo gusto! »

Antonio seguì lo sguardo di Edgar, posato su uno sbiadito cartellone di plastica che sventagliava qualcosa di assurdo: STAZIONE FERROVIARIA DI BALÀL.

Edgar sembrava uno a cui avessero appena dato una botta in testa.

« Ho soltanto una chiave che conduce a Balàl. Una sola, dannatissima chiave per una sola, dannatissima porta! Ed eccoci qui! Tra tutte le centinaia che potevano capitare, *proprio questa*! È inverosimile! »

« È Tirnaìl », mormorò Antonio, facendo qualche passo in avanti.

« Non si preoccupi, signor Fonte, la riporterò a casa mia in un battibaleno! »

Antonio non lo ascoltò. Era molto più attratto da una massa di uomini ammucchiati, su cui aleggiava il tanfo di chi è rimasto in piedi un'intera notte. Erano profughi radunati in una fila grossolana, soffocati in una babilonica sala d'aspetto, così tipica delle pessime stazioni cittadine, dove torvi individui andavano a concludere i propri affari illeciti e zingari e barboni passavano i propri giorni nell'attesa di una valigetta lasciata incustodita o di qualche inconsapevole turista da abbindolare.

Antonio osservò quei miserabili rivestiti di pidocchi più che di stracci, accartocciati su bagagli che fungevano da stuoini. Sembravano esausti, ma di tanto in tanto i loro occhi, sprizzando un guizzo di timida speranza, andavano a posarsi su un tabellone orario che segnava solo quattro parole: TRENI IN PARTENZA: NESSUNO.

Dal grande orologio bianco, traforato come filigrana, filtravano le sottili venature di una luce artificiale.

Ad Antonio sorse spontaneo il desiderio di vedere che fine avesse fatto il suo tempo perduto. Il numero sei stava scomparendo dal quadrante, era ormai pallido e inconsistente come un brandello di foschia. Presto sarebbero rimasti solo tre numeri. Il conto alla rovescia era inesorabile.

«*Attenzione, diretto in arrivo al binario 7! Diretto in arrivo!*»

Nessuno rispose al pedante richiamo dell'altoparlante. Nessuno prese la propria valigia per dirigersi ai binari; non ci fu nemmeno un sopracciglio teso, di chi non ha capito, o il broncio accentuato di chi scopre che quello in arrivo, ancora una volta, non è il suo treno. Era come se non ci fosse stato nessun annuncio, come se quelle persone non stessero attendendo l'arrivo di un treno da... Da quanto tempo, ormai?

«Signor Antoine, andiamocene, altrimenti la riconosceranno!» lo supplicò Edgar, correndo a prenderlo. «Venga, la porto al sicuro, a casa mia. Una volta lì, prenderemo una buona tazza di tè e decideremo sul da farsi.»

«No.»

«D'accordo, io mi prenderò una buona tazza di tè e a lei darò del latte, basta solo...»

«No, non andremo a casa tua, Edgar.»

«Ah, no?»

«Edgar, se siamo di nuovo qui...» Antonio cercava le parole giuste. Guardò la massa di disperati e si augurò che il treno al binario 7 non fosse ancora arrivato. «Ricordi cosa pensava Genève? Questa è Tirnaìl, dobbiamo accettarla, dobbiamo fare quello che ci consiglia di fare. L'hai detto tu stesso: hai solo una chiave che porta in questa città, e noi l'abbiamo usata per tentare di fuggirne. Non capisci? Edgar, siamo ancora qui! Tirnaìl ci sta parlando! Finora è sempre stato così. Ogni luogo lo ha scelto lei, e ogni luogo mi ha portato più vicino a quello che sto cercando: il mio passato. Quindi è proprio qui che dovevamo arrivare, ed è proprio da qui che dobbiamo partire.»

« *Qui?* » Dallo sguardo ripugnato che Edgar lanciò in giro, Antonio dedusse che dubitava della sua idea, proprio come dubitava di essere il peggior artista di Tirnaìl.

« C'è un treno in partenza al binario 7, se ci muoviamo... »

« Non parte nessun treno, signor Fonte. »

« Come no! Hanno appena annunciato che c'è un treno... »

« *Un diretto*, signor Antoine, c'è una bella differenza. Perché crede che la gente rimanga ferma qui, altrimenti? »

Ad Antonio non interessava. In qualche modo, troppo difficile da razionalizzare, sapeva che era la cosa giusta da fare. E quando l'altoparlante segnalò che il diretto si stava avvicinando al binario 7, si sentì sempre più sicuro della propria decisione. Era quello che avrebbe fatto Genève, e lei capiva Tirnaìl come soltanto un vero viaggiatore può capire il mondo. Agire come avrebbe agito Genève lo fece sentire meno spaventato e più vicino a lei.

Ma capì che non sarebbe valso a nulla implorare Edgar.

« Edgar, questa è la mia strada e devo percorrerla, con o senza di te. Non so perché tu abbia passato le ultime settimane a seguirmi... te ne sarò per sempre debitore. Ma devo fare una scelta, adesso, e non posso permettere che sia tu a scegliere solo perché mi hai aiutato. È troppo importante. »

Edgar approvò e le parole di Antonio sembrarono calmarlo più di quanto avrebbe fatto la sua buona tazza di tè. Gli diede un buffetto sulla guancia e si avviò di gran lena verso i binari.

« Fossi in lei mi darei una mossa, signor Antoine. Il treno diretto è *davvero* diretto. »

Antonio si lanciò in una corsa sfrenata tallonato dal pittore, che non se la cavava affatto male per un uomo della sua età. Passarono attraverso la discarica umana della sala d'attesa, districandosi fra bambini piagnucolanti e animali segregati in gabbie, superarono biglietteria e controllori senza che nessuno li fermasse e infine sbucarono nell'area esterna. Antonio rimase di stucco di fronte al numero improbabile di treni in sosta. Ce n'era più o meno una trentina, tutti vecchio stampo, con le classiche locomotive a vapore. Eppure, nonostante l'aspetto ancora robusto e affidabile, sembravano inutilizzati dalla notte dei tempi.

« Signor Antoine! » Edgar non gli concesse altro tempo per ammirare quell'affascinante cimitero.

Lo tirò per la camicia fino al binario 7, dove l'arrivo del treno fu preannunciato da un barrito tuonante. Il cielo sbiadiva dietro aloni di vapore e l'aria era rattrappita da sbuffi di fumo nero. Dopo pochi secondi un'arzilla locomotiva emerse dal drappello di vagoni morti.

« Siamo in orario! » esultò Antonio, prendendo fiato e scorgendo un altro paio di persone in attesa lungo la linea gialla.

Una di loro era Genève.

« Gen! » urlò, folgorato dalla stessa sensazione, di piacere e dolore, che lo aveva colto quando l'aveva incontrata a Vanesia.

Lei stava leggendo un giornale. Si girò, colta alla sprovvista, e appena lo riconobbe sembrò illuminarsi. Le sue labbra si mossero a formare il nome di *Antoine* e gli occhi lo guardarono imbambolati.

Intanto il treno aveva preso a sfilare accanto alla banchina. Antonio aspettava il momento in cui si sarebbe fermato, ma quel momento non arrivò. Furono i passeggeri a mettersi a correre, e lui corse con loro, sebbene, più che altro, pensasse a inseguire Genève.

« Gen! Fermati! »

« Col cavolo! » gridò lei di rimando. « Questo si prende al volo! »

Nonostante i polmoni incrostati di catrame, Genève sfrecciava più veloce di tutti.

Antonio non ebbe chiaro cosa si dovesse fare finché uno degli uomini che correvano insieme a loro spiccò un acrobatico balzo che dal rodiggio lo portò al tender, dov'erano stipati la carboniera e il serbatoio dell'acqua. Solo allora si rese conto che il treno non si sarebbe mai fermato.

« Corra, Antoine, corra! » gli suggerì Edgar in un singulto soffocato, arrancando alle sue spalle.

Si era incurvato e intirizzito e nei suoi baffi scintillavano perle di sudore.

Genève aveva rallentato il passo per aspettarli. Quando rimasero solo loro tre, il treno stava scivolando via, rapido e indifferente, e rimaneva solo il vagone di coda, ultima occasione per salire a bordo.

Genève accelerò il passo, puntò il piede sinistro a terra e protese il braccio destro verso la ringhiera della carrozza. Si lanciò, si aggrappò al volo e fu in salvo.

« Fate presto! » urlò eccitata. « È fortissimo! »

Antonio scoccò una rapida occhiata a Edgar. Era sfinito.

« Sento che sta per venire... » farfugliò il pittore. « Eccolo, *l'infarto*! »

Impietosito, Antonio lo acciuffò per il mantello. Poi, senza pensare che aveva una sola pellaccia da tenersi cara, allungò gli arti più di quanto ritenesse possibile. Le sue dita si avvinghiarono alla ringhiera che cingeva il balconcino dell'ultima carrozza e il suo piede sinistro si posò instabile sui pioli di una scala di ferro. Ma non era una presa salda, e non avrebbe retto un solo istante se Genève non fosse corsa in suo aiuto, stringendogli la mano e tirandolo per l'avambraccio. Antonio fece leva sulla parte sinistra del corpo, per caricare con forza Edgar e lanciarlo sul treno. Il pittore si strinse alla ringhiera, talmente sconvolto che rimase in posizione fetale per diversi secondi, attaccato come un koala a un ramo, impedendo ad Antonio di trarsi in salvo.

« Edgar, muoviti! » gli urlò. « Sto scivolando! »

Senza lasciar andare la mano di Antonio, Genève incitò il pittore e lo aiutò a sollevarsi, a scavalcare la balaustra di ferro e ad atterrare rovinosamente sul pavimento laminato di metallo.

Soltanto allora Antonio si occupò di se stesso: racimolò tutte le energie rimaste e compì gli ultimi movimenti in modo maldestro e inconsulto. Quando finalmente cadde sulla carrozza, non aveva più un residuo di fiato. Ma era vivo. Erano tutti vivi, e la stazione si allontanava all'orizzonte.

No, si disse, concedendosi un sorriso di vittoria, *siamo noi che ci muoviamo.*

« Perbaccotacco! » sospirò Edgar abbandonandosi a terra, senza forze.

Per farlo stare comodo, Genève si tolse lo scialle che aveva intorno al collo e glielo sistemò sotto la testa. Intanto continuava a ridere, incapace di frenarsi per l'improbabile faccia del pittore svenuto e per l'adrenalina che le circolava in corpo, e dovette sedersi a terra in preda ai crampi allo stomaco.

Antonio rise con lei, mentre il treno si lasciava il centro alle spalle e si addentrava, sferragliando, ruggendo e sbuffando, nella periferia di Balàl, una distesa immensa, minata da roulotte, case di legno e tendoni.

« Allora... eri qui... volevi *davvero* prendere un treno... » Antonio aveva ancora il fiatone, il cuore gli pompava nel petto, alle tempie, in gola... Era una sensazione piacevole, lo fece sentire vivo.

« Mi cercavi, per caso? » rise lei, sfiorandogli il viso con i capelli. Era raggiante, incredibilmente felice che si fossero ritrovati in quel modo.

Sapeva cosa significava, perché comprendeva il linguaggio segreto di Tirnaìl.

« Vieni con me », la implorò Antonio.

« Sei un bastardo fortunato. »

31

Sul treno

Quando Genève ebbe ascoltato il resoconto di Antonio e Edgar su quanto accaduto a piazza Teslan, rimase a bocca aperta. Da un lato sembrava stupita che Antonio avesse affrontato la folla impazzita di Balàl solo per cercarla, dall'altro si domandava cosa potesse avere in mente il conte. C'era poi un'altra parte di lei, la più nascosta e silenziosa, che non riusciva a credere che Antonio fosse già stato a Tirnaìl e ne fosse uscito. Non provò nemmeno a domandargli se ricordasse qualcosa: purtroppo conosceva già la risposta.

« Mi chiedo solo perché il conte abbia ordinato che ti portassero da lui vivo o morto. In che modo potresti essergli utile, da morto? » si limitò a commentare prima di fare a pezzi il volantino che Edgar le aveva mostrato e gettarlo fuori dal finestrino, insieme a un mozzicone di sigaretta. « Nessuno deve scoprire dove sei. »

« A proposito, non sarebbe più saggio rintanarsi a casa mia finché le acque non si saranno calmate? » propose Edgar, mentre una ragazzina e il suo cane salivano a bordo. « Qui c'è troppa gente di passaggio, per i miei gusti: basta che uno di loro riconosca il signor Fonte e siamo tutti spacciati. »

Antonio e Genève si scrutarono. Edgar non aveva torto, ma Tirnaìl li aveva fatti incontrare di nuovo davanti a quel treno, e per entrambi quel treno segnava la via. Inoltre, avevano l'opportunità di spostarsi in fretta e di inoltrarsi in più regioni di quante non sarebbero riusciti a toccare con l'automobile. E se il treno avesse fatto tappa a Mnemosia?

« Io voto per restare sul treno un altro po' », dichiarò Antonio, alzando la mano.

« Io pure », lo imitò Genève, dando a Edgar una pacca sulle spalle. « La maggioranza vince. »

«Ma non sempre è vincente», borbottò Edgar, allontanandosi ingobbito nel corridoio e impigliandosi con il mantello nel carrello dei panini.

Rimasta sola con Antonio, Genève tirò fuori dalla sacca il manoscritto della *Notte dei Cristalli* e glielo restituì.

«L'ho preso per sbaglio, quando eravamo all'ostello. Non voglio andare avanti, mi confonde solo le idee. Non sono io la ragazza del libro, eppure lo sono. E io sono già troppe cose e nessuna in particolare per poter sopportare anche le tue storie, Antoine.»

«Io mi chiamo...»

«So come ti chiami. Ma è più facile starti vicino se penso che sei perduto come me.»

«Lo sono.»

«No, invece. Tu hai il tempo, un nome e un passato. Io avevo me stessa, e mi bastava. Poi arrivi tu con le tue storie, ed ecco che inizio a chiedermi se sono vera. Te la sei mai chiesta, una cosa del genere?»

Antonio era imbarazzato, non sapeva come rispondere a una domanda simile. Ripensò alle parole di sua madre, al fatto che si sentisse reale solo perché c'era lui, perché lui glielo aveva permesso. Scacciò il pensiero.

«Sento che c'è dell'altro. Lo so.»

«Allora prometti di dirmelo, quando ti ricorderai di me. La *vera* me.»

Dicembre 1998

Fuori è buio. Guarda l'orologio: segna le dieci e cinque.

Mette a scaldare l'acqua per il tè, aggiusta i cuscini sulla poltrona. Sistema il manoscritto, va alla ricerca del taccuino con gli appunti e di un paio di penne, prende due tazze dalla credenza, quindi sistema tutto sul tavolino del salotto. La casa è ordinata e pulita, profuma di bucato appena fatto, di pavimenti lavati, di fornelli brillanti.

Guarda l'orologio: le dieci e sette.

Sente un rumore all'esterno, uno scalpiccio di passi sul mar-

ciapiede bagnato. Si affaccia alla finestra dello sgabuzzino, quello che un tempo era la sua stanza da letto.

È arrivato.

L'uomo è accanto al portone, davanti al citofono. Temporeggia con l'indifferenza di un gatto. Fischietta, controlla l'orologio, accende e spegne fiammiferi per ammazzare il tempo, nell'attesa che passino quei tre minuti. Ha sempre lo stesso cappello, lo stesso impermeabile beige, gli stessi mocassini castagna, con i quali forse pensa di darsi un tono, ma che ormai sono malconci e macchiati. Antonio ha l'impressione che si metta in tiro solo per lui, per guadagnarsi il suo rispetto.

L'uomo accende l'ultimo cerino, ignaro che Antonio lo sta guardando. Lo scrittore non può farne a meno. Dopo quattro mesi, ha ancora bisogno di osservarlo di nascosto. Deve vedere e credere che suo padre esiste, che compie delle azioni – come osservare la fiamma rossa e blu che divora lo stelo di un fiammifero – anche quando non interagiscono.

Suo padre suona al citofono. Sono le dieci e dieci esatte.

Antonio apre il portone, sente i passi nell'ingresso e il tocco leggero delle nocche che picchiettano alla porta. Va ad accoglierlo.

« Lo sapevi che l'accendino è stato inventato prima dei fiammiferi? » Suo padre lo saluta così, entrando senza neppure guardarlo.

« Davvero? »

« Certo. Era il 1823 e Johann Wolfgang Döbereiner realizzò il primo accenditoio, conosciuto come lampada di Döbereiner. Tuttavia, entrò in produzione solo nel 1880. Credi ne esista ancora qualche esemplare? »

« Non lo so, papà. Ma oggi si può trovare di tutto. »

« Già, e a me non piace neanche un po'. Cosa resta di magico in un mondo dove puoi trovare tutto? Il mio tè? »

« È pronto. »

Antonio immerge nell'acqua una bustina che contiene un saporito tè al gusto di mela e cannella, poi lo versa nella tazza. Suo padre si accomoda sulla poltrona, cercando un motivo per la-

mentarsi dei cuscini. Non lo trova, perché Antonio li ha sistemati come piace a lui.

Antonio riempie la sua tazza di latte caldo e miele, quindi prende posto sul divano.

« Ci sono novità? » chiede suo padre, senza averlo ancora guardato negli occhi.

« Non molte. Ah... i coniugi Palumbo si sono separati e hanno lasciato l'appartamento di sopra. »

« Un vero peccato. Era divertente quando la moglie restava sola a casa e invitava la parrucchiera per fare quelle cosette... »

« Ieri sera è arrivato il nuovo inquilino. »

« Uomo o donna? »

« Donna. Ha la voce un po' roca. »

« Le tette? »

« Non l'ho ancora vista. »

« Poi fammi sapere come sono le tette. »

Dal condotto per l'aria arrivano dei rumori, il clic *di un accendino, il tintinnio di una tazzina di caffè appoggiata sul piattino, passi felpati – sicuramente indossano solo i calzini –, il tappo di una bottiglia di birra che cade sul pavimento e non viene raccolto. Quei rumori fanno da sfondo alla vita di Antonio.*

« E con il romanzo? A che punto sei con la tua storia infinita? »

Antonio prende il manoscritto dal tavolino e ne allinea i bordi. Si sente come un alunno chiamato a mostrare il proprio compito al professore.

« Sono andato avanti. Adesso lei è sul lago Bajkal, in Siberia. »

« Oh, bene, bene! Lo sapevi che è il lago più antico e profondo della Terra? Raccoglie il ventidue per cento dell'acqua dolce di tutto il mondo. In primavera si sollevano degli spuntoni di ghiaccio, come se un gigante rompesse un bicchiere e i cocci finissero poi incastrati nel lago. Potresti farle incontrare un gigante, che dici? Un gigante scorbutico e solitario che crede di non avere un'anima, eh? Su, avanti, perché non mi leggi qualcosa? »

Antonio legge, e la voce gli trema. Gli trema perché sta raccontando una storia al più grande ladro di storie del mondo e gli trema perché quella storia parla di lei, la ragazza del fiume. Eppure dovrebbe essersi abituato, è da mesi che la scena si ripete, una volta a settimana, e non prima delle dieci e dieci di sera. Suo padre non lo guarda mai negli occhi.

A un tratto lo interrompe.

« Perché non hai dato un nome al tuo personaggio? »

Antonio ammutolisce, abbassa lo sguardo, si imbarazza.

« Lei non è solo un personaggio. È una persona. »

« Ancora peggio: stai scrivendo di una persona senza nome! »

« La cosa è più complicata di quanto pensi, papà. »

« Tu sei complicato, figlio mio. Sono anni che scrivi la storia di questa ragazza, e non le hai ancora dato un nome. »

« È che io... non lo so! *» Antonio si alza, si agita. Lascia cadere il manoscritto e guarda fuori dalla finestra. Pensa alla ragazza del fiume, ai suoi occhi, a quanto ne senta la mancanza. « Non so come si chiama. Me ne sono andato senza chiederglielo... »*

Suo padre resta in silenzio, poi gli domanda: « Stai scrivendo una storia che parla di una persona reale? Questa ragazza... esiste? »

Antonio annuisce.

« L'hai persa? »

« Non l'ho mai avuta, papà. L'ho incontrata otto anni fa, una notte. Poi basta. »

Altro silenzio.

« Non credi di meritare di più? » gli chiede suo padre dopo aver indugiato a lungo su quelle parole.

« Che vuoi dire? »

« Che voglio dire? Eh... » Suo padre è titubante. Negli ultimi anni ha imparato molte cose. Una di esse è il potere delle parole. Alcune guariscono, altre fanno innamorare, e poi ci sono quelle che allontanano le persone. Fa un respiro profondo, prima di continuare.

« Voglio dire che non dovresti lasciarti ossessionare dalle cose che ti capitano. C'è altro in te, ci sono storie, personaggi, mondi interi... per non parlare di tutto quello che ti stai perdendo del

mondo esterno. Perché non la pianti di inseguire un ricordo e non ti dedichi ai tuoi sogni?»

«Io mi lascerei ossessionare dalle cose? E tu, che hai passato una vita a farti dominare da qualunque cosa? Donne, alcol, mestieri, viaggi...»

«Erano cose reali.»

«Certo, come no! Come il tuo lavoro di ladro di storie!»

«Questo è *reale, e proprio* tu *dovresti saperlo! Sei stato tu a portare quell'uomo da me, e ancora oggi sono il suo uomo più in gamba!»*

«Tu sei malato, papà.» Antonio scuote la testa. «Perché sei tornato? Perché non te ne torni a fare il giro del mondo?»

«Perché sono vecchio e il mondo va troppo veloce per i vecchi. E perché mi mancavi. Io...» Suo padre solleva finalmente lo sguardo. È la prima volta che intercetta i suoi occhi da quando ha messo piede in casa. Ma lo fa giusto un attimo, poi torna a fissare il vuoto. «Io ti ringrazio di non avermi sbattuto la porta in faccia, quando ho bussato quella sera.»

«Avevo tutto il diritto di farlo! Ventidue anni senza tue notizie, senza un padre... tu...»

«Lo so, lo so!» Suo padre liquida l'argomento, infastidito. «Avevi il diritto di farlo, ma non lo hai fatto. Questo significa che t'importa ancora di quello che ho da dire. E io ti dico di non amare l'idea delle cose. Trovati una cosa da amare, e amala. Rivedo troppo di me, in te, e questo mi spaventa. Non voglio che diventi come me.»

«Io non sono come te!»

Suo padre sobbalza, perde il contegno, abbassa la maschera. Rimangono i resti di un uomo misero, che al tramonto della vita si è accorto del vuoto che ha tra le mani. Un uomo che ha avuto bisogno del figlio per imparare il significato e la fragilità del perdono. Antonio lo osserva dall'alto in basso, si sente forte, grande, adulto, mentre suo padre è ogni giorno più debole, più bianco, più solo. Non sarebbe tornato, se non fosse così.

«Genève», sussurra, sbirciando il mondo oltre i vetri appannati.

«Cosa?» domanda suo padre.

«La chiamerò Genève. È lì che l'ho incontrata: alla Festa di Ginevra, la festa dell'acqua. La chiamerò Genève.»

«Signor Antoine, va tutto bene, è solo un sogno, solo un sogno!»

Il viso di Edgar si sovrappose al volto che fino a un attimo prima aveva magnetizzato tutti i suoi sensi. Antonio si tirò a sedere sul materasso della propria cuccetta, poi corse verso il finestrino, mentre un fischio annunciava il passaggio del treno attraverso l'ennesima stazione vuota.

Si concentrò sul cielo, sulla mezzaluna gialla, sul pozzo verde e la veranda di una casa di campagna. Chiuse gli occhi e inspirò ed espirò finché il battito del suo cuore non tornò alla normalità.

Genève dormiva, e anche gli altri due passeggeri della carrozza – un frate spelacchiato e una donna che sembrava una prostituta dei poveri – erano profondamente addormentati.

«Non sono come te, vecchio bastardo.» Antonio si agitò e fece per alzarsi, ma Edgar lo costrinse a restare seduto sulla panchetta accanto al finestrino.

«Stia calmo, signor Antoine! Non ho mai visto nessuno soffrire così tanto per un sogno.»

Gli porse un fazzoletto e Antonio si accorse del sangue che gli stava colando dal naso.

Magari fosse stato un sogno! Suo padre, a casa sua, che parlava con lui di Genève. C'era qualcosa di terribilmente sbagliato in tutto questo.

«Signor Antoine, sta bene? È pallido come un morto!»

Edgar gli procurò un bicchiere d'acqua e vi lasciò scivolare una zolletta di zucchero. Antonio bevve e riprese un po' di colorito, poi rimase a fissare il panorama che gli scorreva davanti agli occhi. L'aria era fredda, come se il treno stesse salendo verso le montagne.

«Edgar, tu sei mai stato a Mnemosia?»

«Una volta, moltissimi anni fa.»

«Quindi esiste?»

Edgar corrugò la fronte. « Mi sta chiedendo se esiste come esistono le verruche e le zanzare? »

Antonio ci rifletté su.

« Non so in che grado di esistenza si piazzino verruche e zanzare. Intendo dire che io sto cercando Mnemosia, ma da quando sono arrivato qui – anzi, da quando ho trovato una vecchia lettera – ho iniziato a ricordare cose che non mi ero *semplicemente* dimenticato. È come se le avessi rimosse, cancellate. Secondo te com'è possibile che io sia tornato in possesso di memorie eliminate, se non sono ancora arrivato a Mnemosia? Da dove provengono? »

« Non sono un esperto di ricordi perduti, signor Antoine, ma suppongo che questo sia il modo in cui Tirnaìl le dice che sta andando nella giusta direzione. E, forse, più si avvicina, più questi ricordi diventano dolorosi, o diventa doloroso riappropriarsene... » Edgar fece un cenno al naso di Antonio, che continuava a perdere sangue.

« Sarà... » commentò lo scrittore, pulendosi.

« Ciò che la tormenta non era un sogno, dunque. »

« I miei sogni *sono* ricordi, ormai. Ma questo ricordo era... *impossibile*. C'eravamo io e mio padre, lui beveva una tazza di tè, io una di latte, e parlavamo di Genève. » Antonio cercò d'ignorare la morsa allo stomaco.

Genève. Era stato lui a darle quel nome. Più ricordava, più si rendeva conto che lei, nei suoi ricordi, non c'era, se non come personaggio di una storia. Quel pensiero lo uccideva, e avrebbe ucciso anche lei.

« E cosa c'è di strano? »

« C'è che lui era *vecchio*. E mio padre non è *mai* stato vecchio. »

« Mmm, interessante, interessante... Ha per caso usufruito della preziosa acqua della fonte della giovinezza? »

Antonio ammutolì. Non sembrava che Edgar stesse scherzando.

« Non ho mai incontrato mio padre *da vecchio*! L'ultima volta che lo vidi, e lo sai anche tu, fu la notte in cui mi lasciò le chiavi del suo studio. Avevo dodici anni. E... e anche quella notte mi è sembrata surreale, quando l'ho rivissuta! »

« Un'altra rimozione? »

« Esatto! »

« Ebbene, qual è il problema? Lei li ha dimenticati, è normale che i ricordi le paiano estranei. O forse dubita della loro veridicità? »

Antonio scosse la testa. Era sudato.

« Il punto è che inizio ad avere paura di quello che scoprirò a Mnemosia. »

Edgar lo guardò preoccupato, baffi e sopracciglia corrugati.

« Si metta a dormire, signor Antoine. Questa terra è difficile e lei ha già abbastanza pensieri per la testa. »

Antonio gli obbedì. Tornò a stendersi sulla sua cuccetta, ma prima notò una cosa posata sul materasso di Edgar. Un disegno. Un *vero* disegno: due piedi, sulle punte. Era appena abbozzato, ma era molto più di quanto avesse mai fatto, molto più di quanto chiunque si aspettasse che Edgar potesse fare.

Si girò verso il pittore, rimasto accanto al finestrino a osservare le ore della notte. Poi, senza aggiungere niente, si mise a dormire.

Nei giorni seguenti, molti passeggeri salirono e scesero dal treno. Si presentavano nella carrozza come attori in fila per un provino; dopodiché, com'erano apparsi, così se ne andavano. Solo un'esigua minoranza restava a bordo.

Tra questi, Antonio aveva notato in particolare un'anziana signora – *la duchessa Huldrekat*, la sentiva celebrarsi ogni tanto – che vagabondava come un'anima in pena attraverso le carrozze, esponendo intorno al collo il suo splendido gatto delle foreste norvegesi, la spocchiosissima Doreen. Si diceva che fosse una ricca allevatrice di felini e che non osasse scambiar parola con chi era di rango sociale inferiore.

A volte, tuttavia, Antonio aveva la sensazione che la duchessa Huldrekat lo cercasse con lo sguardo, quasi volesse dirgli qualcosa di cui nemmeno lei era certa. Ma bastava un attimo perché il presentimento evaporasse nel nulla, subito annichilito dalla smorfia di perfetto disgusto disegnata dalle sue labbra, un ghigno che la duchessa doveva essersi allenata a fare per anni, davanti a uno specchio, fino a mettersi a disagio da sola.

Antonio occupava il tempo leggendo *La Notte dei Cristalli.* Ormai non aveva dubbi che fosse frutto della sua penna – per quanto la scrittura gli risultasse immatura – ma purtroppo non ricordava minimamente di averlo scritto. Ogni idea gli risultava nuova, ogni frase gli era estranea. Raccontava un incongruente accumulo di avventure straordinarie, ma non aveva un inizio o una fine precisi. O, forse, le pagine mancanti spezzavano il ritmo e il respiro della storia, rendendola ridicolmente infantile.

Spesso Antonio richiudeva il libro con uno scatto di rabbia, innervosito con se stesso, e si univa a Genève nella lettura del registro, che trovava di gran lunga più interessante.

I giorni trascorsero così mentre il treno toccava un numero inimmaginabile di regioni, sfiorando megalitiche città e villaggi nascosti, lambendo terre dimenticate dal sole e avvolte nel ghiaccio, superando valichi che si districavano fra monti e spingendosi fino a paesi incuneati nel ventre di umide caverne.

Ma Mnemosia sembrava ancora lontana.

32

Come si diventa un conte vampiro

Era notte fonda, perciò nessuno si accorse della stazione di campagna che incrociarono, né degli uomini che salirono a bordo.

Solo nella carrozza bar, Antonio leggeva il manoscritto sorseggiando un bicchiere di latte. Non poteva impedirsi di correggerlo e si detestava per aver scritto certe grossolane scempiaggini: l'idea che Genève ne avesse letto una parte lo faceva arrossire d'imbarazzo.

E così, quando mani possenti lo agguantarono alle spalle, i suoi riflessi non furono abbastanza pronti per opporsi. Erano in due: lo sollevarono di peso, gli bloccarono i polsi con una corda di canapa, gli legarono il corpo alla poltrona, usando fibbie di cuoio, e gli ficcarono una palla da tennis in bocca. Quando fu in loro potere, uno dei due gli centrò l'occhio sinistro con un pugno. Il colpo fu forte, ben piazzato, e le schegge degli occhiali frantumati gli ferirono le palpebre.

Antonio cercò disperatamente l'aiuto del barista. Ma il ragazzo teneva le mani poggiate sul banco e lo scrutava impassibile. I suoi occhi si illuminarono soltanto quando un gruzzolo di monete d'oro si riversò generosamente davanti a lui.

« Sul manifesto ho letto che questo sa come andarsene da Tirnaìl. Lo voglio sapere pure io », dichiarò con voce ferma, allontanando le monete e accendendosi una sigaretta.

« Oh, ma davvero? »

Il conte Vladimiro, prodigo dispensatore di quel malloppo, si sporse e osservò il volantino che il ragazzo gli aveva piantato davanti.

« Con le vostre monete ci gioco a dama. »

Il conte scoppiò a ridere: « Io invece con le mie monete gioco a *riempi il sacco* ».

Il barista non ebbe il tempo di chiedere di che gioco si trattasse. Il bastone del conte lo colpì in testa, producendo il rumore di un vaso di coccio che si infrange. I capelli s'intrisero di sangue e Vladimiro gli bloccò la testa sul banco. Il ragazzo era ancora vivo quando il conte gli tappò il naso e iniziò a imbottirgli la bocca di monete d'oro, mentre canticchiava divertito *riempi il sacco, riempi il sacco.*

Il gioco lo intrattenne per qualche minuto. Quando si fu annoiato, buttò a terra il corpo agonizzante del ragazzo, proprio come se fosse stato un sacco, e lo lasciò morire lì, tra spasmi, sangue e brandelli di materia grigia.

Adesso era libero di dedicarsi ad Antonio.

Mentre il conte si avvicinava lo scrittore si dimenò ed emise una serie di gemiti, guardandosi intorno alla ricerca di qualcosa o qualcuno che lo potesse aiutare. Ma le porte erano chiuse e nessuno, a quell'ora, era sveglio.

« Anche tu qui, signor Fonte? Ma allora mi perseguiti! »

Il conte sollevò il bastone di ciliegio e gli scoccò una stoccata in petto e un'altra sul volto. Antonio guaì dal dolore, mentre il sangue gli fluiva dal naso e gli bagnava le labbra.

« Pensavi di farcela, vero? » Vladimiro levò nuovamente il bastone e si abbandonò a un'altra serie di colpi. « Credevi che mi saresti sfuggito? Ne eri certo? »

Ormai il dolore era diventato così intenso che Antonio non ci badò più. Concentrò tutto l'odio di cui era capace negli occhi, e fissò il conte augurandogli di trovare il suo inferno in quella vita e nell'altra.

« È valsa la pena di venire fin qui anche solo per lo sguardo che hai in questo momento. Ecco cosa volevo vedere, prima di chiudere con te. »

Il conte si sedette a riprendere fiato sulla poltroncina davanti ad Antonio.

« Sei stato bravo ad arrivare sin qui. Tirnaìl dev'essersi affezionata a te e alla tua storia. Ma io no. E io sono parte di questa terra come ogni suo granello di polvere, come ogni spiffero di vento che fruscia tra i suoi alberi e ogni sua guerra perduta. E anch'io ho il diritto di dire la mia.

« Innanzitutto, mio caro, ti porgo le mie più umili scuse. C'è stato un increscioso scambio di persona, ma sono certo che comprenderai: tu e tuo padre siete due gocce d'acqua. Avete lo stesso cognome, sfoggiate tutti e due quel repellente taglio di capelli e siete due intramontabili sognatori. E in più, da quando sono in questa terra, la mia memoria spesso vacilla. Ma da quella notte all'Asta delle Illusioni, da quando ho visto la tua brutta faccia e sentito il tuo maledetto nome, qualcosa nella mia mente si è sbloccato e pian piano ho iniziato a ricordare una storia.

« Ho ricordato i tempi in cui vivevo in una città bagnata dal mare. Ero giovane, allora, padrone di un mondo dorato, e possedevo una lucrosa attività ereditata dalla mia famiglia. Erano bei tempi, quelli. Poi, ho ricordato tuo padre. »

Gli occhi di Antonio si sgranarono.

« Arrivò da me, mugolando, come un cane bastonato dalla vita. Era un ratto che elemosinava un lavoro. Aveva una moglie, mi disse, e un figlio che stava per nascere. Eravamo stati compagni di liceo, non ricordavo che mi passava i compiti di latino? Glielo diedi, il lavoro. Mi fece pena. Sgobbava come un mulo ed era bravo in quello che faceva. Non ricordo cosa fosse, i dettagli mi sfuggono, ma so che era bravo. Fu ancora più bravo quando accettò di mettere la sua firma e di dividere con me ogni cosa, la società, i guadagni, la gloria... e l'infamia. Da Conte e Fonte! Era entusiasta come un bambino che scarta i regali di Natale, solo che nei miei pacchi trovò inganni e veleno. Sarebbe andato tutto bene se non fosse stato per gli Scarafaggi. Scommetto che vuoi sapere perché ho ammazzato quelle tre piccole canaglie, vero? »

Antonio non mosse un muscolo, mentre l'odio germogliato nei suoi occhi, cresceva e si espandeva.

« Non lo so, non mi ricordo. Ma se tu fossi un assassino, capiresti. Capiresti che non esiste un motivo più valido di un altro per uccidere un essere umano. *Capita* e basta. A me era solo *capitato*. Non ero bravo, perciò mi trovarono quasi subito. E mi rovinarono, ma insieme a me rovinarono anche tuo padre. E la sua famiglia. »

Il conte sbuffò sonoramente, indispettito per com'erano andate le cose.

« Del periodo dopo la *disgrazia* non ricordo granché. A un certo punto, semplicemente, mi ritrovai a Tirnaìl. Non ero solo: gli Scarafaggi mi avevano seguito! Furono *loro* a ostacolarmi, furono *loro* a impedirmi di trovare ciò che stavo cercando. Quando scadde il tempo, dimenticai il mio nome e il motivo per cui ero venuto quaggiù. Ero bloccato, un perdente come gli altri. Come te, come tuo padre. » Il conte sputò a terra e calpestò la sua saliva. « Vagavo senza meta, senza storia, perseguitato da tre bambini morti. Fu il periodo peggiore, mi sentivo prigioniero di un mondo perduto. No, non fingere di capire, perché tu non sai cosa significhi. Non ancora. »

Antonio lanciava continue occhiate alla porta del vagone, nella speranza di sentire avvicinarsi qualcuno. Doveva trovare un modo per sfuggire a Vladimiro, o sarebbe finito riverso e inerte accanto al cadavere del barista. Ma non riusciva a distogliere l'attenzione dal racconto del conte.

« Ero a Vanesia, una notte di quindici anni fa. Qui la storia si complica, perché ancora una volta io non so chi fosse l'uomo che precipitò nella mia vita come un angelo custode, se tu oppure tuo padre. Suppongo che tu non possa dirmelo, perché la tua memoria è piena di buchi.

« Conosci il Ponte dei Raggiri, a Vanesia? Dicono che quando un uomo disperato va lì con l'intenzione di farla finita, le acque del canale gli mostrano un'immagine di salvezza, un motivo di speranza. Io ero su quella balaustra. Non mi accorsi subito dell'uomo uscito dall'osteria. Sentii solo la sua voce alle mie spalle e quello che mi disse. Disse la cosa più stupida che... » Il conte interruppe il racconto per abbandonarsi a una risatina che per la prima volta suonò sincera. « Disse: '*Lo sapevi che anche se gli mozzano la testa uno scarafaggio può vivere altri nove giorni, e a quel punto muore di fame?*'

« Mi chiesi subito che razza di persona se ne andasse in giro di notte a blaterare simili idiozie a un uomo che stava per porre fine ai suoi travagliati giorni. Mi chiesi se fosse il salvatore inviato per me da Vanesia, e per un attimo sperai che con le sue parole mi avrebbe fatto scendere da quel dannato ponte. Tu lo conosci il potere delle parole, vero? Rispondimi! »

Vladimiro sollevò il bastone e con un'ulteriore sferzata colpì Antonio fra le costole, lasciandolo in preda a un dolore lancinante. Dopo essersi ripreso dal proprio sfoggio di sadismo, il conte recuperò il filo del discorso.

« Parlò soltanto lui, del più e del meno. Mi raccontò di essere venuto a Tirnaìl per riscattare il suo passato, perché aveva commesso troppi sbagli e voleva essere perdonato. Perciò era alla ricerca di un sogno... qualcosa che non fosse per lui, ma per qualcuno che amava più di se stesso. E non si preoccupava del tempo perduto: lui se ne infischiava di certe regole. Parlava, parlava, parlava... Pensai allora di aver preso un abbaglio, di essermi aggrappato a uno di quegli imbrogli che Vanesia rifila ai viandanti. Ma poi nelle acque del canale apparve un'immagine. Una placca dorata con una scritta. La lessi ad alta voce: *Da Conte & Fonte. Patti d'arte.* L'uomo allora mi guardò negli occhi... mi guardò come tu mi stai guardando ora. Anzi, mi complimento: stai superando te stesso. O tuo padre.

« 'Conte', disse a voce bassa, fissandomi come se fino a quel momento non avesse capito con chi aveva a che fare. 'Tu sei Conte, il vampiro. Vladimiro, il vampiro.'

« Poi si allontanò di corsa. Io urlai. Lo supplicai di raccontarmi la mia storia, di dirmi chi ero e perché ero lì. Lo pregai letteralmente di salvarmi. 'Tu sei qui perché meriti di essere qui. Perché meriti di buttarti da quel ponte e meriti che il mondo si dimentichi di te.'

« Attesi che l'eco dei suoi passi svanisse, oltre la notte e la nebbia. Mi buttai. Sai cosa trovai, in quel fiume? »

Il conte era estasiato. Sembrava che fosse arrivato al punto cruciale, all'epifania non della sua storia ma della sua intera esistenza.

« *Nechnabel.* » Il conte Vladimiro sospirò. « Sotto le acque di Vanesia si nasconde Nechnabel, sopra Nechnabel si cela Vanesia. Sono l'una il riflesso dell'altra. Una città per le illusioni e una per le disillusioni, una per le speranze trovate, l'altra per le speranze perdute. Chi è così disperato da tentare il suicidio, e si getta dal Ponte dei Raggiri, precipita in una città di notte e nebbia infinite.

« Ti sei mai chiesto che fine facciano gli oggetti perduti che nessuno viene a cercare? A lungo andare marciscono, muoiono. »

Le ultime parole le strascicò fra i denti, quasi restio a pronunciarle.

« *Sentirsi* perduti non equivale a *essere* perduti. Esserlo significa finire a Tirnaìl. Ma a chi si sente perduto, a chi ha smesso di cercare e di essere cercato, non rimane che un posto. E quel posto è Nechnabel. »

Il conte si sollevò dalla poltroncina e si mise a trotterellare intorno ad Antonio, ritracciando i propri passi e rimirandosi le scarpe.

« Anche io finii prigioniero della città di notte e nebbia. All'epoca era persino peggiore di quanto sia sembrata a te: un paese di suicidi. Te lo immagini? Invitavi qualcuno per il tè e quello rifiutava perché alle quattro aveva deciso di impiccarsi. Bussavi alla porta di un vicino e sentivi la puzza di gas filtrare dalla porta. E non è che poi morissero... no! Quei poveracci crepavano e il giorno dopo erano vivi, puniti in un ciclo di eterno ritorno ed eterna dannazione. Non c'era scampo, nemmeno una via d'uscita. Eppure... eppure c'era un vantaggio nel vivere in una città così buia: per la prima volta da quando ero a Tirnaìl, i bambini fantasma, i miei Scarafaggi, mi lasciarono in pace, mi concessero un periodo di tregua dai miei tormenti.

« Fu allora che iniziai a pensare. Ripensai alle parole dell'uomo sul ponte, pensai al modo in cui mi aveva chiamato. Pensai alla placca che avevo scorto tra le acque, e quella placca fece sorgere in me una speranza. Invece di abbattermi e maledirmi come gli altri, iniziai ad amarmi. Cominciai a trattare me stesso nel modo in cui meritavo di essere trattato dal mondo: come un *conte*. Curai la mia casa, il mio aspetto, le mie maniere, le mie passioni. Mi innamorai del suono della mia voce, del candore dei miei denti, del colore dei miei occhi. E più la speranza e la convinzione si insidiavano nel mio cuore, più la notte e la nebbia si dissipavano. Finché un giorno mi svegliai nel letto di quella che oggi chiamo *casa*: Villa Geras. Ero fuori. Ero vivo. Giurai a me stesso che non avrei mai più permesso a niente e a nessuno di ridurmi a tanto, a una simile larva, perché io meritavo di più. Mi insediai nella villa abbandonata. Era mia, non poteva essere altrimenti: nelle cantine trovai la placca che ti ho mostrato, la stessa che avevo scorto nel riflesso del canale di Vanesia.

«All'epoca circolava una voce, a Tirnaìl: un uomo ce l'aveva fatta. Un viandante perduto, alla ricerca di un sogno, era entrato e uscito da questa terra, senza neppure portare con sé un orologio. Nessuno conosceva il suo nome, lo chiamavano *Losapeviche*. Dicevano così: *lo sai che* Losapeviche *ha trovato quel che cercava e Tirnaìl lo ha lasciato andare?* Era diventato un essere mitologico, leggendario, ed era lui, senza dubbio, l'uomo che maledicendomi mi aveva salvato.

«Fuori da Nechnabel, gli Scarafaggi erano tornati a tormentarmi, e io disseminai la casa di oscurità. Ma non bastava. In testa mi frullavano ancora le parole dell'uomo incontrato sul Ponte dei Raggiri: *Vladimiro, il vampiro*. È così che mi aveva chiamato *Losapeviche*. E questo ero. Non solo un conte, ma un Vampiro. Iniziai con i bambini, ci ero abituato. Assaggiavo il loro sangue e mi piaceva, mi faceva sentire giovane. Poi però morivano, e dopo un po'... dopo un po' mi parve uno spreco. Ogni tanto, capitava che qualcun altro fuggisse da Nechnabel, come me, e si ritrovasse a Villa Geras. Ne approfittai, e cominciai a bere anche il sangue di questi miserabili. Era infetto, disgustoso, sapeva di paura, dolore e sconforto. Però, anziché morire, loro si *trasformavano*. Diventavano ombre, diventavano Nox. Mi tornarono utili. Rapirono per me altri bambini, e poi altri uomini, e li portarono a Nechnabel, il mio ovile. È da allora che li allevo estirpando la speranza dai loro cuori. Quando il loro sangue è pronto, cotto al punto giusto per soddisfare il mio palato e infoltire le mie schiere di Nox, lo bevo. Profuma di innocenza e disperazione.

« È così che si diventa un conte vampiro, mio caro signor Fonte. Mi sono trasformato in tutto ciò che tu o tuo padre, quella notte sul ponte, avete detto di me. Un uomo non è forse ciò che si racconta di lui? Io ho imparato di sì. »

Il conte fece un cenno ai suoi gorilla. Perquisirono Antonio, gli strapparono l'orologio dal petto e lo lanciarono a Vladimiro.

« Ti restano solo due numeri. Il dieci e il due. Chissà a quanti giorni corrispondono. Due settimane, voi che ne dite? Di meno, forse. Conosci la legge di Tirnaìl? Le cose, quaggiù, appartengono a chi le cerca. Tuttavia, se chi le cerca muore, la proprietà passa a chi le trova. Certo, ci metterò più tempo a trovare quel ricordo, senza di te. Ma il mio tempo è scaduto. Il tempo, per me, non esiste. »

A quelle parole, Antonio trasalì. E all'improvviso capì perché il conte avesse esortato la gente di Balàl a ucciderlo, se necessario: da vivo gli serviva a poco; se invece fosse morto, il conte avrebbe avuto libero accesso ai suoi ricordi. Come gli oggetti sulla Costa Rastrellata: erano appartenuti a gente morta, ora appartenevano a chiunque li trovasse per primo.

Il conte buttò a terra l'orologio. A un altro cenno del capo, i due slegarono Antonio dalla poltroncina e lo gettarono su un tavolino. Poi uno dei due afferrò una sedia di ferro e iniziò a colpire il finestrino. Lo infranse dopo tre colpi, agguantò Antonio e lasciò metà del suo corpo a penzolare fuori. I pezzi di vetro, rimasti incagliati nei bordi, gli ferirono la schiena e le mani. Infischiandosene del dolore, lo scrittore cominciò a muovere i polsi, per quanto gli riuscisse, sfregandoli contro le schegge e segando la corda che gli teneva bloccate le mani.

« Ti avverto un'ultima volta: non ho bisogno di te per arrivare a Mnemosia e non ho bisogno di te per trovare i tuoi ricordi. Tuttavia, preferirei risparmiarti la vita e averti come socio... Conte e Fonte, di nuovo insieme! Hai a disposizione un sì e un no. Scegli bene quale dei due usare, signor Fonte.»

Le guardie lo sollevarono e lo spinsero ancora più fuori. Antonio si ritrovò l'intero busto sferzato dal vento tagliente. Provò a dimenare le gambe, ma i suoi calci fendevano l'aria. Le mani invece stavano vincendo, lottavano per liberarsi, e lo scrittore sentì che la corda si allentava, cedeva, si spezzava...

«Io ti porto a Mnemosia. *Adesso*», disse il conte, sporgendosi dal finestrino. «E tu mi consenti di sbirciare nei tuoi ricordi. Sì o no, signor Fonte?»

Antonio non poteva parlare. Sotto, lo aspettava l'inferno: rotaie che sprizzavano scintille roventi e ruote che sfrigolavano con un grido lacerante. Sembrava che qualcuno, prima di lui, fosse già stato dato in pasto alle fauci del treno.

Vladimiro allungò la mano e gli tolse la pallina da tennis dalla bocca.

«Sì o no, signor Fonte?»

Antonio scosse la testa.

«No, signor conte.»

Ormai liberatosi dalla corda, Antonio impugnò un pezzo di vetro appuntito e colpì il conte sui denti, sfregiandogli con un solo movimento guancia, labbra e lingua. Vladimiro si toccò la parte inferiore del viso e quando vide le dita coperte di sangue gridò, sgomento, disperato.

Nello stesso istante li raggiunse il rumore di una porta che si apriva, un suono attutito dal fragore del treno e dall'ululato del vento. E poi una voce che urlava e un tonfo. Gli scagnozzi di Vladimiro si distrassero. Sebbene Antonio non potesse vedere cosa accadeva, ne approfittò per dare un calcio ben assestato a entrambi e districarsi dalla loro stretta. Poi fece forza con le braccia sulle pareti del treno, si spinse oltre il finestrino e balzò giù dal tavolo, stringendo il pezzo di vetro tra le mani insanguinate e puntandolo contro il conte e le due guardie.

Vide la duchessa Huldrekat a terra, svenuta, con accanto la sua gatta, Doreen, intenta a leccarle una guancia.

Antonio non aveva tempo di controllare come stesse. Non sapeva nemmeno come fosse riuscito a cavarsela. Si chinò a prendere l'orologio e si precipitò fuori dalla carrozza bar. Chiuse la porta del vagone e ne spalancò altre, tutte le ante dei corridoi, dei bagni, degli armadi, delle cuccette, qualunque cosa potesse ostacolare l'incedere delle due guardie.

Quando finalmente raggiunse la carrozza in cui dormivano Edgar e Genève, chiuse a chiave e agganciò la catena di sicurezza. Nello stesso momento sentì i corpi dei due uomini abbattersi contro la porta: il legno sussultava pericolosamente, non avrebbe retto a lungo.

Il baccano svegliò tutti i passeggeri. Genève si mise a sedere intontita, ma appena accese la luce e vide il volto tumefatto e contuso di Antonio si riprese come se le avessero buttato in faccia una tinozza d'acqua gelida. Scattò in piedi e piazzò una valigia contro la maniglia della porta.

« Edgar! Le chiavi! » urlò lo scrittore, buttandolo giù dal letto. « Andiamocene! »

Cercò nel mantello del pittore, trasalendo a ogni colpo che si abbatteva sulla porta. Gli tremavano le mani, la testa pulsava. Edgar lo aiutò, prese il mazzo e corse verso la porta, mentre Genève faceva peso con il suo corpo, rispondendo alle botte dei due uomini con altrettante spallate.

Edgar infilò una chiave nella serratura. Ci volle qualche secondo perché la toppa si adattasse. In quei secondi Antonio scrutò i volti accesi degli altri passeggeri, rintanati in un angolo e incapaci di staccare lo sguardo dalla scena.

« Maledetto! Dov'è? Io lo ammazzo! » La voce del conte Vladimiro esplose nel corridoio. Sembrava gutturale, distorta, affogata. Antonio gli aveva fatto più male di quanto pensasse. Vladimiro accompagnò i suoi latrati disumani con pugni e calci contro l'uscio del vagone letto. « Sei morto! Sei morto! »

« Il libro dei contratti! » Gen saltò su e corse a cercare il registro.

Appena si staccò dalla porta la serratura cedette e Vladimiro trovò uno spiraglio in cui infilare la mano scheletrica.

« Gen! Torna qui! »

Genève obbedì solo quando ebbe recuperato il libro. Ma

non si ributtò sulla porta per far peso: puntò dritta alle dita del conte. Gliele piegò, storcendogliele in una curva anomala. Vladimiro le ritrasse e la porta si richiuse per meno di un secondo.

Ma ormai la serratura si era adattata alla chiave, e quando Antonio, Edgar e Genève aprirono la porta, invece di finire tra le grinfie del conte e dei suoi tirapiedi, si ritrovarono nella casa del pittore. Finalmente in salvo.

33

I volantini

Genève finì di medicare il labbro di Antonio. Lo scrittore non era in ottima forma. Si era appena fatto togliere sei schegge di vetro dalle palpebre, aveva la sclera dell'occhio sinistro rossa di sangue, lungo i polsi gli correvano ferite profonde e un altro taglio gli aveva squarciato la mano destra. Per non parlare dei lividi e dei graffi sul resto del corpo e di un paio di costole rotte.

« Quel gran figlio di puttana! »

Era infuriata, ma quando diede ad Antonio il bicchiere di latte caldo che gli aveva preparato la sua espressione si addolcì.

« In fondo, le ferite ti danno un'aria forte e virile », gli disse, fingendosi divertita.

« Tipo William Wallace? »

« Pensavo più a Frankenstein. »

« Al mostro o al dottore? »

Genève sghignazzò e gli baciò dolcemente gli occhi, raggomitolandosi accanto a lui mentre Edgar finiva di preparare una zuppa calda.

Non avevano osato muoversi dalla casa del pittore per tutta la notte e Antonio si domandava se ne avrebbero mai avuto il coraggio. La brutalità con cui Vladimiro aveva trucidato il barista, lo stato in cui aveva ridotto Antonio e la storia che gli aveva raccontato avevano risvegliato nello scrittore un bisogno fisico e mentale di stendersi sul letto di Edgar e di attendere immobile, in posizione orizzontale, che il suo tempo scadesse.

Ma non poteva e non voleva. Non per sé, e nemmeno per il suo ricordo perduto.

Antonio si accorse di covare nei confronti di quell'uomo

un disprezzo che andava al di là di qualunque sentimento avesse mai provato. Gli parve che il male commesso da Vladimiro fosse imperdonabile, e l'idea che la passasse liscia e continuasse a farlo gli pareva semplicemente intollerabile.

Il suo non era desiderio di vendetta, provava a convincersi Antonio, ma bisogno di giustizia. Non c'entrava il rancore, soltanto lo sdegno.

La sua mente, forse rassegnata davanti allo scadere inesorabile del tempo perduto, aveva accantonato il sogno di arrivare a Mnemosia, ma nel vuoto lasciato da quella rimozione si stava pian piano inserendo qualcosa di diverso. Un'idea.

Sfidare il conte significava affrontare i Nox. Ma senza i Nox Vladimiro non era nessuno.

Sentirsi *perduti non equivale a* essere *perduti. Esserlo significa finire a Tirnaìl. Ma a chi si sente perduto, a chi ha smesso di cercare e di essere cercato, non rimane che un posto. E quel posto è Nechnabel.*

Ci aveva riflettuto sin dal momento in cui Vladimiro gliene aveva parlato, ma era un pensiero così delicato che le parole rischiavano di spezzarlo. Perciò Antonio attese a lungo prima di proporre la sua idea. Aspettò che fossero tutti e tre davanti al camino, riposati e sereni.

« Ci ho pensato tutta la notte », esordì, giocherellando con un filo del maglione che Edgar gli aveva prestato. « Credo di sapere cosa dobbiamo fare. »

« Per sfuggire a Vladimiro? » Il pittore si sistemò meglio sulla poltrona.

« Avrò bisogno del tuo aiuto, Edgar. »

« Che genere di aiuto? »

« Il genere d'aiuto che non pensi di potermi dare. »

« Allora non glielo posso dare. »

« Dobbiamo tirare fuori la gente da Nechnabel. »

« Questa è bella. » Genève si mise comoda come se dovesse assistere a uno spettacolo. « E come avresti intenzione di fare, Antoine? Scavi un tunnel sotterraneo e li porti via? Quella è gente perduta dentro. »

«No, ve l'ho detto! Vivono sotto le acque di Vanesia. Nechnabel esiste, in un punto preciso.»

«E la si può raggiungere solo tentando il suicidio o facendosi prendere dai Nox. Quale delle due opzioni scegli?»

Antonio scosse il capo. «Nessuna. Perché per liberarli non dovrò andare a Nechnabel.»

Un volta conquistata la loro attenzione, Antonio si alzò, premendosi il torace per alleviare il dolore alle costole. Frugò nel mantello di Edgar e prese il bozzetto che aveva visto sul treno. Adesso lo schizzo era completo: non solo i piedi, ma anche le gambe, muscolose eppure sottili, chiaramente di donna. Era anatomicamente perfetto. Più volte, negli ultimi giorni, Antonio si era accorto che il pittore fissava il disegno imbambolato, quasi si interrogasse sulla natura della sua stessa opera.

«Cos'è questo, Edgar?»

Edgar si attorcigliò un baffo.

«Lo sa perfettamente cos'è, signor Fonte, non mi ponga domande superflue.»

Genève strappò il foglio di mano ad Antonio.

«Non trovi che questo disegno sia troppo *disegnato*, Edgar?»

Il pittore si sollevò dalla poltrona e le lanciò un'occhiataccia. Prese a spolverare un mobile, così, senza particolare motivo.

«A Balàl», proseguì Antonio, «quando il conte ha pronunciato il mio nome e le persone hanno visto i volantini, mi sono sentito importante. *Ricercato*. La gente era impazzita perché un uomo, quindici anni fa, venne a Tirnaìl e ne uscì. È questo che pensate degli uomini che se ne vanno da questa terra? Che sono eroi?»

Genève scosse il capo. «Non ci sono eroi.»

«Nessuno può andarsene», precisò Edgar dall'angolo in cui si era ritirato, come fosse in punizione.

«Il conte ha detto che Nechnabel è la città della disperazione, di chi smette di cercare e di essere cercato. Cosa accadrebbe se i prigionieri di Nechnabel diventassero come me, degli *eroi*? Se all'improvviso tutta Tirnaìl li cercasse, perché qualcuno, magari, ha lasciato credere che anche loro sono fuggiti da questa terra? »

« Non capisco, signor Antoine: perché qualcuno dovrebbe cercare i prigionieri di Nechnabel? Sono solo poveracci! Nessuno si ricorda i loro nomi, né i loro volti. Non sono speciali come lei, non sono fuggiti da Tirnaìl. »

« Ma questo lo sappiamo tu, io e Gen », sussurrò Antonio. « Il fatto che il conte sia venuto sul treno con due guardie, e senza Nox, significa che è a corto di ombre. Deve procurarsene delle altre. Forse, quando il Mar Netturbio le ha spazzate via, ha decimato il suo esercito. Se noi adesso liberassimo i prigionieri di Nechnabel, il conte non potrebbe più creare nessun Nox. E niente Nox significa niente Vladimiro! »

« Sei un pazzo », disse finalmente Genève. Era impallidita, gli occhi sgranati, la pupilla piccolissima. « Ti rimangono due numeri, Antoine. »

« Insomma, qualcuno mi spiega di cosa stiamo parlando? »

« Sta parlando dei manifesti, Edgar », mormorò Genève. « È questo, vero? Vuoi ricoprire Tirnaìl di volantini... »

« Ogni angolo raggiungibile con le duecentotredici chiavi. »

« *Duecentodiciannove* », tenne a puntualizzare Edgar.

« E sui volantini ci metteremo i volti dei prigionieri di Nechnabel. » Gli occhi di Genève scintillarono.

Antonio sperava nel suo appoggio. Era indispensabile per lui sapere che Genève gli sarebbe rimasta accanto, soprattutto in quelle ultime ore.

« Oh, misericordia! » mugugnò Edgar, irritato per essere rimasto in coda al flusso di idee. « Mi sento in dovere di ricordarvi che noi *non possediamo* i ritratti di cotali signori. »

« No, ma abbiamo un artista che potrebbe disegnarli », sibilò Antonio, perforandolo con lo sguardo. « Un solo tentativo, Edgar. Il mio tempo sta per scadere, non potrò concedertene altri. Ma se ci riesci, se la cosa funziona, sono certo che è la strada giusta. »

« Perbaccotacco, signor Antoine! Si è dimenticato di Mnemosia? Quante volte devo ricordarle qual è la nostra meta? »

« La meta è Tirnaìl, Edgar. Hai duecentodiciannove chiavi e a me rimangono due numeri. Una settimana, forse due, se sono fortunato. Fino a ora ci siamo spostati da una regione all'altra, come voleva Tirnaìl. Perché non velocizzare i tempi e provarle tutte? Magari dietro ogni porta c'è una possibilità diversa, e magari una di queste possibilità non è poi così lontana da Mnemosia. E nel frattempo avremo fregato quel bastardo. »

Edgar iniziò a muoversi a scatti per la casa, nei pochi metri in cui si poteva ancora camminare senza restare sepolti dai vestiti o inciampare nei giocattoli.

« Sei pazzo », ripeté Genève, e sembrava indecisa se sorridere o ridere di lui.

« Tu sei un artista, Edgar. Convincitene. »

« Perché dovrei? » sbottò il pittore, rosso fino alla punta dei capelli. « Insomma, lo ha detto anche lei, ricorda? Forse non ho perso l'ispirazione, perché forse non l'ho mai avuta! Aveva ragione, signor Antoine: non sono mai stato un pittore. Non so nemmeno se sono mai stato qualcosa! »

Antonio tolse il disegno dalle mani di Genève e lo restituì a Edgar.

« Tu sei un artista, Edgar. Un artista che disegna quello che non ha davanti, quello che non può vedere. Abbiamo bisogno di un artista così. Un solo tentativo. »

« Oh, perbaccotacco! » Il pittore lanciò un urlo esasperato e si allontanò saltellando. Si aggrappò a un'ultima scusa: « Ma di certo, ne converrà, non posso ideare dal nulla i volti di queste persone! E i loro nomi, poi! »

« Neanche questo è un problema. »

Antonio sentì di essere qualcosa che non era mai stato prima: ostinato. Non gli capitava spesso, forse non gli era capitato mai. Sapeva che seguendo il suo piano avrebbe perso anche il poco tempo che gli era rimasto a Tirnaìl. Ma era il suo tempo, poteva farne ciò che desiderava. Non si trattava di perderlo, ma di impiegarlo. Bastava il ricordo di Santiago, della signora Jacqueline, del signor Peloquer, dei tre bambini fantasma, del barista sul treno e di tutti quelli che il conte stava sterminando. Bastava il ricordo di suo padre e sua madre, della sua famiglia rovinata da quel farabutto.

« Ricordarsi di loro non è un problema. Santiago mi portava ogni giorno in giro per Nechnabel: potrei elencarvi ogni nome, descrivervi ogni volto e svelarvi ogni tic dei suoi prigionieri. Io ricordo sempre tutto. »

Seduti uno dirimpetto all'altro, Antonio e Edgar si scoccavano sguardi arcigni come se fossero in procinto di battersi in un duello spartano. Il pittore era ancora fortemente contrario al nuovo piano e cedette soltanto quando si fu stufato di misurarsi con la testa dura di Antonio. Genève si era tenuta in disparte, indifferente, almeno all'apparenza. In realtà era incuriosita, ma non del tutto sicura che quello fosse il modo migliore per occupare le ultime ore rimaste allo scrittore. Per di più dubitava enormemente che Edgar sapesse davvero disegnare, quindi si aspettava che dopo pochi minuti avrebbero smesso di giocare a quel gioco.

« Sei pronto? » chiese Antonio, ignorando i lamenti di Edgar.

Il pittore annuì con un uggiolio, sguainando la matita come fosse una spada.

« La signora Gertrud Shloass, la profumiera », iniziò Antonio, richiamando alla mente la corpulenta donna che dal suo appartamento del palazzotto dodici richiedeva spesso l'intervento di Santiago. Era convinta di rimanere incinta ogni mese, per grazia divina.

Cominciò a descriverla fisicamente, mentre Edgar accarezzava il foglio con la matita, senza disegnare nulla.

« Non ho mai conosciuto una donna così puzzolente », continuò Antonio. « Sapeva di rancido. Aveva il collo sempre sporco e le unghie nere. Cucinava senza lavarsi, preparava la pasta nelle pentole unte e mangiava da anni nello stesso piatto incrostato. E il peggio era che non sospettava nemmeno di puzzare come gorgonzola lasciato al sole, perché una profumiera non oserebbe mai immaginarlo. Secondo la sua filosofia, per avere un buon odore bastava stare a contatto con boccette piene di gigli, laudano, oli di rosa, mirra, cedro, muschio di quercia, e tutto il resto.»

«Freni il suo entusiasmo!» lo stroncò Edgar. «A che mi servono queste cose? Sono dettagli!»

«I dettagli raccontano la vita», gli ricordò con tono placido lo scrittore. «Voglio che tu ritragga una donna che non ha mai ceduto le sue orride grazie a un uomo e che vive nella convinzione di essere incinta. Una donna che sa di pesce avariato e vende profumi.»

Dopo quelle parole, tra loro calò il sipario del silenzio. Edgar accennò qualche tratto incerto sul foglio, facendo tremolare i baffi in segno di protesta.

Di tanto in tanto Genève si affacciava sul foglio immacolato, dichiarando con fare sarcastico che il nulla stava venendo fuori proprio bene. Edgar si stancò dei suoi commenti canzonatori e a un tratto tuonò, afferrando il foglio e stracciandolo. Solo allora Gen gli fece la grazia di lasciarlo in pace.

«Dici che ce la fa?» chiese ad Antonio.

«Ce la fa.»

Genève lo guardava, mentre Antonio studiava il volto contratto e sudato del pittore. «Cosa farai, se il tuo tempo perduto dovesse finire?»

Antonio tornò a fissarla: «Non lo so... prenderò un treno qui, una mongolfiera lì. Scommetto che ci sono un sacco di posti a Tirnaìl che potresti farmi conoscere.»

«Non hai idea.»

Davanti ai suoi occhi sorridenti, Antonio smise di avere paura. In realtà, non importava più se sarebbe arrivato o meno a Mnemosia, se avrebbe ritrovato il ricordo che cercava e se sarebbe tornato a casa. Non aveva niente da cui tornare, se non una siamese orba e qualche scritta sui muri.

L'unica cosa che lo allontanava da Genève era un fastidioso sospetto: la possibilità che lei non fosse reale. Lei lo capiva. Ma una volta esauritosi il tempo, una volta perduto per sempre il suo nome e il ricordo di chi era, forse Antonio avrebbe smesso di inquietarsi e si sarebbe lasciato andare.

In qualunque maniera finisse, l'unica cosa che contava era distruggere il conte Vladimiro.

« Perché loro sì? » chiese Gen.

« *Loro sì* cosa? »

« Perché ti ricordi di questa gente? Tu dimentichi e perdi sempre... »

« Io dimentico solo quello che non voglio ricordare. Se non ricordo una cosa, molte volte, è perché non l'ho mai saputa. »

« O perché l'hai data a un uomo che colleziona cose perdute. »

Antonio annuì. Si preparò una zuppa di latte e ingannò l'attesa leggendo qualche poesia, provando qualche vestito di scena e giocando a carte con Genève fino a tardi. Edgar non pronunciò nemmeno una parola. Disegnava, accartocciava fogli, li stracciava, batteva la testa sul tavolo e rimaneva in quella posizione per lunghissimi minuti.

« Ci mette troppo », disse Gen, porgendogli un mandarino.

« Ci metterà di meno, dopo. »

« Perché sei così sicuro che ce la farà? »

« Perché lo conosco. »

Era sera inoltrata quando Edgar si sollevò dalla sedia e andò a ravvivare il fuoco. Antonio e Genève si erano addormentati sul tappeto, davanti al camino.

« Allora? » borbottò Antonio, svegliato dal crepitio.

Edgar trafficò con le pigne e mise a seccare i rametti umidi accanto alle fiamme.

« Valutate voi. »

Gen scattò in piedi, corse verso il tavolo e rimase di stucco davanti al foglio.

« Edgar... » bisbigliò, incantata.

Antonio la raggiunse e guardò il ritratto. Sorrise. Era come se la signora Shloass, con il suo tanfo assassino e il suo sguardo sgraziato e straziato, lo stesse osservando dal tavolo.

« Salve, signora Shloass. » Antonio la salutò sollevando una mano e aspettandosi di essere ricambiato.

Genève non poté trattenere l'emozione. Saltò addosso a Edgar, lo baciò, gli scompigliò baffi e capelli. Pretese che Edgar stappasse uno champagne per festeggiare e bevesse direttamente dalla bottiglia. Edgar accettò di bere, ma non a canna, e da una scatola sotto il divano-letto recuperò un set di bicchieri di cristallo con cui brindarono.

Era paonazzo, e non perché si trovasse vicino al fuoco o avesse bevuto.

« Ai pittori che non dipingono! » Genève alzò la bottiglia e bevve un lungo sorso.

Il pittore tentò di controllare la propria voce commossa. « Bazzecole, bazzecole! »

Antonio gli restituì il ritratto. Quando lo strinse, le mani di Edgar tremavano. Nonostante ce la stesse mettendo tutta per darsi un contegno, i suoi occhi non riuscivano a smettere di guardare ammirati e increduli la sua opera, come se si trattasse del lavoro di qualcun altro.

Antonio avrebbe preferito non smorzare il suo entusiasmo, ma non c'era tempo.

« È solo il primo. Devi fare più in fretta. Ci riesci, vero? »

« Può giurarci, certo che ci riesco. » Finalmente Edgar sollevò lo sguardo. Una luce nuova, di profondo ma timoroso orgoglio, aveva rischiarato i suoi occhi di pece.

Mantenne la promessa. Al ritratto della signora Shloass seguì quello di Penny Toth, la timida calzolaia segretamente innamorata di Antonio, proprietaria di un ripostiglio pieno zeppo di monetine, ognuna delle quali valeva un pensiero perduto; poi fu il turno di Narciso Nelumbo, che era sopravvissuto a Nechnabel impegnandosi nella ricerca di piante e fiori – nonostante la città di notte e nebbia ne fosse sprovvista – e alla fine era riuscito a tirar su una serra in miniatura; e poi ancora le gemelle Arbos, che fisicamente erano come il giorno e la notte, ma dicevano e facevano le stesse identiche cose nello stesso medesimo istante; e il caro *sīdī* Gabbeh, che di nascosto da tutti raccattava i fili dei discorsi che la gente perdeva e li ricuciva insieme, creando tappeti parlanti che raccontavano storie sospese, prive di qualunque senso...

E dopo ne vennero altri e altri ancora. Edgar ci prese la mano, e con il passare del tempo trovò sempre meno difficoltà a trasformare le parole in immagini. Antonio non lo aveva mai visto così entusiasta: a ogni opera andata in porto i suoi baffi si elettrizzavano in una danza frenetica. Nel giro di cinque giorni imparò a completare un ritratto in non più di trenta minuti, e non voleva saperne di riposarsi. La sua barba crebbe, incolta, le sue guance si scavarono, le occhiaie conquistarono un territorio strategico intorno agli occhi. Smise di indossare panciotto e palandrana, e la camicia si sblusò, macchiandosi di pittura. Una luce ossessiva gli rischiarava il volto, la luce che s'irradia da un uomo che ha scoperto il motivo per cui è al mondo.

Mentre Edgar disegnava e Antonio ricapitolava e spuntava su decine di fogli i nomi e i volti delle persone che languivano a Nechnabel, Genève andava più volte al giorno a Balàl, per fare centinaia di copie di ciascun ritratto. E ne approfittava per dare il via alla corsa delle voci.

Le voci si inseguirono più veloci della luce, a Tirnaìl. Si diceva che fossero in molti a essere fuggiti dal Regno delle Cose Perse, in tutti quegli anni, ma che l'evasione era stata mantenuta segreta. Ora quegli uomini erano tornati per aiutare i perduti. Si diceva che chi li avesse trovati, come ricompensa, avrebbe scoperto il loro segreto e ritrovato la via di casa.

Dalle ultime ore della notte a quelle che seguivano l'alba, e poi dall'imbrunire fino alla mezzanotte, Antonio e Genève si occupavano di distribuire i volantini. Iniziarono proprio da Balàl, la città del caos, il paese in cui la gente era così attenta ad ascoltare se stessa e i propri desideri che aveva smesso da tempo di comprendere le lingue degli uomini. Fecero tappa a Vanesia e raggiunsero il Mar Netturbio, sbucando in una povera città sottile, che gli abitanti di lì si ostinavano a chiamare Atlantide, costruita con una pessima combinazione di fiammiferi e paglia, ma ricca di musei in cui erano raccolti i tesori perduti del mare e delle grandi civiltà del passato.

Una mattina giunsero in una città chiamata Azìn, dove vivevano solo ciechi. Antonio e Genève dovettero urlare per le strade i nomi dei prigionieri di Nechnabel e descriverli uno per uno a ciascun abitante. Il fatto che gli abitanti di Azìn avessero perso la vista non impedì loro di lanciarsi in una ricerca buia e disperata.

Finirono a Trebisonda, un paese che non si capiva se stesse a nord, sud, est o a ovest di qualcosa. Un ago gigante ruotava nella piazza centrale, e altri più piccoli erano esposti sui muri delle vie, al posto dei nomi delle strade, indicando ogni volta ai suoi abitanti dove dovessero andare, ma senza dar loro un perché. Genève spiegò ad Antonio che in quel posto si raccoglievano uomini che avevano perso la bussola. Ad Antonio quelle persone che camminavano come in preda all'ebbrezza, sbandando prima in una direzione e poi in un'altra, facevano ridere.

All'inizio, ovunque andassero, Antonio e Genève non si separavano mai, e intanto raccoglievano informazioni su Mnemosia, ricevendo in cambio le risposte più strane. Alcuni dicevano che Mnemosia apparisse ogni notte di fine estate, dietro l'angolo del fornaio; ma siccome non si sapeva mai in che stagione si fosse, era inutile rimuginarci. Una volta un contadino giurò che Mnemosia si intravedeva nelle crespe dell'acqua del suo pozzo, nei giorni di pioggia; ma quel contadino viveva nel centro di un deserto di brace, in mezzo a relitti di velieri che avevano perso la rotta. Ci andarono molto vicini quando conobbero una bambina della città di Angria che viveva rintanata in una stanzetta perché temeva le ire improvvise degli abitanti del paese, famosi per la tendenza a perdere facilmente le staffe. La sua cameretta aveva solo un piccolo armadio, che ogni giorno, al primo raggio di sole, si apriva su una regione diversa di Tirnaìl. La bambina assicurò che di tanto in tanto le compariva davanti Mnemosia, ma non poteva prevedere quando sarebbe accaduto di nuovo.

Dopo i primi giorni, Antonio e Genève decisero di separarsi per ottimizzare i tempi, mentre Edgar restava a casa con l'ordine tassativo di riposare. Lui, però, degli ordini se ne infischiava e continuò a disegnare e dipingere, diventando ogni ora più simile a un artista insonne, maledetto e tormentato.

Se da una parte il piano dello scrittore stava smuovendo e rivoluzionando l'intero Regno delle Cose Perse, dall'altra nessuno fu in grado di aiutare lui nella sua ricerca di Mnemosia.

Per dodici giorni Antonio e Genève lasciarono che i volantini si librassero nei cieli. Li appesero ai muri più visibili, nelle strade più battute, sulle porte delle case, perché a nessuno sfuggisse l'opportunità di sognare una terra che non fosse Tirnaìl e una vita che andasse al di là di quella perduta.

Una terra e una vita che presto sarebbero scomparse anche per Antonio: l'ultimo numero rimasto sul quadrante adesso era sbiadito. E lo scrittore non ci fece neppure caso. Quando Genève lo chiamava Antoine, si convinceva che quello fosse il suo nome; quando provava a ricordare la sua città d'origine, gli venivano in mente solo il mare e le sirene.

Insieme a quell'ora e a quel tempo stava svanendo, di nuovo e per sempre, anche Antonio Maria Fonte.

34

La duchessa Huldrekat

« Sei stanca? »

« Un po'. »

Antonio, Edgar e Genève erano seduti intorno al tavolo. Il pittore russava con la bava alla bocca e la lingua di fuori sul ritratto di Sacco di Iuta, un prigioniero di Nechnabel che aveva perso la faccia e per la vergogna girava con la testa coperta da un sacco.

Antonio e Genève stavano sistemando i volantini, formando un mucchio per ciascuna porta: ne erano rimaste solo trenta da aprire. Per la sesta volta da quando si erano svegliati, prepararono il caffè.

« In realtà mi stanca di più il fatto che non abbiamo trovato Mnemosia. »

« *Mnemosia*? »

« Antoine, sai cosa intendo », sbuffò Genève, passandosi una mano sugli occhi affaticati.

Antonio si strinse nelle spalle e lasciò a Edgar il piacere di interrompere il silenzio con il suo ronfo spettacolare.

« Posso domandarti una cosa? » chiese a un tratto. Era distrutto, ma non se la sentiva di riposare.

« Se proprio devi. »

« Ricordi quando mi hai detto che sei il genere di persona che quando si trova a un crocevia non pensa mai a quale strada prendere, perché... »

« Perché vado e basta? » terminò Genève, non molto interessata a una faccenda che per lei era stata archiviata.

« Immagina di sapere dove andare », le propose Antonio. « Ti siedi e per una volta in vita tua *pensi*, e non a quale strada vorresti imboccare, ma semplicemente a dove vuoi *arrivare*. Qualunque posto nell'universo. »

« E perché mai dovrei volere un'assurdità simile? Abbiamo un sacco di cose da fare, Antoine... »

Genève smise di piagnucolare quando Antonio le prese la mano, accarezzandole il tatuaggio della libellula.

« Ti prego. Ho bisogno di saperlo. »

« Va bene. Immagino. » Poi la sua risposta arrivò così decisa che Antonio ebbe l'impressione che la conoscesse da sempre: « *Cabo da Roca* ».

« In Portogallo? » Antonio era perplesso. « Fra tanti posti nell'universo, tu andresti in Portogallo? »

« Non puoi spingerti più lontano senza lasciare l'Europa », si giustificò Genève. « La terra finisce e il mare inizia a chiamarsi oceano. »

« Non ti facevo così poetica. E perché lì? » sorrise Antonio, deciso a crederle.

« È uno di quei posti in cui arrivi e basta », mormorò lei. Intanto sembrava che i suoi piedi fossero già immersi nel mare tenebroso. « Oltre non puoi andare. »

« Certo che puoi. Oltre c'è l'America. »

« Non c'entra, in mezzo c'è l'oceano. E nessun uomo da solo supera l'oceano. A me l'idea di fermarmi mi fa semplicemente schifo, mi sembra già di iniziare a morire. Ma se proprio dovessi farlo, e non so neanche io il perché, forse tra venti o trent'anni... andrei lì. Se proprio devi arrivare, tanto vale arrivare nell'ultimo luogo raggiungibile. Guardare davanti a te e sentire che sei esattamente dove devi essere, perché non esiste niente che si spinga più lontano. »

Genève aveva le guance roventi, gli occhi le scintillavano. Non era un'idea che si era affacciata in quel momento. Era un sogno. Lei ce l'aveva, una meta.

« Perché ci tenevi a saperlo? »

« Perché se dovessi perderti di nuovo voglio sapere dove venire a cercarti. »

« È un'assurdità. Te l'ho detto: è comunque l'ultimo posto in cui andrei. »

« Le cose si trovano sempre nell'ultimo posto in cui le cerchi, quindi è proprio lì che devo arrivare: a Cabo da Roca. In capo al mondo.»

«Arriveresti a Cabo da Roca *per me*? Alla fine del mondo?» lo provocò Genève, ridacchiando lusingata.

Antonio scosse la testa con decisione.

«No, per te arriverei in America.»

Gen rimase un attimo in silenzio. Sembrò intristirsi.

«Vedi di non perdermi di nuovo. Questa volta non te lo perdoneresti.»

Lo sapeva, non se lo sarebbe mai perdonato. Fu Genève a distogliere per prima lo sguardo: quel dialogo stava diventando fastidiosamente intimo.

«Okay, io prenderò... questa chiave.» Scelse una delle chiavi di Edgar.

Le avevano sganciate dal mazzo e appese alle pareti, per tenere sott'occhio quali avessero già usato e quante ne mancassero. Anche Antonio ne prese una a caso, e si accertò di avere in tasca la sua copia delle chiavi di casa di Edgar. Era indispensabile, ovviamente, per tornare indietro.

Gen andò per prima. Appena fu scomparsa, Antonio richiuse la porta, infilò la chiave, attese che la serratura si adattasse e la riaprì.

Ancora una volta, fu costretto ad ammettere che Edgar aveva ragione quando si lamentava di Tirnaìl e del suo vizio di rubare agli uomini la capacità di immaginare. Ogni cosa che accadeva in quella terra, perfino la più incredibile, si svestiva dello straordinario e diventava comune, quasi inevitabile. Tirnaìl era una donna troppo perfetta, un sogno che diveniva realtà prima ancora di essere sognato.

Perciò Antonio non avvertì alcun fremito quando la prima cosa che vide, una volta richiusa la porta a vetri alle sue spalle, fu la gigantesca immagine della duchessa Huldrekat. La vecchia lo guardava arcigna e impettita dall'enorme tela – tre metri per due – incarcerata in abiti severi ma aristocratici e con l'altezzosa Doreen attorcigliata al collo, a mo' di sciarpa o di cappio. Tutt'attorno, la duchessa aveva disseminato decine e decine di quadri di gatti delle più varie specie, ciascuno dei quali, a giudicare dagli sguardi arroganti, sembrava rivendicare il posto d'onore nel cuore dell'orribile strega.

Antonio guardò il ritratto della duchessa con una smorfia di disgusto.

« Che hai da guardare, vecchia megera? » chiese al quadro.

« Un uomo che si è intrufolato nella mia camera da letto senza essere invitato », replicò una voce tagliente alle sue spalle. « Ecco cosa guardo. »

Antonio sobbalzò, ritrovandosi davanti la signora del ritratto. Era così somigliante, quella donnetta bisbetica e superba, che per un attimo lo scrittore tornò a guardare il quadro, giusto per accertarsi che l'immagine non fosse sgattaiolata fuori dalla tela.

« È ancora lì », disse sconcertato.

« *Cosa?* » Il sopracciglio destro della duchessa Huldrekat fu l'unica cosa che si mosse, inarcandosi sulla fronte venata da rughe, fino a sfiorare il cuoio capelluto.

In piedi, in una vestaglia di raso e con una maschera di trucco a ostruirle la pelle, era più mostruosa che mai. Sembrava che qualche scienziato ne avesse dissotterrato il cadavere e l'avesse riportata in vita, ricucendola senza eccessiva convinzione.

Per evitare altre magre figure, Antonio le consegnò i volantini, iniziando a balbettare di uomini che conoscevano la via di fuga da Tirnaìl.

« Ne avrà sentito parlare, ultimamente. »

« Ultimamente non si parla d'altro, in effetti. »

« Ecco... questi uomini sanno come andarsene dal Regno delle Cose Perse. Ma bisogna trovarli, prima. Io... io sono qui per loro. »

« Credevo fosse qui per il gatto », dichiarò gelida la donna.

« *Il gatto?* » Antonio si guardò intorno.

Certo, il gatto. Nella sfarzosa magione, in cui dominava incontrastato un orribile colore viola, i felini straripavano da ogni angolo. Si rotolavano sui tappeti persiani, sgusciavano da sotto i guanciali del letto a baldacchino, facevano capolino dai vasi di porcellana.

« Me ne vado subito », assicurò Antonio, rinunciando a darle i volantini e prendendo dalla tasca la chiave di Edgar.

« Non rimane neppure per un tè? Nella dispensa dovrei avere il suo preferito, signor Fonte: mela e cannella. »

Sentendosi chiamare per nome, Antonio rimase con la mano sospesa, già puntata verso la porta a vetri da cui era arrivato. Si voltò. La duchessa continuava a osservarlo con i suoi occhi accigliati che parevano nascondere un briciolo di curiosità.

« Di quale gatto parla? » chiese Antonio.

Il sopracciglio della duchessa, per quanto difficile potesse sembrare, s'impennò di qualche altro centimetro. Doreen miagolò in tono così sarcastico che ad Antonio parve fastidiosamente umano.

« Parlo del gatto che mi ha portato via quindici anni fa. Forse a lei importerà quanto la macchia sui suoi pantaloni – che a tal proposito sono imbrattati – ma io soffro ogni volta che un cucciolo viene allontanato da me. E non ho mai sofferto quanto il giorno in cui ci siamo incontrati! »

« Di quale gatto parla? » insisté.

« Del gatto che voleva a ogni costo, signor Fonte, assillandomi con ostinazione per giorni e notti, promettendomi gioielli e diamanti – cose di cui, tra l'altro, dispongo in gran quantità – e cercando addirittura di corrompermi con una crema anti età fatta di estratti di infanzie perdute. Dovrebbe vergognarsi, si è comportato da vero villano! Alla fine ho acconsentito a darle il gatto, ma solo per pietà. E visto che insisteva tanto e ci teneva a darmi qualcosa in cambio, ho accettato il dipinto. » La donna indicò il quadro che Antonio aveva contemplato fino a un attimo prima.

« Di quale gatto parla? » Antonio era paralizzato, cadaverico, la sua voce appena più alta di un sussurro.

« Non faccia il finto tonto! Detesto le persone che fingono di non capire per sgravarsi delle proprie responsabilità! Sa perfettamente che parlo della mia amatissima Calliope. »

Perfino in quel momento Antonio non seppe far altro che

annuire, prima di accasciarsi su una poltrona di raso viola, accanto al fuoco scoppiettante.

« Scommetto che anche lei ha una storia da raccontarmi... »

La duchessa si sedette di fronte a lui, con estrema eleganza e una punta di perplessità.

« Mi sembra stranito, signor Fonte. Lei sa chi sono io, vero? Ricorda perché ci sono tutti questi gatti, a Tirnaìl? »

Antonio scosse la testa. Pendeva dalle labbra secche e screpolate della donna.

« Perché ci sono tutti questi gatti? »

« I gatti attraversano le porte perdute. Conoscono i nostri segreti e i segreti di ciò che eravamo. Soprattutto, conoscono i nostri sogni. I gatti sono ladri di sogni, signor Fonte. Vedono al buio, penetrano ogni tipo di tenebre, persino le più spesse, quelle che avvolgono gli incubi. Scrutano i nostri sogni, quelli che noi non ricordiamo, e li ricordano per noi. Più vecchio è un gatto, più sogni perduti serberà nella propria memoria. E io sono la più grande allevatrice di felini di Tirnaìl. Quando ci siamo incontrati, su quel treno, ero appunto alla ricerca della città perduta di Bubasti, dove regnano i gatti e nessun uomo ha mai posato piede. È un viaggio che intraprendo una volta l'anno, per non più di quattro settimane. Muoversi attraverso Tirnaìl fa perdere il senno, a lungo andare. Purtroppo, neppure questa volta Bubasti si è lasciata trovare, ma poco male, tenterò di nuovo l'anno prossimo. Intanto, mi fa piacere averla rivista e sapere che è sfuggito a quel terribile omuncolo. Ero venuta a cercarla, quella notte, sul treno, perché mi ero appunto ricordata di lei. Volevo chiederglielo disperatamente: come sta la mia Calliope? »

« Sta bene... » rispose Antonio con un filo di voce.

« È stato il mio primo gatto, sa? Mi ha accompagnata qui a Tirnaìl, quando mi sono persa perché... Oh, il perché non lo ricordo mai. Calliope mi è rimasta accanto. Era il mio gatto più vecchio. È straordinaria, non trova? Non le sembra di raccogliere i suoi sogni perduti, mentre con la mano le accarezza il dorso e le dita le scivolano tra i suoi peli? E mi dica: le è stata utile? Suo figlio è diventato scrittore? »

« I gatti sono sogni perduti », ripeté Antonio con voce atona, e intanto pensava a Calliope.

« No, non capisce: li conservano. E a volte, se li ascoltiamo, ce li raccontano. Adesso lo gradisce un tè, signor Fonte? »

Antonio osservò Doreen, accoccolata sul grembo della padrona. Altri gatti provavano a salirle sulle gambe, ad arrampicarsi sullo schienale della poltrona, o a saltarle in testa dalla mensola del camino. La donna non muoveva un solo muscolo, impassibile e distinta.

« Io bevo solo latte. È mio padre che beve tè. »

I suoi occhi vagavano dal capo chino di Edgar, ancora abbandonato sul tavolo, al ritratto di Genève, che non era ancora rientrata.

Antonio strinse il foglio tra le dita e lo baciò.

Abbandonò il ritratto sul tavolo e studiò l'orologio. Dell'ultimo numero, il dieci, era rimasta solo la stanghetta diagonale dell'uno. Presto sarebbe tutto finito. Presto avrebbe dimenticato.

Antoine Affarimiei era pronto a rinascere, e questa volta per sempre.

I ricordi di Antonio avevano nuovamente assunto i contorni di una fiaba. C'era caos, ma c'era anche un ordine che si stava delineando. Un ordine meccanico, freddo, spaventoso. In fondo lo consolava il pensiero che tra pochissimo avrebbe smesso di essere Antonio Maria Fonte. La sua storia, il suo passato, ciò che quell'uomo aveva perduto... tutto gli sembrava detestabile.

In quel momento la porta si aprì e Genève rientrò.

Lo scrittore non l'aveva mai vista in quello stato. Aveva una faccia funerea, gli occhi gonfi di pianto, privi di luce e di speranza. Tra le braccia stringeva il registro dei contratti. Lo posò sul tavolo, insieme a una vecchissima chiave arrugginita. Poi prese una birra e si accasciò sulla sedia, di fronte a lui.

« L'ho trovato. Il Grande Orologiaio. Ho aperto la porta e quando ho capito dove mi trovavo sono tornata a prendere il libro. Gli ho parlato, ma è stato inutile. »

« Non ti ha dato il permesso di andartene? »

Genève scosse la testa.

« Ha detto che non poteva fare nulla. Ho perso il mio nome, la mia storia, il motivo per cui sono qui. L'unica cosa che poteva concedermi era un po' di tempo. »

Antonio guardò l'orologio blu di Genève. Il quadrante era bianco come sempre.

« E dov'è adesso? »

Genève spinse il registro verso di lui.

« Io non me ne faccio niente, Antoine. »

« Gen... »

« Antoine. »

Genève puntò i suoi meravigliosi occhi su di lui.

« Vai. E sbrigati. »

« No. Va bene così. Non voglio più ricordare. Non voglio arrivare a Mnemosia e lasciare Tirnaìl. »

Genève si alzò sfregando la sedia sul pavimento e gli diede uno schiaffo.

« Tu ricorderai, invece. Ricorderai me, ricorderai Edgar. Tornerai a casa e scriverai la nostra storia. Tu non ti dimenticherai di noi, mai più. Te lo giuro, Antoine: se adesso non prendi il registro e la chiave, io sparirò. Non mi troverai mai più, né a Tirnaìl, né nell'altrove, e nemmeno nei tuoi sogni. È una promessa. Vai dal Grande Orologiaio e fatti concedere altro tempo. »

35

La città dei morti

La porta si aprì e si richiuse alle sue spalle.

La prima cosa che percepì fu la pace.

Un elegante villaggio di campagna, con case dai tetti spioventi, tipici dei posti in cui nevica tanto. Ma adesso era estate, le cicale frinivano, un vento caldo soffiava tra le spighe nei campi di grano, le carrube dondolavano sui rami degli alberi, le corde di un'altalena cigolavano e da qualche parte scorreva dell'acqua. Una fontana, forse un ruscello.

Antonio si voltò a guardare il punto da cui era sbucato. Era la porta di un negozio di pompe funebri.

Il viale acciottolato attraversava il paesino come una colonna vertebrale, salendo verso la collina.

Genève non gli aveva detto dove si trovasse il Grande Orologiaio, quindi Antonio immaginò che non fosse difficile raggiungerlo. Come al solito, bastava seguire la strada.

Quando iniziò a camminare udì anche un altro suono. Era un rumore che non sentiva da tempo, e le sue orecchie non lo riconobbero subito. Poi capì: era il ticchettio di un orologio. Anzi, di due, di tre, forse di mille.

Una pietra miliare dava il benvenuto nel paese di Eudoria, la città dei morti.

Non c'era scritto, che fosse la città dei morti, ma Antonio non ebbe problemi a capirlo da solo, sin da quando vide il postino infilare le buste nella cassetta per le lettere, alla fine del vialetto d'accesso a una villa. L'uomo aveva il braccio alzato, come a salutare qualcuno in casa, la sacca in spalla, traboccante di lettere, e la divisa blu da postino. Alla finestra dagli infissi bianchi, Antonio vide il corpo di una bambina, che rispondeva per sempre al saluto del postino. Il fratellino era seduto immobile sulla ruota appesa all'albero. Più avanti c'era una pasticceria, dove una donna era china a indicare un dolce alla commessa. Un uomo era dietro la cassa e dava il resto a due ragazzini, due gemelli vestiti con abiti identici. Intorno ai tavoli di un bar erano riuniti i vecchi del paese, con le coppole in testa e i bastoni in mano, mentre un cameriere, con il vassoio sul palmo, poggiava le tazzine di caffè. Il fornaio cuoceva il pane, il libraio riponeva i libri appena arrivati sugli scaffali, il parroco ripassava il sermone della domenica, passeggiando immobile nei vialetti della canonica, all'ombra degli alberi di Giuda. Nel parco, Antonio vide una coppia anziana seduta su una panchina: lei riposava la testa stanca sulla spalla di lui, lui le teneva la mano come se non potesse chiedere di meglio dalla vita e dalla morte. Tra gli alberi e i cespugli, i ragazzini giocavano a nascondino. Nessuno sarebbe più andato a cercarli.

Perché tutti gli abitanti di Eudoria, dal primo all'ultimo, erano morti. Scheletri coperti da patine giallastre, perfettamente imbalsamati, immobili e sorridenti.

Il *tic tac* degli orologi era come il suono di una bomba a orologeria. A ogni passo, il ticchettio aumentava, simile al ronzio di uno sciame d'insetti. Antonio proseguì lungo l'unica strada di Eudoria, oltre il parco e il ruscello. Attraversò un ponte e infine si trovò davanti ad alcune rampe di scale in cima alle quali si stagliava una torre, riparata dalle fronde verdi e fitte degli alberi. Sulla sua sommità spiccava un enorme orologio e Antonio si sorprese nel vedere che il quadrante aveva tutti i numeri e che le lancette si muovevano: nella città di Eudoria il tempo esisteva.

La torre era circondata da una distesa di orologi rotti, che in alcuni punti formavano caotiche dune di ruggine e vere e proprie colline di vecchi ingranaggi meccanici. Persino nell'acqua del fossato galleggiavano quadranti, pendoli, vetri, lancette, fibbie, cinturini, rotelle...

Mentre passava in rassegna i cadaveri felici della città di Eudoria, Antonio non si era affatto sentito turbato, ma vedere quella discarica di orologi defunti lo riempì di angoscia. Ce n'erano milioni, e ognuno, sospettò lo scrittore, era una vita spezzata, un frammento di tempo scaduto che aveva cessato di battere.

Quei pensieri lo indussero ad accelerare il passo e a salire di corsa le ultime rampe.

Antonio entrò nella torre con il fiato corto, in cerca di sollievo da quell'inquietudine, ma scoprì che all'interno dell'edificio il rumore del tempo era addirittura intollerabile.

La segretaria del Grande Orologiaio era una donna-tartaruga. Come le tartarughe, non aveva denti. Era verdognola, grossa, brutta e vecchia ed era seduta su una poltrona logora. Indossava un impermeabile sporco che ricordava il guscio coriaceo e chiazzato di una testuggine da cui spuntavano un paio di gambe così flaccide e squamose da poter benissimo passare per enormi zampe.

Antonio non capì se fosse morta o stesse dormendo. Si avvicinò e la toccò.

La donna aprì la bocca, il suo collo si contrasse e si distese, l'enorme testone emerse dall'impermeabile e il suo urlo lo investì: « Signore, la porta! »

Antonio tornò sui suoi passi e la chiuse.

« Allora, chi abbiamo qui? Nome, prego. »

« Antonio Maria Fonte. »

« È la prima volta che viene nell'ufficio del Grande Orologiaio? »

« Non lo so. Credo di sì, ma forse mi sbaglio. »

« Io, di certo, da queste parti non l'ho mai vista. Perché è qui? » lo inquisì ancora.

« Vorrei altro tempo. »

« Risposta errata. »

« Errata? »

« Errata. Non è quello che vuole veramente. E sbaglia. »

« In cosa sbaglio? »

« Sbaglia a non volere il tempo. Uno non dovrebbe volere altro. »

Pescò dei foglietti dalle tasche dell'impermeabile. Ne guardò uno, lo scartò. Ne prese un altro, parve indecisa, ma alla fine scartò anche quello. Le sue dita si muovevano con una flemma esasperante. Alla fine gli porse un biglietto con un numero, il 4.

« Si sieda e aspetti il suo turno. »

Fece un cenno alla sua destra: lungo la parete correva una panca. Non era esattamente una sala d'aspetto, ma i tre cadaveri abbandonati sul sedile di legno sembravano proprio in attesa.

« Io non ho più tempo », disse Antonio.

La bocca vuota della donna si piegò in un sorriso: « *Questa* era la risposta esatta. Adesso si accomodi ».

Antonio non sapeva che altro fare. Le obbedì, controvoglia, e si sistemò all'estremità della panca mettendo tutta la distanza possibile tra sé e i tre corpi. Uno di loro era un contadino, stringeva tra le mani il forcone e aveva accoccolato in grembo un gatto. Gli altri due, forse una coppia, pareva fossero venuti direttamente da una serata di gala, a giudicare dal papillon di lui e dalla coda di volpe di lei.

La donna-tartaruga tornò immobile, come i morti della città di Eudoria. Ma a differenza loro, era viva, solo che andava incredibilmente a rilento.

Antonio si costrinse a non pensare ai tre cadaveri al suo fianco. Si concentrò invece sulla questione del tempo e si rese conto, con una punta di stordimento, che da quando era arrivato a Tirnaìl e le lancette si erano fermate si era dimenticato che esistessero le ore. C'erano cose da fare, altre da trovare, gente da conoscere, una strada da percorrere, e ovviamente c'era un conto alla rovescia. Era inevitabile, tutto funzionava così; la vita stessa funzionava così. Eppure non aveva mai più pensato alla differenza tra ore e giorni, almeno non nel modo tradizionale in cui si misuravano nell'altrove. La differenza, a Tirnaìl, si era fisicamente annientata, permettendogli di riempire i suoi giorni, e non di frammentarli. Un'ora era una settimana, quattro ore un mese, sei ore un minuto. Dipendeva dal modo in cui le aveva vissute. Ma adesso, nella città dei morti e del *tic tac*, il tempo tornò a tormentarlo con i suoi minuti fatti di sessanta secondi, non uno meno, non uno in più.

Basta pensare a queste cose, si impose, considerando che gli faceva un gran male. Il ticchettio dell'orologio e il vuoto in cui si ripercuoteva continuavano a perforargli il cervello, facendosi di secondo in secondo più snervanti.

Si alzò, andò dalla segretaria e la pregò di farlo entrare, visto che prima di lui c'erano solo morti e che i morti non vanno da nessuna parte.

« Ma lei che ne sa? » gli rispose la donna-tartaruga. « Torni a sedersi e smetta di offendere gli altri clienti. »

Antonio tornò a sedersi, infastidito. Si mise a sfogliare qualche vecchia rivista, fischiettò, canticchiò, agitò le ginocchia, controllò l'orologio – un punto nero su un quadrante bianco. Provò a sgusciare alle spalle della vecchia segretaria e ad aprire la porticina che lo avrebbe condotto dal Grande Orologiaio. Era di quercia e aveva ben tre serrature.

« Mi state facendo perdere un mucchio di tempo », sibilò esasperato, rimettendosi sulla panca.

La donna non gli badò. Erano dieci minuti che provava a scartare una caramella. Alla fine Antonio la scartocciò per lei.

« Posso andare, adesso? »

« Aspetti il suo turno. »

Dopo un po', Antonio cercò di attirare la sua attenzione con colpi di tosse e qualche strilletto acuto. Si mise addirittura a saltare sulla panca e a giocare con i cadaveri, scambiando gli abiti di tutti e tre, di modo che il contadino fosse vestito da gentiluomo, la donna da contadino e il gentiluomo da donna. Dopotutto erano interscambiabili, essendo poco più che scheletri.

Ma la segretaria non lo degnava della minima attenzione e continuava a emettere i suoi respiri pesanti, che avrebbero spazientito anche il più pacato degli uomini.

Antonio le mostrò il suo orologio, le ripeté che non aveva tempo da perdere.

Lei, con estrema fiacchezza, gli indicò la panca.

Si sedette di nuovo. Trovò un libro di poesie russe ma non era un buon modo per passare il tempo: i versi erano così noiosi che temette di morire. Guardò di nuovo il suo orologio.

È finita, pensò avvilito, posando la testa contro il muro e provando a rilassarsi.

Quello funzionò. Con tutta la stanchezza e il sonno che si trascinava dietro, Antonio non impiegò molto a sprofondare in un sonno simile alla morte.

23 maggio 1999

Sembra morta. Non di una morte vera, ma della morte che coglie le principesse delle fiabe, e che finisce con un bacio e un risveglio. La sua pelle lunare è ancora più bianca, sotto le lampade al neon; gli occhi sono chiusi, cerchiati di nero, le labbra screpolate, con un taglio centrale.

A quell'ora della notte, persino gli ospedali si concedono un riposo. Non c'è nessuno in giro, l'unico rumore è il tic tac *degli orologi, che segnano un tempo infinito e dilatato, il tempo del dolore.*

Ogni tanto un'infermiera sbuca da dietro l'angolo, lo supera e sparisce in fondo al corridoio. Torna cinque minuti dopo, con un caffè in mano. Una volta ha portato un caffè anche ad Antonio. Quando lui l'ha ringraziata, gli ha detto: « Se la caverà ». Non sapeva neanche di chi stesse parlando.

I monitor mostrano che i parametri vitali sono stabili, ma Antonio non riesce ancora a tirare un sospiro di sollievo. Giura che se ne andrà dalla soglia di quella stanza solo quando vedrà il colore dei suoi occhi, non un istante prima.

Il tempo passa, lento, stanco, strascicato.

Verso le prime ore dell'alba, arriva a visitarla il medico di turno.

« Lei è un parente? » Il medico glielo chiede tre volte, ma Antonio non lo sente. Quando l'uomo gli sfiora un braccio sobbalza sulla sedia.

« No... sono il suo vicino. L'ho già detto al medico del turno di notte. Lei abita sopra di me, si è trasferita qualche mese fa. »

« Come si chiama la ragazza? Mi hanno detto che non ha documenti. »

Antonio scuote il capo.

«Non lo so. Non gliel'ho mai chiesto.»

«Come ha fatto a sapere quello che è successo?»

«Il condotto per l'aria. Ho sentito tutto.»

«Ha sentito cosa?»

«Che oggi era stata una brutta giornata. Ho sentito che non ce la faceva più...»

«Sapeva che stava morendo ma non sapeva il suo nome?»

«Nessuno lo sapeva, nemmeno il portinaio. Usciva solo di notte e l'appartamento era subaffittato. Credo fosse a nome di un uomo, un certo Poitier. Lei era... un fantasma. Non pensavo nemmeno che esistesse sul serio.»

«Sa per caso se era epilettica?» Il medico studia la cartella. «Qui dice che ha assunto una grossa quantità di fenobarbital.»

«A volte aveva delle brutte giornate.» Antonio si sente in parte responsabile di ciò che è accaduto. Avrebbe dovuto aiutarla, lo sapeva che prima o poi sarebbe successo. «Ce la farà, vero?»

«Ce la farà. Quando l'ha portata qui era in ipotermia, ha avuto una depressione respiratoria, ma le abbiamo subito fatto una lavanda gastrica e somministrato del carbone attivo e poi della tiamina. Adesso è fuori pericolo.»

Il medico fa una pausa.

«Signore, noi abbiamo urgenza di parlare con un parente, un tutore o un amico della ragazza. Non ha idea di cosa le abbiamo trovato in corpo. Se è viva è solo grazie a lei, perché fortunatamente era lì. Ma chi tenta il suicidio ha bisogno di una presenza costante e fidata: questa ragazza non può restare sola, adesso. A quanto ho capito, fa anche abuso di alcol e droghe. Appena si riprenderà, dovrà frequentare uno psicoterapeuta e partecipare a un gruppo di recupero. È un momento molto delicato, immagino capisca.»

Antonio capisce. Sente i passi del medico allontanarsi in corridoio.

«Perché lo hai fatto?» le chiede a voce alta. Anche se non pensa possa esistere risposta a una simile domanda.

Il medico si ferma, crede che Antonio ce l'abbia con lui.

«Non c'è un perché. Certe persone sono perdute dentro, e a volte mandano una richiesta d'aiuto.»

Quando il medico se n'è andato, Antonio entra nella stanza. La osserva e pensa di amarla. Non come si ama una cosa bella, un giorno soltanto, ma come si amano le cose importanti, in eterno.

Sembra davvero una principessa sprofondata nel sonno a causa di un sortilegio, uno dei più forti sortilegi in circolazione. Forse tentare il suicidio con i barbiturici è la fine che fanno tutte le principesse, dopo il « vissero per sempre felici e contenti ».

Vorrebbe baciarla. Lo vorrebbe da nove anni.

« Sapevo che se ti fossi fermata saresti morta », mormora, provando a sorridere e fallendo miseramente. « Appena esci di qua ce ne andiamo nell'ultimo posto al mondo. Mi prenderò cura di te e di un gatto, e quando saremo vecchi ce ne andremo per mare e il gatto baderà alla casa. »

Non è la ragazza dei sogni, ma è reale, e questo rende la sua sola esistenza straordinaria. Era un ricordo; con il tempo si è trasformata in una storia, e in virtù di qualche miracolo adesso ha preso vita. Non era come si era immaginato che fosse, ma non fa niente.

Il fatto che ora possa stringerle la mano e che possa scoprirne i dettagli, che quella mano sia fredda, piccola, con le unghie smaltate di nero e lo smalto mangiucchiato, con un piccolo neo sul dito indice... Per cose simili, per il fatto che la sua mano esista e che in questo momento lui possa proteggerla, c'è un'unica spiegazione: la magia. Il mondo negli ultimi mesi è diventato un posto migliore, di possibilità infinite.

Osserva il dorso di quella mano, c'è il tatuaggio di una libellula. L'avvicina alle labbra e la bacia. Quando Genève apre gli occhi, Antonio non ha più dubbi: era vittima di un incantesimo, e lui ovviamente lo ha spezzato con un bacio.

36

Il Regno del Tempo Perduto

« Ora può andare. »

La faccia della donna-tartaruga apparve come uno spettro. Era sfocata, perché gli occhi di Antonio erano velati di lacrime.

« Signore, è il suo turno. Il Grande Orologiaio la attende. »

« Lei è reale... » mormorò Antonio. Si alzò in piedi, in preda a un sorta di febbre, e fece cadere il registro. « Gen... Devo tornare da lei. Mi sono ricordato di lei... »

« Signor Fonte, il Grande Orologiaio la attende. »

« Sì, ma... devo tornare... devo dirle che... »

« Signor Fonte, no. » La donna-tartaruga gli prese la mano. Fu come toccare la pelle umida di un rettile. « Lei non ha più tempo. Le esce sangue dal naso. »

Poi, un po' strisciando e un po' arrancando, la segretaria tornò a sedersi sulla poltrona.

Antonio non riusciva a pensare ad altro: Genève esisteva! Non era una donna incontrata soltanto una notte, non era una semplice storia. Ma allora, cos'era accaduto tra loro? Perché aveva voluto dimenticarsi di lei?

Non poteva fermarsi, non poteva lasciare che Antoine Affarimiei prendesse il suo posto per sempre. Prima doveva sapere, per se stesso e per lei, perché glielo aveva promesso.

Antonio raccolse da terra il registro dei contratti.

Si guardò intorno: i tre cadaveri erano scomparsi. Adesso ce n'era solo uno, un rugbista dall'invidiabile cassa toracica. Antonio gli diede una pacca sulle spalle e corse verso la porta. Era aperta su una scala a chiocciola che sembrava fatta con il guscio di chiocciole vere. Lo scrittore salì, sbucò nella sala principale della torre e si trovò davanti la fonte dell'implacabile ticchettio.

Era nel Regno del Tempo Perduto. Le pendole crescevano dal pavimento come piante rigogliose, gli orologi da polso e da taschino ciondolavano tra meridiane e astrolabi e somigliavano a grappoli d'uva pronti per il raccolto, appesi a fili di metallo intrecciati tra pareti e soffitto; sugli scaffali, allineati lungo le pareti, c'erano cipolle, sveglie, clessidre ad acqua e a sabbia, orologi meccanici, orologi a candela, cronometri...

Alcuni avevano i quadranti suddivisi in sole sei ore, altri in dodici e altri in ventiquattro, e c'erano persino orologi decimali. Alcuni riportavano numeri romani, altri arabi e altri ancora cinesi e giapponesi. Moltissimi, poi, erano gli orologi da bambini, buttati alla rinfusa in sacchi trasparenti. In ogni istante, da qualche parte, c'era una pendola che batteva un'ora diversa o un uccellino che usciva dalla cassa di un orologio a cucù e liberava il suo canto.

Antonio avanzò attraverso il Regno del Tempo Perduto con timoroso rispetto, e con la certezza che presto sarebbe impazzito. In quel momento capì che il rumore prodotto dalle vite che passano è il rumore più straziante del mondo.

Cercò di farsi strada in quel labirinto. Sapeva che avrebbe trovato il Grande Orologiaio al centro di tutte le ore perdute, intento a nutrirle e a nutrirsene. Ma Antonio si ritrovava di continuo in vicoli ciechi, dove mura di orologi gli sbarravano la via, e più di una volta gli capitò di girare intorno e di ritrovarsi nello stesso punto.

A un tratto, in fondo a un lungo corridoio fiancheggiato da antichissime pendole, Antonio vide spuntare una testa bianca china su un tavolo di quercia, con un paio di occhiali a lunetta che sormontavano un naso sottile.

Il Grande Orologiaio era sepolto dal lavoro. Immerso in pezzi di orologi rotti, li aggiustava, assemblava e auscultava con una foga parossistica, come se ne andasse della sua stessa vita. Sul tavolo c'erano una lampada a olio e una bilancia coperta di ruggine.

Chi sei veramente?, avrebbe voluto chiedergli Antonio,

mentre avanzava verso di lui. Strinse forte a sé il registro dei contratti e si ritrovò infine al suo cospetto.

« Salve », disse semplicemente.

L'uomo sollevò lo sguardo. Quegli occhi Antonio li conosceva bene, con la differenza che adesso erano pieni di tutto ciò che riempie gli occhi di un vecchio, gonfi di consapevolezza, rassegnazione e nostalgia. E di tempo passato.

« La aspettavo, sa? Prima o poi. »

« Ma io non mi aspettavo di rivedere lei. Chiunque lei sia. »

« Dicono che sono il Grande Orologiaio. Lei è d'accordo, signor Fonte? »

Antonio si strinse nelle spalle. A Tirnaìl aveva imparato a riconoscere il potere dei nomi, poi aveva scoperto che contava, ma solo in parte, perché in fondo una cosa è ciò che è, in qualunque modo la si chiami.

« Gradisce una tazza di latte? »

Antonio scosse il capo. « Sono molto di fretta. »

« Questo lo so, altrimenti non sarebbe venuto da me. Non le è bastato il tempo che le ho concesso? »

« No. Non ho trovato Mnemosia, però ho raccolto alcuni ricordi lungo il cammino. »

« È un buon segno che Tirnaìl gliel'abbia permesso. Ma, a quanto pare, lei vuole disperatamente concludere la sua ricerca. Questo mi induce a sospettare che lei non abbia ancora trovato il ricordo che l'ha spinta a rinunciare a tutti gli altri. Lo avrà sepolto per bene, molto in profondità, per qualche motivo che forse non le piacerebbe scoprire. È sicuro di volere andare avanti? »

« Sì. O rischio di finire come i perduti di Tirnaìl, che dimenticano e sono dimenticati, e che non potrebbero morire neanche se lo volessero. »

« Mi permetta di contraddirla, questo non risponde a verità: qui *si può* morire. Ho creato appositamente Eudoria: è un luogo di Tirnaìl in cui il tempo recupera il tempo perduto. Come vede, in questa regione gli orologi funzionano perfettamente. La gente che viene e si ferma qui muore nel modo e nel momento che preferisce. Le ho concesso una scelta.»

«Non sono morti qualunque.»

«La morte *non è* una cosa qualunque. Non la conosce abbastanza per poterla giudicare, signor Fonte. Né la morte, né il tempo. A ogni modo, mi faccia vedere il suo tempo perduto...»

Antonio gli mostrò il suo orologio da taschino e il Grande Orologiaio lo soppesò con interesse, come se stesse esaminando un paziente malato.

«Questi orologi... sono il tempo perduto di ogni uomo?»

«Certo. Il primo orologio perso da ognuno di loro.»

«E chi non ha mai perso un orologio?»

«Chi non riesce a perdere neppure un orologio non finisce quasi mai a Tirnaìl.»

Picchiettò sul quadrante, lo auscultò, girò la rotella, lo annusò, lo spolverò, lo osservò alla luce della lampada, lo tastò persino con la punta della lingua. Poi annuì, soddisfatto.

«È argento puro, risale al 1920. Apparteneva a un uomo molto ricco, un feudatario siciliano, che lo commissionò quando il vecchio orologio del padre si ruppe, cadendo da una rupe mentre lui era a caccia. Quando l'uomo morì senza lasciare eredi, le sue cose andarono all'asta. L'orologio venne acquistato da un antiquario del centro storico della sua città. È lì che il suo padrino lo comprò. Glielo regalò quand'era bambino, per il battesimo, scrivendo un biglietto d'auguri: CHE LA TUA VITA SIA PIENA DI ORE, E CHE LE TUE ORE SIANO PIENE DI VITA. Lei aveva appena otto mesi, signor Fonte. Lo sa chi era il suo padrino?»

«No, non credo di averlo mai saputo.»

«Questo perché la sua famiglia smise di pronunciare il suo nome.»

Antonio raggelò. Aveva paura di proferire quel nome e di scoprire che ancora una volta era crudelmente legato alla sua vita.

«Vladimiro il Vampiro?»

Il Grande Orologiaio rise e tossì.

« Le storie... Una volta qualcuno iniziò a raccontarne una, da qualche parte. E da quella parte nacque l'universo. » Il Grande Orologiaio gli restituì il suo orologio. Sapendo da dove veniva, Antonio esitò a toccarlo di nuovo. « Le rimangono diciassette minuti, signor Fonte. *Effettivi*. Allo scadere dei quali smetterà di essere qualunque cosa sia e Tirnaìl avrà un nuovo cittadino ed espanderà i suoi confini per accogliere la sua storia, per sempre. »

Antonio deglutì. Non si aspettava che gli rimanesse così poco.

« Deve aiutarmi, allora. In cambio le darò qualcosa che potrebbe interessarle, visto che le piacciono le storie. »

Antonio pregò che funzionasse. Gli mise sotto il naso il registro dei contratti, sfogliandolo dalla fine all'inizio, e indugiando sulla prima pagina. Gli mostrò la data scritta in alto, sulla destra: 1988. E recitò per lui.

« *La signora Geraldine Potter vende i suoi sogni da bambina in cambio di un ultimo giorno in compagnia di suo padre, il signor Charles Potter.*

Il signor Nathaniel La Fontaine, rinomato illusionista di Lione, vende i suoi trucchi di magia in cambio di una magia vera.

La signorina Dagmara Szemis vende il colore dei suoi occhi in cambio di un bambino. »

Antonio si interruppe e lasciò che il Grande Orologiaio leggesse da solo e godesse del sapore di quelle parole. Giunto alla fine della pagina, il vecchio la girò visibilmente impressionato.

« È davvero un oggetto molto bello, signor Fonte, e anche molto triste. Queste persone vendono un pezzo di se stesse e delle loro storie in cambio di nulla, di illusioni. »

« L'Asta delle Illusioni dovrebbe essere vietata. »

« Non succederà mai. Non si può togliere agli uomini ciò di cui hanno bisogno, a meno che non si sia pronti ad affrontare una guerra. »

Antonio annuì, lo sapeva. E mentre il Grande Orologiaio

sfogliava il registro con il sorriso e l'entusiasmo di un bambino, lo scrittore prese a sperare.

« Non vorrei mettere fretta proprio a lei... » osò dire a un certo punto. « Ma il mio tempo sta scadendo. Cosa può darmi in cambio del libro? »

« Staremo a vedere. »

Il vecchio chiuse il registro e lo posò sul piatto sinistro della sua bilancia d'oro, che si abbassò così tanto da sfiorare il tavolo.

« Mi restituisca il suo orologio. »

Antonio obbedì. Il Grande Orologiaio sistemò l'orologio sul piatto vuoto, che quasi non si mosse.

« Sa, il tempo, per chi può vederlo, assomiglia al pulviscolo nell'aria quando è attraversato da un raggio di luce; il tempo perso, invece, ricorda le particelle più pesanti che la occupano. E ha la tendenza a depositarsi da queste parti. »

L'ago della bilancia si mosse, il piatto con il registro pian piano si alzò e nel giro di tre o quattro minuti i due piatti furono perfettamente equilibrati, come se l'orologio di Antonio si fosse riempito del peso del tempo. Quando infatti l'Orologiaio glielo rese, sul quadrante era riapparso il numero dieci.

« Cosa mi ha dato? Una settimana? » chiese lo scrittore speranzoso.

Il Grande Orologiaio scosse la testa, dispiaciuto.

« Un giorno? »

« È un'ora, signor Fonte. Un'ora qualunque, un'ora effettiva. »

Antonio sentì come un pugno colpirgli lo stomaco in pieno. Non poteva essere vero.

« Ma... io le ho dato il registro dell'Asta delle Illusioni! »

« E io le ho dato un'ora di tempo. »

« Questo libro contiene i sogni, le paure e i desideri di migliaia di persone! Non possono valere soltanto un'ora! Mi sta imbrogliando! »

Antonio si alzò, infuriato, cercando di sfogare la rabbia

prima che arrivasse a esplodergli in gola e lo costringesse ad avventarsi contro il vecchio.

«Perché dovrei, signor Fonte? Lo ha visto anche lei, io non ho fatto niente.»

«Non è possibile...»

«Un oceano d'oro non può comprare una goccia di tempo, signor Fonte. Si reputi fortunato, non sa quanto darebbero gli uomini in cambio di una misera ora di tempo, e non sa quanto il tempo sia contrario a cedere un solo secondo di se stesso. Quello che mi chiedo è perché, quando hanno a disposizione milioni di ore, gli uomini scelgano di non viverle. È sempre la stessa storia: ci accorgiamo di ciò che abbiamo nel momento stesso in cui lo perdiamo. Persino il tempo. Io credo che sia proprio questo il motivo per cui Tirnaìl è così affollata.»

Per alcuni minuti Antonio si era dimenticato della selva di orologi in cui era immerso, ma ora il loro ticchettio gli esplose intorno, bombardandogli il cervello. Gli occhi di Antonio vagarono con furia da una parte all'altra della torre. Era insopportabile. Poteva vederla, la vita sprecata, poteva percepire le ore di fila alle poste, nelle sale d'attesa dei dentisti e alle fermate dei pullman; gli anni impiegati ad amare qualcuno che non sarebbe mai stato capace di ricambiare, i mesi passati a svolgere lavori sterili, i minuti infiniti che gli uomini passavano a fissare il vuoto o a chiedersi cosa fare della propria vita, piuttosto che iniziare a viverla.

Era tutto lì dentro, era tutto così asfissiante, rumoroso, claustrofobico... Antonio non poté tollerare oltre. Con quell'ultima ora rimasta, senza neppure rivolgere un saluto al Grande Orologiaio, lasciò di corsa la torre.

37

La casa sulla Collina

Quando rientrò nella casa di Edgar era sovrappensiero. Contava i secondi, quelli già passati e quelli che gli rimanevano, e aveva ormai stabilito che frammentare il tempo era stata la peggiore condanna che gli uomini potessero imporre a se stessi.

Appena varcata la soglia qualcosa lo colpì in fronte. Era una spillatrice. Si chinò con la testa dolorante e qualcuno ne approfittò per tirargli addosso un mestolo.

« Schifoso bugiardo! Mi hai imbrogliata! »

Antonio si raddrizzò per fronteggiare Genève e un libro di Tolstoj gli piombò sul naso. Non riuscì a evitarlo.

« Sei impazzita? Che diavolo ti prende? »

Genève scagliò qualcos'altro, qualcosa di leggero, che volò in aria e finì penosamente a terra. Antonio lo raccolse: era il suo ritratto. Chiuse gli occhi, arrabbiato con se stesso perché non gliene aveva mai parlato e perché era stato uno stupido a dimenticare un segreto sul tavolo, in bella mostra. Si preparò ad affrontare anche quella battaglia.

« Mi dispiace. Ti giuro, te lo avrei detto... »

« Da quanto tempo ce l'hai? »

« Gen, volevo aspettare, volevo ricordarmi di te e ora... »

« Da quanto tempo ce l'hai? »

Antonio ebbe paura di dirle la verità: la casa di Edgar era piena di oggetti contundenti che Genève avrebbe potuto usare contro di lui. Ma non poteva mentirle di nuovo, non adesso che gli era rimasta un'unica ora per essere se stesso.

« Da prima che arrivassi a Tirnaìl. »

Gli occhi di Genève si sgranarono, iniettandosi di furore. Si avventò su di lui e lo spinse, coprendolo di pugni e approfittando del fatto che lui non avrebbe mai alzato un dito contro di lei.

« Io ti ho aiutato! Ti ho dato il mio registro, il mio tempo, il mio aiuto, e tu mi hai mentito per tutto il viaggio! »

« Non ti ho mentito! Ho solo nascosto un dettaglio! »

Genève lanciò un urlo contro il quale neanche le orecchie dure di Edgar poterono nulla. Il pittore sollevò il capo dal tavolo, la faccia per metà immersa nella pittura verde, e sbadigliò. Poi vide la sua collezione di bottiglie di whisky schiantarsi contro il muro, e trasalì.

« Perbaccotacco! È inaudito! Si fermi! » Corse a bloccare Genève nel momento stesso in cui lei agguantava una lucerna a olio del diciassettesimo secolo e la calava sullo scrittore. La ragazza scalciava come una puledra impazzita, ma Edgar riuscì a bloccarle le mani e a trattenerla.

« Un pezzo di merda, ecco cosa sei! E io che mi sono fidata di te! »

Per liberarsi della stretta, Genève morse il braccio di Edgar, che guaì dal dolore ma non mollò la presa.

« Calmati! » urlò Antonio, per sovrastare le sue grida. « Devi calmarti! Ho sbagliato, lo so, ma guardati: credi che sia facile avere a che fare con te? Appena uno prova a contraddirti o non segue i tuoi piani tu dai di matto! »

Non erano le parole giuste, lo sapeva. Il volto di Genève prese fuoco.

« Potevi dirmelo subito che la mia compagnia era così sgradevole. »

« Non è questo che volevo dire. »

« Eppure l'hai detto! »

« Sì, l'ho detto! Sei così, ma a me va bene. A me va benissimo che tu sia così, è questo che non capisci! »

Il respiro affannoso della ragazza si placò e la sua presa su Edgar si fece più morbida. Rimasero in silenzio qualche secondo e negli occhi di Genève alla rabbia si sostituì la delusione.

« Sei solo un vigliacco. »

« Sono stato dal Grande Orologiaio », raccontò Antonio,

ignorando le sue parole e spostando lo sguardo da Edgar a Genève. «Mi ha dato una sola ora in cambio del registro. E già se ne sono andati otto minuti. Mi ero dimenticato quanto facesse impazzire l'idea del tempo che passa.»

«Non te ne farai niente, di sessanta minuti!» Genève non vedeva l'ora di sputare veleno. «Li sprecherai come hai sprecato il resto della tua vita!»

«È probabile.» Antonio sprofondò nel divano.

Genève si svincolò dalla presa di Edgar, che provò a riacciuffarla senza successo. Ma ormai la ragazza non era più interessata ad attaccare Antonio: si mise a raccogliere la sua roba, muovendosi con gesti rapidi.

«Signorina Genève, rifletta», provò a frenarla il pittore. «Non è facile fare i conti con il proprio passato. Se Antoine non le ha raccontato tutto forse è stato per proteggerla.»

«Edgar, lui mi ha mandata a Tirnaìl. *Lui!*» ruggì Genève. «Non voleva proteggere me, ma se stesso! Gli faceva comodo una guida attraverso Tirnaìl, una volta trovato il suo ricordo se ne sarebbe andato e noi saremmo rimasti qui, senza cavarci nulla. Gli avevo chiesto soltanto una cosa: di dirmi tutto quello che ricordava o sapeva di me. E *non* per andarmene! Chi spera più di andarsene, ormai? Era solo per scoprire chi sono! Ma a lui non gliene frega niente di noi, è pazzo, e i pazzi inventano solo inutili storie che non hanno nulla a che fare con la realtà!»

«Mi sono ricordato di te», bisbigliò Antonio.

Genève tornò a guardarlo, gli occhi le luccicarono. Si fermò a un passo dalla porta, pronta a andarsene. E questa volta, Antonio lo sapeva, sarebbe stato per sempre.

«Eri la mia vicina di casa, abitavi sopra di me. Suonavi un Notturno ogni sera, su un vecchio pianoforte. Una sera non ti ho sentita e ho avuto paura, così sono salito a controllare. Ti eri imbottita di farmaci, stavi morendo. Ti ho portata in ospedale, dove ho passato la notte più lunga della mia vita. Al mattino hai aperto gli occhi. Non ricordo cosa è successo dopo.» Antonio si passò una mano sul viso, afflitto.

Poi le parole gli uscirono dalla bocca a fiotti, perché ormai non aveva più nulla da perdere e nulla da temere.

« È semplicemente incredibile che una donna conosciuta una notte, in mezzo all'Europa, si sia trasferita nove anni dopo proprio nell'appartamento sopra il mio. Quante possibilità c'erano? Ma è successo, io l'ho ricordato ed è stato bello rivederti laggiù. Eri reale, Gen, non eri una storia. E io... io ero innamorato di te. Lo sono stato ogni giorno della mia vita, da quando ci sei entrata. Volevo dirtelo adesso, perché tra poco non sarò più chi ero. E questa cosa era troppo importante per lasciarla sparire insieme al resto. So che Antoine ti amerà comunque, ma prima di lui ci sono io. E quello che provo per te è forse la cosa più vicina alla realtà che mi sia mai capitata, l'unica che avrei voluto veramente vivere. Mi dispiace di averti perduta, devi credermi... Se sono a Tirnaìl e rischio di perdermi per sempre, è solo perché in fondo non me lo sono mai perdonato. »

Lo aveva detto. Poteva respirare, poteva svuotarsi di un peso enorme e tornare a sentirsi leggero. Le aveva restituito qualcosa che lei gli aveva donato, il frutto di un seme che aveva piantato dentro di lui quasi venticinque anni prima.

Non riuscì a capire cosa passasse nella mente di Genève. Era chiaro che si stavano sfidando una serie di emozioni contrastanti, che creavano il caos nel suo spirito e nei suoi occhi. Alla fine lei girò sui tacchi e raggiunse la porta.

« Le servono le chiavi, signorina », le disse Edgar con voce piatta.

Genève non lo ascoltava. Posò la mano sulla maniglia e aprì. La casa fu spazzata da un vento gelido, che portò con sé un cupo ululato. Gen sfidò la forza delle raffiche e sollevò la testa, ma restò paralizzata dalla visione che le si presentò davanti. Un attimo dopo sbiancò mortalmente e sembrò sul punto di crollare. Le ci volle qualche attimo per riprendersi.

Si girò verso di loro e fulminò un'ultima volta Antonio con tutta la rabbia e l'amore di cui una persona come lei poteva essere capace.

«Sai, Antoine, ti sbagliavi: per trovare una cosa perduta non bisogna arrivare in capo al mondo. Basta smettere di cercare. Mi sa che è ora che tu lo faccia.»

Dopo avergli sputato in faccia quelle parole, varcò l'uscio di casa e sbatté la porta alle sue spalle. L'urlo del vento si assopì in quello stesso istante, svanendo insieme a lei.

Antonio e Edgar si guardarono sconcertati, ma finalmente consapevoli. Avanzarono verso la porticina e, questa volta, *per la prima volta*, non usarono nessuna chiave e abbassarono semplicemente la maniglia.

In quel momento, le parole della strega del bosco vibrarono dentro lo scrittore come un rintocco: *non ti serviranno chiavi per arrivare al luogo che cerchi...*

Il vento. Questo percepì Antonio. Era come se quel luogo inviolato fosse fatto solo di vento. Come se il vento, a forza di gridare il suo nome, accarezzargli le guance e trasportare segreti, costruisse tutto il resto. Un attimo prima c'era il nulla accecante, subito dopo il vento aveva creato la Collina, con l'erba che sospirava fra le raffiche come acqua che scorre tra le dita. Un istante dopo ancora, il vento aveva dispiegato la grigia piana circostante, dove croci e cipressi marchiavano uno sconfinato cimitero di ricordi. Poi venne la morsa di freddo, il freddo che si abbatte sul mondo nei giorni più gelidi dell'anno, i giorni della merla, quando il fuoco diventa il migliore amico dell'uomo. E poi vennero i nembi bassi, che lasciavano intravedere squarci di cielo e una luna gialla come gruviera, quindi la luce crepuscolare di quella che era un'alba o un tramonto, difficile a dirsi, perché i punti cardinali e le leggi dello spazio non valevano lì dove regnava la voce perduta degli uomini...

Antonio pensò che lo spettacolo sarebbe potuto andare avanti per l'eternità, e non mise in dubbio che potesse accadere. Perché il vento, dall'inizio dei tempi, non aveva mai smesso di costruire quella terra, e mai si sarebbe fermato.

Mnemosia era più grande della stessa Tirnaìl, che paradossalmente la conteneva.

Antonio non sapeva cosa dire. Una parte di lui avrebbe voluto esultare di gioia. Era pronto a iniziare un'ultima ricerca laggiù, fra quell'immensità di ricordi, eppure non riuscì a fare un passo, perché nonostante lo scopo del viaggio fosse appena caduto tra le sue mani, qualcos'altro gli stava irrimediabilmente scivolando via.

Genève, accanto a lui, aveva dipinta in faccia una tristezza inconsolabile. Sorrideva, con il sorriso che le accarezzava sempre le labbra appena varcava un confine, e i suoi occhi vagavano verso gli orizzonti inesistenti di quella terra sterminata.

« Sei un bastardo fortunato, Antoine. Non avrei mai scommesso su di te. E invece ce l'hai fatta. »

Antonio chiuse gli occhi. Quando li riaprì, il vento aveva già divorato l'eco di una porta che sbatteva dietro di lui. Lanciò una rapida occhiata alle sue spalle, alla casa di Edgar visibile in tutto il suo squallore. Le finestre erano oscurate da mobili e tele.

« Allora è qui che abiti *sul serio* », fece Antonio, voltandosi verso il pittore.

Non ce l'aveva con lui. Tirnaìl aveva voluto che fosse così: sarebbe sempre arrivato da qualunque parte come e quando lo decideva lei.

Il viso di Edgar era contratto in un'espressione burbera. In un altro momento sarebbe diventato porpora dalla vergogna e avrebbe cercato di giustificare quel *piccolo* errore di valutazione. Ma troppe cose erano accadute e, adesso, il pittore che finalmente dipingeva stava pensando ad altro. Puntò i suoi occhi di pece in quelli di Antonio, che si sentì un bambino impaurito sotto il suo sguardo di riprovazione.

« Cosa ho fatto di sbagliato? » chiese lo scrittore.

« Non lo avrei mai detto davanti alla signorina Genève, perché non è mia consuetudine biasimare gli errori altrui in pubblico. Ma devo dirglielo: credevo che lei avesse capito le regole di Tirnaìl. Ognuno di noi porta dentro di sé un frammento di qualcun altro. È uno scambio, un modo per aiutarci, perché nessun altro ci aiuterà. Lei conosce Genève, e la ama: avrebbe dovuto essere sincero con lei sin dal primo momento.»

«Perché adesso non vi mettete in fila e mi fustigate?» sbottò Antonio irritato. «C'è un sacco di roba, a casa tua: giochiamo che mentre cerco i miei ricordi, voi me li lanciate da quassù e provate a centrarmi, okay? Giochiamo a *colpisci lo scrittore*!»

«Signor Antoine!»

«Io vado, Edgar. Se vuoi fare compagnia a Genève, sai dov'è la porta. Almeno, adesso lo sai.»

«Vuole licenziarmi, per caso?»

Il pittore iniziò a scendere la Collina, imperterrito e ostinato nella ricerca dei ricordi di Antonio quasi più del diretto interessato.

«Quindi immagino che tu abbia condiviso tutto con me, vero, Edgar?» lo sfidò Antonio. «Immagino che qualunque cosa ricordi di te stesso, se in quei ricordi c'ero anch'io me lo diresti, mi aiuteresti.»

«Io *la sto aiutando*, signor Antoine!» Edgar si fermò e gli rivolse di nuovo quello sguardo risentito. Sembrava più grosso, meno intimorito e persino più giovane. Poi accennò alla distesa infinita di croci che si apriva sotto di loro, deciso a cambiare argomento. «Qui sono sepolti miliardi di ricordi, sin dall'inizio dei tempi. E a lei rimane meno di un'ora.»

«Non importa. Voglio restare Antonio Maria Fonte fino all'ultimo secondo. Devo scoprire cosa gli è successo, a ogni costo. Lo devo a me, a Genève, a mio padre... e a tutti gli altri.»

Edgar annuì. Continuò a scendere lungo il fianco della Collina, fino al lugubre ingresso del camposanto. Le tombe erano ammassate le une sulle altre, cumuli di pietre che formavano una caotica necropoli. Districarsi lì in mezzo e trovare una strada era pressoché impensabile.

«Perché è così?»

«Perché gli uomini vivono per ricordare e per essere ricordati, nient'altro. Un uomo senza passato, senza una storia, è peggio che morto. Non è mai esistito.»

Edgar studiò Antonio da capo a piedi e con una voce aspra che non era da lui gli ordinò di fare ciò per cui era venuto.

« Come faccio a riconoscere il mio passato, qui in mezzo? » mormorò Antonio sconsolato.

« Sarà *lui* a riconoscere lei. Permette, vero? »

Edgar non attese una risposta. Dopo avergli afferrato una mano, gli morse un dito e lasciò colare tre gocce di sangue sulla terra umida, esattamente sotto i cancelli divelti del cimitero. Ancora una volta, Tirnaìl riconobbe la storia di Antonio e diede una risposta alle sue domande: il terreno si sollevò e ondeggiò e il suolo di Mnemosia iniziò a mutare la propria geografia. Di poco, ma quanto bastava. Le croci sgomitarono un po', le lapidi si spostarono a fatica di qualche metro emettendo profondi scricchiolii, gli acquitrini si ritirarono, gli arbusti, le felci e l'edera si ritrassero intimiditi, e in pochi istanti davanti a loro comparve un sentiero da imboccare.

I due s'inoltrarono in perfetto silenzio lungo il passaggio.

Camminarono per oltre venti minuti, addentrandosi in un labirinto di tombe, cipressi, mausolei e angeli di pietra. Non si guardarono mai indietro, finché non furono costretti a fermarsi. Un sepolcro nero impediva loro di proseguire, e sulla lapide era riportata una semplice data: *17 dicembre 1999.*

Antonio tirò fuori dalla tasca l'orologio. Vide le lancette immobili, com'era naturale a Tirnaìl, e il numero dieci tremolare sul quadrante. Sapeva che gli restava meno di mezz'ora per disseppellire la sua storia.

Edgar lo squadrò, inarcando baffi e sopracciglia: « È importante che lei sappia che può ancora scegliere. Qualunque cosa ci sia lì dentro, non le piacerà. Quindi la avverto: è in tempo per andarsene ».

« E rinunciare a tutto questo? » Antonio indicò la tomba coperta di muschio, licheni e funghi da cui s'innalzava un lezzo di putredine. « Cosa devo fare? »

Edgar si arrampicò sui lati del sepolcro e le sue dita sporche di pittura presero a raschiare il fango. Antonio lo aiutò e insieme non impiegarono molto per rimuovere la patina di terriccio incrostato, per poi scoperchiare la tomba e osservare il nulla senza fondo che si addensava al suo interno. Guardare quelle tenebre faceva male agli occhi e Antonio fu costretto a sollevare lo sguardo. Il pittore sembrava inorridito quanto lui, ma non si fece remore ad affondare un braccio nel buio. Quando lo tirò fuori, la sua mano stringeva qualcosa: un vecchio registratore. Lo porse ad Antonio, cedendogli l'onore di estrarre la cassetta. Anche l'etichetta sul bordo riportava la stessa data della lapide: *17 dicembre 1999*.

Era *quel* giorno, il giorno in cui la sua vita si era spaccata per sempre.

Spaventato, Antonio premette PLAY. Un ronzio si levò nell'aria, ma il vento sferzante lo asfissiò.

Antonio e Edgar si guardarono e capirono che c'era un'unica cosa da fare.

« Non ha il tempo di tornare a casa per ascoltarlo », disse Edgar.

« Cosa mi accadrà? »

Edgar scosse la testa. « Non lo so, Antoine. Non capisco nemmeno più perché lei sia qui. Cosa vuole *veramente*? Vuole Genève? »

Appena sentì pronunciare il nome della ragazza, Antonio avvertì una morsa attanagliargli lo stomaco.

Edgar proseguì: « Perché se è così, non è qui che deve cercare ».

« Io cerco risposte. Cerco la verità. »

« Quanto deve vivere ancora per capire che non c'è niente di più falso della verità? Esiste solo ciò in cui crediamo, o solo ciò che vogliono farci credere, nessuno può pretendere di andare oltre. »

« Non stavolta. Basta storie, basta verità relative. Se non qui, *dove*? Dove posso scoprire cos'è accaduto veramente? »

Edgar si strinse nelle spalle.

« Dico solo che qui troverà soltanto un punto di vista. E a volte le cose sono più vicine di quanto immaginiamo. »

Antonio finse di non sentirlo e con voce smorzata, quasi supplicante, gli chiese: « Non te ne andrai, vero? »

« Perché mai dovrei? Questa è casa mia. » Un sorriso malinconico gli spuntò sotto i baffi. « E poi io so cosa ho trovato, ed era esattamente ciò che cercavo. Lei è un uomo coraggioso, signor Antoine, anche se nessuno lo direbbe... e forse lei meno di tutti. Ma Tirnaìl lo sapeva, lo ha visto, o non le avrebbe mai permesso di arrivare sin qui. »

Antonio lo fissò. Non gli venne in mente altro da dire se non un profondo « Grazie ».

Edgar annuì, poi gli tese la mano. Afferrandosi a quell'ultimo appiglio che lo ancorava al mondo dei vivi, al presente e al futuro, Antonio si calò nelle tenebre del passato.

38

17 dicembre 1999

Disteso a pancia sotto, il registratore fra le mani, Antonio si ricordò di quando di notte, da bambino, si nascondeva con una torcia sotto le coperte, il naso affondato nelle pagine di un libro di fantasmi. Ma non era più un bambino e non si trovava fra le ombre conosciute della sua stanza: sopra di lui non c'erano lenzuola, solo il coperchio di una bara, e fra le mani stringeva una storia sepolta. La *sua* storia.

Nel momento in cui premette PLAY ricordò a se stesso *per chi* lo stava facendo.

Ancora una volta la cassetta liberò uno stridulo ronzio.

Lo fai per Genève, si disse, *per Edgar, per Santiago, per la signora Jacqueline, per il signor Peloquer, per i tre Scarafaggi, per re Giorgio, per la duchessa Huldrekat, per i prigionieri di Nechnabel, per i morti della città di Eudoria e per i vivi senza tempo di Tirnaìl. Lo fai per tuo padre e per tua madre.*

Fece un profondissimo respiro e capì di essere pronto. Sentiva il cuore battere a ritmo serrato, ma era pronto. Lo era perché aveva attraversato Tirnaìl, e Tirnaìl lo aveva preparato con le sue mani, i suoi suoni, le sue porte, i suoi confini, le sue città, i suoi abitanti e le loro storie, passo dopo passo.

Una voce sibillina riecheggiò fra le pareti di marmo dell'antica tomba.

Era la voce del Collezionista.

« 17 dicembre 1999. Lei è un caso raro ma non unico, signor Fonte. Anche altri hanno volontariamente perduto qualcosa che non desideravano più avere. »

Sprigionata dal nastro, intorno ad Antonio si diffuse un'eco di passi. Cominciò a dolergli la testa. Ma all'inizio era così debole che non ci fece caso.

« La sua vita non dev'essere stata facile, se ora sceglie di dimenticarla. Sa, sono piuttosto curioso di conoscere la sua storia. »

« La mia storia? »

Antonio, stretto nella tomba, tremò udendo il suono della propria voce. Era incredibile l'idea di ascoltarla, senza avere il minimo ricordo di aver pronunciato quelle parole.

« La mia storia è che sono nato, vissuto e cresciuto nella Città delle Sirene. Mio padre abbandonò me e mia madre quand'ero piccolo, poi io divenni grande e abbandonai mia madre. Mi trasferii in un paese del Nord, famoso solo per i suoi morti. Divenni truccatore di cadaveri, mi sposai, divorziai, mia madre morì, tornai nella mia vecchia casa e poco dopo divenni un narrastorie... cosa che forse sono stato, inconsapevolmente, per tutta la vita. »

Ci fu una pausa.

« È così che sono andate le cose? »

« Per sommi capi, è così. È quello che voglio ricordare, almeno. È quello che ricorderò, dopo che sarò uscito da questa torre: una storia. Senza dettagli, senza particolari. È più facile, non trova? »

« Indubbiamente. »

Cadde di nuovo il silenzio tra il Collezionista e Antonio. Il Collezionista restò in attesa, ma dato che lo scrittore non aveva il coraggio di proseguire, decise di incitarlo un po'.

« Se è questo che vuole ricordare, lo ricorderà. Quando uscirà da questa torre, non sarà né meno né più di ciò che desidera essere. Ma adesso ho bisogno che mi racconti la sua vita, non la sua storia. So che non dev'essere piacevole per lei, o non sarebbe arrivato a questo punto. Devo sapere, signor Fonte, cosa vuole che vada perduto per sempre. L'avviso, però: i suoi ricordi verranno sepolti in una regione più lontana dell'aurora, marciranno in un cimitero sconsacrato, dal quale sarà quasi impossibile riesumarli. »

« È esattamente ciò che voglio. » La voce di Antonio nella registrazione suonava decisa, frettolosa: non gli interessava affatto sapere che fine avrebbero fatto quei ricordi.

«Adesso parli. Il registratore imprigionerà ogni cosa. Una volta finito, lo metteremo sulla bilancia e stabiliremo il peso in base al quale valuteremo cosa le spetta in cambio.»

Dalla cassetta si sprigionò un silenzio mortale che infettò l'ambiente chiuso e stantio in cui Antonio era sepolto. La fitta alla testa aumentava, non poté più ignorarla, anche perché sapeva a cosa era dovuta: quelle parole, estrapolate con forza dalla sua mente, adesso stavano tornando a una a una dentro di lui e provavano ad attecchire nuovamente fra i suoi pensieri, scavando, crescendo, cercando la radice a cui appartenevano.

Alla fine, la quiete tombale venne spezzata, e Antonio poté rivivere la vita che aveva perduto.

39

Il periodo delle risate, dei bisbigli e del silenzio

« Mio padre e mia madre si conobbero un giorno di pioggia, agli inizi degli anni Sessanta. Mia madre si chiamava Ester. Era giovane e sfrontata, una ballerina promettente. Mio padre, di nome Antonio, era solo giovane, ma se lo faceva bastare. Una sera la vide danzare a teatro e si innamorò di lei. Era facile, per lui, innamorarsi delle cose belle. Diceva che non c'era nulla di cui vergognarsi, che le cose belle erano fatte per essere amate. Aspettò che lei uscisse dai camerini. Erano le dieci e dieci quando la vide dirigersi da sola verso il bar di fronte al teatro e ordinare un caffè. Lui prese un tè, si sedette al suo tavolo senza chiederle il permesso e le pose una sola, cruciale domanda: 'Lo sapeva, signorina, che nel 1832 Maria Taglioni fu la prima ballerina a interpretare un intero balletto, la *Sylphide*, sulle punte?'

« Ester rispose che lo sapeva, e che in quello stesso balletto era comparso per la prima volta anche il tutù. Poi rise. Mia madre aveva una risata capace di travolgere chiunque la ascoltasse. Era una donna di spettacolo, amava stare al centro dell'attenzione e quell'uomo le metteva allegria. Lui le mostrò un ritratto che le aveva fatto mentre ballava e mia madre lo apprezzò profondamente. C'è sempre stato una specie di patto segreto tra gli artisti, che gli uomini comuni non capiranno mai.

« Così, in quella sera di pioggia, i miei genitori si innamorarono. Questa storia me l'hanno raccontata loro e io l'ho sempre trovata perfetta così.

« Mio padre detestava l'idea stessa di stabilità e a quei tempi svolgeva lavori saltuari. Ma poi mia madre restò incinta, e questo cambiò tutto... *Io* cambiai tutto. Si sposarono e si trasferirono nella casa di mio nonno materno, un appartamento al piano terra in un palazzo dei Quartieri Spagnoli.

« Nelle sue condizioni, mia madre non poteva più dedicarsi alla danza. Solo allora mio padre si rese conto che l'età adulta esisteva per davvero e che non era un mito o una fiaba che si raccontava per mettere paura ai bambini. O a lui, in particolare. Per fortuna non era orgoglioso. Sarebbe stato disposto ad accettare qualunque tipo di impiego.

« Quindi per lui fu all'apparenza una straordinaria fortuna incontrare il suo vecchio compagno di liceo, Gualtiero Conte, un imprenditore di origini nobili che aveva da poco ereditato un'attività di famiglia, una galleria d'arte in corso Umberto. All'epoca il signor Conte cercava qualcuno a cui commissionare vedute del golfo, il solito Vesuvio fumante, ritratti di gente morta... Cose per le quali non serve particolare ispirazione, ma solo una buona mano. E a mio padre quella non mancava. Dipingeva da sempre, il suo sogno era aprire un giorno uno spazio dove esporre le proprie opere. Non era una persona molto pratica, a differenza di mia madre, ma finalmente aveva deciso di darsi da fare.

« Quando nacqui, mio padre mi diede il suo nome. Credo che per questo motivo lui e mia madre abbiano litigato per tutta la gravidanza. Alla fine andò a registrarmi al Comune all'insaputa di mia madre, con il nome di Antonio Maria Fonte. Lei non gli lavò e non gli stirò i panni per più di un anno.

« I primi sei anni della mia vita li ricordo come una fiaba. Non c'era niente che non funzionasse, o almeno così pensavo da bambino. Certo non potevo vedere l'insoddisfazione nei sorrisi di mia madre, costretta a lavorare come cameriera in un albergo del porto, né l'ossessione che stava nascendo negli occhi di mio padre, che restava chiuso nel suo studio per ore e ore, a dipingere. Io entravo a tenergli compagnia, e ogni tanto giocava con me. Mi diceva sempre di chiudere la porta a chiave, perché non voleva che gli sfuggisse l'ispirazione. A me piaceva stare nello studio: papà mi raccontava storie e mi permetteva di scrivere sulle pareti, mentre lui si dedicava al suo lavoro. In segreto, oltre alle banali commissioni che Gualtiero Conte gli affidava, cercava di creare qualcosa di originale, di suo.

« Ricordo che all'epoca casa nostra era sommersa di tele e che mia madre ogni tanto ballava tra i dipinti. Era il periodo delle risate.

« Quando Gualtiero Conte offrì di dividere la società con mio padre, lui ne fu onorato. Mio padre era così, entusiasta per natura. E anche precipitoso. Mia madre lo pregò di andarci cauto. Mio padre, come al solito, fece di testa sua. Le cose, ci assicurò, sarebbero cambiate.

« Per celebrare la nascita della società organizzarono una festa nella casa del signor Conte. Viveva a Villa Ebe, in cima alle rampe del Monte Echia. Ricordo che quando ci andammo mio padre mi spiegò che era la villa della dea della giovinezza, e che se mi fossi comportato bene sarei rimasto giovane per sempre.

« Gualtiero Conte aveva sempre voluto che lo chiamassi zio, perché mi aveva battezzato, e perché diceva di amare mio padre come un fratello. A me metteva paura. Lui, la sua casa e la sua famiglia. Quella fu l'unica volta in cui vidi la moglie e i figli di Gualtiero Conte.

« Lei era una donna bellissima e infinitamente triste. I tre bambini erano come lei, molto silenziosi, molto pallidi, non giocavano mai. Una ragazzina più grande di me e due gemelli più o meno della mia età. Mi colpì quanto fossero pulite le loro unghie e garbate le loro maniere, mentre io mi sporcai di sugo la camicia azzurra che mamma mi aveva comprato per l'occasione e passai l'intero pomeriggio a rincorrere come un pazzo il loro gatto. All'epoca desideravo tantissimo un gatto.

« Quella sera di primavera – credo fosse il 1970, io avevo sei anni, mi ero comportato male, e perciò non sono rimasto giovane per sempre – nacque la società: *Da Conte & Fonte. Patti d'arte.* Per mio padre fu l'inizio della fine.

« Anche se molte cose le ho capite dopo, sapevo, dalle discussioni con mamma, che si sentiva sfruttato e svilito. Aveva provato più volte a proporre a Gualtiero Conte di esporre le sue opere originali, ma il signor Conte diceva che era presto, che il mercato non era pronto e che i lavori di mio padre mancavano di spirito commerciale.

«Un giorno, a pranzo, bussarono alla porta di casa nostra delle persone in divisa che trattennero mio padre per un intero pomeriggio. Qualcosa non quadrava, nella società. Mio padre tornò, guardò mia madre, si chiuse nello studio e non mi lasciò entrare.

«Cominciò così il periodo dei sussurri, a cui seguì il periodo del silenzio. I miei genitori presero a bisbigliare, perché non volevano che capissi i loro discorsi. Non li avrei capiti comunque... c'erano parole troppo complicate, che vagavano nell'aria: evasione fiscale, appropriazione indebita, investimenti illeciti e debiti. Montagne di debiti.

«Solo molti anni dopo seppi del suicidio della signora Conte. Da allora l'ho sempre ricollegato a una sera in particolare. Mio padre non c'era, arrivò una telefonata, mia madre ascoltò ciò che le veniva detto e scoppiò in lacrime. Poi uscì e tornò cinque minuti dopo, con un pacchetto in mano: quella sera fumò la sua prima sigaretta.

«Naturalmente non mi dissero niente, della signora Conte. Ma dei tre bambini... Quella storia all'epoca era sulla bocca di tutti. Uccise i figli... li avvelenò. Quando la polizia entrò a Villa Ebe, avvertita da una cameriera, la trovò totalmente buia, e il signor Conte e i tre bambini morti erano riuniti intorno al tavolo da pranzo. Lui stava bevendo il loro sangue da un calice. Disse che era capitato, che non era un assassino e che doveva espiare il male bevendo il sangue avvelenato dei figli. Credo che nella sua follia si fosse reso conto di quello che aveva fatto, e che volesse punirsi.

«Lo salvarono giusto in tempo, ma per i bambini non ci fu niente da fare. Lo arrestarono e lo chiusero in un ospedale psichiatrico giudiziario. Naturalmente la società fallì. La stampa battezzò Gualtiero Conte 'il Conte Vampiro'. Per mio padre, divenne 'Vladimiro il vampiro'.

«Aveva avuto ragione, mio padre, a credere che le cose sarebbero cambiate. Solo, non nel modo in cui aveva sperato lui. »

Ci fu una pausa. Antonio, nella tomba, riprese fiato.

« Questa storia la seppi dalla signora Viola, che faceva le pulizie nel palazzo. Quando lo scoprì, mia madre si infuriò e la insultò fino a farla piangere.

« Ebbi incubi per un anno intero. Immaginavo i tre bambini morti, al buio. Per me divenne un pensiero morboso e mia madre mi portò alle giostre ogni domenica per diversi mesi, per farmi dimenticare. Ma la mia memoria, come vede, è fin troppo limpida e zelante.

« Avevo conosciuto quella donna e quei bambini, e avevo chiamato Gualtiero Conte zio, e... »

« Non si deve giustificare, signor Fonte. Certi uomini scelgono l'oblio per molto meno », *lo interruppe la voce del Collezionista.* « Desidera per caso dell'acqua? »

Ci fu un rumore, un bicchiere veniva riempito e subito svuotato.

« Come ho detto, al periodo dei sussurri seguì il periodo del silenzio. Mio padre si rinchiuse nello studio. Ormai non mi permetteva più di entrare. Usciva di notte, quando non potevamo vederlo. Spesso non sapevamo dove fosse finito e quando tornava a casa, molte ore dopo l'alba, puzzava in modo disgustoso. C'erano anche i giorni buoni, giorni in cui non beveva, e in quei giorni mamma si impegnava a organizzare gite e pranzi. Ma qualcosa, in lei, stava cedendo. La sua risata adesso le moriva in bocca, non colorava più l'aria, come faceva un tempo.

« Avevo otto anni la notte in cui le cose cambiarono di nuovo, e ancora una volta fu colpa mia.

« I miei genitori avevano avuto una discussione e mio padre l'aveva risolta con la solita maturità, andandosene di casa. Sgusciai dalla finestra e lo seguii. Attraversò i Quartieri, passò per Villa Ebe, maledisse il vampiro e scese fino al Borgo Marinari, dove lo vidi entrare in un bar. Non ebbi il coraggio di spingermi oltre. Lo aspettai, seduto sul marciapiede, quando un uomo vestito di nero si sedette accanto a me. Mi chiese cosa facessi laggiù e perché avessi l'aria così triste. Sapevo di non dover dare retta agli estranei, ma mi sentivo solo. Gli dissi che ero lì per controllare che mio padre stesse bene. Mi domandò che problema avesse. Gli risposi che aveva perso il lavoro e l'ispirazione e pure 'la capa', come diceva mamma. Gli dissi, insomma, che si era perduto. Ricordo che lui mi sorrise e mi pregò di andare a chiamarlo, perché aveva un lavoro perfetto da offrirgli.

« Entrai nel bar e chiamai mio padre. Non potrò mai dimenticare la sua faccia, appena mi vide. Fu come se fosse stato costretto a vedere se stesso. Mi sentii umiliato per lui. Posso sopportare il ricordo di mio padre ubriaco, tra prostitute e contrabbandieri, ma non il modo in cui si sentì di fronte al mio sguardo. »

« E cosa avvenne tra suo padre e quell'uomo? »

« Parlarono. L'uomo ci accompagnò per un tratto di strada, mentre tornavamo a casa. Non capii molto. Mio padre era ubriaco, io ero piccolo e quell'uomo parlava di cose strane. Ma, come le ho detto, da quel giorno le cose cambiarono un'altra volta.

« Una mattina mio padre uscì dallo studio e annunciò che era pronto ad affrontare un nuovo lavoro. Mia madre era speranzosa, credeva ancora in lui. Per diversi mesi, da quando l'uomo misterioso lo aveva assunto, mio padre si dedicò a cose che né io né mia madre capivamo. Passava le sue giornate a osservare, ascoltare e pedinare gente, annotando ogni dettaglio su un taccuino nero. Aveva lasciato credere a mia madre che si trattasse di un lavoro di investigazione, ma a me aveva raccontato la verità: stava diventando un ladro di storie perdute. Naturalmente non sapevo cosa significasse, nessuno dei padri dei miei amici faceva quel mestiere. Così lo pregai di portarmi con sé.

« Ricordo che ero emozionato: non avevo mai visto un ladro di storie perdute all'opera. Andammo insieme fino al porto, dove incontrammo un vecchio pescatore che non poteva fare a meno del mare. Viveva lungo la striscia di spiaggia che costeggia il Molo Beverello. Abitava in una casa abusiva rattoppata con pezzi di vecchie imbarcazioni, alla mercé del vento e della salsedine. Non ricordo il suo nome, ma mi rimase impresso il nome del paese da cui proveniva: Santiago. »

Antonio mise in pausa. Iniziò ad ansimare, a sudare freddo. Batté i pugni contro il sepolcro e urlò asfissiato: « No, no, no...! »

Si strinse la testa tra le mani. Avrebbe voluto farla esplodere, strapparsi i capelli e cavarsi gli occhi, piuttosto che iniziare ad accettare la verità su se stesso, su suo padre, sul conte Vladimiro e sull'intera Tirnaìl.

Inspirò ed espirò. Inspirò ed espirò. Tante volte di seguito. Se ce l'aveva fatta fino ad allora, si disse, poteva farcela fino alla fine.

« Vai avanti », ordinò a se stesso. « Vai avanti! »

Premette il pulsante. La prima cosa che udì fu la voce maliziosa e canzonatoria del Collezionista.

« Di grazia: cosa significa precisamente essere un ladro di storie perdute? »

« Non lo sa? Significa rendere del tutto invisibile qualcosa che già si vedeva a stento. Mio padre si presentò come un giornalista. Disse al vecchio pescatore di volerlo intervistare per un servizio sui senzatetto. Non ricordo tutto della sua storia. Era un reduce della guerra civile e alla fine del conflitto aveva venduto la casa e le pecore per acquistare un peschereccio chiamato *Jacqueline*. Desiderava cancellare dalla sua anima l'odore dei morti e della guerra, e sostituirlo con l'odore del mare. Con *Jacqueline* aveva varcato lo stretto di Gibilterra e attraversato il Mediterraneo. Quando era approdato nel nostro golfo non pensava di restare, ma era stato travolto da una tempesta e *Jacqueline* era andata perduta. Amava quella barca come un uomo ama una donna, così aveva scelto di rimanere dov'era la sua tomba. Prima che ce ne andassimo, mi regalò una barchetta di carta e un sorriso che non dimenticherò mai.

« Quando lo lasciammo, chiesi a mio padre se avesse rubato la sua storia. Mi rispose di sì. Presto il mondo si sarebbe dimenticato di lui e lui si sarebbe dimenticato della sua storia. Dissi che non era giusto. Lui era d'accordo, ma, mi assicurò, le cose che vanno perdute non sono perdute del tutto.»

«È giusto.»

«Poi venne il re pazzo. Abitava nel nostro vicolo, e di lui si sapeva che era un insegnante di storia inglese, rispettabile e assennato. Un giorno le guardie lo fermarono mentre si aggirava per le strade del centro storico, ubriaco e nudo, eccezion fatta per una corona di cartapesta sulla testa. Lo rinchiusero. Mio padre non si era mai occupato di lui, ma quando un vicino lo informò dell'accaduto andò a trovarlo, e io lo accompagnai. Era diventato il re dei pazzi, il suo reame era il manicomio e i suoi sudditi erano schizofrenici, paranoici e maniaco-depressivi. Fu difficile parlargli e convincerlo a raccontarci la sua storia: faceva un gran baccano, rideva di tutto e di tutti, disturbava il lavoro delle infermiere e faceva commenti sboccati. Poi mio padre gli chiese dove fosse la sua corona, visto che un re senza corona non è un vero re. L'uomo strabuzzò gli occhi e gli si avventò contro. Dovettero sedarlo e portarlo via. Ma mio padre era ostinato e tornò a trovarlo il giorno dopo. Aveva fatto una corona di cartapesta, e gliela regalò. Il re lo ringraziò, ma non poté accettare quel dono perché era un falso: la vera corona poteva dargliela soltanto la sua bambina, il giorno della festa del papà, come ogni anno. Poco dopo i medici spiegarono a mio padre che la bambina era stata travolta da un pirata della strada, una mattina mentre andava a scuola. Io rimasi terrorizzato, e papà mi portò via.

«L'ultima volta che lo aiutai con uno dei suoi incarichi fu quando rubammo la storia della signora Viola, la donna delle pulizie. Mia madre la considerava solo una vecchia ignorante, brutta come la morte, incapace di farsi i fatti suoi. Ma a me e mio padre piaceva. Un giorno le sequestrarono la casa: avevano scoperto che era infestata da gatti. Molti erano malnutriti, moltissimi ammalati, e lei non riusciva a prendersi cura di ognuno di loro... anche se li amava ed erano la sua famiglia. Così la signora Viola si ritrovò senza un tetto, senza lavoro e completamente sola. Soltanto un bellissimo siamese rimase al suo fianco: si chiamava Duchessa. Da bambino giocavo molto con lei. Ma poi, dopo che rubammo la loro storia, la signora Viola e Duchessa svanirono nel nulla.»

«Lei crede davvero che suo padre fosse un ladro di storie perdute?»

«Quando sei bambino credere è un dovere... soprattutto credere ai genitori.»

«E veniva pagato, per questo lavoro?»

«Sì, e anche molto bene.»

«Sua madre non si insospettì mai?»

«Lo tartassava. Ma lui sbottava sempre più spesso e la pregava di lasciarlo in pace, perché il lavoro che stava svolgendo era importante. Dopo la signora Viola, mio padre si rifiutò di lasciarsi accompagnare nelle sue missioni. Disse che non si potevano mischiare affari e famiglia e che gli era stato tassativamente proibito di portarmi di nuovo con sé. Divenne sempre più distante e ricominciò a chiudersi nello studio. Mia madre era di nuovo preoccupata, anche se vedevo qualcosa di diverso e di peggiore dell'ansia insinuarsi nel suo sguardo: la rassegnazione. Credo che sia stato allora che ha iniziato a smettere di amarlo, o almeno a provare a convincersene, per non soffrire più.

«Poi un giorno mio padre accettò un incarico fuori città. Lo accompagnai alla stazione e lo vidi partire dal binario 7 per Venezia, la città delle maschere e delle illusioni.

«Era l'estate del 1974. Non lo avrei rivisto per due lunghissimi anni.»

40

Il periodo delle storie, dei morti e dei ritorni

« Era il 1976, sotto Natale. Avevo smesso da tempo di cercarlo, e anche di aspettarlo. Era notte fonda e fui svegliato da alcuni rumori. Mi alzai e scoprii che nello studio, che dal giorno della sua partenza era sempre rimasto chiuso, c'era qualcuno. Mio padre era tornato! Ma non era venuto per restare, e di certo non per me: era lì per le sue storie.

« Quella notte capii due cose importanti: la prima era che mio padre era un uomo molto disturbato; la seconda, che era meglio averlo perso. Ha idea di quanto sia terribile pensare cose simili del proprio padre? Quando vidi che le pareti dello studio erano coperte di scritte e disegni, di intere storie – le storie che lui non aveva voluto andassero perdute – smisi per sempre di credergli. Interpretai quella follia come il delirio di una mente squilibrata, e lo cacciai. Lui volle darmi la chiave dello studio a ogni costo, perché tornassi di tanto in tanto a leggere quelle storie, in modo che non si perdessero. Quando se ne fu andato, chiusi lo studio e nascosi la chiave in una teiera, sopra il mobile della cucina. »

« Perché non la buttò? »

« Me lo domando ancora oggi. Forse una parte di me voleva custodire il segreto.

« A ogni modo, quella notte segnò la fine della mia infanzia e la nascita di qualcos'altro: capii che avevo bisogno di una via d'uscita, di un rifugio dalle menzogne, dalle delusioni, dalle promesse non mantenute. Quella notte scelsi di usare il mio potere: l'immaginazione. Per caso mi trovai con un quaderno e una penna tra le mani e scrissi il mio primo racconto. Parlava di mio padre, un ladro di nebbia. Da allora, per me iniziò il periodo delle storie.

« Le interessa sapere cosa ho fatto dopo? »

«Infinitamente, signor Fonte. Devo ammetterlo, ha una memoria prodigiosa.»

«Gli anni passarono. Avevo pochi amici, leggevo tantissimo, scrivevo storie che non facevo leggere a nessuno, neppure a mia madre. Mi trovai qualche lavoretto per aiutarla, per pagarmi i libri di testo al liceo e per andare qualche volta al cinema o a mangiare una pizza. Non mi iscrissi all'università, perché non sapevo scegliere. E poi mi piaceva la gente, *quella* era la mia vera passione: le storie. Ero curioso. Anche se non sono mai stato un tipo socievole, all'epoca amavo gli esseri umani – a patto che non mi rivolgessero la parola – e mi allenai a notare i dettagli. Li rubavo, sa. Avevo un taccuino su cui disegnavo i volti delle persone che incontravo, assegnando a ognuno un nome, appuntandomi i particolari e immaginando una storia. Lavoravo nei bar, negli alberghi, nei parchi gioco, non m'importava dove o cosa: a me bastava studiare la gente.

«A ventisei anni, un giorno d'estate, dissi a mia madre che uscivo a comprare le sigarette. Quando le dicevo così, sapeva che non doveva aspettarmi per cena. Andai alla Stazione centrale... ci passavo parecchio tempo, restavo seduto per ore a osservare l'umanità scorrermi davanti.

«Faceva caldo e fui colto da un desiderio improvviso e sfrenato di vedere il Nord. Non ero mai stato da nessuna parte e non so cosa mi prese quel giorno: sentii la voce dall'altoparlante annunciare un treno in partenza per Venezia, dal binario 7. Mi alzai, feci il biglietto e partii. Così, al volo! Capisce? Non era da me! Lasciai perfino la mia auto nel parcheggio della stazione... chissà che fine avrà fatto, quella vecchia Fiat! Non l'ho mai più trovata.»

«Perché partì? Voleva cercare suo padre?»

«No, assolutamente. Volevo solo fuggire. Restai a Venezia per poco, quanto bastò per convincermi che mio padre aveva avuto ragione a definirla la città delle illusioni. Mi persi tra i suoi vicoli che sembravano spuntare dal nulla e finire nel nulla. Ma Venezia non era abbastanza a nord, per i miei gusti. Presi un treno per Ginevra. In quei giorni c'era il Festival dell'Acqua... Concerti, spettacoli, tanto cibo e tanto alcol, fuochi d'artificio... »

La voce di Antonio, nella cassetta, si smorzò. Lo scrittore trattenne il respiro: sapeva cosa stava per accadere. Stava per incontrare Genève. Ogni volta che pensava a quella notte, il suo ricordo tornava a trafiggerlo, forte e devastante, come quando aveva visto i suoi occhi per la prima volta. Antonio pensò alla bellezza della gioventù, e ne sentì la mancanza. Si rese conto allora che Genève era anche questo: potenzialità, possibilità, un mondo e una vita che attendevano di essere conosciuti ed esplorati.

« Era il 10 agosto 1990. Passeggiavo lungo il Rodano, mangiavo dolci tra le bancarelle e mi fermavo a osservare gli artisti di strada... Notai una ragazza. Suonava l'armonica a bicchieri e se le davi una monetina contraccambiava con un sorriso. »

« Quante monetine le diede? »

« Non troppe... solo ventisette. Appena la vidi, capii di essere arrivato. Non sapevo dove, di preciso, ma ero arrivato. Dovevo incontrarla, e l'avevo incontrata. Nei suoi occhi c'era qualcosa che non avevo mai visto in nessun'altra persona... e io di persone ne avevo viste tante. Un intero universo si raccoglieva ed esplodeva dentro di lei. Pensai che se avessi avuto il permesso di esplorarlo avrei anche potuto smettere di cercarlo altrove, nei gesti e nelle parole degli altri esseri umani. Mi sarebbe bastata lei. Per tre volte le passai davanti, mattina, pomeriggio e sera. Alla fine, mi notò. »

« Dopo ventisette monete, l'avrei notata anch'io. »

« Iniziammo a parlare. Parlammo di tutto, per tutta la notte. E... mangiammo e bevemmo e... e ricordo delle giostre. Ricordo che vinsi al tiro al bersaglio e le feci scegliere il premio: volle a ogni costo un fucile a piombini, diceva che quando fai l'artista di strada certe cose ti tornano utili. E poi... sì, fu allora che incontrammo quella vecchia cieca, una zingara del Nord... Madame de Sang, si faceva chiamare: in cambio di una goccia di sangue ti svelava il futuro. »

« E a lei cosa disse? »

« 'Ti aspettano fama e gloria, ma tanta solitudine.' Tutte

sciocchezze, naturalmente. Ricordo bene anche quel che disse alla ragazza del fiume: 'Vi ritroverete alla fine del mondo'. Ridemmo di lei. Poi, quando le stringemmo la mano per ringraziarla prima di andarcene, la vecchia mi toccò le dita e si irrigidì. Allora sorrise, ma lo fece in modo terribile: 'Il giorno in cui metterai il rossetto sulle mie labbra, dovrai tornare dove tutto è iniziato'. Non diedi peso a quelle parole, non avevano senso... le avrei raccolte solo molti anni dopo. Quella notte non esisteva altro, per me, al di fuori della ragazza del fiume. Ricordo i fuochi d'artificio. Ricordo i suoi occhi. In poche ore mi innamorai di un'avventuriera che aveva camminato per le strade di tutta Europa. Le invidiai la forza e il coraggio, e desiderai di poterla seguire alla scoperta del mondo. »

« E lo fece? La seguì? »

« No. Per alcune cose che aveva detto... che il mondo era immenso, e le persone piccole. Mi aveva suggerito di non fermarmi mai per nessuno. Mi colpì. Quando presi il treno, all'alba, mi accompagnò alla stazione. Volevo farle vedere che ero forte come lei, che anch'io riuscivo a non fermarmi per niente e per nessuno. Speravo che venisse con me. Ma non lo fece. Rimase sulla banchina finché il treno si fu allontanato, con me a bordo.

« Ci siamo detti tutto, quella notte, storie su storie, racconti di viaggi, sogni, paure... Tutto, tranne che avremmo voluto passare il resto della vita a vivere quelle storie insieme. Perché questa era la realtà, e credo che nessuno dei due fosse bravo con la realtà. Non so cosa avessimo in mente... forse speravamo di incontrarci di nuovo, in qualche modo altrettanto magico. Siamo stati dei pazzi, ora lo so. Se potessi tornare indietro, scenderei dal treno e la bacerei per ore... o almeno mi farei dire il suo nome. »

« Non le chiese neanche come si chiamava? »

« E lei non lo chiese a me. Gliel'ho detto: queste cose erano troppo reali e nessuno dei due era bravo a raccontare la realtà. Ce la cavavamo solo con i sogni. »

« Quindi proseguì il suo viaggio verso nord? »

«Sì. Avevo sentito di questo paesino del Basso Reno, in Alsazia: Natzwiller. Non aveva più di seicento abitanti. Poco fuori dal paese sorgeva l'unico campo di concentramento costruito sul suolo francese. Aveva ospitato i prigionieri politici vittime di un decreto del 1941: il decreto Notte e Nebbia. Durante la guerra, quelle persone venivano fatte sparire nel nulla, come ombre.

«Le ho detto che mi piacciono le storie di fantasmi? Quel posto era perfetto per me: freddo, cupo, brumoso e pieno di spiriti.»

«Lei ha metodi e gusti davvero discutibili, signor Fonte.»

«Lei crede? Pensi che iniziai a lavorare per l'unica ditta di pompe funebri del paese, come truccatore di cadaveri. Mi piaceva l'idea di prendermi cura di loro, di restituire loro una parvenza di vita, di immortalarli nel modo in cui avrebbero voluto essere ricordati.

«Nel '94 conobbi una donna, una bibliotecaria di nome Marguerite. La sposai. Non l'avrei mai notata, se non fosse stato per i libri... e per i suoi occhi: uno era del colore delle noci quando vengono aperte, in autunno; l'altro mi ricordava terribilmente il colore degli occhi della ragazza di Ginevra. A volte penso che la nostra vita sia un costante tentativo di ritrovare, da qualche parte, lo sguardo di chi abbiamo amato in gioventù.»

Antonio non poté trattenere un sorriso al ricordo della donna di Balàl che aveva preteso un bacio in cambio del manoscritto. Ecco perché quel bacio gli era risultato così familiare: quella donna con gli occhi di due colori diversi era la sua Marguerite.

«Se lei dovesse incontrare mia moglie si sentirebbe dire le stesse cose che ripeteva alle sue amiche, ovvero che sono capace di amare come una donnola in letargo. Non capisco che collegamento ci sia fra una donnola, l'amore e il letargo, ma intanto io con quella donna mi sentivo piuttosto appagato.»

«*Appagato*, signor Fonte? Forse capisco che collegamento possa esserci fra una donnola in letargo e l'amore.»

«Lei è un uomo perspicace, e io sono un uomo che si accontenta. Perciò ero appagato, sì, soddisfatto, mi andava bene. Ma non la amavo. Mi prenda pure per pazzo, ma io pensavo continuamente alla ragazza del fiume. Non so perché... Cercavo di impormi di lasciarla andare, eppure la mia mente si rifiutava. Così cominciai a scrivere un romanzo per lei. In realtà iniziai il giorno stesso in cui presi il treno che mi portò via da Ginevra. Da allora, per anni interi, non feci altro che cucirle addosso una storia. Mi aiutava a sentirla vicina.»

«Di cosa parlava il libro?»

«Di noi. Di un narrastorie e di un'artista di strada che si incontrano per le strade d'Europa. Lei è folle, è come la vita: pura scarica di adrenalina, ebbrezza inarrestabile. Passano la notte insieme e all'alba si separano. Da quel momento riprendono a vivere ognuno la propria vita: lui condannato tra i fantasmi della sua casa, lei libera di fuggire attraverso il mondo. Eppure non smettono mai di pensare l'uno all'altra... si desiderano così tanto che ogni volta che muoiono e poi rinascono sono destinati a incontrarsi in qualche modo, facendosi a ogni vita più vicini. Come se lo scopo della loro esistenza fosse riuscire a ritrovarsi, dopo essersi ripetutamente perduti.

«Sono affezionato a questa storia, anche se è confusa e inconcludente. Ho scritto molti racconti, in vita mia, ma *La Notte dei Cristalli* è stato il mio primo romanzo. E poi parla di lei. Credo che Marguerite abbia deciso di lasciarmi il giorno in cui scoprì della sua esistenza.»

«E come accadde?»

«Ero tornato in Italia per qualche giorno. Mio zio Luciano mi aveva chiamato: mia madre era morta. Era malata da un anno e mezzo, aveva un cancro ai polmoni. Non ne sapevo nulla. L'ultima volta che l'avevo vista era stato il giorno del mio matrimonio, era venuta apposta a Natzwiller. Quando era ripartita, non le avevo neppure detto grazie. Credo sia ingiusto... *Grazie* è l'ultima parola che un figlio dovrebbe dire a una madre, non crede?

«Dopo il funerale, rientrai a Natzwiller. Trovai Marguerite nello studio, intenta a bruciare il manoscritto di *La Notte dei Cristalli*. La fermai. Aveva già svuotato gli armadi e preparato le valigie per andarsene per sempre. Mi disse soltanto una cosa: 'È ovvio che non puoi amare me, se ami così tanto lei'. Non feci niente per trattenerla. Mi lasciò, si trovò un altro e dopo nemmeno un anno ebbe un bambino.

«Mi accorsi che non aveva più senso restare a Natzwiller. Mi sentivo come uno dei prigionieri di Notte e Nebbia, e solo il ricordo della ragazza del fiume mi infondeva un po' di speranza e di voglia di vivere.

«Intanto maturavo l'idea di andarmene. Non c'era più niente per me, in quel posto, eppure ero come incatenato, costretto a restare da una forza invisibile. Pensavo che sarei avvizzito lì, in un paese senza sole e senza speranza. Ma un giorno, al negozio di pompe funebri, portarono una vecchia cieca, una mendicante senza famiglia e senza identità, trovata morta per le strade di Natzwiller. Mentre la truccavo per il suo ultimo viaggio... mentre le passavo il rossetto sulle labbra...»

La voce si bloccò per un istante e il Collezionista ebbe il tempo di commentare:

«Il mondo è un posto magico, per chi sa cogliere i segnali».

«Lo è davvero. La vecchia strega di Ginevra mi aveva predetto che il giorno in cui le avrei messo il rossetto sulle labbra sarei tornato dove tutto era iniziato. Fu così che tornai.

«Nel corso degli anni, dopo aver abbandonato mia madre e la mia vecchia casa, tutto quanto era appartenuto alla mia vita precedente aveva smesso di esistere. Quindi anche la chiave che mio padre mi aveva affidato era finita nel dimenticatoio, insieme alle sue storie. Quando rientrai in quella casa e trovai la porta dello studio serrata non pensai nemmeno di aprirla, non m'importava. Odiavo mio padre. E se un pomeriggio non avessi per caso rotto una teiera e non ne fosse uscita quella chiave, forse ora non starei qui a raccontarle queste cose. Ma la teiera si ruppe, e in mezzo ai cocci e a qualche penna c'era anche il segreto di mio padre.»

«Perché vuole perdere queste cose, signor Fonte?»

«Sono uno scrittore, so come funzionano le storie: ogni

azione corrisponde a una reazione, ogni causa produce un effetto. Persino una cosa avvenuta trent'anni fa può avere ripercussioni sulle nostre vite di oggi, nei momenti e nei luoghi meno sospetti.

«Io devo dimenticare, devo perdere tutti questi ricordi, per cancellare il ricordo di ciò che ho fatto... solo due giorni fa...»

«Che cosa ha fatto due giorni fa?»

Silenzio. Un silenzio immenso, straripante di pensieri neri come le tenebre in cui Antonio era avvolto.

«Procediamo con ordine», *concluse la sua voce nella cassetta.*

41

Il periodo delle illusioni

«Avevo trentaquattro anni. Decisi che era ora di crescere. Mi rimboccai le maniche, aprii gli scatoloni, tolsi la polvere e restituii un'anima alla mia casa. E alla fine, per qualche motivo che ancora non saprei spiegarle, decisi di rubare una delle storie perdute di mio padre. Quella del vecchio pescatore. La riscrissi, la ripulii, come avevo fatto con la mia casa, e la mandai a una rivista letteraria pressoché sconosciuta: me la pubblicarono. Me ne chiesero altre e li accontentai.

«Posso avere un altro po' d'acqua, per cortesia?»

Dalla cassetta uscirono dei rumori. Antonio cambiò posizione, aveva i gomiti indolenziti. Puntò gli occhi verso il coperchio della tomba. Strinse il registratore al petto e abbassò le palpebre, mentre una stanchezza fisica e mentale si impossessava di lui, come se stesse davvero vivendo la sua vita di nuovo, dall'inizio.

«La ringrazio. Come dicevo, la rivista era pressoché sconosciuta. Di quelle che si lasciano sui sedili delle metropolitane, sulle panchine del parco, nelle sale d'attesa dei dentisti. In poche parole, i luoghi che frequentava mio padre per rubare le storie perdute.

«Non so da quanto fosse in città. Era l'ultimo giorno d'estate dell'anno scorso, e alle dieci e dieci di sera qualcuno bussò alla porta di casa mia. Andai ad aprire e mio padre era lì. Non mi guardò. Se ne rimase a ciondolare sulla soglia e mi chiese se sapessi che uno scarafaggio può vivere fino a nove giorni senza testa, prima di morire di fame.»

Più rapido di un fulmine, Antonio premette STOP *e fermò il flusso di memorie. Doveva fare i conti con quanto aveva appena sentito: suo padre era davvero tornato. La visione che gli era balenata in sogno, quella notte sul treno, era reale. Come tutti i ricordi raccolti a Tirnaìl, d'altronde. Ma sentirlo dire dalla pro-*

pria voce era ovviamente una faccenda del tutto diversa: trasformava un sogno in realtà, un ricordo in presente. E il fatto che avesse scelto di dimenticare una cosa così importante era spaventoso. Doveva esserci un motivo davvero serio. E qualunque fosse, Antonio lo temeva.

Si prese la testa fra le mani. Cercò di combattere contro quell'immagine, contro il campanello della porta di casa sua, che risuonava intorno a lui vivo e concreto.

«Era mio padre!» disse a voce alta. «Lo sapevi che uno scarafaggio può vivere fino a nove giorni senza testa, prima di morire di fame? Lo sapevi che uno scarafaggio...»

«Uno scarafaggio può vivere fino a nove giorni senza testa, prima di morire di fame.»

Antonio trasalì: senza accorgersene aveva premuto il tasto PLAY.

«Lo riconobbi per questo. Sembrava un fantasma. Ma i fantasmi non ti dicono cose del genere. Solo mio padre potrebbe farlo, dopo un'assenza di ventidue anni.»

«Lo accolse in casa sua?»

«E che altro avrei potuto fare? Era vecchio e malato, più nello spirito che nel corpo. Non osava chiamarmi per nome... quello era anche il *suo* nome, e credo che fosse arrivato a odiarlo. Non ce la faceva nemmeno a guardarmi negli occhi, a volte trascorrevano ore intere senza che riuscisse a incrociare il mio sguardo. Fissava un punto nel vuoto, si dondolava sulle gambe, gli tremavano le mani, s'intratteneva stracciando fogli di carta o fazzoletti in minuscoli pezzetti. Eppure quando parlava era lucido e consapevole... e molto più paterno di quanto non fosse mai stato. Era evidente che voleva il mio perdono.»

«Venne a stare da lei?»

«No. Si era preso una casa sulla collina, a Pizzofalcone, non troppo distante. Era una stanza, più che una casa; non aveva finestre ed era piena di roba che non riordinava mai. Mio padre non voleva impormi la sua presenza, ma ci teneva a vedermi ogni settimana. Veniva tutti i venerdì e bussava alla porta alle dieci e dieci esatte, mai un minuto prima e mai uno dopo. »

« Aveva un grave disturbo ossessivo-compulsivo. »

« Oh, sì, ne aveva parecchi, di disturbi. Ma gliel'ho detto: quando conobbe mia madre l'orologio segnava le dieci e dieci. Mi diceva sempre che per un attimo il tempo si era fermato, o che lui avrebbe voluto fermarlo e ridurre tutta la sua vita a quell'istante, perché dopo ogni cosa era volata via troppo in fretta. Io pensavo lo stesso, del mio incontro con la ragazza del fiume. »

« Lei e suo padre siete indubbiamente due individui molto particolari. Ma prego, prosegua pure con la sua storia. Di cosa parlavate, con suo padre? »

« Di storie, naturalmente. O forse erano le storie a parlare di noi, così come adesso questa storia sta parlando di me. Ma il momento migliore era quando gli leggevo di Genève... »

« Genève? »

« Decisi di chiamare così la ragazza del fiume. Fu mio padre a spingermi a trovarle un nome. Scelsi il nome della città in cui l'avevo conosciuta. Sa, a mio padre Genève piaceva perché era esattamente come lui: una persona che corre sempre e non arriva mai. Mi aiutò con la storia, raccontandomi aneddoti e segreti che solo un esperto viaggiatore può conoscere. Mi piacevano quei momenti. Non mi disse mai cosa aveva fatto nei ventidue anni di assenza, ma sentivo che quando mi suggeriva le avventure per Genève in realtà stava parlando di sé, mi stava raccontando le storie perdute che aveva vissuto e raccolto, come faceva quand'ero piccolo. »

La voce di Antonio si interruppe. Sbuffò, prese fiato, si agitò.

« Non so se ce la faccio. »

« Cosa intende? »

« Mi prenderà per pazzo... »

« Sono un uomo che colleziona oggetti perduti e li manda in un Regno delle Cose Perse. Ho una soglia elevatissima del concetto di pazzia. »

« Lei crede nei miracoli? »

« Preferisco le magie. »

« Forse sono la stessa cosa. A novembre dell'anno scorso... Mi scusi... è difficile... non ci credo nemmeno io. Se sono qui è perché io per primo mi considero pazzo. »

« Prosegua. »

« A novembre dello scorso anno i coniugi Palumbo, che occupavano l'appartamento sopra il mio, si separarono e lasciarono la casa. Andò ad abitarci una nuova inquilina e... quella donna... era Genève. »

Per un po' Antonio e il Collezionista lasciarono parlare il silenzio. Lo scrittore bevve un altro bicchiere d'acqua e chiese di potersi alzare e sgranchirsi le gambe. Si percepì l'eco dei passi ripercuotersi attraverso la torre. Passò qualche minuto, poi la sua voce tornò da un punto più lontano.

« L'avevo incontrata una notte, nove anni prima. Non sapevo niente di lei, neppure il suo nome. L'unica certezza era che l'avevo amata ogni giorno, in quei nove anni. Nel modo in cui si ama un'idea, o un bel posto che si è visitato da giovani, o un frutto che non hai mai più assaggiato. Avevo scritto una storia per lei. E a furia di sognarla, l'avevo evocata.

« Ero sul pianerottolo quando sentii sbattere il cancello del palazzo. Mi voltai e vidi una ragazza dai capelli verdi salire le scale con addosso una pelliccia finta, scarpe coi tacchi alti e calze a rete. Era con un uomo, stupido e grosso, ed erano tutti e due piuttosto ubriachi. Lui le chiese se dovessero prendere l'ascensore, lei rispose che non ce n'era bisogno. Si accorse di me solo perché intralciavo le scale. Mi guardò per un istante, un istante infinito, come l'età dell'universo. Poi se ne andò.

« Non sono mai stato un gran bevitore, ma appena entrai in casa frugai nella dispensa alla ricerca di qualcosa che potesse scuotermi dallo shock. Bevvi whisky invecchiato, lo sputai, quindi mi feci un bicchiere di latte e mi sedetti accanto al condotto per l'aria: era rotto e si poteva sentire qualunque cosa venisse sussurrata al piano di sopra. »

« È davvero una storia incredibile. Come ha detto, una magia. E Genève la riconobbe? »

« No, mai. Forse si era dimenticata di me... »

«O forse non era la stessa persona.»

«Era lei. Se c'è una cosa di cui sono certo è che la ragazza sul fiume Rodano e la donna che si è trasferita nell'appartamento sopra il mio sono esattamente la stessa persona. Aveva una libellula tatuata sulla mano e, sebbene la ragazza del fiume non ce l'avesse, ricordo precisamente che mi aveva raccontato di avere una fobia per le libellule. Un'altra cosa: la ragazza del fiume amava i Notturni; l'inquilina del piano di sopra, ogni sera, suonava al pianoforte un Notturno diverso. E poi aveva una voglia matta di vedere il mondo, stava cercando di organizzare per l'estate un viaggio a Cabo da Roca, il punto più a ovest d'Europa, la fine della Terra. E il suo accento francese... Anche se parlava perfettamente l'italiano, non riuscì mai a nasconderlo del tutto. Soprattutto quand'era ubriaca, si faceva sentire. E lei per la maggior parte del tempo era ubriaca.»

«Ed è riuscito a scoprire come si chiamava?»

«Ancora una volta, no. Ma non è stata colpa mia. Era impossibile avvicinarla, sembrava mi detestasse. E aveva tanti nomi quanti erano i ragazzi che si portava a casa: sapevo che non era sincera con nessuno di loro. Era addirittura più malfidente di me con le persone.

«Chiesi informazioni al portinaio, il signor Nicotiana. Mi disse che l'appartamento era stato affittato a nome di un certo Poitier, un signore che aveva incontrato un giorno, insieme all'agente immobiliare. L'uomo aveva poi deciso di subaffittare a una ragazza che doveva rimanere anonima: avrebbe garantito lui.

«Chiesi al signor Nicotiana se fosse una cosa legale. Lui mi domandò se ci fosse qualcosa di legale, nella nostra città.

«Naturalmente, dal giorno in cui la rividi, la mia ossessione crebbe. Passavo ore intere davanti al condotto dell'aria, in attesa di sentire la sua voce o il suono del pianoforte. Era una compositrice, e credo che per sbarcare il lunario tenesse lezioni a domicilio.

«Raccontai a mio padre cos'era accaduto e lui non faticò a

credermi. Voleva vederla, così una sera salì da lei con la scusa di chiederle dello zucchero. Quando scese, aveva una birra.

« 'Nella dispensa non aveva nient'altro', si giustificò. 'E chi rifiuta una birra è un coglione. Comunque, non ha tette.'

« Nonostante questa pecca, decise di aiutarmi a conquistarla. Iniziò a venire più spesso e, appena sentivamo dal condotto per l'aria che Genève stava per uscire, correvamo sulle scale e ci sedevamo con aria disinvolta. Lui provava ad attaccare bottone, lei lo ignorava con freddezza. Una volta le chiese di accettare un invito a cena. Lei lo guardò, poi guardò me. Se ne andò, definendoci *patetici*. Per me era imbarazzante, ma mio padre si divertiva da matti. Non era neppure molto facile incontrarla: non usciva quasi mai, se non la sera tardi, e rientrava sempre alle prime ore dell'alba, ogni volta con un uomo diverso. Aveva una predilezione per i giganti senza cervello. Dopo qualche tempo, quando mio padre si fece assillante, Genève minacciò di chiamare la polizia. Lo pregai di smettere di tormentarla, avrei trovato da solo il modo di avvicinarla, con i miei tempi e i miei metodi. Avevo finalmente deciso di concludere il romanzo iniziato nove anni prima. Glielo avrei dato, così forse si sarebbe ricordata di me. »

« Ma era diversa dalla ragazza che aveva conosciuto sul Rodano. »

« Completamente. Molto più afflitta, molto più stanca, molto più sola. Non permetteva a nessuno di avvicinarsi, e a me meno di tutti. L'universo che un tempo esplodeva nei suoi occhi si stava restringendo e spegnendo. Ma, le ripeto, sono certo che fosse la stessa donna: se mai dovessi rincontrarla, so che riconoscerei quegli occhi e l'anima che se ne sta lì dietro... anche se dovesse accadere tra cento vite... o in un altro mondo. »

« Che significa? Se dovesse mai rincontrarla? »

Adesso Antonio sentì lo stomaco torcersi per la tensione. Il nastro era giunto quasi alla fine, così come il tempo della sua storia. Mise in pausa un'ultima volta.

Perché doveva farsi del male? Perché non poteva semplicemente riaprire la tomba, seppellire i ricordi e raggiungere Genè-

ve? Anche se era solo un ricordo, o un'illusione, cosa importava? Antonio la vedeva, la sentiva, Genève era lì per lui, ed era certo che se fosse andato oltre con quella dannata cassetta l'avrebbe persa per sempre.

Ma, prima che potesse dare seguito a quell'idea avventata, Antonio rivide davanti a sé la strega del bosco e poté udire la sua voce gracchiante. Lo aveva avvertito. Aveva fatto un errore simile, aveva avuto paura. Se ora Antonio fosse uscito di lì sarebbe andato incontro alla sua stessa fine: sarebbe divenuto un uomo incredibilmente vecchio, ma privo di ogni passato.

« Perdonami, Gen », mormorò Antonio, riavviando il nastro.

Dal silenzio ovattato che uscì dal registratore, sembrava che fra i due interlocutori persistesse un certo nervosismo.

« Che ne è stato della ragazza, signor Fonte? »

Ancora silenzio.

« Cos'è successo? »

« Quello che succede sempre con le illusioni: svaniscono. Una sera di giugno, dal condotto per l'aria la sentii discutere con un uomo. Non era il suo ragazzo... mi sembrò più il suo capo, o qualcuno che forse organizzava serate per farla suonare... Non lo so... era un discorso strano. Parlavano di lavoro, comunque. Lei si rifiutava di svolgerlo. Ci fu un brutto litigio, lei lo mandò al diavolo, lui la licenziò e la piantò in asso. La sentii piangere, telefonare a qualcuno, pregarlo di andare con lei a Cabo da Roca, di partire quella notte stessa. Chiunque fosse, dovette prenderla per matta. Allora pianse ancora e chiese perdono, non so a chi... Se non fosse da pazzi crederlo, penserei che stesse parlando con me. Quella sera non suonò nessun Notturno e non uscì. Spinto da un bruttissimo presentimento, andai a bussare alla sua porta. Non mi rispose nessuno. Svegliai il signor Nicotiana, lo pregai di darmi le chiavi dell'appartamento del secondo piano perché temevo fosse capitato qualcosa di terribile alla ragazza senza nome. Mi invitò ad andare all'inferno e mi sbatté la porta in faccia. Non mi arresi, tornai a bussare alla porta di Genève, così forte che anche se stava dormendo doveva per forza sentirmi. Non mi aprì. Allora abbattei la porta con la forza della disperazione. Trovai Genève accasciata sul pianoforte, bianca, immobile, e pensai subito che fosse morta. Chiamai un'ambulanza. »

« Ed era morta? »

« No, ci andò solo molto vicina. Overdose da farmaci, tentato suicidio. La salvarono, ma fu la notte peggiore della mia vita. Quando sorse il sole, lei riaprì gli occhi. »

« La ringraziò? »

« Mi maledisse. Mi ordinò di andarmene, mi chiese perché l'avessi salvata, urlò così forte che gli infermieri mi cacciarono. Me ne andai perché non volevo che si agitasse troppo, ma la aspettai. Non mi mossi di casa per due giorni interi. Volevo accertarmi di vederla nel momento stesso in cui fosse tornata, sana e salva. Adesso non avevo più paura. Giurai a me stesso che l'avrei salvata e amata come si salva e si ama una donna vera. Ma i giorni passavano e Genève non tornava. Mi sembrava di impazzire. Alla fine mio padre si offrì di accompagnarmi all'ospedale per controllare come stesse. Quando arrivammo, i medici ci dissero che poche ore prima la ragazza, priva di nome e di documenti, era scappata senza lasciare traccia. »

La cassetta rimase muta, e per un attimo sembrò che sul resto del nastro non fosse inciso nulla. Ma poi la voce tornò.

« Ero distrutto. L'avevo persa di nuovo, e ancora non sapevo il suo nome... »

La voce rise, una risata triste.

« Mio padre mi accompagnò a casa. Quella notte fu lui a mettermi a letto, come quando ero bambino, e mi raccontò una storia perduta. Parlava di un barbiere che aveva perso la fede, e per ritrovarla aveva compiuto l'intero cammino di Santiago. Allora aveva capito che Dio è nei piedi che si muovono.

« A un tratto si alzò, prese carta e matita e si mise a disegnare qualcosa. Era da tanto che non si dedicava alla sua arte, forse da quando ero piccolo. Credo gli mancasse tremendamente... Mio padre, dopotutto, resta un pittore.

« Mi addormentai prima che avesse finito. Quando mi

svegliai, il giorno dopo, ero solo. Trovai il ritratto di Genève sulla sedia accanto al letto. Le aveva fatto i capelli verdi, e la cosa mi fece sorridere. Sul retro del foglio aveva scritto qualcosa. Aveva scritto... »

« Giugno 1999. Tirnaìl è il Regno delle Cose Perse, non lasciare che anch'io finisca lì. Ricordati di me, ricordati della Notte dei Cristalli. Con tutto il mio amore, Genève Poitier. »

Nella tomba, Antonio pronunciò quelle ultime parole insieme alla voce della cassetta.

« Fu anche l'ultima volta che vidi mio padre. Da allora non tornò più, e la sua casa sulla collina venne abbandonata.

« Nei mesi seguenti, credetti di aver scoperto l'inferno. Mi tormentava il pensiero che Genève e mio padre fossero un'invenzione della mia mente, che io fossi un povero pazzo e che quello fosse stato il periodo delle illusioni. Non mi ero mai sentito così solo. Anche se ero stato solo tutta la vita, adesso ne avvertivo il peso, perché con il ritorno di mio padre e l'arrivo di Genève mi ero ricordato cosa significasse essere vicini ad altri esseri umani. Sentire un calore fisico, attendere un appuntamento, emozionarsi per uno sguardo, scambiare chiacchiere che non erano semplici convenevoli, ma voglia di condividere una storia. »

« Cosa ne è stato del romanzo e del ritratto di Genève? »

« Il manoscritto è chiuso nello studio. Il ritratto l'ho nascosto. »

« Dove? »

Un attimo di pausa, una piccola incertezza. Perché voleva saperlo?

« Dietro un portafotografie. »

« Lei non si libera mai del tutto di niente, non è vero? La chiave dello studio, il manoscritto, il ritratto e chissà che altro... Colleziona oggetti. Non si preoccupi, non la sto giudicando: li colleziono anch'io. Speriamo sempre di ritrovarli. E mi dica, il signor Poitier? »

« La polizia indagò, ma era un prestanome. C'era qualcosa di strano, in quella faccenda. Come se niente fosse reale, e tutti fossero dei fantasmi. Il signor Poitier, Genève, mio padre... Il signor Nicotiana chiuse a chiave l'appartamento. Da allora, nessuno lo ha più preso in affitto.»

«Dunque lei ha perso l'amore della sua vita, suo padre, il suo romanzo... Ma sono passati sei mesi dallo scorso giugno. Perché è venuto da me oggi? Cos'è che vuole dimenticare veramente?»

Antonio sentì qualcosa rimbalzare sul tavolo, come una pallina di metallo. Poteva immaginare se stesso, quindici anni prima, seduto davanti al Collezionista, intento a denudare la sua anima. Di certo cercava qualcosa con cui distrarsi, qualcosa che gli permettesse di rimandare, anche solo di qualche istante, il momento in cui avrebbe dovuto narrare la fine della storia.

«Cos'è accaduto due giorni fa, signor Fonte?»

Una pausa, eterna e pesante come la morte.

«Sono diventato un assassino.»

42

Il periodo dei fardelli e dell'oblio

Antonio agguantò il registratore e lo scaraventò contro la parete della tomba. Poi lanciò un grido di dolore che risvegliò gli scheletri di Mnemosia e iniziò a piangere, smettendo di ascoltare, di pensare, di respirare, di vivere...

La cassetta però continuava a raccontare la sua storia.

« In questi mesi ho solo vagato, come un pazzo o un sonnambulo, tra le strade della mia città. Speravo che una di quelle strade mi riportasse da mio padre o da Genève. E invece, due notti fa, sono finito nell'ultimo posto in cui mi sarei voluto ritrovare: Villa Ebe. Avevo solo un vago ricordo di quella casa, ma non dei suoi abitanti. I tre bambini morti mi avevano perseguitato negli incubi per tutta la vita, e per me Gualtiero Conte era peggiore dell'uomo nero, perché era esistito.

« Quando sono giunto davanti al cancello, ho avuto la sorpresa di vedere una luce risplendere nell'oscurità della casa. Entrare attraverso il giardino non è difficile, così ho scavalcato il muretto e mi sono ritrovato davanti alla porta d'ingresso, dove i raggi di un sole s'intrecciano con una mezzaluna. L'uscio era aperto: bastava spingere appena più forte.

« Non so perché sono entrato, o cosa cercassi. Sentivo soltanto che la casa mi chiamava.

« Dall'ultima volta che avevo messo piede lì dentro erano trascorsi circa trent'anni, e all'epoca pensavo che se mi fossi comportato bene sarei rimasto giovane in eterno. Ma passando davanti allo specchio all'ingresso mi sono reso conto di quanto devo essermi comportato male, in tutta la mia vita, per non essere riuscito a evitare il periodo dei fardelli, l'età adulta.

« La casa era in uno stato di totale degrado: nessuno se n'era più preso cura dal 1970. C'erano scale, stanze, corridoi che conservavano tracce di vita delle persone che vi avevano abitato, anche se immagino che nel corso degli anni ci siano passati molti senzatetto.

« Non so con quale forza mi sia addentrato fra le stanze. Mi sentivo sotto l'effetto di un incantesimo, le dita mi pizzicavano come se l'aria fosse carica di un'energia maligna, un'elettricità che dalle ombre della casa fluiva nel mio corpo. Intanto, seguivo quella luce.

« Quando ho scoperto la sua origine, ero arrivato in una grande sala da pranzo. Il tavolo era spostato in un angolo e coperto di scatole di cibi precotti. Le sedie erano state distrutte e alcuni pezzi bruciavano in un barile di latta. Lì accanto, illuminato e scaldato dal fuoco, se ne stava un vecchio vagabondo. Osservava la danza delle fiamme tracannando da una fiaschetta che a giudicare dall'odore doveva contenere vodka.

« 'L'ho trovata qui', mi ha detto, sollevandola.

« Avrei voluto dire che lo sapevo. Era stato mio padre a lanciarla contro le finestre della casa, trent'anni prima.

« 'Vieni, vieni. Vieniti a scaldare. L'inverno è infame.'

« Mi sono seduto dall'altra parte del fuoco, su una stuoia di legno. Lui se ne stava a sospirare e a bere, accoccolato su una pelliccia di montone. Ovviamente era invecchiato. Nemmeno lui si era comportato bene, e la dea della giovinezza questo lo sapeva. I segni di una malattia gli scavavano il volto e i suoi occhi iniettati di sangue fissavano il nulla.

« 'È da molto che sei qui?' gli ho domandato, sapendo che non mi avrebbe mai riconosciuto.

« 'Dall'inizio dell'autunno. Sai, questa è la mia tenuta invernale: sono un nobile, io! Un conte!'

« La sua detestabile risata ci ha avvolti per qualche istante. Continuava a bere.

« 'E prima dove stavi?'

« 'Oh...' Si è grattato la schiena, ruttando. 'In giro per la città. Per lo più sotto i portici della galleria. I miei amici dormono ancora lì, ma qui si sta meglio, e loro non sono aristocratici come me.'

« 'E da quando sei in giro?'

« 'Eh, cosa? Ma chi cazzo sei tu, un ficcanaso? Che ci fai in casa mia? Vattene!'

« Era troppo ubriaco ed è riuscito solo ad alzare una mano per farmi cenno di lasciarlo in pace.

« Non mi sono lasciato intimidire e ho proseguito.

« 'Una volta girava una voce, su questa casa. Dicevano che fosse infestata. Mi chiedevo solo se tu ne sapessi qualcosa. Sono uno scrittore e mi piacciono le storie di fantasmi.'

« Avevo cinquantamila lire nel portafogli, era tutto ciò che mi restava. Gliele ho allungate. Non appena ha visto il colore delle banconote, si è risvegliato e le ha arraffate, nascondendole così in fretta che non ho avuto neppure il tempo di capire dove le avesse messe.

« 'Ne ho altri', ho bluffato. 'E so essere molto generoso con chi mi racconta buone storie.'

« 'Io ne conosco una eccezionale, signore mio! Sì, proprio un'ottima storia. Una donna morta suicida. Che paura, eh? E tre bambini morti. Chissà quanto l'hanno fatto incazzare il padre, vero? Lui diceva: state buoni. E loro non ubbidivano. Lui diceva: smettetela di piangere, vostra madre è una bagascia vigliacca che si è impiccata perché non vi amava! E loro piangevano più forte. Il papà non ce la faceva più, aveva emicranie fortissime... allora ha messo un po' di cianuro nelle loro tazze di latte, così magari smettevano di tormentarlo.'

« Non so cosa mi abbia permesso, in quel momento, di mantenere la calma. Fuori ero congelato, ma dentro di me ribollivo di disprezzo e rabbia.

« Il barbone è scoppiato a ridere, e per un attimo ho confuso le risa con lacrime e singhiozzi.

« 'No, non era un buon padre. Lo ha capito troppo tardi, ma ormai il guaio era fatto. C'era solo una soluzione: purificarsi. Il sangue dei suoi bambini era innocente... ma anche sporco e avvelenato. Bevendolo avrebbe pagato per i suoi peccati, lo sapeva... Solo, lo hanno scoperto prima che potesse berlo tutto. Il sacrificio non è stato compiuto fino in fondo, e lui è sopravvissuto. Una vita nel buio, con la sua colpa, con i suoi fantasmi... Quei fantasmi non infestano la casa... loro perseguitano soltanto *me*.'

« Siamo rimasti in silenzio. L'uomo parlava di quei fatti con un distacco e una freddezza che mi hanno messo i brividi. Come se fosse una storia sentita anni prima, magari letta in un libro o sul trafiletto di un giornale.

« 'C'era anche un'altra famiglia, legata a questa', ho detto mentre lui beveva un'altra sorsata di vodka. Le sue guance erano rosse, le labbra bianche. Ha cominciato a tremare. 'Il padre aveva un socio, con il quale gestivano un'attività. Roba d'arte, mi pare.'

« Mi è sembrato di sentire un gemito uscire dalla bocca del barbone. In realtà era solo un'altra risata che si sprigionava dalle profondità del suo corpo facendolo vibrare, ripercuotendosi come la corda scordata di un violino, uscendo dalla bocca come il suono più indegno e spregevole del mondo.

« 'Un imbecille!' è esploso infine. 'Manco il nome mi ricordo! Fai da padrino a mio figlio, diceva, sei come un fratello per me! E d'accordo, facciamogli da padrino! Era un idiota, quell'uomo ti implorava di essere preso per il culo! Potevi rigirarlo a piacere, come un calzino, e io lo rivoltai così tante volte che mi venne a noia.'

« 'Che ne è stato di lui e della sua famiglia? ' gli ho chiesto, impassibile.

« 'E che ne so? Che me ne fotte? Erano dei poveri falliti, lui, sua moglie, quel demonio del figlio. La moglie avrei tanto voluto scoparmela, ma si dimostrò una puttana frigida. Io avevo i miei problemi, all'epoca. La società fallì e lui era un buono a nulla, quindi se non è morto quel giorno, avrà fatto la mia fine. Magari è uno dei miei amici sotto i portici della galleria. Domani mi faccio un giro da quelle parti. Se vedo una faccia di culo, puoi star certo che è lui.'

« Ha riso più forte che mai, tossendo come se si stesse strozzando. Mi sono alzato, ho girato attorno al barile in cui ardeva il fuoco alimentato da pezzi di sedie e vecchi abiti e gli ho dato una botta sulla schiena, per aiutarlo. Continuava a tossire. Alla fine mi ha ringraziato.

«Allora ho visto le mie mani stringersi intorno al suo collo. Ho visto i suoi occhi rovesciarsi. Ho visto la sua faccia contrarsi dalla sorpresa, dallo spavento e... forse, anche dal sollievo. Ha opposto una minima resistenza: le mie mani erano forti. Sfogavano un desiderio di vendetta covato per oltre trent'anni. È diventato cianotico. Dopo un ultimo spasimo, ha smesso del tutto di muoversi.

«La sua vita e la sua morte erano passate attraverso le mie mani, come la vita e la morte dei miei genitori erano passate attraverso le sue.

«Mi sono alzato, ho dato un calcio al barile e ho lasciato Villa Ebe mentre già le fiamme iniziavano a divorarla.

«Ieri mattina ho letto sul giornale dell'incendio alla villa. Stanno indagando, ancora non sanno nulla.»

Quello che seguì fu il silenzio più lungo di tutta la vita di Antonio. Più lungo del giorno in cui seppe che sua madre era morta, più lungo della notte in cui Genève aveva lottato a malincuore per la vita, più lungo della mattina in cui si era svegliato e aveva capito che suo padre se n'era andato di nuovo e per sempre.

Sdraiato nella tomba, con le guance rigate di lacrime, lo scrittore non si mosse.

«Sono tornato a casa e sono sprofondato in una sorta di oblio. In preda a una febbre altissima, ho dormito sonni agitati, dai quali mi risvegliavo senza sapere se fosse notte o giorno. Nei momenti di veglia rammentavo cosa avevo fatto e desideravo sprofondare in un sonno eterno, per non avere più a che fare con me stesso. Ancora adesso mi sento debole e spezzato, non mangio da giorni, ho la fronte bollente e tremo dal freddo. Stanotte ero uscito con l'intenzione di cancellare la mia vita. Non potevo vivere con questi ricordi, con la mia lucidità e con il mio delitto. E mentre passeggiavo, in preda ai tormenti, non ho fatto caso a dove andassi. Mi sono perso. Poi mi sono trovato davanti una torre, e dentro c'era lei, ad attendermi. Solo adesso. Non prima e non dopo. Solo adesso che ho deciso di farla finita dovevo incontrare il datore di lavoro di mio padre. L'uomo che quasi trent'anni fa si sedette accanto a me, al Borgo Marinari, e mi disse di avere un incarico perfetto per lui. L'uomo che custodisce il segreto del Regno delle Cose Perse. Il Collezionista.»

Ci furono attimi infiniti di silenzio. E poi: «Credeva che suo padre fosse pazzo?»

«Chi non l'avrebbe creduto? Eppure ero stato io a portarla da lui.»

«Quando l'ho vista entrare, stanotte, sono rimasto colpito dalla vostra somiglianza: lei e suo padre siete due gocce d'acqua, signor Fonte. Nello sguardo, nei gesti, nella voce... perfino nel nome.»

Questa affermazione non fu seguita da alcun commento sprezzante.

«Dov'è mio padre ora?»

«Sono io che lo chiedo a lei. Sono mesi che lo cerco, ma si è letteralmente dissolto nel nulla. Avevo un compito piuttosto delicato da assegnargli. È uno dei miei uomini migliori. Anche se esagera nel fare tutto di testa sua.»

«Un suo assistente, dunque. Un ladro di nebbia.»

Altro silenzio.

«Ora si tratta della mia vita o dei miei ricordi. L'una o gli altri è indifferente, per me.»

«Non lo è, signor Fonte. Sono un esperto di cose perse. E perdere la vita è di gran lunga peggio che perdere la memoria. Si conceda un'ultima occasione. Lei non è una persona cattiva, solo una persona che ha sofferto a lungo e ha conosciuto rarissimi sprazzi di gioia. Mi permetta di aiutarla, mi permetta di concederle il sollievo dell'oblio.»

«D'accordo.»

«Otterrà qualcosa in cambio dei suoi ricordi.»

«Davvero? E cosa?»

«È la bilancia che decide, signor Fonte. L'avviso che domattina si sveglierà e non rammenterà niente di tutto questo. Di suo padre, delle storie perdute, di Genève e del suo delitto. Certo, forse così condannerà suo padre alla peggiore delle sue paure e finirà con l'odiarlo. Ma è un prezzo minimo da pagare, non trova? Si prenda questa notte per eliminare le tracce della sua storia. Soprattutto da casa sua, che ne sarà piena. Chiuda lo studio e butti la chiave, distrugga tutto ciò che potrebbe costringerla a ricordare, ritagli di giornali, oggetti, fotografie, qualunque cosa... Ma accetti un consiglio: si crei una porta di servizio. »

« Una porta di servizio? »

« Un'alternativa. Giusto una piccola possibilità di rimediare, una soluzione che suggerisco a tutti coloro che scelgono di perdere i propri ricordi. Stiamo parlando di cancellare una parte di vita, signor Fonte, non sottovaluti le conseguenze delle sue scelte. A lei che è scrittore, consiglio di scrivere una lettera. Qualcosa che la aiuti a ricordare, nel caso in cui decidesse che questo non è ciò che vuole. Mandi la lettera a qualcuno, può anche buttarla dalla finestra, se vuole. Non si preoccupi: baderò io che venga smarrita. Adoro giocare con le poste. »

« Che senso ha fare una cosa del genere? »

« Serve a permetterle di credere, nel momento in cui dovrà farlo. »

« Non capisco. È altamente improbabile che mi possa servire. »

« Chi lo sa. Ma se una cosa è altamente improbabile, significa che esiste una bassa probabilità che si avveri, e io sono un amante delle basse probabilità. Gettano raggi di stupore in un mondo oscuro come il nostro, non trova? »

« D'accordo, lo farò. Ma non rivorrò mai più indietro quei ricordi. Ho chiuso. »

« Molto bene. »

Un sospiro, il cigolio della bilancia, e infine un miagolio. Il nastro era terminato.

43

Lucciole e libellule

L'aria iniziò a rarefarsi e Antonio ringraziò il cielo. Non sapeva più dov'era, né chi era, e nemmeno gli importava. L'unica consolazione era che stava morendo. Significava che qualcosa era andato per il verso giusto.

All'improvviso si sentì investire da una raffica e il freddo gli penetrò nelle ossa, riportandolo in vita.

« È ancora vivo, signor Antoine? »

I baffi di Edgar, puntellati di brina, fecero capolino dalla sommità della tomba.

« No », rispose Antonio dopo qualche istante, gli occhi ancora serrati.

« Meno male. Venga fuori. »

Edgar allungò un braccio e sollevò di forza Antonio. Lo scrittore lo lasciò fare, abbattuto come una bambola di pezza. Gli sembrava che perfino i miseri ventuno grammi della sua anima fossero evaporati nel crepuscolo perpetuo di Mnemosia.

Quando Edgar lo riportò all'aria aperta, Antonio si ritrovò in un mondo fatto di stelle e di neve. Fiocchi leggeri cadevano con dolcezza dal cielo, purificandolo. Scese dal sepolcro, aprì le braccia, chiuse gli occhi e lasciò che lo bagnassero, stordito dal rumore della neve mentre cade in un cimitero. È il silenzio che esisteva prima della nascita degli astri e dell'inizio del mondo.

Sono un fantasma, pensò, *non posso sanguinare né piangere, niente può arrecarmi dolore o tristezza.*

Era la storia più confortante che si fosse mai raccontato. E come tutte le storie, nemmeno questa era vera.

Guardò l'orologio: il suo tempo perduto era invariato. Il dieci tremolava, come se Antonio fosse entrato nella tomba e ne fosse uscito un istante dopo.

« Quanto sono rimasto lì dentro? » domandò.

« Una vita intera, signor Antoine... Direi una cinquantina d'anni. Ma penso che il tempo, nel regno dei morti, sia una questione relativa. »

Per essere passati cinquant'anni, Edgar non era affatto invecchiato.

Antonio vide che accanto al loculo era stato sistemato un tavolo di legno con un paio di sedie, un cavalletto con una tela, una tavolozza di legno, tantissimi pennelli, pitture a olio, matite. C'erano anche un bollitore per il tè e una tazzina bianca.

Antonio soffermò il suo sguardo su Edgar.

« Lo sai che mio padre era un pittore? Un pittore surrealista. Amava Breton, Ernst, Dalì, ma il suo preferito in assoluto era un pittore tedesco poco conosciuto per la sua arte, ma famoso per essere il padre di qualcuno... il padre di un grande scrittore. Nel 1936 i nazisti gli proibirono di dipingere e di esporre le sue opere. Quasi tutti i suoi lavori andarono perduti durante la guerra, dopo un bombardamento aereo su Monaco, nel 1944. Il suo nome era Edgar Ende. E lavorava in una stanza buia, perché riusciva a dipingere solo quello che non vedeva. »

I baffi di Edgar vibrarono, il suo sguardo rimase impassibile. Si versò del tè alla mela e cannella e lo sorseggiò.

« Naturalmente, lo sapevo. »

« E da quanto lo sapevi? »

« Saperlo, lo sapevo da sempre. Ma me lo sono ricordato quando se n'è ricordato anche lei. »

« Perché non me l'hai detto? »

« Dirle cosa? Che sono un grande pittore? Ma questo lo sapevamo già! »

Edgar rise, divertito, strappando ad Antonio un timido sorriso.

« A tal proposito, ho una cosa da mostrarle. »

Edgar lo guidò davanti alla tela. Quando vide la sua nuova opera, Antonio fece una smorfia: i progressi che il pittore aveva compiuto negli ultimi tempi erano andati in fumo.

La tela era candida, con una leggera sfumatura grigio azzurrina.

«Allora?» Il volto di Edgar era paonazzo d'orgoglio, il suo petto rigonfio. «Cosa ne pensa?»

«Eccezionale. Ricorda le tue opere giovanili.»

«Certo, ma questo è qualcosa di totalmente diverso, di innovativo... è qualcosa che non potrò mai più ripetere! L'opera per cui sarò ricordato in eterno! Fra cent'anni, sarò colui che ha ritratto *Il ladro di nebbia*!»

«*Il ladro di nebbia*?» Antonio osservò meglio la tela.

«Certo! Lo vede qui, il ladro?» Edgar stava indicando un punto bianco. «Ed ecco la nebbia di cui è fatto!»

Antonio rimase a fissare il dito puntato di Edgar, senza scorgere nulla. Ma gli occhi del pittore si erano inumiditi di una gioia senza pari e lui non osò esprimere alcuna critica.

«Ci sono momenti, nella vita, in cui un uomo è talmente felice che potrebbe morire e non accorgersene neppure, perché ciò che trova dopo non è così diverso da ciò che ha appena lasciato. Fare questo quadro per lei mi ha regalato un momento del genere.»

E dopo quella spassionata ammissione, Edgar recuperò dalla tasca un fazzoletto per asciugarsi le lacrime e riacquistare il suo solito contegno. Antonio gli diede una pacca sulle spalle, complimentandosi con lui.

«La ringrazio, Antoine, ma si sbrighi ora! Non perda il suo tempo prezioso con me!»

«L'ho già perso tutto, Edgar.»

«Non è vero. Tirnaìl vuole ancora qualcosa da lei.»

Edgar indicò le porte di una città apparsa accanto a loro. Una città che non aveva mai smesso di inseguire Antonio attraverso l'intera Tirnaìl: Vanesia. Dopotutto era giusto così, visto che aveva vissuto di sole illusioni.

Antonio chinò il capo, avvertendo uno spasimo perforargli il petto.

«Genève?» provò a chiedere.

«Oh, lei! Se n'è andata tanto tempo fa!»

Antonio lanciò un altro sguardo ai cancelli di Vanesia e

alle sommità delle sue torri, che sembravano mutar forma con il vibrare dell'aria.

Tornò a posare lo sguardo su Edgar e si accorse allora dello sciame di lucciole che volteggiava intorno alla sua testa.

« Sai, Santiago mi diceva che le lucciole sono la fede perduta degli uomini. Ma la fede non è solo in un dio, vero? A volte bisogna fidarsi anche delle persone... Di un figlio, magari, o di un fratello... o magari di un padre. Grazie per avermi aspettato, Edgar. »

Edgar gli regalò un altro sorriso complice.

« Torni a casa, signor Antoine. Gliel'ho detto: le cose sono sempre più vicine di quanto crediamo. »

Prese la tavolozza e un pennello. Lo intinse di bianco e riprese a dipingere, fischiettando allegro, tra lapidi, neve e lucciole, come se fosse sereno e non avesse un solo pensiero al mondo.

Lasciatosi alle spalle la Collina e il cimitero di Mnemosia, con quel passato che non era più sepolto ma gli scorreva nelle vene insieme al sangue, Antonio varcò le soglie della città delle illusioni.

Ma Vanesia era molto diversa da come la ricordava: era immobile, sospesa, vuota di vita. Come in attesa di qualcuno che la riempisse.

Le gondole galleggiavano solenni sull'acqua e le stesse venature che scorrevano attraverso la città sembravano rapprese. Le porte delle case erano chiuse, le veneziane alle finestre serrate e dalle abitazioni non usciva alcun suono. Non c'erano più ponti che si sgretolavano, palazzi senza interni, o riflessi che si protendevano in regni sommersi. Tra una statua e l'altra si arrampicavano tessuti di ragnatele, e le orme scure di Antonio violarono lo spesso tappeto di polvere che ricopriva le strade. Il terreno era arido, il cielo di un colore indefinito, l'aria, sgradevolmente inodore, non era né fredda né calda.

Dopo aver vagato a lungo per le vie addormentate, Antonio raggiunse per caso il Ponte dei Raggiri, avvolto dalla nebbia più fitta. Era impensabile che qualcuno potesse scorgere lo specchio d'acqua sottostante. Eppure qualcuno c'era.

Quando fu abbastanza vicino, Antonio indirizzò un cenno di saluto al conte Vladimiro. Il conte ricambiò, e subito riprese a cercare cose che non avrebbe mai potuto vedere.

« Dopo avermi distrutto, in ogni modo in cui si possa distruggere un uomo, hai altro da dirmi? » chiese il conte, più miserabile che mai.

« Sapevi che le libellule hanno un'accelerazione straordinaria? Anche se sono ferme, in volo possono raggiungere all'istante una velocità di centoquarantaquattro chilometri orari. Un attimo sono qui e l'attimo successivo sono già chissà dove. »

Vladimiro sghignazzò. « Brutte bestie. Illudono e basta. »

« Già. Ti chiederei scusa, per averti ucciso, ma non mi va. È solo capitato. »

Le labbra di Vladimiro tremarono. I suoi occhi esprimevano odio puro e la sua bocca si schiuse in un sorriso storto e detestabile.

« Vai a Nechnabel? » gli chiese Antonio, accennando al fiume.

« Ci sto pensando. Vedi, se mi butto non potrò più uscirne. Chi perde una cosa due volte, l'avrà persa per sempre. E io la speranza l'avevo già persa quindici anni fa. »

« Però...? »

« Però a Nechnabel troverei finalmente la pace. Lo sai perché quei tre non mi seguono laggiù? »

« Hanno paura del buio? »

« No. Nechnabel è buia, ma non *così* buia. Li avevo comprati all'Asta delle Illusioni in cambio della mia infanzia – di *ogni cosa* della mia infanzia – ma le illusioni non sono ammesse nella città delle disillusioni. »

Antonio lo aveva immaginato. Genève non lo aveva seguito a Nechnabel.

« E dunque non hai altro da dirmi? » chiese Vladimiro, implorante.

« Solo quello che ti disse mio padre quindici anni fa, su

questo stesso ponte: tu sei qui perché te lo meriti. Meriti di fare questa fine e meriti che il mondo si dimentichi di te.»

E, senza aggiungere altro, Antonio attraversò il Ponte dei Raggiri.

Sentì un rumore alle sue spalle, come se qualcuno si fosse lanciato nelle acque e fosse finito per sempre in una città di notte e di nebbia.

Tre bambini apparvero nella foschia, una femminuccia e due gemelli.

«Grazie per averci liberati. L'uomo nero non ci lasciava andare», disse la bambina più grande, e i due gemelli vollero stringergli la mano.

Poi corsero via ridendo.

Antonio attraversò le strade di Vanesia, senza sapere cosa fare. Quando la nebbia si disperse, si accorse di trovarsi su un viale fiancheggiato da platani, al termine del quale si innalzava un edificio che senz'ombra di dubbio era il palazzo numero 7 di vico Santa Teresella degli Spagnoli.

Per Antonio non fu una sorpresa. Proseguì il suo cammino, consapevole ormai della meta. Aprì il portone, superò la portineria vuota e ignorò del tutto la soglia di casa sua. Prese l'ascensore e premette il sesto pulsante, che per metà era divelto. Arrivò sulla terrazza del signor Nicotiana, la stessa in cui si era ritrovato quando per la prima volta aveva messo piede a Tirnaìl.

Vide una chioma di capelli verdi scompigliati dal vento.

Genève era seduta sul parapetto, le gambe incrociate, una birra alla sua destra, una sigaretta di tabacco appoggiata sul muretto. Guardava il panorama.

Antonio la raggiunse e si sedette al suo fianco, con un lungo sospiro. Lasciò smarrire lo sguardo attraverso le invisibili terre di Tirnaìl e fu assordato dall'eco del suo silenzio.

«Allora?» gli chiese Genève, accendendosi la sigaretta.

«Allora.»

Antonio la guardò. Per fortuna sorrideva.

«Volevi andartene senza nemmeno un saluto, straniero?»

«Io non voglio andarmene.»

« Davvero? »

« Davvero. Anche se mi hai fregato di brutto, Genève Poitier. Tu *sei* un'illusione. »

« E allora? » fece di nuovo lei, offrendogli un sorso di birra. Antonio accettò. « Nessuno è perfetto. »

« In realtà, adesso mi domando se c'era qualcosa o qualcuno che non lo fosse, a Tirnaìl », disse Antonio, spiazzato da certi pensieri. « C'è qualcosa di reale, Gen? O è tutto solo nella mia mente? »

Genève scrollò le spalle, come se la cosa non avesse la minima rilevanza. Bevve un altro po' di birra.

« Sapevo che le libellule erano brutte bestie: illudono e basta. Tu mi hai fregato, Genève Poitier. »

« Oh, no! Tu ti sei fregato e ingannato da solo! Io ti ho aiutato! Quando ti hanno portato a Nechnabel, sono io che ho proposto a Edgar di darti una mano e di restare al tuo fianco! Senza di me saresti ancora a mollo nella vasca del conte! »

« Quindi tu esisti. »

Genève ci pensò su. « Mi stai chiedendo se esisto come esistono verruche e zanzare? »

Antonio non poté impedirsi di ridere. Capì che non ne avrebbe cavato un ragno dal buco. Quindi prese a osservare Vanesia, addormentata ai suoi piedi.

« Vorrei sapere che fine hai fatto, Gen. Se la tua storia è ancora qui, forse posso trovarla. »

« Lascia stare. Le storie perdute sono a Tirnaìl, ma per ritrovarle devi andare nell'altrove. Sai che girano delle voci, ultimamente? Dicono che il narrastorie della Città delle Sirene è riuscito a fuggire, che una lucciola e una libellula lo hanno aiutato a trovare i suoi ricordi perduti. Parlano di te, Antoine... di noi. Non vorrai deluderli. » Genève prese l'orologio di Antonio. « Ma guarda! Hai solo due minuti, straniero. Vattene. »

« Ti ho persa troppe volte, Gen. Non posso sperare di trovarti ancora. Se questi due minuti scadranno, sarò di nuovo Antoine Affarimiei e Tirnaìl tornerà a essere una terra magica e piena di vita. Potremmo stare insieme per sempre... tu, io, Edgar, Ester... »

«Ancora con questa storia? Scordatelo!» Genève lo bloccò posando la mano sottile sulle sue labbra per trattenere quelle parole che suonavano come una maledizione. «Hai attraversato un mondo sconosciuto per scoprire la verità, e adesso vuoi mandare tutto a puttane? Fino a che punto vale la pena di illudersi? È così che ci hai condannati! Dimenticando la tua storia hai dimenticato la nostra e ci hai condannati a stare quaggiù. Anche se eravamo liberi di vivere, la nostra era una vita a metà. Come la tua vita nell'altrove... o sbaglio?»

Antonio preferì non rispondere: sapeva che Genève aveva ragione. Si sentì mortificato.

A un tratto la mano della ragazza scivolò nella sua e Antonio tremò a quel tocco.

«Promettimi che non ti nasconderai più, che non avrai paura, che non dimenticherai chi sei.»

I loro sguardi rimasero come incastrati. Genève chiuse gli occhi e protese il volto.

Non posso prometterlo. Voglio perdermi per sempre, pensò lo scrittore, serrando le palpebre.

Sentì un formicolio spandersi per il corpo. Mancavano solo una manciata di secondi, al termine dei quali sarebbe stato libero e leggero, come un bambino inconsapevole. Ma all'improvviso non avvertì più il respiro di Genève sulle labbra. Sgranò gli occhi e scoprì di essere rimasto solo.

Un ronzio insistente lo costrinse a voltarsi: una libellula svolazzava al suo fianco. Provò ad afferrarla, ma lei guizzò lontana, puntando verso la porta del palazzo, che aveva iniziato a chiudersi inesorabilmente alle sue spalle. L'insetto attraversò il varco e Antonio la seguì, precipitandosi con un tale impeto che stramazzò a terra.

La libellula si posò sul suo naso, ballonzolando sotto i suoi occhi come se volesse dirgli qualcosa o lasciare dietro di sé l'impronta di un bacio.

La porta stava per chiudersi. La libellula aspettò che rimanesse un insignificante spiraglio. Poi, in un batter d'occhio, fuggì via.

44

Scritte sui muri

« L'ascensore! Signo'! Ma lo sapete che qui la gente tiene che fare? »

Uno, due, tre colpi...

Antonio aprì gli occhi, risvegliandosi da un sonno più cupo della morte.

Si guardò intorno, stralunato. La luce tremolava, le pareti sobbalzavano.

Costrinse le sue gambe a mettersi in piedi, si aggrappò alle grate dell'ascensore, si passò una mano sul volto sudato, ansimando e cercando una via di fuga. Lo spazio era angusto, soffocante... Doveva uscire, doveva uscire...

« Aiuto! Aiutatemi! Vi prego! »

Prese a battere contro le pareti per attirare l'attenzione finché qualcuno non si accorse di lui: con una voce seccata il signor Niccolò, il tassista, lo zittì.

« Dovete premere il pulsante, signo'. »

Attraverso la griglia di ferro del vecchio ascensore, Antonio lo vide scendere a piedi le scale.

Rimase imbambolato qualche secondo. Sollevò il dito e schiacciò il tasto T, e con estrema naturalezza l'ascensore raggiunse il piano terra.

La signora Cristilli, del terzo piano, lo schiaffeggiò con una borsetta di finto coccodrillo.

« Ma lo sapete da quanto vi sto aspettando? Buoni buoni cinque minuti! Ma che tenete da fare, qua dentro? E quanto tempo credete che tengo da perdere, appresso a voi? »

Antonio aspettò che quella zitella di mezz'età sparisse nel cubicolo prima di mormorare, senza un residuo di fiato: « Mai abbastanza ».

« Antonio! » Una voce familiare lo sorprese alle spalle.

Lui trasalì e si girò verso la figura fradicia di Leopoldo Saetta. Fuori pioveva ancora.

« Avanti, andiamo! Quelli ci aspettano! »

Leo era vestito di tutto punto. Afferrò Antonio per un braccio, ma lo scrittore si divincolò terrorizzato.

« Dov'è Genève? » chiese in un bisbiglio.

« Cosa? Dov'è *chi*? Antonio, per favore! » Leo provò ad agguantarlo per il maglione, ma lo scrittore oppose una strenua resistenza e si liberò.

Soltanto allora Leo osservò *veramente* Antonio. La sua faccia pallida e sudata lo lasciò di stucco.

« Ma ti sei guardato allo specchio stamattina? Sembri mio figlio più grande nei giorni dell'occupazione a scuola! »

Fece strada fino alla portineria, accertandosi che lo scrittore non gli svenisse tra i piedi. Antonio procedeva a passi lenti, incerto della realtà delle cose che lo circondavano. La pioggia picchiava sulle strade, la signora Caputo accompagnava i figli a scuola e la guardiola rimbombava delle urla di Goffredo Nicotiana e della sua consorte. Da una parte il portinaio si sforzava di placare le ire della moglie, dall'altra era impegnato ad acciuffare Calliope, che a sua volta cercava di sottrarsi a qualunque contatto umano. Solo quando riconobbe le scarpe bucherellate di Antonio si precipitò verso il padrone, che la raccolse da terra e la tenne penzoloni davanti a sé, guardandola come se non l'avesse mai vista prima.

« *Duchessa...* » mormorò.

Il gatto protestò con un miagolio soffocato.

« Signor Fonte, io non ce la posso fare! » boccheggiò il signor Nicotiana. « È maligna! Scappa sempre! Siete sicuro che l'avete *esorcimata*? »

« Sì, sì, l'ha esorcizzata! E indovinate un po'? Ha fatto perfino la cosa che dite voi! » tagliò corto Leo, riuscendo ad afferrare Antonio per un braccio e a passare Calliope al portinaio, neanche si trattasse di un piatto bollente. « Adesso, Antonio, *per cortesia divina*, o se non credi in Dio, fallo pure per me... *Andiamo?* »

Antonio lo contemplò smarrito, come se tutti gli parlassero in una lingua sconosciuta. Guardò la folla di personaggi che lo accerchiava e si sentì soffocare.

Dov'era finita Tirnaìl? E i confini che non esistevano? E le città di notte e di nebbia, i boschi stregati, i mari di lacrime perdute, i pianisti morti da secoli, i treni che si prendono al volo? Dov'era Genève?

Quando i contorni di quelle figure si sfocarono e assunsero un colore opalescente, Antonio capì che era sul punto di perdere i sensi. Senza degnare né Leo né nessun altro di un saluto, spalancò il portone del palazzo e incurante del tremendo acquazzone si immerse nella nebbia.

Era incredibile quanto il tempo passasse in fretta. Ai temporali di marzo seguirono quelli di aprile e di maggio. Finché un giorno, di punto in bianco, arrivò l'estate. I bambini videro le nuvole rincorrersi nei riflessi delle pozzanghere e aprire il sipario a un sole che nel giro di un soffio asciugò le strade e riscaldò gli animi.

Ma l'animo di Antonio era ibernato e l'unico modo che conosceva per provare un po' di calore era bere. Non più latte, ma qualunque cosa storcesse le budella e spappolasse la mente. Iniziò a fumare, divorando una sigaretta dopo l'altra, e chiedendosi se lo avrebbe tradito prima il fegato o i polmoni. Mangiava solo quando, fra le nebbie dell'alcol, il suo stomaco gli ricordava con prepotenza che era vuoto da giorni, e non si curava più di pulire la casa, che con il caldo stagnante di agosto divenne una palude di rum scadente e zanzare.

Così passarono i mesi della bella stagione, con l'aria che tirava dal mare e impregnava di salmastro le mura dei palazzi, dando a ogni cosa un altro sapore. Ma Antonio quel sapore non lo percepì. Viveva recluso in casa, soffocato fra le mura bollenti, con la tv come unica compagnia...

La vita di Antonio era come sospesa in uno stato di dormiveglia e torpore, come se non fosse mai veramente tornato da Tirnaìl. Eppure, era ovvio che non si trovava più laggiù.

Languiva prigioniero di un limbo che stava rosicchiando la sua anima, atrofizzandola.

Una sola volta si era chiesto se Tirnaìl esistesse. Aveva scacciato la domanda, dicendosi di essere pazzo come suo padre. E se non era pazzo, significava che era un assassino. Non voleva conoscere la verità. Se gliel'avessero servita su un piatto d'argento, come un cibo prelibato, l'avrebbe mandata indietro intatta.

L'autunno era alle porte e Antonio non lo sapeva. Era raro che fosse lucido. Giorno dopo giorno si limitava ad alzarsi dal letto – a volte nemmeno – per spostare la sua pancia sempre più gonfia sul divano, dove trascorreva ore a cercare qualcosa per riempire il vuoto. Ma ormai più niente lo riempiva. Lo aveva scelto lui stesso, quando aveva lasciato Calliope libera di andare.

Un giorno di settembre l'aveva portata al guinzaglio sul lungomare, godendosi gli sguardi indiscreti e stupiti della gente.

La gatta camminava con eleganza e agilità sulla ringhiera di ferro che separava la terra dal mare.

Appena tirò un po' più forte, comunicando ad Antonio il desiderio di avventurarsi tra gli scogli, lui sciolse il guinzaglio e fissò il suo occhio blu.

« Non so se merito di averti ancora. C'è un prezzo da pagare per convivere con i miei ricordi. E se quando li ho ceduti ho avuto in cambio te, ora che mi sono stati restituiti è giusto che ti dia via. »

Calliope lo guardò come se capisse.

« Torna a Tirnaìl, tu che puoi », le suggerì lo scrittore, arrotolando il guinzaglio. « E salutami la duchessa Huldrekat. »

Non ne fu certo, ma gli parve proprio che Calliope gli facesse l'occhiolino.

La gatta gli diede le spalle e saltò scattante sugli scogli all'inseguimento di un ratto grasso e succulento.

Da allora Antonio non la vide più.

Con la sparizione di Calliope, aveva smesso anche di scrivere. D'altra parte, non avrebbe mai saputo farlo da solo. Le cose e le persone che lo circondavano non gli raccontavano più le loro storie, e tutto e tutti ormai sembravano così dispettosi da voler parlare solo di Genève. La cercava, senza speranze e senza convinzione, nei tatuaggi che vedeva sulle mani delle donne, in ogni artista di strada dai capelli strani, nelle note di un pianoforte che risuonavano da una finestra.

Ovviamente il povero Leo non poteva sospettare nulla – e la realtà sarebbe stata impossibile da immaginare, oltre che da credere – e ogni giorno andava a trovare Antonio per convincerlo a impugnare di nuovo la penna.

« Un'ultima storia, solo l'ultima! » gli proponeva. « Poi andrai in pensione e ti godrai tutti i soldi che hai messo da parte... Hai idea di quanti sono? Perché diavolo vivi ancora in questa catapecchia? »

Antonio fischiettava massaggiandosi la barba incolta. La sua mente vagava fino allo studio, dove vivevano nascosti mondi lontani e genti ormai perdute. Aveva fatto scivolare la chiave di ferro con il perno piegato sotto lo spiraglio della porta dello studio, in modo che nessuno potesse mai più liberare quelle storie.

Ecco perché continuava a vivere lì. Era solo, e allo stesso tempo conviveva con un mondo perduto, chiuso nella camera accanto.

Quando, un giorno di fine settembre, Leo se ne andò da casa sua con un volto che tradiva la solita delusione, il signor Nicotiana comparve sulla porta di Antonio sfoderando da sotto la giacca lurida un bel mazzetto di lettere.

« Niente sottotetto! » disse, ammonendolo con il dito ossuto.

« Non vi preoccupate, il sesto piano va più che bene per le cose che non contano. »

« Fate sempre lo spiritoso, signor Fonte! » Il portinaio gli mostrò un ghigno senza sapere che Antonio non stava affatto mentendo. D'altronde, come avrebbe potuto dimostrarlo? L'ascensore non andava più oltre il quinto.

« Signor Fonte, ma io vi vedo abbattuto. » La voce più incuriosita che preoccupata del signor Nicotiana lo risvegliò dalle sue riflessioni. « Mi fate un grosso dispiacere! »

« Non è un buon periodo », ammise stanco Antonio, appoggiandosi allo stipite della porta. Erano le dieci del mattino ed era già brillo. Senza pensarci troppo aggiunse: « Sa, è che ho perso il lume della ragione. Sono un po' matto ».

« Ah! E chi non è matto in questa città? Ma perché adesso dite così? Voi siete matto da una vita. »

« Voi mi credete se vi dico che c'è per davvero un sesto piano, caro Goffredo? »

Antonio iniziò a mormorare, sporgendosi di più sul portinaio. Sul volto del povero Nicotiana comparve un'espressione spaesata: aveva il terrore che lo scrittore lo stesse interpellando su faccende di cui non sapeva nulla... Il che, tutto sommato, era altamente probabile.

« Ma non c'è una terrazza », proseguì sibillino Antonio, « c'è una terra. Una terra enorme, chiamata Tirnaìl, dove ci sono pittori che non dipingono e ballerine che non hanno mai ballato, ed è lì che finiscono le cose che tutti noi perdiamo. È una terra così bizzarra e perfetta che io o lei, signor Nicotiana, potremmo benissimo lanciare un sasso davanti a noi, con tutte le nostre forze, e nello stesso istante sentire lo stesso sasso che ci colpisce alle spalle. »

« Ah! » Il signor Nicotiana annuì, provando a rifletterci su. Si sforzò di trovare la cosa giusta da dire. « E la terrazza dov'è? »

Antonio sorrise. Poi, colto da un dubbio, domandò con voce farfugliante: « Posso chiedervi una cosa, Goffredo? »

« Comandate, capo. »

« Perché al secondo piano non abita più nessuno? La casa è vuota da anni. »

« Eh! Tutta colpa di quel signore. Ve lo ricordate? Quel francese. L'appartamento è suo, ma non lo affitta e non lo vende da quindici anni. Secondo me, s'è scordato. E chi ci vuole venire a vivere qui, signor Fonte? L'acqua calda arriva solo d'estate, insieme al riscaldamento, e il palazzo manca poco che se ne viene giù e si sfaciulla... »

« *Sfracella.* »

« Esatto. E poi dovete vederlo, quell'appartamento: topi, siringhe... ci sta una puzza che fa schifo. Tutto rotto... Qualcuno che lo aggiusta ci vuole, non dite? E poi acqua come se piove, scritte sui muri, insetti grossi come il vostro naso... »

« *Scritte sui muri?* » Antonio inarcò le sopracciglia.

Per un attimo i fumi che gli annebbiavano la mente si dissolsero.

« Sì, sì, scritte sui muri: significa che qualcuno ci ha scritto sui muri. »

« So cosa significa... ma *cosa* hanno scritto? »

« E chi lo sa? Sono tutti matti, ve l'ho detto, perché in questo posto... » E giù un comizio sui mali della città.

Ma Antonio non prestò ascolto a mezza parola: fece vagare lo sguardo verso il soffitto, mentre nella sua mente si faceva strada un timido pensiero. Prima ancora che il portinaio terminasse il suo sproloquio sull'unica cosa di cui poteva avere effettiva conoscenza, Antonio lo agguantò per un braccio e lo supplicò di mostrargli l'appartamento al secondo piano. Ci volle un po' per convincerlo, ma alla fine – dopo una vaga promessa di far sparire le lettere – il signor Nicotiana sfoderò un mazzo di chiavi che non aveva niente a che vedere con quello ultrafornito di Edgar, ma bastò comunque ad aprire la serratura giusta. Silenziosi come ladri, i due si infiltrarono nel vecchio appartamento armati di torce.

In effetti la casa versava in condizioni pessime: sembrava di essersi appena addentrati in una fogna, e Antonio non si sarebbe stupito di trovare alligatori o piante paludose. L'appartamento aveva una struttura simile a quella del suo e lo scrittore lo attraversò senza difficoltà, stanza dopo stanza, in uno stato febbrile, illuminando con il fascio della torcia le pareti, calpestando bicchieri frantumati, cartacce di giornali, bucce di arance e mozziconi di sigarette.

Fu il signor Nicotiana a trovare quello che Antonio stava cercando. Era nel salone principale.

« Signo', *oiccann*! Leggete, leggete! » Antonio ebbe l'impressione che il cuore stesse per esplodergli in petto. « Ci sta scritto: *Allo sparviero*! »

Antonio corse da lui e si trasformò all'istante in un pezzo di ghiaccio, dimenticandosi che era necessario respirare per vivere. Ormai era perfettamente lucido.

Non c'era scritto *sparviero*, sulla parete. La parola esatta era *straniero*.

E quella parola lo restituì alla vita.

45

Storia dello straniero e della ragazza del fiume

Una notte d'estate, tanti anni fa, uno straniero conobbe una ragazza sulle sponde di un fiume.

Lui amava i cimiteri e le storie di fantasmi, si chiedeva cosa essere nella vita e temeva di diventare come suo padre. Lei andava in giro suonando lo strumento del diavolo, aveva paura delle libellule e sognava di arrivare alla fine del mondo.

La notte in cui si incontrarono cambiò per sempre le loro vite. Eppure, all'alba, ognuno riprese la propria strada, si separarono, e forse ancora adesso si domandano il perché.

Lui non tornò più sulle sponde di quel fiume, ma lei ci andò ogni anno per sei anni, nello stesso punto, con la speranza di ritrovarlo. Cercava il suo sguardo tra la folla, e lo desiderava così tanto che a volte le sembrava perfino di vederlo. Ma era soltanto un'illusione.

Per la ragazza del fiume quella sensazione era nuova: lei era libera come l'aria, eppure soltanto pensare allo straniero la legava a un posto preciso.

L'ultimo anno, su quelle sponde si fermò un uomo. Non era lo straniero, non era affascinante come lui, non aveva i suoi capelli pieni di nodi. I suoi occhi erano troppo intensi per essere solo buoni o solo cattivi.

La ragazza ebbe paura.

Quando scese la sera, prese a passeggiare lungo il fiume e si accorse che quell'uomo misterioso la stava seguendo.

« Non temere », le disse nella sua lingua. « Ti ho vista suonare, sei brava. Vuoi un ingaggio? »

« Un ingaggio per qualche serata? »

Lui sorrise.

« No. Per diventare una ladra di storie perdute. »

La ragazza rise infastidita e se ne andò. Prese un treno che la portò in una città del Sud. Quando si fermò, l'uomo misterioso era alla stazione, seduto su una panchina. La stava aspettando.

La ragazza, di nascosto, prese un altro treno al volo e si spinse ancora più lontano. Pensò di avercela fatta, ma all'arrivo scoprì che l'uomo misterioso l'aveva seguita ancora una volta.

« Cosa vuoi? » gli chiese.

« Te l'ho detto. Voglio solo che tu faccia quello che sai fare meglio: andare in giro per il mondo, conoscere posti e persone, e poi rubare le storie perdute per me. »

« Ma di che parli? Cosa sono le storie perdute? »

« Storie che si sentono in giro. Non di quelle riportate dai giornali o rese immortali sui libri. Storie comuni di persone comuni, storie che moriranno quando morirà chi le ha vissute. »

« Perché? »

« Perché per me nessuna storia è comune e nessuna storia merita di morire. Meglio perdute che morte. »

Lei prese la valigetta con la sua armonica e fu sul punto di andarsene. Ma, allora, l'uomo misterioso le urlò qualcosa.

« Sei mai stata in questa città? Bene, non ci sei stata. Sarà ancora più facile, allora. Fai una cosa: non guardare nessuna cartina, non leggere il nome di nessuna strada, non chiedere indicazioni, cammina a testa bassa, seguendo i tuoi piedi. Quando ti sarai persa troverai una torre con un orologio senza numeri e senza lancette. Ci vediamo lì. »

La ragazza del fiume era una ragazza dannatamente curiosa, amava l'avventura e nei suoi viaggi cercava sempre la meraviglia. Non poteva non fare come le era stato detto.

Così si perse per le strade di quella città sconosciuta e alla fine trovò la torre.

Per fortuna questa è soltanto una storia, e nelle storie è prevista la magia. Nelle storie esistono cose incredibili, cose che appartengono agli angoli bui del nostro mondo, cose che esistono anche se non dovrebbero o potrebbero: lei trovò una di queste cose. Si chiamava Tirnaìl, il Regno delle Cose Perse.

La ragazza iniziò a lavorare per quell'uomo, che non le svelò mai il suo nome. Lei lo chiamava Faccia di Culo. Lui non le piaceva, ma le piaceva da matti l'idea di girare il mondo senza una meta precisa, con migliaia di strade a disposizione. Doveva raschiare via il ricordo di qualcosa che era esistito e che si stava perdendo. Lo faceva con le persone e con i posti... Anzi, con quelli era ancora più brava. Castelli, chiese, miniere, giardini, foreste, intere città abbandonate...

Poi raccontava quelle storie a Faccia di Culo, nella sua torre, e lui le mandava a Tirnaìl.

Ma la ragazza era sempre più impaziente, ogni volta lo implorava di mostrarle il Regno delle Cose Perse, o di dirle come arrivarci. Faccia di Culo le rispondeva che non era pronta, che doveva dimostrargli la sua fiducia. Per questo lei si impegnò ancora di più.

I due anni che seguirono furono meravigliosi, perché essere un ladro di storie perdute è il mestiere che dovrebbe fare chi sa essere libero, chi ama la vita e la bellezza.

Un giorno, Faccia di Culo raggiunse la ragazza del fiume nel cuore del Sinai. Lei era andata alla ricerca di un vecchio cinema all'aperto, abbandonato e segreto, costruito tanti anni prima al centro del deserto: LA TÊTE DANS LES ÉTOILES.

Faccia di Culo si sedette su uno dei seggiolini di legno accanto a lei, a fissare lo schermo bianco, e le disse di avere un compito delicato e importante da affidarle.

« Hai la possibilità di dimostrarmi la tua fiducia adesso. Se farai come ti dico, avrai il permesso di andare a Tirnaìl. »

Così le rivelò qualcosa che lei già sospettava: non era certo la sua unica assistente, Faccia di Culo ne aveva tanti, sparsi per il mondo. E aveva scoperto che uno di loro lo stava imbrogliando: invece di raccontargli le storie perdute che rubava, quell'uomo le teneva per sé, per condividerle con il figlio. Adesso Faccia di Culo le voleva indietro, a ogni costo.

« Non è un compito semplice. Non si tratta di rubare una storia perduta, ma di rubare tante storie rubate. »

Le mostrò la foto dell'uomo.

« Consideralo già fatto », disse lei, sicura di sé.

Poi lui le mostrò la foto del figlio. La ragazza del fiume riconobbe subito lo straniero incontrato quasi nove anni prima. Per lei fu come ricordare un vecchio e bellissimo sogno.

«Conosco quell'uomo e lui conosce me. Non posso farlo.»

«Potrebbe essere un vantaggio, potresti avvicinarlo con più facilità. Ma suo padre è un problema: capirebbe subito chi sei e cosa devi fare. Quell'uomo è un professionista.»

«Non posso farlo», ripeté lei.

Rimasero in silenzio, soli nell'immensità del deserto.

«Lo conosci bene?»

«Abbiamo parlato una notte, otto anni fa.»

Lui rise, lei lo guardò con odio.

«Allora basterà solo che tu finga di non ricordarti di lui.»

Le disse di cambiare, le spiegò come comportarsi, chi essere, cosa fare. Le assicurò che era già tutto organizzato, che aveva affittato un appartamento sopra la casa del figlio del suo assistente, a nome di un certo Poitier. Un nome falso, ovviamente. Lei gli chiese come svolgere il suo lavoro, se non poteva avvicinarsi ai due uomini. Lui le rispose che il condotto per l'aria era rotto e che il padre andava dal figlio ogni venerdì sera, a raccontargli le storie che rubava.

«Non voglio fargli del male.»

«Non gliene farai. Te l'ho detto: non devi rubare la loro storia. Devi solo fare in modo che le storie che uno racconta e che l'altro ascolta tornino da me. E dopo verrai ricompensata.»

«E se mi rifiutassi?»

Lui si alzò per andar via.

«Lo farà qualcun altro. Nel caso accettassi, sai come trovarmi.»

Per giorni e notti la ragazza del fiume pensò a quella straordinaria coincidenza e a quell'irripetibile possibilità. Alla fine accettò il lavoro.

Ma non fu facile. Credeva di essere arrabbiata con lo straniero, perché lui l'aveva lasciata andare, perché non era mai tornato indietro, dove tutto era iniziato, perché l'aveva dimenticata.

Scoprì che si era sbagliata.

Da quella casa lei sentiva tutto. Le storie che il padre raccontava al figlio, il libro che il figlio leggeva al padre... La Notte dei Cristalli... *Quel libro parlava di una ragazza del fiume e di uno straniero, quel libro parlava di loro. Lui non aveva dimenticato, lui non se n'era mai veramente andato.*

Per la ragazza era sempre più triste e difficile fare finta di odiarlo, mentre si innamorava di lui.

Col tempo, capì di aver fatto un errore imperdonabile. Non voleva più saperne niente di storie perdute, di Tirnaìl e di Faccia di Culo. Non voleva togliere ai due uomini quei momenti e quelle storie: per loro erano preziosi quanto la vita stessa, e lei non aveva nessun diritto di portarglieli via.

Così, per qualche mese, smise di andare da Faccia di Culo e di raccontargli le storie rubate.

Ma una notte lui andò a farle visita. Era furioso e litigarono. A Faccia di Culo non importava ciò che pensava la ragazza, voleva solo quelle dannate storie. Lei gli disse che non gliele avrebbe mai date, di andare a farsi fottere.

« In tal caso te le strapperò via, insieme a tutti i tuoi ricordi », bisbigliò lui, facendosi così vicino che la ragazza temette per sé. « Il ricordo del volto di tua madre, del suono dei tuoi bicchieri, del dolore della morte dei tuoi genitori, delle terre che hai visto, degli occhi di uno straniero in una notte d'estate. Della tua vita non resterà più niente. Tu sarai *niente, e dimenticherai perfino il tuo nome. »*

Quelle parole le insegnarono cosa fosse la paura.

Quell'uomo era pericoloso, lei lo aveva visto far sparire nel nulla certi uomini e le loro famiglie, cancellando vite intere dalla faccia di questa Terra.

Terrorizzata, la ragazza prese dei farmaci, bevve per annientare qualunque pensiero. Forse preferiva morire che perdere il ricordo della sua vita.

Però lo straniero la salvò. In qualche modo, lui riuscì a riportarla alla vita e lei non gli disse neppure grazie. Avrebbe voluto dirglielo... Grazie, mille volte grazie.

Dal momento che era viva, la ragazza sentì che doveva fare qualcosa. Fuggì dall'ospedale in cui era stata rinchiusa e attese davanti alla casa dello straniero finché dal portone, all'alba, uscì suo padre. Il vecchio aveva vegliato sul figlio tutta la notte.

Quando la vide, l'uomo capì.

La ragazza del fiume e il vecchio padre bevvero un tè vicino al mare, e lei gli raccontò ogni cosa. Lui la ascoltò per ore senza giudicarla, perché in fondo loro due erano terribilmente simili.

Alla fine, si chiesero cosa fare per salvarsi e per salvare lo straniero.

« Con chi abbiamo a che fare? » domandò la ragazza, riferendosi a Faccia di Culo.

« Non lo so, non so chi sia veramente quell'uomo. Ma ha un grande potere, e non fa distinzione fra bene e male. Non possiamo combatterlo: perderemmo sempre e comunque. »

Lei sapeva che l'uomo aveva ragione. Avevano entrambi molta paura.

« Devo dimenticare », concluse il vecchio padre, dopo aver riflettuto a lungo. Sembrava immensamente triste, ma deciso. « Devo perdere i ricordi che mi legano a lui e a quelle storie, tutto ciò che mi lega a Tirnaìl. Se vuole cancellare la mia vita – e lui ottiene sempre quello che vuole – almeno sceglierò io cosa resta e cosa va via. »

« Anche io devo dimenticare? »

« Tu lo ami? » le chiese. « Tu ami mio figlio? Perché io non capisco a che gioco perverso avete giocato. Ma se lo ami, devi rinunciare al ricordo di Tirnaìl. Solo così ci lascerà in pace. Allora: tu lo ami? »

Lei gli rispose e quella risposta sembrò renderlo ancora più triste.

« E tuo figlio? » domandò lei spaventata. « Dimenticherà come noi? »

« No, a lui basterà dimenticarsi di noi. *Non deve pagare le nostre colpe e le conseguenze delle nostre scelte. Ma prima devo fare un'ultima cosa per lui. »*

La ragazza del fiume e il vecchio padre si diedero appuntamento nel pomeriggio. Quando lui arrivò, aveva con sé un gatto, un bellissimo siamese, nascosto tra le pieghe dell'impermeabile.

« Ha sempre voluto questo maledetto gatto, era fissato. E quando si fissa sulle cose, lui... » lo disse guardando la ragazza.

Così i due iniziarono a camminare, senza guardare dove andassero. Finirono nella torre, il vecchio padre, la ragazza del fiume e il gatto. Quando li vide entrare, Faccia di Culo fece una faccia di culo che lei avrebbe voluto ricordare per sempre. Ma non andò così.

Il vecchio padre iniziò per primo a dar via la sua vita. Raccontò una storia fatta di storie, trent'anni come ladro di corte del Regno delle Cose Perse. Aveva avuto un'esistenza straordinaria, aveva viaggiato dal Nord del mondo al profondo Sud, esplorando gli ultimi luoghi segreti di questa Terra.

Non meritava quella fine.

« Ne aveva nascoste, di storie, vecchio furfante! » commentò Faccia di Culo.

« In cambio di tutto questo, devi promettermi una cosa », disse il vecchio padre con una voce durissima. « Consentirai a mio figlio di scegliere, quando sarà il momento. Tra qualche tempo farai in modo di incontrarlo e gli darai la possibilità di ricordarsi di noi o di dimenticarci per sempre. Non voglio che soffra, ma la scelta spetta a lui. Se deciderà di dimenticare, in cambio dei suoi ricordi gli darai questo gatto. »

« E dove lo ha preso questo splendido esemplare, signore? Non avrà varcato una soglia perduta? »

« Sono un ladro di storie da quasi trent'anni: non ho bisogno di orologi! Io ho il lasciapassare per Tirnaìl! »

« Ma non per portar via cose senza il mio permesso. »

« Ti ho dato tutta la mia vita, bastardo! Sto rinunciando a me stesso e a mio figlio. Cos'altro vuoi? »

Faccia di Culo rimase in silenzio a riflettere. Poi accettò e prese il gatto.

A quel punto toccò alla ragazza del fiume dimenticare. Tutto ciò che aveva fatto come ladra di storie perdute sarebbe finito nell'oblio... o a Tirnaìl. Quando terminò, aveva dato via gli ultimi tre anni della sua vita. Ma in cambio le venne concesso qualcosa di prezioso: la possibilità di vedere lo straniero un'ultima volta.

Dopo aver perduto le loro storie, la ragazza del fiume e il vecchio padre se ne andarono per sempre dalla torre, senza più voltarsi indietro. Lei lo accompagnò in una casa di riposo per an-

ziani che affacciava sul mare. Lui le disse di essere stanco, e lei lo capì. Si dissero addio e si augurarono buona fortuna.

La ragazza del fiume tornò un'ultima volta nell'abitazione in cui aveva vissuto in quei mesi. Con un pennarello nero, sulle mura della casa, scrisse la sua storia e la storia dello straniero, così come una volta lui aveva scritto una storia per loro. La sua speranza era che un giorno lo straniero trovasse quelle parole e riuscisse a perdonarla.

Ma questo lei non lo avrebbe mai saputo, perché l'indomani si sarebbe svegliata e avrebbe dimenticato ogni cosa. Si sarebbe ricordata di lui solo come di un vecchio e bellissimo sogno, incontrato una notte d'estate, sulle sponde di un fiume, e senza saperlo avrebbe vissuto i giorni della sua vita in attesa del momento in cui lo avrebbe visto un'ultima volta.

E così, la ladra di storie perdute divenne una storia perduta. Ma ancora oggi sarebbe inutile cercarla a Tirnaìl.

Perché quella notte – la notte in cui scrisse la Storia dello straniero e della ragazza del fiume *– lei partì e andò a nascondersi nell'ultimo posto al mondo.*

46

Le storie ritrovate

Il mare era immenso, e a pensarci si ricordò che non ci si pensava mai. Ritrovarselo davanti, all'improvviso, come se avesse appena iniziato a esistere, faceva un grande effetto.

Strizzò gli occhi con la curiosità di un bambino che osserva le stelle e si domanda se ci sia qualcuno a guardarlo, dall'altra parte.

La lapide alle sue spalle riportava le parole di Luís de Camões:

Cabo da Roca
Aqui...
Onde a terra se acaba e o mar começa.

Davanti a lui precipitava la scogliera, una cascata di rocce e falesie a picco nell'Atlantico. Il fragore tonante dei flutti metteva i brividi; il vento spazzava ogni cosa, acqua, terra, aria, piegava le piante, rendeva arduo perfino camminare.

Antonio si strinse nelle spalle, mentre passeggiava sull'ultima costa d'Europa misurando i propri passi. Se qualcuno lo avesse visto avrebbe giurato che stesse cercando da ore le sue stesse orme. Quando giunse in vista della casa bianca dal tetto rosso provò una sensazione che gli mancava da troppo tempo. Se non avesse avuto cinquant'anni, avrebbe potuto chiamarle *farfalle nello stomaco*. Ma l'età gli imponeva di definirla *ulcera*.

In quel grigio e nebbioso giorno di ottobre non c'era neppure un visitatore.

Antonio attraversò un viale ben curato che arrivava fino all'ingresso del faro. Entrò nell'ufficio turistico e lo trovò vuoto. Era quasi ora di cena, forse i dipendenti erano in pausa. Fu tentato di suonare il campanello sul banco, ma si fermò sentendo le voci che provenivano dal retro della casa.

Si sporse dalla finestra, dalla quale s'intravedeva uno scorcio di giardino. C'era un uomo intento a svuotare e intagliare una zucca di Halloween, e una bambina che lo osservava con gli occhi sgranati. L'uomo la prese in braccio e le permise di affondare una manina nella testa vuota della zucca.

Quando la bambina rise, Antonio pensò di avere appena visto nascere una fata.

Sicuramente, da piccolo, anche lui aveva fissato suo padre con quello sguardo sognante.

Rimase a osservare quella scena di serenità per un tempo sconvenientemente lungo, provando un moto d'affetto per l'uomo e sua figlia, e uno di nostalgia per se stesso.

Un trillo improvviso lo fece sobbalzare, riportandolo alla realtà.

Una coppia di turisti americani era appena approdata a Cabo da Roca, lei con il suo cappellino di tela grigia, lui con i suoi sandali marroni sopra un paio di soffici e caldi calzini blu. Volevano il loro attestato di passaggio.

Premettero il campanello due o tre volte, facendosi grasse risate per la notevole eco che si diffuse nell'ufficio. Da una porta laterale, nascosta tra le pareti bianche, spuntò una donna che mangiava una ciambella. Era incinta di qualche mese. Li guardò sorridendo con le labbra e con gli occhi e posò il dolce su un piattino, un po' imbarazzata, pregandoli di scusarla.

Parlarono di qualcosa. Di cosa, Antonio non lo scoprì mai. Era troppo impegnato a guardare Genève e a considerare quanto fosse stato giusto ricordarsi di lei.

Ce l'hai fatta, pensò, orgoglioso.

Non era una ragazzina magra, scavata, pallida, ma una donna florida, luminosa. E felice. Antonio scoprì di condividere completamente la sua felicità.

Aveva i capelli più corti, indossava un vestito bianco e un maglione azzurro, e non poteva fare a meno, di tanto in tanto, di dare un morso alla ciambella, mentre segnava i nomi dei due turisti sugli attestati ufficiali di Cabo da Roca. Vi appose un timbro in ceralacca, si complimentò con loro e li invitò ad aggiungere le loro firme anche sul registro all'ingresso.

Antonio, rimasto fino a quel momento in disparte, fece qualche timido passo in avanti. Si fermò quando dalla porta nascosta spuntò la bambina, che si gettò ai piedi di Genève e le implorò qualcosa in portoghese. Genève scosse la testa, ma intanto rideva delle facce buffe e delle smorfie di sua figlia, che se ne andò via con un'aria molto offesa.

Quando furono rimasti soli, la donna si accorse della sua presenza. Lo salutò in portoghese; Antonio rispose in italiano.

« Oh, bem! Italiano! Mio padre era italiano », disse lei con un sorriso, pulendosi la bocca con un fazzoletto.

Da un archivio alle sue spalle pescò un attestato da consegnare ad Antonio. Era una pergamena color panna con i disegni sovrapposti di un faro, di una bussola e di una meridiana, sul lato sinistro del foglio. Il certificato era già scritto. Mancavano naturalmente il nome del viaggiatore e la data.

Genève intinse una penna d'oca nell'inchiostro e gli chiese il nome.

« Antoine Affarimiei », rispose lui, impassibile.

Lei inarcò un sopracciglio, divertita.

« Un nome molto italiano. E l'è piaciuta, la fine della Terra? »

Antonio annuì, serissimo.

« Sì, molto. »

« D'estate è ancora più bella. Sa, quando tramonta il sole ci sono tanti colori in cielo, sembra di essere in tanti posti allo stesso momento. »

Era doloroso starle così accanto e non poterla sfiorare, nemmeno con il pensiero. Lui sapeva ogni cosa di lei, sapeva che la amava, sapeva la storia che li aveva tenuti legati per venticinque anni. Lei non sapeva niente.

Dopo aver apposto la data e aver fatto sventolare un po' la pergamena perché l'inchiostro si asciugasse, la donna la porse ad Antonio.

« Ed ecco a lei, signore... »

Fu la prima volta che si guardarono negli occhi, da quando era entrato.

Lei rimase con la mano sospesa in aria, mentre Antonio ripiegava l'attestato.

« La ringrazio. »

Lo scrittore fece qualche passo verso l'uscita.

« Aspetti. » Genève si era alzata.

Antonio provò a sfuggire al suo sguardo inquisitore, ma era inutile lottare contro la sua tenacia. Lei aggirò il banco dell'ufficio e gli si fece vicina, costringendolo a guardarla qualche attimo di troppo.

A un tratto, si sentì un tonfo e la voce della bambina che da qualche parte gridava e rideva, e la donna si riprese da un sogno a occhi aperti.

« Deve scusarmi se la fisso... le sembrerà strano, ma lei assomiglia tanto a una persona che ho conosciuto quand'ero giovane. » La donna mosse qualche passo verso di lui e allargò il sorriso. « A Ginevra, sul Rodano. Era il Festival dell'Acqua, nel 1990. »

Le sue parole sembravano una supplica. Gli stava chiedendo se lui fosse vero, come tante volte Antonio si era chiesto se lo fosse lei.

« Davvero? » disse, deglutendo a fatica. « Ha ragione: è strano. Non sono mai stato a Ginevra in tutta la mia vita. »

Il sorriso della donna, per un istante, si fece malinconico, il suo sguardo dubbioso.

« Mi scusi, allora. Mi sarò confusa. Perché... perché non mette la sua firma sul registro e ci dice cosa ne pensa del nostro ufficio e della nostra terra? »

Nonostante le parole di Antonio, la donna continuava a guardarlo come se fosse certa della sua intuizione.

« Grazie. Lo farò. »

Antonio intascò la pergamena e raggiunse il registro accanto alla porta di ingresso. Sfogliò le pagine con le firme di chi era venuto prima di lui: gli era sempre piaciuto farlo. Leggere le parole delle altre persone, cogliere frammenti delle loro storie, vedere cosa avevano lasciato e cosa era rimasto dei viaggi che avevano intrapreso.

Prese la penna, segnò la data del 20 ottobre e scrisse: *Bell'ufficio e bella terra.*

Posò la penna e uscì. Rientrò dopo una trentina di secondi, dopo essere rimasto in mezzo al vialetto a combattere una guerra con se stesso. Quando tornò, scoprì che Genève era ancora in piedi, nello stesso punto in cui l'aveva lasciata, come se si aspettasse di vederlo riapparire.

Questa volta Antonio non sfuggì al suo sguardo. Non era stata sua intenzione soffermarsi troppo sui suoi occhi, almeno non da quando aveva visto l'uomo con la bambina, non da quando aveva percepito quel secondo cuore battere dentro di lei.

Ma adesso non poté farne a meno.

Anche se lo sguardo rivelava tutta la sua tristezza, lo scrittore le sorrise, come Genève aveva sempre sorriso. Era un modo come un altro per non dar peso a nulla, nemmeno alle cose brutte, perché c'era troppo poco tempo e non valeva la pena di affliggersi anche per quel poco.

Antonio e la donna senza nome rimasero a guardarsi per dieci secondi, e in quei dieci secondi lo scrittore le raccontò in silenzio la loro storia, ciò che lei aveva dimenticato per lui e ciò che lui aveva ricordato per entrambi. Le raccontò di Tirnaìl e di tutto ciò che aveva perduto e scoperto per poi arrivare lì e trovare lei... La *vera* lei, non un'illusione, non il ricordo di un sogno che forse ancora adesso vagava in una terra scomparsa.

Antonio si girò di nuovo verso il registro, prese ancora una volta la penna e scrisse qualcos'altro.

Quando ebbe finito si voltò a guardarla un'ultima volta, fece un inchino e sparì.

La donna senza nome corse a controllare cosa avesse scritto lo straniero sul libro delle firme.

Darei tutte le storie che ho conosciuto e quelle che devo ancora inventare per tornare a quella notte e sentirti suonare lo strumento del diavolo.

Intanto ho pensato a cosa essere da grande: voglio essere come mio padre.

Quando si precipitò fuori dall'ufficio, che era anche la sua casa alla fine del mondo, la donna non vide più nessuno, solo una leggera nebbia.

Scoppiò a ridere e a piangere, perché non capiva se dovesse sentirsi felice oppure triste. Alla fine, ancora indecisa, sorrise e rientrò.

«Visto che ho fatto presto, papà? Te l'avevo detto. Ti ho anche portato una di quelle palle di vetro dove cade la neve. A mamma piacevano tanto.»

Antonio prese le lettere L e O e compose la parola GOMITOLO. Non sapeva perché giocassero a Scarabeo. Forse era inutile, visto che l'Alzheimer aveva ridotto suo padre a un fantoccio e l'unica conferma che era ancora vivo erano i sommessi e incomprensibili borbottii che sciorinava come una formula magica dalla mattina alla sera. I suoi occhi vagavano da destra a sinistra, in un lento e sfiancato valzer. Ogni tanto, prendeva una lettera e formava qualche parola. Non avevano mai senso, ma Antonio sentiva che dietro quei pallidi e fallimentari tentativi c'era ancora un'intramontabile voglia di vivere.

«Lucia mi ha detto che sei stato bravo in questi giorni, che hai mangiato tutto e che avete fatto delle belle passeggiate in Villa.»

Antonio formò la parola LOMBRICO, andandone parecchio fiero, e studiò la tavola dello Scarabeo: tutte quelle sterili parole che sarebbero impallidite di fronte alle storie di suo padre.

Non avrebbe mai dimenticato il momento in cui aveva messo piede in quella stanza d'ospizio, poche ore dopo aver letto l'ultimo messaggio di Genève.

Era stato scioccante: era rimasto imbambolato sulla soglia mentre l'infermiere gli parlava di grovigli neurofibrillari, di diminuzione di acetilcolina e di piaghe da decubito.

Cosa c'entrava tutto questo con suo padre? E quelle piaghe che puzzavano di morte?

Quando si era seduto di fronte a lui, Antonio aveva sorriso e gli aveva stretto la mano gelida. E in un attimo aveva capito che né l'Alzheimer, né qualunque altra impronunciabile malattia avevano sconfitto suo padre: doveva essere stato il conte Vladimiro, tornato dal mondo dei morti e da Tirnaìl, a succhiare la speranza e la felicità a un uomo che aveva sempre rifiutato di farsi dominare dai compromessi e dal dolore.

Antonio lo aveva salutato e gli aveva promesso che sarebbe tornato presto.

Rientrato a casa, aveva rotto con un martello la serratura dello studio. Dopo quindici anni l'aveva riaperto.

Gli ci erano voluti cinque giorni per rimetterlo a posto, e in quei giorni si era sentito di nuovo a Tirnaìl. Dentro la stanza c'era *tutto*... non soltanto le storie perdute: c'erano anche le storie ritrovate.

Il ritratto che Antonio Fonte aveva fatto a Ester, la prima sera che l'aveva vista danzare; il certificato di nozze dei suoi genitori e quello della sua nascita; vecchie fotografie, tra cui alcune di suo padre e del signor Conte, e di quella festa a Villa Ebe; ritagli di giornali che parlavano del *Conte Vampiro*; il taccuino nero su cui suo padre si era appuntato le prime storie perdute; il quaderno dei conti di sua madre, sul quale Antonio aveva scritto la sua prima storia; le ballerine e i tutù di Ester, le tele di suo padre, una serigrafia di un dipinto di Edgar Ende; le chiavi di riserva della Fiat Panda, la sua fede e la fede che Marguerite gli aveva tirato addosso quando non aveva voluto saperne più niente di lui; i suoi pennelli da tanatoesteta, il manoscritto, in parte bruciato, della *Notte dei Cristalli*... Tutto ciò che aveva chiuso sotto chiave, la notte del 17 dicembre del 1999, dopo aver raccontato la sua storia al Collezionista. Tutto ciò che avrebbe rischiato di risvegliare la sua memoria. Tutto ciò che aveva ritrovato a Tirnaìl.

Se l'ascensore era stato la sua porta perduta, lo studio rappresentava la sua porta ritrovata.

Solo allora, mentre metteva via tutte quelle cose e riempiva sacchi di immondizia, mentre toglieva la polvere, spazzava i pavimenti e passava più volte lo sgrassatore, Antonio aveva sentito che stava veramente uscendo dal Regno delle Cose Perse. E si era sentito libero e leggero, pur rimanendo se stesso.

Aveva conservato le cose preziose, buttando quelle dannose. Senza mai dimenticare che erano esistite. Tra queste ultime c'era l'orologio che gli aveva regalato il suo padrino. I numeri erano tornati, ma di un orologio fermo non sapeva che farsene.

Aveva ricopiato su un quaderno tutte le storie che occupavano le mura dello studio. Poi aveva riverniciato le pareti, lasciando solo le storie di Santiago, di re Giorgio e della duchessa. Aveva appeso la rarissima serigrafia di Edgar Ende – *Mit dem Pfeil* – e un poster di Dalì, con i suoi baffi che sfidavano la forza di gravità (quella foto in realtà era stata scattata mentre il pittore se ne stava comodamente a faccia in giù). Aveva sistemato nel portafotografie in cui l'aveva trovato il ritratto che suo padre aveva fatto di Genève e aveva appeso in una cornice quello di sua madre che danzava. Aveva piantato le margherite nei vasi fuori dalla finestra. Aveva assunto un'infermiera, comprato una sedia a rotelle, fatto disporre un letto con le sponde, con un materasso antidecubito, una bombola d'ossigeno e un set di infusione endovenosa.

Una volta finito, era andato a prendere suo padre all'ospizio e lo aveva riportato dove doveva stare: a casa sua.

Aveva aspettato di potersi fidare dell'infermiera prima di andare a cercare Genève alla fine della Terra.

« Sono tornato presto, perché l'ho trovata subito. Era dove aveva detto di essere: in Portogallo, in capo al mondo. Dove la vecchia strega le predisse che ci saremmo ritrovati. »

Antonio naturalmente gli aveva raccontato tutto, voleva che suo padre fosse partecipe e che si sentisse coinvolgere nelle cose della vita... Anche adesso, *soprattutto* adesso.

« Mmm... »

Antonio studiò il volto di suo padre, sperando di leggervi qualche reazione.

« L'ho trovata. Ho ritrovato Genève Poitier. » Antonio

sorrise, ricordandosi del suo viso, rischiarato da una inestinguibile luce interiore. « Era bella come sempre ed era felice. Ha una famiglia splendida, vivono tutti insieme laggiù, alla fine del mondo. A me va bene così. Magari non sarebbe stata felice con me, o io non lo sarei stato con lei. »

« Mmm... »

Antonio non distolse lo sguardo dalla tavola dello Scarabeo, sebbene gli occhi di Genève ingombrassero ogni angolo della sua mente.

« Si è ricordata di me. Dopo tutti questi anni, si è ricordata di me... » sussurrò, pensando ancora una volta a come quella donna riempisse il suo mondo di magia. « L'ho persa di nuovo, ma non devi preoccuparti, non sono sbadato fino a questo punto. Le cose stanno diversamente, perché sono io che l'ho lasciata andare. È così che doveva essere. E non lo avrei fatto, se l'avessi amata di meno. »

Antonio socchiuse gli occhi: lo pensava sul serio. E solo ora, e solo per questo, sentì che Genève gli apparteneva veramente. Quando riaprì le palpebre sorrise.

« In compenso ho trovato te. E non ti perderò mai, non ti lascerò andare. Non sarà così facile questa volta. »

« Mmm... »

« Papà? »

Antonio Fonte sciolse le mani, congiunte in preghiera. Ne allungò una, con molta fatica. Era pallida, rugosa, raggrinzita. Strinse tra le sue le dita del figlio e annuì. In quel modo gli disse che capiva e che era fiero di lui.

47

L'erba della Collina sospira...

All'ora dell'aperitivo il bar era affollato.

Adorava i bar. Erano i posti migliori per chi avesse voglia di ascoltare una storia. Quando due amici devono rincontrarsi dopo anni e scoprire come è andata la vita, non lo fanno mai in un ristorante, o in un centro commerciale, o ai giardini pubblici. E nemmeno davanti a un bel piatto di genovese sul terrazzo di casa, per quanto invitante possa essere. Tutti i vecchi amici scelgono i bar.

Era una mattinata di metà dicembre, la prima dell'inverno. Il vento aveva fretta di correre verso il mare e increspava le onde, sollevando cavalloni visibili a chilometri di distanza. E la nebbia, così fitta e bassa, dava l'impressione che le porte dell'aldilà si fossero aperte e che bande di spiriti si aggirassero per le strade della città. Una mattutina spruzzata di neve sulla cima aveva reso il Vesuvio simile a un gigantesco pandoro, e le nuvole più basse sembravano mangiucchiarselo.

Antonio sedeva in un tavolino all'angolo, a sbirciare gli uomini, le donne e i bambini che chiacchieravano animatamente delle feste ormai prossime. Sorseggiava il suo latte tiepido e cercava di catturare sprazzi di esistenze, cercando di immaginare quale gli sarebbe piaciuta di più. Infine si disse che quella del bambino di sei anni e del suo vecchio nonno, barricati dietro un'enorme coppa di frappè al cioccolato, era tutta da invidiare.

A un tratto, una ragazza dai capelli neri, lo sguardo imbronciato, la pelle bianca e un orecchio pieno di piercing, si avvicinò di soppiatto ad Antonio e gli chiese di farle un autografo. Sovrappensiero, lo scrittore firmò una copia del suo ultimo romanzo: *Antonio Maria Fonte*, scrisse, e la ragazza lo ringraziò.

Antonio sorrise, bevendo un altro lungo sorso del suo latte, e prese ad ammirare le scintillanti decorazioni natalizie, le cascate di luci e le ghirlande che serpeggiavano fra i lampioni.

« Sono notevoli, non trova? »

Antonio sollevò il capo a quella voce inattesa che lo raggiunse alle spalle e per un attimo trattenne il fiato.

« Quest'anno si sono dati da fare. »

L'uomo annuì, fissandolo con i suoi perforanti occhi azzurri. Accennò alla sedia vuota davanti ad Antonio.

« È occupata? »

« Certo, non vede Benjamin, il mio amico invisibile? »

L'uomo adombrò un sorriso e prese posto, rigirandosi i pollici fra le mani. Sembrava davvero uno di quei vecchi amici con cui andarsi a prendere un caffè. Uno di quelli che esordiscono sempre con un: « Visto che tempo? »

« Forse nevicherà », lo assecondò Antonio. « Lo spero, la neve è una cosa bella. »

« Ha progetti per il Natale, signor Fonte? »

Antonio non rispose. In quel momento si intromise la cameriera ruminante e pienotta, che gli portò via la tazza chiedendogli se gradisse altro. Antonio scosse il capo, aspettando con ansia di scoprire se sarebbe andata via ignorando l'uomo con cui era seduto al tavolo.

Ma non fu così.

« Per lei, signore? »

« Nulla, grazie. Sto cercando di perdere qualche chilo. »

« Anche io! » assentì lei con un gesto comprensivo.

« Potrei darle una mano. Sono bravo a far perdere le cose. » L'uomo le fece l'occhiolino e la cameriera se ne andò con un sorriso idiota stampato in faccia.

« Quindi almeno lei esiste », commentò Antonio alla fine della pietosa sceneggiata.

« E perché non dovrei? Io adoro esistere. »

« Perché è qui? » tagliò corto Antonio.

« Perché i bar sono i posti migliori per chi ha voglia di ascoltare una storia. »

« Ci sono parecchi bar in questa città. »

« Ma ce n'è solo uno che racconta la sua storia, signor Fonte. Ed è questo. Io sono qui per lei », sibilò l'uomo, e con due dita comunicò ad Antonio il desiderio di parlargli al sicuro da orecchie indiscrete. « L'ho cercata per offrirle un lavoro. »

« Un lavoro? » Antonio lo fulminò con un'espressione scettica. « Per *lei*? »

L'uomo si concesse qualche istante di teatrale e patetico silenzio.

« Io dovrei ucciderla, lo sa? » disse Antonio con calma, come se gli avesse chiesto di passargli gentilmente lo zucchero. « Per quello che ha fatto, per quello che mi ha tolto, per le persone che amo e che ha fatto soffrire. Io dovrei ucciderla. »

« Potrebbe *provarci*, signor Fonte, ma non le assicuro che la cosa le riuscirebbe con facilità. Non sono del tutto certo di poter morire. E poi io non le ho tolto niente, semmai le ho restituito. »

« Ma di che cosa sta parlando? »

« Genève. Sono stato io a mandarla da lei. Se non fosse stato per me, sarebbe rimasta *la ragazza del fiume*. E suo padre... chi crede che l'abbia richiamato in città proprio quando lei era tornato dal Nord? Io non le ho tolto niente. Lei ha rinunciato a loro molto tempo fa. »

« È un punto di vista davvero debole. Mio padre ha rovinato se stesso e la sua famiglia per essere un ladro di storie perdute. E Genève ha rischiato di morire per colpa sua. »

« Sì, ha colto di sorpresa anche me, quella notte. È il rischio che corro quando assumo assistenti di un certo tipo, lo riconosco. È che mi piacciono gli artisti, sono i più adatti. Ma gli artisti sono pazzi. Imprevedibili, testardi, egocentrici. Anche suo padre lo era. Se non avesse iniziato a lavorare per me, sarebbe morto. Si sarebbe ucciso con le sue stesse mani. Io l'ho salvato, ma era un uomo difficile, cocciuto, e sì, ossessionato. »

« Lo *è* », precisò Antonio, in un soffio di rabbia. « Anche se mio padre non le è più utile non significa che sia morto. »

« Naturalmente. E come sta? »

« Sta bene. Più o meno come sta bene una pianta grassa,

ma senza spine.» Antonio fece una pausa, cercando di contenere la collera. «Lei avrebbe potuto far andare le cose diversamente...»

«E perché avrei dovuto? Il mio compito non è far andare le cose diversamente, nel bene o nel male, ma farle andare nel Regno delle Cose Perse. E se per farlo ho bisogno del meglio, e lei è il meglio, allora io ho bisogno di lei. Il mio compito era arrivare a lei e far arrivare lei qui. Converrà quindi che l'ho svolto in modo egregio.»

Antonio non seppe come replicare. Sebbene quel discorso avesse una sua logica inoppugnabile, lo scrittore lo trovò disumano. Ma non c'era da sorprendersi: dubitava che ci fosse qualcosa di veramente umano nella persona che sedeva e sorrideva, divina e statuaria, di fronte a lui.

«Posso chiederle una cosa a cui di certo risponderà fingendo di non saperne nulla?»

«Certo.»

«Quando sono stato a Tirnaìl ho incontrato un uomo. Lo chiamavano il Grande Orologiaio, abitava in una torre e per segretaria aveva una donna-tartaruga. Ecco, mi domandavo cosa ci facesse *lei* da vecchio, laggiù.»

«Non so di cosa stia parlando.»

«No, certo che no. D'accordo, ho recepito il messaggio, proverò per un'altra strada: cos'è che ha fatto veramente? Mi ha ipnotizzato?»

«Sarebbe senza dubbio la soluzione più comoda per una mente che predilige il raziocinio, tuttavia lei sa andare oltre certe banalità. Esiste ciò in cui crediamo, signor Fonte. Alcune di queste cose sono semplicemente più tangibili, ma questo non rende le altre meno reali.»

Antonio non replicò subito. Giocherellò con il cucchiaino che stringeva fra le mani, sorridendo. E in un lampo fugace rivide tutto. Il ritratto di Genève che Calliope gli aveva fatto scoprire, la lettera arrivata dopo quindici anni, la babilonica torre, l'ascensore e Tirnaìl, con i suoi confini che nascevano e morivano per volere di un caso che non era affatto tale, ma era, piuttosto, lo pseudonimo con cui il Collezionista amava mascherare la propria firma.

« E Tirnaìl lo è? Quelli che ho incontrato, che vivevano la loro vita laggiù... lo sono? »

« Certo: anche loro erano parte di storie perdute. Le ho già spiegato, signor Fonte, che quello che finisce a Tirnaìl è libero di vivere. E dunque i protagonisti di quelle storie, tutti loro, vivi e morti, nel Regno delle Cose Perse hanno avuto una seconda opportunità. Sono diventati qualcosa che ha sublimato ciò che erano, ciò che sognavano, ciò di cui avevano paura e ciò che veniva raccontato di loro. »

« Ma come facevano alcune cose a nascere grazie a me e insieme a esistere *prima* di me? La città di notte e nebbia, per esempio... »

« La città delle speranze perdute », lo interruppe il Collezionista, prima che potesse esprimere altri dubbi. « Esiste, naturalmente. Ma Tirnaìl è fatta di uomini e gli uomini sono fatti di storie. Appena un uomo e la sua storia vengono inglobati da Tirnaìl, anche il passato di quella terra cambia. La sua morfologia muta, si plasmano nuovi nomi. Gliel'ho detto dall'inizio che era un luogo complicato. L'avevo avvisata che Tirnaìl era viva. »

Antonio rifletté sulle sue parole. Erano ancora lontane dall'essere chiare, ma si sentiva soddisfatto di aver ottenuto almeno una risposta.

« D'accordo, allora. Adesso mi faccia la sua stupida proposta e sparisca. »

Il Collezionista alzò un dito, pregandolo di attendere un istante. Tirò fuori dal taschino una penna a sfera, spiegò uno dei tovagliolini che aveva davanti e per un paio di minuti se ne stette così, con la testa china, a scrivere chissà cosa. Quand'ebbe finito, marcò il punto finale, chiuse la penna e la ripose nella giacca, con aria soddisfatta. Ripiegò il tovagliolo e ci tamburellò sopra con le dita. Puntando i suoi impenetrabili occhi su Antonio, accennò un sorriso di ammirazione.

« È da tanto tempo che la tengo d'occhio, sa? Lei è un uomo predisposto alla meraviglia. Definirei la sua memoria sovrumana, la sua capacità di notare i dettagli assolutamente fuori dal comune, e trovo che lei si relazioni con il mondo in un modo che non è fatto di tormento e ossessione, ma di amore e dedizione. Sono caratteristiche che ai miei occhi la pongono sul gradino più alto del podio umano. Inoltre, lei ama le storie e ama la gente, prerequisiti indispensabili, a mio avviso, per diventare un ladro di nebbia, come lei stesso definisce i miei assistenti. Infine, lei a questo punto possiede una qualità che ai nostri giorni è merce assai rara: la libertà. La gente finge di cercare ogni giorno la libertà, finge addirittura di desiderarla. Ma la libertà assoluta ha un prezzo troppo alto, un prezzo che lei, volente o nolente, ha pagato. Solo chi viene spogliato di tutto e rivestito di niente potrà goderne. Come se non bastasse, quindici anni fa lei decise di cancellare il suo passato, sperando di liberarsene. Aveva torto: era un'illusione. Soltanto affrontandolo, soltanto ricordandolo, soltanto accettandolo lei ha scelto *veramente* di essere se stesso. Dunque seduto davanti a me vedo un uomo che non ha niente da perdere, un uomo che riconosce se stesso. Davanti a me, io vedo un uomo libero.»

Antonio rimase colpito da quel discorso. Se non fosse giunto dal Collezionista, si sarebbe sentito quasi onorato. Ma non doveva dimenticare, mai, per nessuna ragione al mondo, che quello non era un uomo qualunque. La sua storia era ben nascosta nelle profondità dei suoi occhi e nessuno l'avrebbe mai rubata. Questo lo rendeva potente, e superiore a chiunque.

«L'ultima volta che qualcuno mi ha elogiato così fu in terza elementare, quando disegnai un coniglietto per il giorno di Pasqua. Gli avevo fatto perfino i baffi. Mia madre era molto orgogliosa. Peccato che questa se la sia persa.»

«E apprezzo molto anche il suo sarcasmo.»

«Ho capito cosa sta facendo, sa? Ho capito che le servo. Ho capito che tutto quello che è accaduto, da quando ho trovato il ritratto di Genève, e forse anche da prima... tutto è frutto di un suo disegno incomprensibile e perverso. Lei ha ascoltato la mia storia, il 17 dicembre del 1999, e ha creato una terra e un viaggio fatti su misura per me. Adesso però tocca a me: mi dia un motivo. Un solo motivo per cui adesso non solo non dovrei ucciderla, ma dovrei addirittura iniziare a lavorare per lei. »

Il Collezionista sogghignò e fece scivolare sul tavolo il tovagliolo sul quale aveva scritto poco prima. Lo fermò sotto il naso di Antonio.

« Cos'è? »

« La sua storia, signor Fonte, la storia di suo padre. Una storia che potrà essere raccontata e che nessuno cancellerà mai. Lo giuro sul mio onore. E lei sa che se volessi potrei farlo. »

Antonio prese il foglio, ma non osò dispiegarlo per scoprire cosa vi fosse scritto.

« Per questo in quindici anni nessuno dei suoi assistenti ha eliminato la lettera sulle pareti dell'appartamento di Genève... la sua *porta di servizio.* Ha tenuto quella casa libera per me, *signor Poitier.* »

« Esatto », confermò il Collezionista, sorridendo. « Quello che le ho dato è solo un *preludio.* Ma tutte le storie ne hanno uno. »

I due uomini sprofondarono in un silenzio occupato dalle parole che la gente intorno a loro si diceva ridendo. Il Collezionista guardava Antonio, e Antonio studiava il tovagliolo ripiegato, gingillando nervosamente con un'orecchietta.

« Sa dove finiscono le storie, signore? » chiese infine in un mormorio.

Il Collezionista si strinse nelle spalle.

« Le storie finiscono dove sono iniziate », bisbigliò Antonio, quasi ripetendo tra sé le parole di un'antica fiaba. « Nello stesso luogo, nello stesso modo, con lo stesso personaggio. Mio padre mi ripeteva sempre che tutti noi attraversiamo migliaia di mondi e incontriamo migliaia di persone, ma quei mondi e quelle persone sono racchiusi solo nei nostri occhi, e nessuno li vedrà. Così come noi non potremo vedere i mondi e le persone che sono racchiusi negli occhi degli altri.

Perché le cose cambiano sempre e per tutti, ma nessuno lo ammette mai. Fingiamo che la vita continui normalmente, ed è così che deve essere. Lo scegliamo ogni giorno, quando ci alziamo e facciamo finta che niente di straordinario o mostruoso abbia sconvolto la nostra esistenza. E questa è la prova più difficile e la forza più grande che abbiamo. Finire le cose come le abbiamo iniziate, pretendendo che nel mezzo non ci sia stato nulla. E sa perché? »

« Me lo dica lei. »

« Perché facciamo cose così grandiose che meriteremmo tutti l'immortalità. Ma quanti la ottengono sul serio? E così giustifichiamo il fatto che la nostra vita non sia passata alla storia, dicendoci che non era una vita che valeva. » Antonio scosse il capo. « Ma non è così, ed è per questo che scrivo: per le storie che finiscono dove sono iniziate. »

Il Collezionista sorrise.

« Queste sono le storie che io chiamo *perdute*. Come vede, sa esattamente cosa fa un ladro di nebbia. Anzi... involontariamente, lei lo fa da sempre. »

Dopo quelle parole Antonio ci mise qualche istante a tornare con i piedi per terra e a rammentare *dove*, *con chi* e *di cosa* stesse parlando. Sollevò lo sguardo sul Collezionista, affrontando senza timore i suoi occhi.

« Ci pensi. Lei ha viaggiato attraverso il Regno delle Cose Perse: come può adesso tornare a vivere qui, in mezzo a persone che ignorano? E poi, non mi dica che non le piacerebbe scoprire la vera faccia di Tirnaìl! Un regno che non è dominato dalle ombre del suo passato, e che va molto oltre qualunque cosa un essere umano riesca a immaginare. Ci pensi », ripeté il Collezionista, sollevandosi con un gesto d'addio. « Nel caso decidesse di accettare, sa come trovarmi. »

« Certo che lo so », mormorò Antonio a se stesso, e quando alzò lo sguardo scoprì che l'uomo era già svanito in mezzo alle strade battute dalla pioggia.

Rimase a fissare a lungo le gocce che si posavano sulle foglie di un elleboro, una Rosa di Natale. Intanto la gente si affrettava a riempire i locali già affollati, cercando di sfuggire al temporale.

Antonio, al contrario, lasciò il conto sul tavolo e corse all'aperto senza far caso alle lacrime del cielo. Puntò gli occhi verso l'alto, e presto i suoi occhiali si appannarono, mostrandogli un mondo distorto che non per questo era meno vero. Si girò un attimo, per cogliere un'ultima volta le storie di quelle persone. E in quell'istante si accorse della monetina che la cameriera pienotta e ruminante aveva fatto inavvertitamente cadere, proprio all'ingresso del bar. Antonio la guardò, si chinò e la raccolse. Erano venti centesimi.

Non molto, ma bisognava pur cominciare da qualche parte per riaprire le banche di Tirnaìl.

Quando si rialzò, i suoi occhi incrociarono quelli del bambino seduto con il vecchio nonno. Il bambino lo guardava, curioso di scoprire cosa avrebbe fatto Antonio. E lui lo accontentò: simile a un prestigiatore che si appresta a incantare con il suo trucco di chiusura, portò un dito alle labbra per ammonire il bambino al silenzio, come aveva fatto suo padre con lui tanti e tanti anni prima, lungo il cocente serpentone di corso Umberto, quel giorno d'estate in cui aveva preso un treno che non lo avrebbe più portato indietro.

Intascò la monetina e uscì per sempre dal bar, facendo finta che quel giorno nulla di straordinario fosse successo nella sua vita.

Solo quando si immerse sotto la pioggia e dentro la nebbia si decise a tirar fuori il tovagliolo che il Collezionista gli aveva dato, quello che sarebbe divenuto lo stipendio di un'intera esistenza.

Nel leggerlo Antonio sorrise: il Collezionista non aveva mentito. Quello era davvero l'inizio di un'ultima storia. Della *sua* storia, della storia di suo padre e di una ragazza senza nome, che aveva paura delle libellule e che aveva finito col vivere nell'ultimo posto al mondo.

L'erba della Collina sospira. Dicono che se la si ascolta attentamente, nelle gelide notti della merla, si possono udire le storie che narra. Sono le storie delle genti straordinarie che per poco vissero e per sempre morirono, e che nell'oblio di questo cimitero un giorno svanirono.

Io sono una di quelle storie smarrite. Perché una volta fu decisa per me una sorte peggiore del morire... e fu allora che io smisi di esistere.

Ringraziamenti

Prima di ogni altra persona vorrei ringraziare Silvia Ormanni e Matilde Di Pasquale. Niente sarebbe stato possibile senza il loro entusiasmo, e questo libro sarebbe rimasto a ronfare in un cassetto.

Ringrazio mio padre Massimo, la mia personale enciclopedia vivente, e mia madre Cecilia, per avermi dato un giardino tutto per me. Grazie per l'infinita pazienza e chiedo scusa per tutti i miei progetti strampalati. Ma non c'è di che preoccuparsi, perché ne farò certamente degli altri.

Ringrazio mio fratello Fulvio: è sempre il primo a leggere tutte le mie storie e senza il suo permesso nessuna di loro potrebbe uscire allo scoperto.

Ringrazio Stefano Granato, per aver riempito la mia vita di barchette di carta, e per avermi aiutata a uscire da Tirnaìl quando era il momento.

Ringrazio due grandi scrittori per la loro preziosa amicizia: Simonetta Santamaria, regina dell'horror, che mi ha insegnato ad amare il buio, i vampiri e i fantasmi, perché il vero male risiede nelle cose reali; e Massimo Izzi, il più ostinato cacciatore di mostri che abbia mai conosciuto.

Non ho abbastanza parole per ringraziare il team della Longanesi per quello che hanno fatto e stanno facendo per me. Grazie a Giuseppe Strazzeri, che ha creduto in questa storia e mi ha fatto subito sentire a casa. Grazie a Guglielmo Cutolo e Fabrizio Cocco, a cui è spettato il lavoro sporco: per non impazzire a Tirnaìl servono nervi saldi e tempra d'animo, e loro li posseggono in gran misura. Mi hanno ricordato cosa potesse essere reale in un mondo che non esiste.

Ringrazio di cuore anche il mio gatto.

E infine, grazie alle cose e alle persone che ho perso. È per loro che ho scritto questa storia.

Indice

Finito di stampare nel mese di giugno 2016
per conto della TEA S.r.l.
da Reggiani Arti Grafiche S.r.l. - Brezzo di Bedero (VA)
Printed in Italy